文春学藝ライブラリー

陸軍特別攻撃隊 1

高木俊朗

文藝春秋

陸軍特別攻撃隊1

目次

陸軍特別攻撃隊1

眠り草と特攻隊員――序章――

　佐々木友次《ささきともじ》伍長が飛行場を歩いていると、報道班の腕章をつけた新聞記者に行きあった。記者は大声でいった。

「いましがた、敵の機動部隊発見の情報がはいりましたよ。聞きましたか」

　佐々木伍長は、いよいよ来たか、と思ったが、それほど、気持は感動しなかった。佐々木伍長は陸軍特別攻撃隊の万朶隊《ばんだたい》の操縦者であった。フィリピンのマニラ市に近いカローカン飛行場で、出撃の日を待っていた。

　記者の話では、ルソン島の東南三百キロメートルの海上に、アメリカ軍の有力な機動部隊が北進している、ということであった。記者は、ひとりで興奮して、さわがしい調子でしゃべると、すぐにいなくなってしまった。

　このときのことが、内地の新聞には、大きな記事となって掲載された。

《飛行場の眠り草と戯れる特攻隊員〈比島〇〇基地特電、堉、福湯両特派員発〉》という大きな見出しで、

《田中逸夫《たなかはやお》曹長が二十七歳、生田留夫《いくたとめお》曹長が二十四歳、久保昌昭《くぼまさあき》軍曹が二十一歳、佐々

木友次伍長が二十二歳（注　年齢は数え年）、みんな私（記者）どもよりずっと若い。私どもがその出撃の情報をもって、飛行場の隅でキャッキャッといって戯れている佐々木伍長の傍《かたわ》らに行くと、伍長は、足に葉がさわるとスーッとしおれたふりをする眠り草の習性を、人形の泣くことを発見した赤ん坊のようにおもしろがって、そこら一面にはえている眠り草を、かたっぱしから棒でつっつき、靴でけとばしていた。

　私どもが電報の内容を伝え、出撃の近づいていることを話すと、佐々木伍長は、

「ハァ、それはどうも、わざわざご足労でした。だがですな、これは実におもしろいですよ。まあ、この通り、葉にちょっとでもさわると、スーッとしおれたふりをするね。こう、このように」

　といって、私どもの目の前の一群の眠り草を棒でたたいた。何百隻の敵機動部隊が現れようと、出撃が数時間の後であろうと、そんなことはおどろくにあたらんといった風に……。なんと悠々たる態度であろう》

　この記事が新聞に出たのは、海軍の神風《しんぷう》特別攻撃隊のことが、はなばなしく報道されて、特攻隊が関心を集めているときであった。陸軍からも特攻隊が出ることを伝えたこの記事は、読者に感銘を与えた。

　戦後になって、私（著者）は、この記事の事実を確かめるために、そのときの原稿を書いた毎日新聞社の塙長一郎《はなわちょういちろう》記者に話をきいた。

　私があらかじめ、用件を伝えておいたので、塙記者は自分の記事の切抜帳などを用意

して待っていた。その話によると、飛行場に眠り草のしげっていることは、佐々木伍長と会う前から知っていたというのであった。それを見つけたのは、生理上の必要から、草むらにはいったときであった。

塙記者はカローカンからマニラ市の毎日新聞社の支局に帰ると、特攻隊を担当している同僚に、このことを話した。同僚は、とっさに新聞記者らしい思いつきをした。

「眠り草と特攻隊員、というのはいけるじゃないか。なんとか、眠り草を使えないか」

翌日から、塙記者は飛行場に行くと、万朶隊の操縦者たちに、

「こんなところに眠り草がある。さわると葉を合わせるよ」

と、葉をたたいて、それとなく教えた。そして、何かがおこるのを待っていた。そこへ機動部隊発見の無電がはいった。塙記者は、それを聞いたあとで、佐々木伍長と行きあった。そこにも、眠り草がしげっていた。しかし、佐々木伍長は眠り草には、まったく無関心であった。

眠り草と戯れる特攻隊員の記事は、このようなことで書かれた。それが作り話であっても、塙記者を非難することはできない。特攻隊員を救国の英雄に仕立てることは、軍の要望でもあった。それに従わない記事は発表を許されなかった。

私は塙記者に、万朶隊についての、もう一つの報道の真偽をたずねた。それは出撃前夜の壮行会の模様を書いた記事である。アメリカの機動部隊が発見されたので、万朶隊の出撃は、その翌日ときまった。その夜、カローカンの町にある日本料理屋で、壮行会

が開かれた。当時の新聞は、次のように書いている。

《「散るはいっしょだよ。お国のために喜んで死にますぞ、記者殿」

「元気いっぱいやってください」

私（記者）らは万朶隊勇士に励まされた。明日が攻撃という、最後の夜の送別の宴の出来事だ。飛行場長の温かい計らいで、万朶隊勇士と会食を共にし、十一日夜の一時を共に語った。記者として、日本人として、真実にうれしい、感激した飛行場の一夜であった。

（中略）

勇士たちの出撃は早い。その疲労を慮《おもんぱか》り、ほどなく野戦の宴は閉じられたが、未練なく立上った田中曹長に、

「出撃にあたって、銃後の人々にいい残すことはありませんか」

と、最後の言葉を求めたところ、それに対して田中曹長は、一体、なんと答えたか。

「いやいや何もありませんよ。銃後はみなよくやってくれていると思います。私は喜んで死ぬことができますよ」

この短い言葉にこもる深い信頼を忘れてはならない。私どもは決してよくやっているとは思わない。それなのに田中曹長は、

「実によくやってくれる」

といって、死んでいったのだ。私どもはその言葉に対して己れを恥じ、そしてこの戦

いを勝ち抜こう。これが勇士たちにむくいる唯一の途である》

この〔比島〇〇基地特電、塙、福湯両特派員発〕とある記事について、塙記者は説明した。

「そのようなことを質問したおぼえはないし、書いたこともない。多分、編集でつけ加えたものだろう」

また、この記事の初めの方の、〝散るはいっしょだよ〟〝元気いっぱいやってくださいい〟という万朶隊員の言葉も、作りあげたせりふで、いかにもそらぞらしいということであった。

しかし、この報道を読んだ内地の国民は、特攻隊員がすべて〝喜んで〟〝笑って〟出撃したと信じこむことになった。多くの読者はこの記事をうのみにして、たわいなく心酔し、その裏面を推察しようとしなかった。そして、この記事のいうように、〝万朶隊の勇士たちにむくいる唯一の途〟として〝この戦いを勝ち抜こう〟とする気持を高めたのは事実だった。

このようにして軍部は、特攻隊をさかんに宣伝させた。このために特攻隊を賛美する風潮が国内を支配した。そして特攻隊は悲壮、崇高なものということになって行った。

私は戦時中の新聞報道の実態を、改めて知ることができた。

「この記事などは、戦時中の記事の典型ですね。記者がひとりで感激して、新興宗教の信者みたいに、むやみに自己批判したり、誓いをたてたり」

いつもは陽気な塙記者も、顔をくらくしていった。

「きょう、自分の記事の切抜帳を持ってきたが、これをあけて見るのは、戦後、はじめてなんだ。あけて見る気がしなかった。これから後、当時のことを知らない人が、こうした記事をそのまま資料として引用して、戦記や戦史を書くと、うそを事実として伝えることになる」

万朶隊についての記事は、作り話であったが、それだけでなく、ほかに大きな誤りがあった。塙記者をはじめ、カローカンに集まった報道班の記者は、だれもが、万朶隊員は、あすは死ぬものときめていた。

だが実際には、万朶隊員は、だれも、出撃しても、体当り攻撃をして死ぬ覚悟などはしていなかった。

万朶隊の戦闘については、大本営は次のような発表をした。

《大本営発表（昭和十九年十一月十三日午後二時）

一、我が特別攻撃隊万朶飛行隊は、戦闘機隊掩護《えんご》のもとに、十一月十二日レイテ湾内の敵艦船を攻撃し、必死必殺の体当りをもって、戦艦一隻、輸送船一隻を撃沈せり。

本攻撃に参加せる万朶飛行隊員次の如し。

陸軍曹長　田中　逸夫

同　　　　生田　留夫

陸軍軍曹　久保　昌昭

陸軍伍長　佐々木友次
右攻撃において、掩護戦闘機隊員、陸軍伍長渡辺史郎また敵船に体当りを敢行せり。
二、万朶飛行隊長陸軍大尉岩本益臣《いわもとますおみ》、同隊員陸軍中尉園田芳巳《そのだよしみ》、同安藤浩《あんどうひろし》、同川島孝《かわしまたかし》、同少尉中川勝巳《なかがわかつみ》は、攻撃実施数日前、敵機と交戦戦死し、本攻撃に参加する能《あた》わず》

これは陸軍特別攻撃隊についての、最初の大本営発表であった。しかし、この発表は、事実と違っていた。それは、この発表のなかの佐々木伍長が体当りもしないし、戦死もしていないことであった。

陸軍特別攻撃隊には、最初から虚構と疑惑がつきまとっていた。

死の触角

昭和十九年八月二日
鉾田・立川

一

飛行機の爆音が、急に大きく響いてきた。福島尚道《ふくしまなおみち》航技大尉は、すぐに、それが双発の九九式軽爆撃機キ―四八で、エンジンの調子も正常だと感じた。しかし、それ以上は気にもしなかった。一日中、どこかで爆音の聞えている鉾田《ほこた》（茨城県鹿島郡）の飛行場である。

福島大尉は、急降下爆撃の自動爆撃照準装置の計算をつづけた。爆音は、飛行場の上空を旋回して、もう一度、近づいてきた。福島大尉は、方程式から目をあげた。まぶしい夏空のなかで、双発軽爆が、着陸の姿勢に移っていた。切れあじのよい動きであった。福島大尉は〈岩本大尉が帰ってきたのかな〉と、目で追った。

岩本益臣大尉は、四日前の七月二十九日、沖縄に出発した。陸軍航空審査部と共同で、跳飛爆撃《ちょうひばくげき》の研究演習をするためであった。

まもなく、大きな靴音がして、元気な声が聞えた。

「おい、今、帰ったぞ」

岩本大尉の日焼けした顔は、一層、黒くなっていた。いつもなら、人なつこく、白い歯を見せるのが、何か怒ったような表情で、

「全くばかにしている」

と、強くいって、さげていた落下傘袋《らっかさんぶくろ》を投げだすように床においた。福島大尉は不審に思った。

「どうしたんだ、いったい」

「効果があがらんから、体当りしろだとさ。そんなばかなことがあるか。ろくな兵器も作らんで」

岩本大尉は自分の椅子《いす》を手荒くひきよせて、腰をおとした。福島大尉と岩本大尉は、教導飛行師団の研究部の部屋で、机をならべていた。

「沖縄で、何かあったのか」

と、福島大尉がきくと、岩本大尉は、もう一度、

「ばかにしている」

と、はきすてるようにいった。よほど怒っているようすだった。

「跳飛爆撃が効果がないとでもいうのか」

跳飛爆撃は、艦船を爆撃する方法の一つである。爆弾を、直接、目標に投下しないで、一度海面におとして、はねあがらせて、命中させる方法である。それは、ちょうど、水面にむかって、石を横なげにすると、幾段にも、はねて飛ぶのと同じ行き方である。

「いやあ、今、立川《たちかわ》（東京都）でおりたら、大変なことをやっているんだ。体当りの飛行機を作っているんだ」

岩本大尉は、沖縄の跳飛爆撃の演習の帰りに、立川飛行場におりて、連絡の用務をすますと、陸軍航空審査部の竹下福寿《たけしたふくじゅ》少佐が、

「岩本、ちょっとこい」

と、改まった調子でいった。竹下少佐は岩本大尉といっしょに、沖縄に行っていた。ふたりは跳飛爆撃の指導者であったし、仲がよかった。

「いい機会だから、見せてやりたいものがある」

「なんですか」

「まだ極秘のものだ。だまってついてこい」

竹下少佐の、温厚だが鋭敏な顔に、何か苦渋の色が浮んでいた。竹下少佐は岩本大尉をつれて、格納庫のなかにはいって、人をはばかるような声でいった。

「あれだよ」

そこには、岩本大尉の乗機と同じ型の九九双軽二型があった。その機体に異常なものがあるのが、すぐ目についた。風防ガラスで、まるくかこまれた機首部の先端から、長

さ三メートルほどの金属の細い管が三本、つきだしていた。

竹下少佐がはばかるような声でいった。

「あの三本の管の先に、小さなボタンがついている。起爆管になっているんだ」

岩本大尉は、あとのことは聞かなくてもわかった。九九双軽の胴体の下部に、金魚の腹のようにふくらんでいる爆弾倉のなかには、普通装備で三百キログラム、特別装備だと四百キログラムの爆弾が懸吊《けんちょう》される。爆弾を爆発させるための信管は、爆弾の弾頭についている。ところが、今、目の前の双軽についている起爆管は、その信管に代るものなのだ。それは、恐しいことを意味している。機首からつきだした起爆管の先端が何かにふれると、爆弾は爆弾倉のなかで爆発する。その時には、飛行機も、乗員も、いっしょに吹き飛ばされてしまうことになる。

もう一つの問題は、起爆管が機体についている限り、爆弾は、操縦者の意志ではおとすことはできなくなっているはずだ。爆弾は機体に固着したままである。つまり、体当り攻撃をすることが、この飛行機の目的なのだ。

体当り攻撃については、すでに前から論議されていた。一部では、航空軍人の心構えの範囲をこえて、実行論に高まっていた。それが今や、岩本大尉の目の前に、現実のものとなってあらわれてきた。

八月の炎熱に焼かれて、格納庫のなかは、息苦しいほどの暑さがこもっていた。そのなかに体当り機が、音もなく、黒い影をつくっていた。三本の起爆管は、実に、死の触角であった。岩本大尉は、もう一度、機首部を見上げた。起爆管は、折りたたみ式のアンテナのように、三段になって、先が細くなっていた。起爆管の根もとからは、電線が爆弾倉の方にのびていた。

「爆弾投下器はどうなっていますか」

「はずしてしまったさ。いらない機械は、みんなおろした」

やはり、そうだったのか、と岩本大尉は思った。操縦席からは、絶対に、爆弾をおとせないようになっているのだ。

「こんなもの作れって、どこからいってきたんです」

「航空本部さ。本部長が七月二十五日に決裁している。その前から参謀本部（大本営）の二課（作戦課）で考えていた」

航空本部長は航空総監菅原道大《すがわらみちおう》中将が兼任していた。

「それじゃ、本気で、実戦に使うつもりですか」

「本気さ。どしどし準備を進めている。軽爆だけじゃない。重爆の体当り機も作っている」

岩本大尉は、怒りがこみあげてくるのを感じた。

「ろくな飛行機も作らんでおいて。いつ、きめたんですか」

「こんどの捷号《しようごう》作戦計画にはいっている。しかし、おれが初めて、研究をやれといわれたのは七月七日だった」

先月、七月十日、サイパン、テニアンなどのマリアナ諸島を占領されて、日本は、にわかに危急な状態となった。大本営は、連合軍の進攻にそなえて、捷号作戦計画を作り上げた。それは、日本本土を防衛するために、四方面の戦場を予想した作戦計画であった。

この計画のなかで、体当り攻撃を実行する企図が示された。そして、立川の陸軍航空技術研究所に、そのための試作機を作る命令が伝えられた。

それだからといって、竹下少佐や岩本大尉には、納得できることではなかった。戦況が悪化すると、陸海軍のなかで、体当り攻撃を主張する声が聞えはじめた。しかし、ふたりは、はじめから、体当りに反対であった。その理由は、体当りが、操縦者の生命と飛行機とを犠牲にするだけで、効果があり得ないからであった。

体当り攻撃を主張する側では、急降下爆撃では、艦船を撃沈することがむずかしくなったからだという。操縦者の消耗は激しく、操縦技術は低下してきた。未熟な操縦者が艦船を撃沈するには、体当り攻撃をすることだという。

だが、竹下少佐や岩本大尉は、急降下爆撃が困難なら、ほかに方法があると主張した。それが、ふたりが身をけずる思いで、完成しようとしている跳飛爆撃なのだ。

竹下少佐は、爆弾と爆撃とを専門に研究していた。その知識と経験から、体当り攻撃を否定しないではいられなかった。

竹下少佐は、九九式双軽二型の審査のために、南方の占領地に出張したことがあった。

昭和十七年三月、ジャワ本島を占領した直後である。シンガポールやジャワの戦闘では、九九式双軽が活躍した。竹下少佐は、そうした実戦の体験者を集めて、技術面の意見を求めた。その時、爆撃隊の関係者から、一様に指摘されたのは、陸軍の爆弾は効力がないから、もっと性能を高めてもらいたいということであった。

元来、陸軍の爆弾は、地上の攻撃に効果のあるように作られている。ことに、人馬殺傷のために、爆弾は早くこわれるようになっている。艦船を目標に爆撃演習をした時、陸軍の爆弾は、甲板に当って爆発する前に、弾体がこわれて黄色火薬が散乱してしまったほどであった。これでは、艦船の攻撃に使っても、効果のないのは当然であった。

そのころは、戦域が太平洋の南東方面に拡大していたので、陸軍機の艦船攻撃は、ますます必要になろうとしていた。第一線の実戦部隊からは、海軍と同じような、艦船攻撃に効果ある徹甲爆弾を要求したのである。

竹下少佐は、内地に帰って、新たな研究方針を考えた。それは次のような項目であった。

一、既成爆弾の改善。
二、海軍専用の魚雷攻撃を、陸軍でも採用する。
三、魚雷よりも一般性のあるロケット噴射の考案。

立川の技術研究所では、この方針を採用して研究を進めた。しかし、第一の爆弾の改造は、工場の設備から改めて行くことが必要で、簡単には進まなかった。

第二の魚雷の研究についても、あるいはまた第三のロケット噴射にしても、困難な問題が多く、実現は容易でなかった。

福島大尉も、そうした改善の手ぬるさを嘆いたことがあった。昭和十八年秋、もう戦局がかなり苦しくなっていた時である。鉾田で、艦船のような堅甲目標に対する爆撃演習をしたことがあった。場所は茨城県前渡《まえわたり》村（現在、勝田市）の爆撃場を使ったが、投下した爆弾は、爆発しないで、こわれてしまった。福島大尉は、その報告書を書いた時の腹立たしさが、まだ胸中に残っているほどであった。

これは、大本営や航空本部の首脳が、性能の高い飛行機を試作することにだけ関心を示し、火砲や爆弾の改善には、力をいれようとしないことも原因になっていた。こうした技術上の進歩改善をおろそかにしたことが、ついにマリアナ諸島を失うという現在の致命的な敗戦に結びついていた。

その間に、意外な報告が、竹下少佐らをおどろかせた。南太平洋のダンピール海峡で、日本軍を悲惨な全滅におとしいれた、アメリカ軍の新戦法が伝えられたのである。それが跳飛爆撃であった。

昭和十八年二月、ニューギニアでは、東部方面のラエ、サラモアなどにいる日本軍が危急な状態になった時である。この方面を増援するために、第十八軍の第五十一師団主力を、ラバウルから海上輸送した。

その兵力は、陸軍部隊約六千九百名と、海軍陸戦隊約四百名、弾薬糧秣約二千五百トン。これを輸送船八隻に乗せ、駆逐艦八隻と、陸、海軍の戦闘機が護衛に当った。しかし、この輸送は、非常な危険が予想されていた。上陸予定地のラエに至る途中のダンピール海峡の一帯は、アメリカ軍の飛行機がさかんに飛びまわって、厳重に制圧していた。

三月二日、日本軍の船団は、ビスマルク海で、アメリカ軍の飛行機B17、B24、P38など五十機に、くりかえし攻撃された。予想した以上に恐るべき状態となった。

翌三日、ダンピール海峡を逃走する日本軍の残存の船団を追って、アメリカ軍の爆撃機約八十機、戦闘機約四十機が、一時間にわたって、攻撃を加えた。

この二日間の戦闘で、日本軍の八隻の輸送船全部と、駆逐艦四隻が沈没した。陸軍部隊六千九百名のうち、将兵三千六百六十四名は海に沈んだ。残りの二千四百二十七名は出発地のラバウルに逃げ帰った。目的地のラエに上陸したのは、わずかに八百名で、それも武器、弾薬をすべて失っていた。この悲惨な失敗は、大本営をおどろかしたばかりでなく、それ以後の作戦に、大きな影響を与えた。

この時のアメリカ軍の攻撃方法が、竹下少佐に大きな教訓となった。三日朝、アメリカ軍の戦爆連合の大編隊が来襲した時、日本海軍の戦闘機四十一機が、船団の上空を飛んで護衛していた。日本機は、アメリカ軍の爆撃機が、高高度から爆撃するものと予想して、一斉に高度をあげて上空に位置をとっていた。

ところが、アメリカ軍の爆撃機は、逆に高度をさげて海面から二、三十メートルの超低空ではいってきた。これは、日本軍の戦闘機の攻撃を避けるためでなく、爆撃に必要な高度をとるためであった。アメリカ軍の爆撃機は、超低空飛行のままで爆弾を投下した。日本軍の艦船は、これを雷撃と判断して回避運動をおこした。だが、まに合わなかった。爆撃機から投下された黒い物体は、海中に沈まないで、海面を跳飛した。一瞬ののちに、舷側に爆発がおこった。

この爆撃の正体がなんであるかは、日本側では、しばらくはわからなかった。

竹下少佐は、それが低高度跳飛爆撃の新戦術であることを直感した。さらにまた、それが劣勢となった日本の航空部隊にとって、最適の攻撃方法であるように考えた。竹下少佐は、それから真剣に跳飛爆撃の研究をはじめた。

陸海軍の航空本部も、この新戦術をとりいれるために研究することになった。海軍では、これを反跳爆撃と呼んだ。

鉾田では、研究部の福島大尉と岩本大尉などが中心となって、跳飛爆撃の実験を進めた。岩本大尉の操縦と爆撃の技術のすぐれていることは、すでに定評があった。

それだけに、岩本大尉は跳飛爆撃の研究には、最適任者と見られたし、大尉自身も、この新しい技術の開拓に、熱情を傾けていた。

岩本大尉が跳飛爆撃の演習をはじめたのは、ダンピールの悲劇から三カ月目であった。場所は、霞ガ浦につづく北浦であった。いかだの上に仮装の艦体を作り、これを大発艇にひかせて目標とした。岩本大尉は、それから一年以上も、跳飛爆撃の訓練をつづけていた。

ことしの四月、跳飛爆撃の、最初の合同演習がおこなわれた。航空本部の主催で、各航空部隊の選抜者に対して、指導訓練する目的であった。この演習の計画と指導の主任者が、竹下少佐であった。場所は、神奈川県の真鶴岬であった。岬の南に散在している七ツ岩を目標に、跳飛爆撃をおこなった。

この時、最優秀の成績をあげたのが、鉾田から参加した岩本大尉であった。演習中の命中弾の総数の半分は、岩本大尉ひとりのものであった。

そして、今度の沖縄の演習では、岩本大尉は全弾命中に近い成績をあげた。岩本大尉は、跳飛爆撃を実戦に活用できるという自信をもつようになっていた。

それだけに、今になって航空本部が体当り機を作ろうとするのは、意外でもあった。岩本大尉は、だまされたように感じた。航空本部は、なぜ、体当り攻撃のような無謀な策をとろうとするのだろうか。体当り攻撃は一見、勇しいように見えるが、つまりは、操縦者と飛行機を、一回限りで失う、極端な消耗戦法にすぎないではないか。

部屋の電話が鳴って、岩本機の出発準備の終ったことを知らせてきた。

竹下少佐は別れをつげる岩本大尉の手を握って、おだやかにいった。

「体当りは体当り、跳飛は跳飛だ。おたがいにがんばって、実績をあげることだよ」

二

岩本大尉から、体当り機の出現を聞かされると、福島大尉の小太りの色白い顔が青く変った。福島大尉は、自分の努力が裏切られたことを、はっきりと感じた。

福島大尉は爆撃を専門に研究していた。それだけに、爆撃で軍艦を沈めることが、どれほど困難であるかを、よく知っていた。鉾田は実施学校で、乙種学生と呼ばれる将校学生が、幹部要員の初級教育を受けていた。福島大尉は教官として乙種学生に教えていたが、爆撃の困難を示すために、必ず話をする戦訓があった。それはイギリスの空母ハーミスと、アメリカの空母ホーネットを爆撃した時の状況である。

昭和十七年四月、日本海軍はインド洋上のイギリス海軍を覆滅しようとして、その根拠地のセイロン島のトリンコマリ、コロンボの軍港、飛行場を攻撃した。日本海軍の主力は南雲忠一《なぐもちゆういち》海軍中将の指揮する機動部隊で、空母五隻が基幹となっていた。四月五日、南雲艦隊はコロンボを攻撃した。この時は、艦上攻撃機五十三機、艦上爆撃機三十八機、艦上戦闘機三十六機が出撃した。

ついで四月九日、南雲艦隊はトリンコマリを攻撃し、その南東海面でイギリスの空母ハーミスを発見、襲撃した。ハーミスはイギリス海軍省設計の最初の空母で、一九一九年（大正八年）に進水した旧型艦であった。南雲艦隊は前回の五日の時と同様、空母の全力をあげて爆撃した。ハーミスに命中した爆弾は六十数発で、そのなかには、軍艦の鉄鋼を爆砕するための徹甲弾も含まれていた。これだけの爆弾をあびても、排水量一万八百五十トンの小型旧式空母は容易には沈まなかった。ハーミスは傾きながら浮び、最後に大爆発をおこして沈むまで、長い時間がかかった。

空母を爆撃で沈めることが、どれほど困難であるかを示す実例は、ほかにもある。昭和十七年十月二十六日、南太平洋のサンタクルーズ諸島北方洋上で、同じ南雲艦隊がアメリカ機動部隊と衝突した。この時、日本軍の艦上爆撃機、艦上攻撃機がアメリカ空母ホーネットを襲撃した。ホーネットは昭和十六年に完成した排水量一万九千九百トンの新型、正規空母であった。

ホーネットには五発の爆弾が飛行甲板に命中、その幾つかは、防御甲板を貫通して内部で爆発した。また攻撃隊の指揮官、村田重治海軍少佐機は撃墜されてホーネットの煙突に激突、さらに飛行甲板に転落し、そこで機体につけていた爆弾二発が爆発した。このほかに、二本の魚雷が命中したため、ホーネットは航行不能となった。

この戦闘がはじまったのは午前七時であったが、午後になってもホーネットは沈まなかった。日本機はくり返し攻撃し、一本の魚雷と二発の爆弾を命中させたので、ホーネットは火災をおこして傾斜した。その後、放棄されたホーネットに対し、日本軍の駆逐艦二隻が接近して魚雷を撃ちこんで、ようやく撃沈した。

福島大尉はこうした実例をあげて、乙種学生に教えた。それほどに軍艦を爆撃で沈めるのは困難である。まして、性能の悪い陸軍の爆弾ではいよいよ効果がない。それに代る方法として、体当り攻撃をさせようというのは、明らかな矛盾であった。

福島大尉は体当り攻撃に反対し、航空本部や三航研（第三陸軍航空技術研究所）と論争したことがあった。前の年、福島大尉が、爆弾の実用審査の報告をまとめた時であった。そのなかで、陸軍の爆弾は、艦船攻撃に効力なし、という判定を記した。

当時、鉾田は、師団になる前で、軽爆の実施学校であった。校長の藤塚止戈雄《ふじつかしかお》中将は、福島大尉の報告書に同感して、それを航空本部にも送るように命じた。

まもなく、第三陸軍航空技術研究所長の正木博《まさきひろし》少将の名で、公文書が送られてきた。その内容は、福島大尉にも、藤塚校長にも、全く意想外のものであった。

正木少将の文書には、福島報告を聞きおよんだからとして、反論が記してあった。この反論の根拠となっていたのは、東京帝国大学建築科の浜田教授の作りあげた理論であった。

浜田博士の研究によれば、かの、甲板にぶつかってこわれてしまう陸軍爆弾でも、艦船の装甲を、完全に貫徹できる、という。ただし、それには、方法が必要である。それは、飛行機が爆弾をつけたまま、体当りをすることである。体当りをすれば、爆弾は、爆発力が弱くとも、飛行機自体の重力で、三層の甲板をつらぬいて、底部に達することが可能であると主張した。

さらに、次のような意味が記してあった。

《したがって、爆弾は、現在のままでもさしつかえない。改めなければならないのは、爆弾ではなくて、攻撃方法である。戦局はまさに緊急の時である。今こそ、体当り攻撃を実施して、最大の効果をあげなければならない。これこそが、一死、国にむくゆるの崇高な精神の発露である》

この結論では、体当りに反対する者は、卑怯未練な非愛国者だと、きめつけているようであった。藤塚校長は、

「こんなばかな話があるか」

と、明らかに不愉快な表情を浮べて、

「いうことが逆じゃないか。第一線部隊が体当りをするというのを、いい弾《たま》をやるから待てというのが、技術研究所の立場じゃないか。それを三航研ともあろうものが、おべっか使いの学者を集めて、とんでもないことをいうものだ。すぐ返事をだして、やっつけてやれ」

と、福島大尉に反論を命じた。三航研のこの考えが採用されれば、体当り攻撃が実施されることになるだろう。福島大尉は、反論を書くことに、重大な責任を感じた。

福島大尉には、思い当ることがあった。昭和十八年の秋に、三航研の主催で、戦技研究会が開かれた時のことである。日本中の爆撃研究の権威といわれる学者たちが、東京都下の、五日市町《いつかいちまち》の奥の秋留《あきる》鉱泉の宿に集った。参会者には、東京帝国大学から浜田稔博士のほかに造兵研究の青木保教授、九州帝国大学の栖原《すはら》豊太郎教授、東北帝国大学の抜山《ぬきやま》四郎教授、鈴木隆教授などがいた。こうした顔ぶれから、福島大尉は、かなりの期待をもって出席した。

会議は二日にわたったが、航空の実際には役に立たない研究が多かった。ある学者の説明した『射撃性能の増進案』は、特殊な眼鏡を操縦者にかけさせようというのであっ

た。それをかけて目を暗くすれば、瞳孔が開く。そのあとで眼鏡をはずせば、よく見えるようになって、射撃性能もあがる、という考えであった。

福島大尉は、やりきれない腹立たしさを感じて、

「それでは空中で索敵をするのに、どうするのですか」

と、まぜっかえした。学者たちは、空中での敵の発見、警戒を考えないほど、航空の実際について無知、非常識であった。

やがて、この会議の中心問題と見られる研究が発表された。それは体当り攻撃の効果を計算し、推奨したものであった。この研究者が三航研所長の正木少将であった。研究の内容を説明したのは、三航研の技術将校の加藤孝中尉であった。

正木方式によれば、体当りの飛行機と爆弾は、五トンの剛体と仮定して計算することになっていた。福島大尉は、東北帝大の物理学出身の加藤中尉の説明を聞きながら、その仮定の誤りに気がついていた。さらに、その結論としていわれたことには、いうべき言葉のない思いだった。加藤中尉はいった。

「体当りをすれば、艦船を撃沈することができる。しかも、飛行機を艦船に命中させることは、人間が操縦してやるのだから必中である。体当りによって、一機一艦を沈めることができる」

福島大尉は、なんのために、これだけの学者を集めて、大がかりの研究会が催されたかを考えてみると、黙視してはいられないものを感じた。

正木少将は何かの目的があって、日本中の権威といわれる学者を集めたのだ。それは、体当り攻撃の効果を価値づけようとするために違いない。というのは、正木少将には、その必要があったのだ。三航研は、航空本部から、爆撃改良の方法について、具体策の提出を求められていた。しかし、満足な方法は見つからなかった。最後に考えだしたのが、体当り攻撃の理論化であった。つまりは、航空本部の要求に対する、苦しまぎれの、責任のがれの回答であった。

したがってそれは、愛国の至情のために、一身一命をなげうとうとするためのものではなかった。いわば、愛国心を利用して、兵器の性能と数量の劣悪を、おぎなおうとしたものであった。また、もしも、体当りの効果を信じているとしたら、それは日本特有の精神主義のためである。

その正木方式が、今、公文書となって、再び福島大尉の目の前にあらわれてきたのである。今度の場合は、航空を知らない空論とか、責任のがれとして、簡単に片付けることはできない。体当り攻撃は、今、現実の問題となろうとしているのだ。

それから、福島大尉は研究部で、夜おそくまで残って、力学の方程式の計算をつづけたりした。

福島大尉には、東大教授浜田博士の理論の誤りは、はじめからわかっていた。浜田博士は、目標である軍艦の甲板を、コンクリート床板におきかえて、計算している。また、体当りする飛行機を、剛体と見なしている。しかも、このコンクリートは、完全に固定されている、という仮定の上で出発している。その結果として、体当り機は、落速と重量だけで、幾層もの甲板を貫徹できる、という数字をならべていた。

福島大尉は、この点に対して、反論した。艦船の性質は、固定したコンクリートとは比較できない。艦船には、必ず、甲板や肋骨の鋼材のたわみがあり、海面に浮んでいるからには、そこに緩衝もうまれるはずである。

飛行機と軍艦では、重量が全く違っている。飛行機は、五、六トンにすぎないし、軍艦は何万トンという重さである。しかも、飛行機は、強度の許す限り、軽く作ってある。軽量の飛行機が、重量の軍艦に衝突すれば、それによるエネルギーは、軍艦を貫徹するより先に、飛行機自体を破壊してしまうことは明らかである、というのであった。

岩本大尉は、そのころ、基本操縦を終った将校学生の教育に当っていたが、あいまには研究部にきて、福島大尉をはげました。

「東大教授だったら、爆弾と飛行機と、どっちが早くおちるかぐらいのことは、わかっているだろう。急降下で突込んで、体当りするとしても、飛行機の速度は、爆弾の落速の半分だということを、どうして計算にいれんのかなあ」

岩本大尉のいうのは、落速の差があるから、装甲甲板は、爆撃で貫徹できても、飛行機をぶっつけたのでは、貫徹できないということであった。

「この先生の計算じゃ、操縦ということを、全然考えておらんね。そりゃ、千キロメートル計器速度でぶつけるなら、いいかも知れん。だが、双軽の急降下じゃ四百五十キロ出すんだって、操縦はやりにくいんだ」

岩本大尉は、すこし頬骨《ほおぼね》の出た、ひきしまった顔を伏せて、慎重な口調になって、

「体当りなんて、とんでもないことをいいだしたもんだ。そんな単純なことを考えるよりは、さっさと爆弾を改良したらいいんだ。このことは、きっと書いておいてくれ」

福島大尉は、ゆっくりうなずいて、

「結論は、体当りでは、船は沈まないということだ。卵をコンクリートにたたきつけるようなものさ。卵はこわれるが、コンクリートはよごれるだけだ」


福島大尉の体当り攻撃反対の意見書はできあがった。その要旨は――。
一、急降下爆撃の場合は、敵の戦闘機や防御砲火による損害が多く、接敵占位するまでに困難が多い。しかし、一旦目標をとらえて、急降下にはいれば、爆撃の目的を達する率が多い。
ところが体当り攻撃の場合は、
一、武装、戦闘行動で劣り、結果としては不利である。
一、体当り攻撃の最大の欠点は落速の不足にある。爆弾の落速に比較すれば、飛行機は、その二分の一程度であるから、装甲甲板を貫徹することはできない。従って、体当り攻撃では、一般としては撃沈の可能性はない。
この意見書を、藤塚校長に提出すると、

「このなかで、一般としては、とことわっているのは、どういうことだ」

と、鋭い目を光らせた。福島大尉は重い口調で、

「体当りで船は沈まない、というのは原則ですが、当りどころによっては、沈むこともあり得る、ということです。たとえば、船の煙突に飛びこむとか、船の火薬庫に誘発がおこれば、ということです」

「そりゃ、そうだ。しかしそれは、まぐれ当りのようなものだ。それで船が沈むからといって、体当りをやれというのは暴論だ」

藤塚校長は、意見書を福島大尉にもどして、

「これは、航空本部の河辺（虎四郎）次長に通牒でだせ。河辺次長などが先になって、体当りでなけりゃならんようなことをいっているからな」

それから、さらに念を押すようにいった。

「三航研にも公文書としてだすんだ」

藤塚校長は、体当り攻撃反対を、鉾田飛行学校の意思としようとしたのである。

この公文書が送られると、まもなく、三航研から、また反論がきた。藤塚校長は、むずかしい顔をして、

「三航研は、今度は、精神論できた。崇高な精神力は、科学を超越して、奇跡をあらわすようなことをいっている。精神主義はいいが、技術研究所で精神論をいいだすのは、とんでもないことじゃないか」

福島大尉は、

「三航研はずるいから、わざとこんなことをいっているんだと思います。つまりは、効果のある爆弾ができないから、体当りをやるよりしかたがないといっているんでしょう」

「それだよ。しかし、そうなると、体当りは、崇高な犠牲などといっても、つまりは上層部の責任のがれの戦法ということになる。全くふつごうな話だ。大いにたたいてやれ」

福島大尉は、それからまた、反対意見を書いて、これも公文書として、航空本部と三航研に送った。

この公文書の論争は、三度くりかえされた。それなのに、今、体当りの試作機が出現したとすれば、福島大尉ひとりの苦心だけでなく、鉾田の意思が、裏切られ、ふみにじられたことになった。福島大尉は、白い頬を沈痛にゆがめて、岩本大尉にいった。

「その体当り機が九九双軽なら、鉾田へくることになるかもわからないな」

それは、当然、予想されることであった。

夏の日のながい夕方になった。

岩本大尉が家に帰ろうとして、営内の将校集会所の前までくると、若い将校たちが飛びだしてきて、迎えた。

「岩本大尉殿、御苦労さんでした」

血色のよい、童顔の安藤浩《あんどうひろし》中尉。背の高い澄谷徳朗《すみたにとくろう》中尉。端正な菱沼俊雄《ひしぬまとしお》中尉。みんな日やけした顔で、笑っていた。

「沖縄の話を聞かせていただこうと、待っていました。寮においよりになりませんか」

安藤中尉が、せがむようにいった。京都生れの、快活な青年である。中尉たちは、魁《さきがけ》寮《りょう》と名づけた、将校集会所の前にある家屋に居住していた。

「大尉殿が、われわれの寮にこられるものか。今、全速で奥さんのとこへ帰還中じゃないか」

澄谷中尉が、いたずらっぽくいうと、

「そういえば、おれが牽制されて、貴様らのところへよるだろうなんて、そんな手にはのらんぞ」

と、岩本大尉は笑った。この中尉たちは、士官学校五十六期で、乙種学生として、岩本大尉に操縦を教えられた。

昭和十八年の半ばまでは、陸軍では、戦闘機を重要視したので、その方に成績のよい者を集めた。太平洋戦争が激烈になって、艦船攻撃が重要になってくると、軽爆、襲撃機に比重をかけて、優秀な乙種学生を、鉾田に送りこんだ。そのなかで、学校付きとして鉾田に残ったのが魁寮の中尉たちであった。寮の名も、自分たちが真先に立って進むのだ、という決意を示したものであった。

岩本大尉は、気になっていることをたずねた。

「サイパン攻撃の方は、どうなっているか」

安藤中尉と澄谷中尉がサイパン特別攻撃の第三飛行隊に編入されていた。安藤中尉が、

「これから夜間飛行で、海上航法の訓練があります。てんで、しぼられています」

岩本大尉は、この青年たちを愛し、最も期待をかけていた。それだけに、この青年たちを、体当りなどで、むだに死なせたくないと思った。岩本大尉は、ことさらに快活そうにいった。

「それでは、おれは帰るぞ。何しろ、奥さんが待っているからな」

昭和十九年八月三日
鉾田

岩本大尉は、鉾田におちついていられなかった。沖縄から帰った翌日には、もう次の出張命令が待っていた。行先は、台湾とフィリピン。出発は明後日、八月五日。岩本大尉は副官室で、出張に必要な書類をうけとりながら、

「こんなに人づかいが荒いのは、誰かやきもちをやいているな」

と、冗談に笑ったが、サイパン島を奪われてから、わずか一カ月半で、急変した戦局のあわただしさが、まざまざと感じられた。同時に、ちらりと、妻のことを思った。ひとりでいる時には、いつも本を読んでいるという和子。いっしょにいられるのは、たった一日であった。

だが、出張の目的が、跳飛爆撃の普及教育であることが、岩本大尉の意欲をそそりたてた。それは参謀本部か航空本部で、跳飛爆撃の効果をみとめて、重要視してきたにちがいないと思われたからであった。

それに、今度も、審査部の竹下少佐と同行することになっていた。

その夜。

和子は、夫を見送りに立川まで行く、といいだした。結婚以来、たびかさなる夫の出張であったが、そのようなことをいいだしたのは、はじめてであった。

岩本大尉は、和子のなかに、今まで見なかったものを感じた。岩本大尉の知っている和子は日常の生活にも、折目正しく、筋を通すことを忘れない女であった。

和子はいつも夫のために生き、夫のために死ぬ妻でありたいと願っていた。それには〈自分のすべてを犠牲にするし、心のなかにある女の感情は殺さねばならない〉と考えていた。

結婚の時、和子は父の村田《むらた》三介《みつすけ》から、家に伝わる懐剣を与えられた。長州、萩に生れた古武士かたぎの父は、懐剣に托して、女の覚悟を教えた。

そうした和子が、急にあまえたことをいいだしたので、岩本大尉はちょっと、とまどった。

「見送りなんて、てれくさいよ」

と、ことわったが、和子はゆずらなかった。

「中野へもよって、いろいろ、もらってきたいんです」

東京の中野には、和子の両親が住んでいた。物が不自由になってきた時なので、和子は、中野の家から分けてもらったりしていた。

「あしたは、ふたりで中野へとまって、あさっての朝、立川へ行きましょう」

和子は、そうきめていた。岩本大尉は、まつわるような女ごころを感じた。

「そんなことをいって、おれが戦場へ行く時は、どうするんだい」

和子は、大きい目で、じっと見ながら、

「その時は、うちの玄関でお見送りします」

と、ひかえめにいった。しんのしっかりしたものが感じられた。

昭和十九年八月六日　台北

台湾の台北におりた竹下少佐と岩本大尉は、市内の第八飛行師団の司令部に行った。ふたりは参謀長の古木重之《ふるきしげゆき》大佐に会って、跳飛爆撃の演習指導にきたことを申告した。古木参謀長は鉾田にもいたことがあって、岩本大尉とは親しかった。

「きょうは台湾方面軍と合同の兵棋演習（作戦研究会）があって、師団長閣下が出席されている。サイパン島をとられたので、台湾も急に防衛がうるさくなってきたよ」

古木参謀長はくだけた調子でいって、

「跳飛演習の件は、作戦主任の川元中佐にいってあるから、細部を打合わせて、大いに成果をあげてもらいたい」

と、ひと通りのあいさつを終った。

当番兵が紅茶をはこんできた。岩本大尉は白砂糖をたくさんいれて、

「これだから台湾はいいよ。白砂糖などは、内地ではお目にかかれなくなった」

と、笑った顔が無邪気な感じだった。

古木参謀長の机のうしろの壁には、大きな紙がはってあった。それには『師団長訓示』としてあり、数項目にわたって、統率の要旨を記してあった。それに目をとめていた岩本大尉が、その一節を声にだして読んだ。

「師団将兵は、肉弾もって敵を撃砕する精神なかるべからず、か。ここの師団も、体当り攻撃をやろうというのですか」

「師団長閣下は肉弾精神というおつもりだが、若い連中は体当りだと張切っている。高田戦隊が体当りで軍艦を沈めたというので、急に体当りを主張する者が多くなった」

「しかし、高田戦隊の話は、鉾田では、全然知られていませんでしたよ」

古木参謀長も、あまり関心をもっていないようだった。

「そうだろうな」

高田戦隊は、高田《たかだ》勝重《かつしげ》少佐のひきいる飛行第五戦隊のことであった。二式複座戦闘機屠竜《とりゅう》を持った戦闘隊で、ニューギニア方面で、輸送船団の掩護に当っていた。

この年の五月二十七日早朝、アメリカ軍はニューギニアの西北にあるビアク島の東南岸に激しい艦砲射撃と爆撃を加え、上陸をはじめた。

南西太平洋方面最高指揮官であるマッカーサー大将は、ニューギニアの北岸づたいに西に進んだ。アメリカ軍の作戦目標は、フィリピンに進出するものと判断された。

ニューギニアの東部、中部の日本軍は、すでに潰滅して、密林地帯に分断され、数万の兵は、糧食弾薬もなく、孤立し、あるいは、ばらばらになって敗走していた。

アメリカ軍がビアク島に上陸したのは、ニューギニアの西端に残っている日本軍にとどめの一撃を加えるためと、次の前進基地への足場を作ることであった。

この時、飛行第五戦隊は、ニューギニアの西端のエフマン島にいた。そこには、第五戦隊のほかに、海軍第二十三航空戦隊がいた。この方には早くも緊急命令が出て、ごうごうと音をたてて、零式戦闘機がつぎつぎと飛び出していった。

だが、第五戦隊には、出撃の命令がこなかった。高田戦隊長は、独断で出撃の決心をした。戦隊の主要な任務は、船団掩護であったが、この危急の時に、手をこまねいていられなかった。ビアク島までは、六百キロの距離があった。高田戦隊の二式複座戦闘機は防空戦闘が主で、進攻戦闘には不向きとされていた。しかし高田戦隊長は、ビアク島に進攻することを企図して、次の攻撃命令をだした。

《一、ビアク島危シノ報ニ接シ、海軍戦闘隊ハ直チニ出動ス。部隊ハ陸軍戦闘隊トシテ、当攻撃ヲ黙過シ得ズ。

二、部隊ハ即時該敵ヲ攻撃セントス。
三、攻撃隊ノ編組左ノ如シ。
　編隊長機　部隊長　　　　同乗者　本宮利雄曹長
　第二番機　工藤隆弘曹長　同乗者　岩本弘曹長
　第三番機　岡部敏男中尉　同乗者　野崎正範軍曹
　第四番機　松本忠吾曹長　同乗者　深津芳春軍曹》

十四時。高田戦隊長以下の四機は爆弾をつけて、飛行場を離陸した。

ビアク島の東南海面には、アメリカ軍の駆逐艦、輸送船をまじえた十四隻が、二列縦隊陣を作っていた。高田戦隊の二式複戦が接近すると、各艦船は、一斉に対空砲火をうちあげた。高田戦隊の四機は、その弾幕のなかに突進して、アメリカ艦船の上空に迫った。


高田戦隊長機は、すぐに左発動機を撃たれて黒煙をはきだした。二番機の工藤曹長機も被弾して、燃えながら落下して行った。岡部中尉機も黒煙をはいて、撃墜された。

上空からはアメリカ軍の戦闘機P47が迎撃してきた。リパブリックP47サンダーボールドは、高空性能がよく、時速六百九十キロ、アメリカでは二番目に早い単発の進攻戦闘機であった。高田戦隊の屠竜は双発の重戦闘機であるが、試作中から持てあまされ、失敗機といわれるほど性能が悪かった。すでに黒煙をはいている高田機は、右発動機からも火を吹きだし、そのまま海中に落下した。

この攻撃で、アメリカ軍の駆潜艇一隻が損傷を受けた。『米国海軍作戦年誌』には、この損傷は《体当り機により》としてある。しかし撃沈された艦艇は、一隻もなかった。

高田機に同乗した本宮曹長は、機体が海中に突入した時、外にはね飛ばされ、海上を漂流したが、のちに救助された。本宮曹長は生還し、戦闘の状況を報告した。

ところが、南方軍の発表は、この戦況とは全く違っていた。高田戦隊は体当り攻撃により《駆逐艦二隻を撃沈し、さらに二隻の駆逐艦を炎上撃破せり》として、その壮烈を賛美した。

また、後日の新聞では、はなばなしく戦闘状況を書きたてた上《各機は爆弾を投下して命中させ、さらに砲撃を加え、最後に敵艦に突入、体当りをした》としている。

さらに松本曹長機は、艦船を攻撃してから、ビアク島岸に上陸したアメリカ軍の地上部隊を砲撃したが、その陣地の近くに落下して行ったという。

それればかりでなかった。六月十日には、第五戦隊に対し、南方軍総司令官寺内元帥より感状が授与された。それには《果敢捨身の攻撃を反覆敢行し、駆逐艦二隻を撃沈し、同二隻を撃破し、全機壮烈なる自爆を遂げたり》とある。

感状は全軍に布告され、天皇にも伝えられるので、授与された部隊や個人の最高の名誉とされた。しかし、この感状は、授与の理由に、事実でない戦果をあげている。しかも、本宮曹長が基地に帰ったのは六月四日だから、実状は南方軍にも報告されていたはずである。それとも、本宮曹長がそのような報告をしたのだろうか。防衛庁戦史室著

『西部ニューギニア陸軍航空作戦』には、本宮曹長の昭和三十七年九月に書いた回想手記が掲載されている。そのなかには、次の記述がある。

《高田戦隊長は第一回の攻撃後、一度離脱し片発飛行で基地に帰ろうとしたが、目前に部下の自爆を見て、また最後まで続いていた松本曹長機の船舶攻撃の直後に「本宮曹長、只今より岡部中尉以下の仇討ちをする」と叫び、攻撃に移った。

ところが、突然P47が現われたため、それと応戦一機を撃墜したが、高田戦隊長は負傷し、右発動機も被弾し火を吹き出した。戦隊長は伝声管を通じ、かすかな声で「本宮曹長、只今より自爆するから基地に打電せよ」と命ぜられた。しかし無線機も被弾のため送信できず、そのことを報告すると「そうか仕方がない」と言われ、腰から拳銃を取り出し「天皇陛下万歳」と一度叫ばれ、自らの手で頭を射ち、高度一五〇メートル付近から海中に突入した。

私は海中に突込んだ時、機外に投げ出され、気がついてみると洋上を漂流していた。その状態は二昼夜も続いたのであるが、ビアク島の西岸に漂着した。空腹と寒さのため、また気を失い倒れている所を土人に助けられ（中略）六月四日エフマンに帰った》

この壮烈ともいえる状況を知っているのは、本宮曹長ひとりであるから、第三者がその真偽をいうことはできない。しかし、当時の操縦者の常識とくらべて、疑問をさしはさむ余地はある。洋上で飛行をつづけることが困難になった時、操縦者は自決の方法として、機体を反転、急降下させて海中に突入する。ビルマにいた第六十四戦隊長、加藤《かとう》建夫《たけお》中佐がベンガル湾に突入したのは、当時有名であった。

高田戦隊長機は両発動機に被弾し、火を吹いている。高度はわずか百五十メートルである。その時、拳銃を取り出して自決するだけの時間の余裕があるだろうか。また、操縦席は狭いから、拳銃を取りだして頭にあてるにしても、すばやくはできない。それよりも、この火急の時なら、機首をさげれば海面に激突して死ぬことができる。だが、この高度で急降下しようとすれば、機体を反転し終らないうちに、海中に突入するだろう。

また自決は、操縦者の心理としても考えられない。操縦者は、同乗者がいれば、それを助ける責任を感じるから、簡単に死の道づれにはしない。

また、本宮曹長が機外に投げだされたのは、機体が海中に《突入》するような激しい勢いでなかったのではないか。百五十メートルの高度から突入すれば、その衝撃の力で助からないだろう。このことから考えれば、機体は被弾してフラフラと飛び、高田戦隊長は、すでに、何かのために、操縦のできない状態にあったのではなかろうか。

このように推察すると、本宮曹長の回想手記や報告には、疑問の余地が多い。防衛庁の戦史は、この、戦後十七年を経て書かれた手記を、確実な資料として、掲載したというのだろうか。

それよりも考えなければならないのは、高田戦隊に対する南方軍の感状である。この感状によって、高田戦隊は体当り攻撃をして大戦果をあげたことになってしまった。これは、南方軍の感状の形をかりて、参謀本部が、本宮曹長を生き証人として、体当り攻撃の戦果を宣伝しようとしたのではないだろうか。

この結果、体当り攻撃は有効であるという考えがひろがるようになった。そして服部卓四郎著『大東亜戦争全史』にあるように、高田戦隊は《特攻の魁《さきがけ》》とされるようになり、これがひろがり、定説化するようになった。

ともあれ、高田戦隊の報道は、多くの人々に感銘を与えた。ことに航空部隊の軍人の間では、この〝大戦果〟が体当り攻撃を主張させる有力な根拠となった。それ以来、一機一艦を撃沈できるという信仰がひろまり、体当り強行論が勢いづいてきた。

竹下少佐は、紅茶をうまそうに飲んで、

「高田戦隊が体当りで撃沈したことにしてしまったのは、どうかな。いよいよ、体当りをやらせるつもりになったのじゃないですか」

古木参謀長も、考える顔になって、

「後宮《うしろく》航空総監は盛んに体当り必勝論をとなえているらしい。後宮大将の意向に従ったか、大本営がやらせるつもりになったか、どっちかだろう」

「たしかに、体当りにもって行こうというねらいですよ。しかし、飛行機がたりない、爆弾がないからといって、体当りをやらせようというのは問題ですよ。第一、体当りに、どれだけの確率があるんです。高田戦隊の戦果を誇張すると、体当りをすれば、どんな船でも沈むように思いこまれることになります」

「しかし、後宮大将は、体当りをやれば勝てる、と本気で思っているのだろう。飛行機のことは何も知らんのを、航空総監などにするから、こんなことになる」

岩本大尉が口をはさんだ。

「しかし、後宮閣下が鉾田へきて、体当り必勝論をやった時は、大変な気合いでした」

「そのはずさ。後宮大将が航空総監になったのは、そのためだ。航空が負けてばかりいて、だらしがないから、気合いをかけてこい、という東条大将のお声がかりだ。東条が、航空の権力を握るために、身代りに出した人だ」

「体当りなんて、単細胞の頭の考えることですよ。それよりは、跳飛爆撃ですよ。ダンピール海峡で、こちらの輸送船をボカボカ沈めた跳飛の威力をみとめたなら、もっと本腰をいれたらいいんです」

「陸軍のえらい人は航空を知らない。歩兵の頭で航空を考えるから、歩兵の突撃と体当りを同じことにしてしまう。これは陸軍の大きな欠点だな」

古木参謀長は残念そうにいった。

その翌日から、跳飛爆撃の教育演習がはじまった。参加したのは、台湾、沖縄の戦闘隊、重爆隊、軽爆隊からの選抜要員であった。

演習は、淡水港と基隆《キールン》港でおこなわれた。

岩本大尉は、九九双軽を操縦して、あざやかな超低空飛行で跳飛弾を海面に投じた。

この時も、最高の命中率をあげたのは岩本大尉であった。

だが、演習の終ったあとで、作戦主任参謀の川元浩中佐は、竹下少佐、岩本大尉の労をねぎらってから、目を伏せて低い声でいった。

「跳飛の効果はわかったが、八飛師としては、今から基本教育などやってはおれない状況なのだ。敵は目の前にきているのだ」

　はや操縦者教育をしている余裕のないところにきているというのだ。前線部隊は敗勢に浮足だっていた。

　高田戦隊については、服部卓四郎著『大東亜戦争全史』のなかで、次のように記している。
《高田少佐（戦死後特旨により二階級進級）は勇躍ビアク上空に出撃し、奮戦の後、僚機とともに敵艦に体当り攻撃を決行した。これは特攻の魁であった。
　この肉弾攻撃は、上からの命令によるものではない。高田少佐は出発にあたり、部下とともに生還を期せず、誓って任務を完遂し、友軍の危急を救うべきを約した。攻撃隊のうち、三機は敵艦に突入して轟撃沈せしめ、他の一機は帰還しなかった》
　大本営陸軍部作戦課長であった著者は、戦時中の大本営発表のような、誇大虚飾の報告をそのまま書き残した。しかし、このことは、服部大佐の作為ではなかったろう。高田戦隊が体当り攻撃をし、戦果をあげたことに作りあげたのは、参謀本部のだれかのたくらみであった。それは、高田戦隊を〝特攻の魁〟とし、これを模範として、体当り攻撃を作戦に採用しようとするためであった。それは次の記述でも、うかがうことができる。

《これら航空部隊将兵の壮烈なる攻撃精神は、深くその源を民族古来の伝統に発し、戦局の危急に際し期せずして発露せられたもので、これはたちまち全軍に伝えられ、昭和十九年夏ごろには、第一線部隊、なかんずく航空部隊においては、わが軍が敵の鋭鋒をくいとめうる唯一の道は、必死必殺以外に方法がないとの気運が擡頭《たいとう》した》

このように体当り攻撃を、民族精神の発露であるとするのは、ただに美化誇張するだけでない。体当り攻撃の効果を誇張し、特攻の実施計画を作り、推進させた当事者たちの責任をごま化そうとしたことになる。

昭和十九年八月十二日 マニラ

竹下少佐と岩本大尉は、台湾の演習を終ってから、フィリピンのマニラに行った。そこにいる第四航空軍で、跳飛爆撃の教育演習をするためであった。ふたりは第四航空軍の司令部で、作戦主任参謀の石川泰知《いしかわやすとも》中佐に会った。

「参謀が全部、倒れてしまって、ひとりで目をまわしています」

「それでは軍司令官閣下もお困りでしょう」

「その、寺本閣下が、まず寝こんで、森本参謀長、松前高級参謀が寝こんだから、司令部は全滅です」

四航軍は、前にはセレベス島のメナドに司令部をおいて、第六、第七の二つの飛行師団を指揮していた。このうち、第六飛行師団はニューギニアで粉砕され、飛行機は一機もなくなってしまった。第七飛行師団も、戦力の過半を失った。高田戦隊は、この師団に所属していた。

ついに四航軍は壊滅したので、司令部はメナドからマニラに後退した。まさに、敗残であった。首脳部のほとんどは病気に倒れ、部内の将兵も半病人となり、気力を失っていた。いまもなお、軍司令部の将兵には、悪戦の惨苦と恐怖の跡が消えないでいた。

四航軍は再建に着手した。第六飛行師団は、もはや手のほどこしようがなく、師団を廃止することになった。第七飛行師団の方は、できるだけ後方にさげて、戦力を回復させることにした。そして、新たに、満州（中国東北地区）にいた第二、第四の二つの飛行師団を指揮下にいれた。

「その準備に追われているところへ、急にフィリピンに火がつきそうなので、今、あわてているところです」

飛行機の操縦者も不足しているなかで、航空軍を再建するには、困難なことが多かった。しかし、それよりも先に戦局が急変し、危険が迫ってきた。

七月十日。アメリカ軍はサイパン島の完全占領を発表した。中部太平洋のかなめともいうべきサイパン島を奪われて、日本帝国の降伏、滅亡は時間の問題となった。当面の重大事としては、アメリカ軍の進路がどこに向うかということにあった。なかでも、マッカーサー大将のひきいる大兵団は、ニューギニアから、さらに西進をつづけて、フィリピンに出てくるものと判断された。

南方総軍（南方軍総司令部の略称。総軍も同じ）は、これまでニューギニアとハルマヘラ島で航空作戦をする計画で、地上兵団に命じて、航空基地を作らせていた。これは大本営の計画が、この線で、アメリカ軍をくいとめることになっていたからである。大本営は、これを〈絶対国防圏〉と誇大な名をつけていた。

だが、現実にはもはや大本営の観念的な図上作戦はなり立たなくなっていた。総軍は、この防衛線をフィリピンに後退させないではいられなくなった。総軍は、航空作戦の大綱を、新しく作り変えた。それによれば、アメリカ軍は八月以降にフィリピンに来攻するとして、その時に防戦をする予定にした。

しかし、これを実行する第四航空軍の立場になると、容易でなかった。まず、防戦の時期である。主戦力となる第二飛行師団の準備状況からいえば、九月以後でなければ使いものにならない。それを、八月にくりあげるには、部隊の訓練を急速に完成しなければならなかった。

「問題は飛行機ですよ。どのくらいあるんですか」

竹下少佐は、日本軍の飛行機のすくないことに、絶望しないではいられなかった。

「いや、それなんだ。飛行機となると、なんともならない。まあ、こんな状況だ」

石川参謀は、指揮下の各飛行師団の保有している飛行機現況表をひろげて、

「主力の第二飛行師団でさえ、定数七百七十五機に対して、保有機総数が三百十一、出動可能機は七十五機。第七飛行師団などは、定数二百八機に対して、出動可能機数わずかに二十八機だよ」

「思ったよりひどいですね。大本営や総軍がフィリピンで航空決戦をやるといっても、それどころじゃないですね。あとの補給はどうなんですか」

「八月、九月の飛行機補給計画は、この通り数字が並んでいても、こんなものは、実際に飛行機がきて見ないことにはわからんよ。燃弾（燃料弾薬）の集積も、てんで不足している」

石川参謀は暗い表情を見せて、

「これについては、われわれも、いいたいことがあるんだ。燃弾がない、ないといいながら、マニラの波止場には雨ざらしにして、つみあげたままになっている。飛行場は整備されていないし、通信連絡の程度のわるいことは、お話にならん」

「われわれもマニラにきておどろいたのですが、飛行場でも、どこでも、軍人の精神状態のわるさといいますか、熱意もなければ誠意もないんです。これじゃ作戦準備どころじゃないと思いました」

「基本の考えとしては、方面軍（フィリピン第十四方面軍）が航空の力を軽く見て、自分の力だけで決戦できる、と思っている。しかもルソン島へひきこんでやるつもりだから、航空のことなどは、どうでもいいといった調子だ。その上、四航軍は負けて逃げてきたのに何をいうか、といった腹でいる」

竹下少佐はいらだたしいものを感じて、

「総軍では、どう考えているんです」

「何しろ、フィリピンで決戦をやるといっても、みんなの考えが違っている。それで、総軍の企図をはっきりさせるために、参謀長会同（会議）をやるにはやったがね」

このようにして、フィリピンの作戦計画は、混迷の状態を脱しきれなかったし、作戦準備は放任されたままにひとしかった。そこへ今度は人事異動で、四航軍の首脳部が、ほとんど変ることになった。

壊滅敗残の四航軍をたてなおすために、軍司令官寺本熊一中将、参謀長森本軍蔵少将は転出することにきまり、同時に幕僚、部長の多くが異動することになった。

岩本大尉は、真顔になって、

「しかし、跳飛爆撃の演習は、大いにやっていただきたいです。四航軍再建の戦力になります」

石川参謀は苦渋の色を見せた。

「こんどの跳飛の演習は、総軍、海軍も共同してやることですから、予定どおり実施する。ただ、四航軍としては、問題がある。現状としては、跳飛はできないから、体当りをやれということになっている」

石川参謀は、書類綴りのなかの『四航軍の作戦計画要領』を示した。その『部隊の訓練』の項目のところには、次のように記してあった。
《攻撃手段は必中を日的とし、手段を軍において統制せず》
その意味は体当り攻撃を実行せよ、ということである。しかも、それを、軍は命令しないが、各自で適当にやれというのである。
竹下少佐と岩本大尉の恐れていたものが、すでに計画され、着手されていたのであった。

昭和十九年九月一日
マニラ

昭和十九年八月には、はじめて、アメリカ軍のB29超重爆撃機が、満州、朝鮮、九州、中国地方の日本軍の要地、軍需施設を爆撃した。これに呼応するように、アメリカ機動部隊の小型機は、小笠原、硫黄島方面を襲った。

八月三十一日には、台湾が爆撃された。

連合軍は明らかに、日本本土への距離をちぢめていた。

九月一日。マニラ湾外で、跳飛爆撃の演習がおこなわれた。陸海軍の合同で、重爆、軽爆、艦上爆撃機など、各種の部隊の選抜者が参加した。

海軍の第二十六航空戦隊司令官有馬正文少将も賛同して、自分でも進んで、演習を視察した。また、南方軍総司令官寺内元帥も、この攻撃法に関心をもったようであった。

それまでは、航空に消極的であった元帥が、この日の演習を視察した。こうしたことも、戦局が緊迫したためであった。

この日は、訓練の総仕上げの目的もあって、海軍では、標的艦波勝《はかち》（一六四一トン）を参加させた。寺内元帥、有馬海軍少将は、波勝に乗って、重軽爆の接近、攻撃するのを見ていた。各機は急降下して標的艦に近づき、距離千メートルの辺で、高度五ないし十メートルをとって標的艦の側面に突進しつつ爆弾を海面に跳飛させた。重爆の一機は、標的艦の上を通過する時に、艦の避雷針を引っかけるほど、スレスレに飛んで、上昇して行った。有馬少将は、首をすくめて、

「やるもんですね」

と、寺内元帥をかえりみて、笑った。

この日、四航軍から参加した作戦参謀石川中佐は、演習の終ったあとで、竹下少佐、岩本大尉に語った。

「自分としては、跳飛を、積極的に推進すべきだと思う。しかし、早く教育を仕上げないと、間に合わんな」


竹下少佐と岩本大尉は、マニラを出発して沖縄に向った。次の跳飛爆撃演習が、九月五日、沖縄本島でおこなわれるので、それに参加するためであった。

九九双軽の操縦席についた岩本大尉は、腰から大腿部にかけて、いたたまれないよう

な、いたがゆさに悩まされていた。フィリピンの暑熱のなかに、一カ月近くもいたため、皮膚病が悪くなるばかりだった。その不快さを忘れて、わずかに自分を慰めることのできるのは、台湾以来、悔いない努力をつくして、跳飛爆撃の教育をしたことである。

恐らく、近いうちに、航空決戦がおこることが予想された。岩本大尉は、その時までに跳飛爆撃が成果をあげるようにしなければならない、と決意していた。

昭和十九年九月八日
マニラ

マニラのニルソン飛行場に、双発のMC輸送機が着陸するのを、多くの将校が整列して、出迎えた。MC輸送機から、やせた小柄な将軍がおりてきた。鼻の下の大きなひげが、威厳を示していた。第四航空軍の新しい司令官、冨永恭次《とみながきょうじ》中将であった。

そのうしろから、太った、背の低い将官が、胸に参謀懸章をゆらめかせながら、つづいた。新参謀長の寺田《てらだ》済一《せいいち》少将であった。

冨永中将は軍司令部にはいると、すぐに訓示をおこなった。その要旨は、次のようであった。

《与えられた戦力で満足して戦闘し、兵力の増強を要請しない。幕僚統帥を絶対にやらぬ。徳義の統帥をおこなう》

幕僚統帥というのは、参謀が司令官を無視して指導統率をする、いわば下剋上《げこくじょう》のやり方である。この違法とも無法ともいえる独断専行が、満州事変をはじめとする軍の暴走、横暴の原因となっていた。冨永中将は、それを押えて、軍司令官の強力な統帥をおこなう意志を明らかにした。

また作戦指導の方針として、四項目をあげたが、その一つにも《徳義は戦力なり、との信念を具現する》とあった。冨永中将は自分自身としては〝徳義の統帥〟を四航軍としては〝徳義の部隊〟であることを旗じるしに掲げた。

冨永中将は、さらに四航軍直属の各部隊に対し、次のような着任の辞を送った。

《不肖不徳ノ身ヲ以テ決戦場ニ大任ヲ拝シ、感激正ニ極マル。スナハチ神国日本ノ悠久ヲ固ク信シテ寸毫《すんごう》疑ハス。而シテ純忠至誠ナル諸官大元帥陛下ノ将士ト共ニ悠久ノ大義ニ生クルヲ無限ノ光栄トシ無上ノ歓喜トナス。ココニ謹ミテ予ノ提携信頼スル諸官ト共ニ我等ノ頭首ト仰キ奉ル大元帥陛下ノ万歳ヲ祈リ奉リ、マタ切ニ光輝アル我等ノ兵団ノ武運長久ヲ念願シテ已マス》(原文のまま)

惨敗、敗走をくりかえした四航軍に対する悪評は、地上部隊や海軍にもひろがっていた。新軍司令官の方針が、徳義の部隊であることを強調したのは、四航軍に対する不信をぬぐい去ろうとする意図が働いていた。

しかし、皮肉なことに、当の四航軍幕僚たちは、新軍司令官に最も不信と不安を感じていた。それは、新軍司令官が航空に無関係であったのと、冨永中将と東条英機首相との、親密な間柄のためであった。

東条大将が総理大臣兼陸軍大臣、それに参謀総長を兼ねていた時に、冨永中将は、陸軍次官と人事局長を兼任していた。偏狭な東条大将は、人に対して、好ききらいの情が強かった。冨永中将は、東条大将に気にいられ、信任されていた。陸軍の重要な人事は、このふたりの感情と権力に左右されていた。

この七月、東方では、サイパン島をはじめマリアナ諸島を失い、西方ではインドのインパール作戦に惨敗したため、東条内閣は責任を問われて総辞職した。軍の最大の権力者であった東条大将は、悪評とともに追われたが、冨永中将は航空軍司令官の要職に移った。

新軍司令官が航空について〝全くのしろうと〟であることは、冨永中将自身がよく知っていた。そのために、航空作戦に明るい参謀長を特に選んで、寺田少将を起用した。寺田少将は、現地軍の参謀長となったのは、これが二度目であった。この前は、昭南（日本軍の占領中のシンガポールの改称）の第三航空軍の参謀長であった。

冨永中将は寺田参謀長の豊富な経験をたのみとして、第一線の飛行部隊を叱咤激励して、四航軍の面目を一新させるつもりであった。併せて、かねて耳にしていた第十四方面軍司令官の黒田重徳中将の怠慢と戦意不足を責めつけ、前次官の威光を示そうと考えていた。

こうした冨永中将の航空軍司令官就任を、当時の陸軍大臣杉山《すぎやま》元《はじめ》大将は「どうだ、うまい人事だろう」と得意げに語っていた。これには、わけがあった。サイパン失陥の責任を問われて、東条内閣は辞職した。後任の小磯国昭《こいそくにあき》陸軍大将が組閣にかかった時、冨永次官は陸軍大臣候補として東条大将の再任を要求した。これは、いかにも非常識な要求なので、組閣本部で拒絶すると、冨永次官は第二案として、東条派の実力者である後宮淳大将を推し、さらに第三案として、冨永次官自身を推薦した。

東条大将からも「自分の後任には、後宮大将か、冨永中将のなかから選びたい」と申し入れた。これは東条大将の置きみやげ人事というよりは、派閥と権力への執念のためであったろう。惨敗の戦局に対して、自省も責任も感じない、厚顔のわるあがきであった。

組閣本部で、これを拒絶すると、冨永次官は「それならば、陸軍は大臣をださない」と、いなおった。かつて宇垣一成大将の組閣を妨害した、陸軍の横暴ぶりを、再びもちだしてきたのであった。

しかし、この脅迫は一蹴された。その後、冨永中将は、新任の杉山陸相の下で、次官として残っていた。杉山陸相としては、東条閥を一掃する時機を待っていた。

おりから、冨永次官が陸軍省の自動車を、東条大将の私用に提供したことが問題になった。杉山陸相はこれを口実にして、冨永次官をフィリピンの第四航空軍司令官に転任させた。これは冨永中将に航空の知識のないことを承知の上で、南方で死んでこいといった、追いだしの人事であった。

杉山陸相が「うまい人事」といったのは、このことであった。反東条派にとっては、そうであっても、押しつけられた第一線としては重大問題であった。冨永中将は癖の多い人物だから、扱いにくいというだけではない。航空に無知、無経験の軍司令官の号令で、第一線の航空部隊の将兵は、激化する航空戦場に、その身命を投じなければならなくなった。

軍の派閥争いは、戦場の勝敗にまで影響をおよぼすことになった。

機動部隊のゆくえ

昭和十九年九月二十一日〜二十二日
マニラ

午前五時三十分。冨永軍司令官は、第四航空軍司令部に姿を見せた。熱帯のマニラ市でも、まだ薄明の夜明け前である。この早い時刻に、軍司令部に出てくるのは、冨永軍司令官の日課であった。

このために恐慌をきたしたのは、副官部と参謀部であった。軍司令官が出勤してくる前に、用意をととのえて待機していなければならない。参謀となると、電報を処置して報告をしなければならないので、午前三時半から四時には、高級参謀以下が出勤した。

緊急な事態になれば、参謀たちは、幾日も寝ることができないのが普通である。しかし平常の日に、午前三時、四時から出勤する必要はなかった。こうした早出は、まったくむだで、疲労するばかりであった。

幕僚の不満が高まってきたので、高級参謀の松前《まつまえ》未曾雄《みそお》大佐が、おりを見て、いった。

「これから、いくさになると眠るひまがなくなりますから、今のうち、ごゆっくりしてください」

冨永軍司令官は、顔色を変えた。

「何をいうか。貴様らがたるんでいるから、鍛えなおしてやるために、早くくるのだ。日が高くなって出てくるような参謀だから、負けてばかりいたんだ」

長身の松前大佐は、表情を堅くして、この罵言にたえていた。これは、ニューギニア以来、苦闘した高級参謀に対して、軍司令官のいうべき言葉ではなかった。しかし、冨永軍司令官は本気で、自分が率先することで、軍司令部をふるい立たせ、戦意をさかんにしようと考えていた。これがわかると、幕僚たちは、

「軍司令官のすることではない」

と、非難していた。

九月二十一日は、第四航空軍が、マニラ市を中心として、防空演習をすることになっていた。午前十時には、仮想攻撃隊の飛行機がマニラ市を空襲する予定であった。冨永軍司令官は、着任最初の大規模な演習の実施ということで、気負いたっていた。

午前八時。マニラ市の東北約十キロの、マッキンレー兵営にある第十四方面軍司令部の地下防空壕の会議室で作戦準備の会議が開かれた。黒田軍司令官と、その指揮下の兵団長が集っていた。南方軍総司令官寺内元帥もあかい、つやつやした童顔を見せていた。

この時、マニラ市の南方から、飛行機の編隊爆音が近づいてきた。市街には、市民も日本軍人も、平然と歩いていた。だれもが、日本軍の防空演習のあることを知っていた

からである。そして、また、この編隊機の来襲が、予告された演習時刻より、二時間早いことを、不審に思うものもなかった。

突然、マニラ港の波止場で、すさまじい爆発がおこり、黒煙があがった。

すでに、マニラ市周辺の上空には、数群の編隊が接近し、急降下し、旋回し、直進していた。日本の海軍航空隊の使っていたニコラス飛行場の上空に現われた編隊は、翼をひるがえして急降下した。飛行機の先を白い煙の直線が走った。ロケット砲弾を発射した時の特有の射跡である。飛行場には、猛烈な爆発がおこった。

冨永中将は、軍司令官室の窓から、それを見ながら、副官にたずねた。

「よくやるぞ。気合いがかかっていて、よろしい。どこの部隊か」

この時、松前高級参謀が飛び込んできて叫んだ。

「敵機の空襲です」

窓の向うを、濃い緑に染めた機体が、非常な低空で通りすぎた。

「あれはなんだ」

冨永軍司令官がきいた。

「あれはグラマンF6F（艦載戦闘機）です。現在、侵入していますのは、グラマンのF6FとTBF（艦載爆撃機）が数機ずつ、数個編隊を確認、ほかに、クラーク、レガスピー、リパにも来襲しています。現在までの情報では」

冨永中将は、それをさえぎった。

「わがほうの演習ではないのか」

「本日の演習は、まだ開始しておりません」

冨永中将の丸い目があわただしく動いた。石川参謀が走りこんできて、

「後続編隊が来襲します。現在の敵状は——」

と、いいかけた時、冨永中将は、テーブルの上の鞭《むち》をつかんで、ひとふりなぐりつけて、

「敵状など、きいているひまはない。すぐ攻撃しろ」

と、どなった。

松前高級参謀と石川参謀は、その無謀さにあきれながら、次の命令を待っていると、

「高射砲はどうした。高射砲を撃たせろ」

「高射砲は撃っています」

「よし。おれが行って指揮する。松前、こい」

と、走りだした。松前高級参謀はそのあとを追った。

石川参謀は、怒りを押えて見送った。鞭でなぐられたことも腹が立ったが、軍司令官が、航空部隊への処置を命ずることもしないで、高射砲陣地にかけつけて指揮をするのは、なにごとかと思っていた。これでは、航空軍司令官ではなくて高射砲隊長の行動にすぎなかった。

アメリカ艦載機群の空襲は、二時間半にわたった。来襲機は、延べ五百機に達する大

規模な攻撃であった。マニラ港湾の損害は、ことに大きかった。桟橋付近に集積した燃料弾薬、その他の軍用物資の七割が爆破焼失した。ガソリンは、ドラムかん四千本が一度に失われた。すでにガソリンは欠乏して、血の一滴にたとえられていた時である。むなしく燃えるガソリンの火煙は、マニラ市の上空にひろがった。こうした軍用物資は、当時、困難になった海上輸送で苦心して運んだものであった。それを波止場につみあげたままにしておいたのは、日本軍の質の低下と怠慢のためであった。

マニラ湾では、十六隻の大きな船が沈められた。美しい夕焼けで知られた湾は、船の墓場に変っていた。

冨永軍司令官は、海岸近くの高射砲陣地で奮戦していた。アメリカ艦載機の砲爆撃がくりかえされるなかで、冨永軍司令官は走りまわり、大声に叫び、しかり、指揮した。それは勇敢であり、激越でもあった。高射砲隊は、四航軍の指揮下にあったから、冨永軍司令官が陣頭指揮をしても不当なことではなかった。

だが、その間に、クラーク基地の飛行場では、四航軍の飛行機だけでも、百機以上を炎上または破壊された。これは、防空演習に出動させるために、滑走路付近にならべておいたところを攻撃されたのだ。

フィリピンにあった陸、海軍の飛行機は、この日だけで、六割を失った。こうした飛行機とガソリンの損失は、まもなくおこるフィリピン防戦のための大きな痛手となった。

本来ならば、防空演習のために準備しているところに来襲したのだから、ワナにかけるように捕捉応戦できたはずである。それが全く役に立たなかったのは、戦場の現実を忘れ、防空演習の形式にとらわれていたためである。それよりも、この緊急の時期になって、防空演習をしようとする考え方が問題であった。午前十時の開始時刻も、敵情に無思慮にすぎた。この演習を実施したのは、冨永中将の航空に対する無知、無謀をさらけだしたものであった。

空襲は、二十二日にもつづいた。この連日の大空襲で、連合軍がフィリピンに来攻することが確実と判断された。大本営は、次のような命令を下した。

《一、大本営は決戦方面をフィリピン正面と概定し、その時期を十月下旬以降と予定す。
二、南方軍総司令官、支那派遣軍総司令官、台湾軍司令官は、おおむね十月下旬を目途として、それぞれの任務達成のため作戦準備を整うべし》

昭和十九年十月九日～十日　マニラ

四航軍は、アメリカ機動部隊の動きについて、意外な情報をつかんだ。それは、四航軍の第七飛行師団の司偵機（司令部偵察機）が、ニューギニアの中央部にあるフンボルト湾に、連合軍の艦船が集っているのを発見したというのだ。その数はおびただしいものであった。偵察写真によれば、航空母艦六、戦艦四、巡洋艦十六、駆逐艦一十六、大型輸送船九十二、中型輸送船五十五、小型輸送船百二十、合計三百十九隻であった。

また、中部太平洋方面にも、別の機動部隊の出現の兆候が見られる、との報告があった。

四航軍の幕僚は、緊張した。これだけの艦船が集っているのは、何か新しい作戦をおこすに違いなかった。いよいよ連合軍の艦隊は、フィリピンにくるのであろうか。

寺田参謀長は、手遅れになったかと思うと、いたたまれない焦りにかられた。四航軍の再建は、まだできていなかった。飛行機の不足に加えて、操縦者の多くは練度未熟であるのが恐しかった。

また、飛行場の整備が進んでいなかった。寺田参謀長は着任すると、すぐに各飛行場を視察して、整備の不完全におどろいた。飛行場勤務隊の士気のたるんでいるのも、目に余るほどであった。寺田参謀長は、飛行場の充実完備をいそがせていたところだった。

作戦主任参謀の佐藤勝雄中佐も、同じことを憂慮していた。佐藤参謀が四航軍に着任してから、まだ一カ月になっていなかった。各飛行場を巡視して見て、空襲に対する防備ができていないばかりか、航空作戦の基本の準備さえできていないのにおどろいた。

もう一つ、佐藤参謀は、重大なことに気がついた。それは、四航軍としての、戦闘指導の計画ができていないことであった。四航軍の首脳部が交代したばかりにしても、この基本の方策をきめなかったのは、手ぬかりであった。

佐藤参謀は、寺田参謀長の了解を得て、方策を研究し、起案に着手した。佐藤参謀は、太平洋戦争のはじまる前には、航空本部で、編成と動員を担当していた。そして、開戦のための、航空作戦の準備計画を作りあげた。それだけに、航空作戦のための準備の苦心を痛切に知っていた。

佐藤参謀は、この日、草案を書きあげた。表題は『十月中旬以降における、第四航空軍戦闘指導方策』とした。内容は、方針、戦闘指導要領、兵団部署の概要などにわかれ、細密に方策を示していた。

寺田参謀長は喜んで、

「すぐに、軍司令官のご決裁を仰ごう」

と、佐藤参謀といっしょに軍司令官室に行った。

冨永軍司令官は無言で、佐藤参謀の説明をきいているうちに、突然、手にしていた指導方策の起案書を机にたたきつけ、目を怒らして、どなりつけた。

「いまさら、こんな手ぬるい準備をしていて、なんになる。敵は目の前にきている。もっと積極的な攻撃計画を考えろ」

寺田参謀長はその言葉に、しろうと考えの無謀を感じた。前にも、航空本部にいた当時、後宮航空総監から、体当り攻撃の計画をたてることを命ぜられた時、やはり、しろうと考えの無謀さを感じた。寺田参謀長は、この二つの場合に、共通するものがあるのを、改めて思いあわせた。それは、後宮大将が東条大将の代行者であり、冨永中将は、東条大将の腹心であることだ。そして、この三人ともが、強烈な精神主義者であった。彼らは必勝の信念があれば、武器弾薬が乏しくとも勝てるといっていた。しかし、これは、高度の技術と知識を必要とする航空作戦のためには、恐しい危険なことにちがいなかった。

このまま、冨永軍司令官が、権力にまかせて無謀な行動をつづけるならば、四航軍の前途に、不安なものを感じないではいられなかった。

寺田参謀長は自分の部屋にもどると、佐藤参謀に、

「軍司令官は航空を、歩兵を動かすのと同じに考えておられる。困ったものだ。この指導方策は、各部隊に下達する必要がある。そこでだ、ご決裁はいただけなくても、案として、各部隊に伝えておくのがよいと思うから、処置してもらいたい」

こうして、佐藤参謀の起案した『戦闘指導方策』は、軍司令官の決裁のないまま、案として隷下《れいか》（所属）部隊に伝えられた。

寺田参謀長は、それだけでも、しておいてよかったと思った。そして、改めて、アメリカ艦隊の来襲に備えて、捜索警戒を厳重にさせることにした。

翌十日、日本本土の一部が、大規模な攻撃をうけた。

沖縄本島の那覇をはじめとして、奄美大島、南大東島、宮古島など、南西諸島の要地が、終日、アメリカ艦載機群の激しい砲爆撃をあびた。そのため、多数の死傷者をだし、家屋、施設を破壊された。また、飛行機三十機、艦艇二十一隻、船舶四隻を失った。

午後になって、沖縄の東方と東南方の近海に、空母二、三隻を基幹とした、アメリカの機動部隊の二群がいることがわかった。

アメリカ軍は次の新作戦をおこすらしく、その気配は濃厚になっていた。

昭和十九年十月十二日〜十五日
台湾沖・マニラ

十月十二日、台湾の東方海上には台風が移動して、台湾全島は風雨が強くなっていた。その荒天をついて、アメリカの艦載機が台湾南部の日本海軍の根拠地、高雄、馬公をくりかえし攻撃した。また北部の数個所の飛行場を襲った。この日、台湾に来襲したアメリカ機は、延《のべ》機数六百機に達した。大規模な空襲であった。

日本の海軍では、この半年前から、アメリカの機動部隊を攻撃するために、雷撃機隊を養成し、激しい訓練をつづけていた。この部隊はT攻撃部隊と呼ばれた。Tの意味には二説あるが、タイフーン（台風）またはトピドオ（魚雷）の頭文字であった。この部隊には、陸軍の雷撃隊である第九十八戦隊も加わっていた。この戦隊の装備機は、新型の四式（キ—六七）重爆であった。

十二日夕刻、T攻撃部隊の百六機は出撃、台湾東方の海上でアメリカ機動部隊を見つけて攻撃した。この日の戦果は、空母らしきもの四隻を撃沈と報告された。T攻撃部隊も多数の損害をだした。

十三日。この日も、冨永中将は早朝から司令部にきて、

「まさに絶好の機会が到来した。敵の機動部隊を一挙に撃滅するのだ」

と、勇みたって、寺田参謀長を呼んで、

「いまこそ機先を制して、敵の企図を封殺するのだ。ただちに出撃だ」

と、命じた。寺田参謀長はおどろいた。四航軍が台湾方面に出撃するのは、規定に違反することである。

「それはいけません」

寺田参謀長は落ちついた態度でいった。冨永軍司令官は顔色を変えた。

「何がいかんのだ」

「攻撃目標のいるところは、四航軍の作戦地域外です。それにまた、機動部隊の攻撃は、陸軍の担任でありませんから、大本営のご意図にそむくことになります」

「このばか者。戦機を知らんのか」

冨永軍司令官はどなりつけてから、しばらく寺田参謀長の顔をにらみつけていた。険悪な目つきであった。

「敵は損傷をうけており、しかも、その所在が確認されている。この手負いをたたけば、撃滅することはまちがいない。このような時に、作戦地域だとか、大本営の意図だとかいっていたら、みすみす敵をにがしてしまうではないか。第四航空軍の精神は、積極果敢な攻撃にあることを忘れたのか」

寺田参謀長は、前には、ポーランドやフィンランドの駐在武官をしていたことがあるから、世なれした態度で軽くうけ流して、

「それはよく承知していますが、大本営の方は、なんとしても、ご了解を得ませんといけないと思います」

「大本営がなんといわれても、この戦機をのがすわけにはいかん。大本営にしかられたら、そのお詫びに、大戦果をあげておこたえすればよい」

冨永軍司令官が、これほど決心を固めていたのは、実はほかにも動機があった。

この攻撃を、最初に計画したのは、海軍であった。クラーク基地にいた第二十六航空戦隊が攻撃を決意し、第四航空軍に協同攻撃を申しいれてきたのであった。二十六航戦は、アメリカ空軍のさかんな空襲によって撃破され、残存機が乏しくなっていた。そのために、四航軍に制空掩護をたのんだ。

海軍側も、大本営の発表した台湾沖航空戦の戦果を、そのまま信じこんでいた。この点は、マニラの南方総軍も、第十四方面軍も同じであった。〈敵は手負いだから、今こそ攻撃の好機である〉と信じていた。

この時の第二十六航空戦隊の司令官は、海軍少将有馬正文であった。

冨永軍司令官は、海軍から協力を求められたことで、気をよくしていた。その上、攻撃の好機だという。T攻撃部隊は大戦果をあげている。それならば、四航軍からも飛行機をだして、冨永のあることを見せてやろう。こうした功名心にかられて、管区外に越境しても、アメリカ艦隊を攻撃しようと決意した。

寺田参謀長は当惑した。好機であるにしても、軍参謀長としては、規定を無視することはできなかった。その上、冨永中将には越境の前科のあることを知っていたからである。

昭和十五年（一九四〇年）六月のことである。第二次世界大戦がはじまっていて、ドイツはフランスを降伏させ、ヨーロッパを征服するような勢いにあった。日本の参謀本部はこの機会をのがさず、北部仏印（フランス領インドシナ、今の北ベトナム）を占領しようとした。フランス本国が降伏したので、海外領土を維持できなくなったと見てとったのである。

日本軍の占領の口実は〝日華事変の解決のため〟という大義名分であった。北部仏印には、中国重慶政府に援助物資を送る輸送路があるから、それを遮断して、戦力の動脈を断つというのである。

しかし、それよりも大きく、切実なねらいがあった。それは日本に欠乏している軍需物資が、仏印に豊富にある。米も砂糖もある。当時、すでに日本では、食糧は配給制度で制限され、国民の飢えがはじまっていた。

また、仏印を占領することは、将来、東南アジアを征服する時の、重要な足場となる。

このような企図を内にかくしながら、東条陸相は松岡洋右《まつおかようすけ》外相に圧力をかけて、フランス側と交渉をさせた。九月五日、フランス側が押し切られた形で、北部仏印のハノイで細目協定の調印がおこなわれた。

ところが、その調印の直前に、日本の第五師団の一個大隊が、中国側から越境して、仏印側に侵入して、攻撃態勢をとった。これは国際法を無視した暴挙であった。しかし、このような不意打ちで、既成事実を作って無法を押し通すのは、陸軍の常用手段であった。この越境を、わざわざ現地まで行って独断で現地軍を動かしたのが、当時、参謀本部の作戦部長であった冨永少将であった。

その翌年、昭和十六年に〝仏印進駐〟の名のもとに、南部仏印を占領したことが、太平洋戦争の開戦の直接の原因となった。北部仏印への越境が、その先駆となるとすれば、冨永作戦部長の太平洋戦争開戦に対する役割と責任には大きなものがある。

その時と同じように、冨永軍司令官は今度も、はやり立つと分別を失い、勇み足をかえりみないのではないか。寺田参謀長はそう考えて、

「それにしても、大本営のお許しだけはいただかないといけません」

冨永軍司令官は激しい勢いで、どなった。

「かまわん。戦果をあげれば、大本営は文句はない」

寺田参謀長は、これ以上、争うことはむだだと考えた。すぐに佐藤作戦参謀に指示して攻撃計画を作らせた。

《第四航空軍命令（十月十三日〇九四五、マニラ）

一、敵機動部隊は依然台湾東方海面にあり。

二、軍は海軍と協同し、敵機動部隊を攻撃せんとす。

三、第二飛行師団は海軍と協同し、第十六、第二十二飛行団をもって、この敵を攻撃

すべし。攻撃終了せば、台湾、南西諸島、または北部ルソンに着陸したる後なるべく速かに原位置に帰還せしむべし。

航空軍司令官　冨永恭次》

しかし、この日は、出撃することができなかった。それは、台湾とルソンの間の、バシー海峡付近が台風の悪天候で、進攻困難となったためであった。

この日、内地から出撃したT攻撃部隊は致命的な打撃をうけた。アメリカ機動部隊は、強力であった。四航軍の出撃が中止になったのは、四航軍のために幸運であった。

十四日。台湾沖航空戦の大勝利の発表がつづき、日本国中が沸き立ったようであった。四航軍の出撃機は、アメリカ機動部隊を発見できずに帰ってきた。

十五日。午前十時ごろ、マニラ市とその周辺に多数のアメリカ艦載機群が来襲、飛行場や港の施設を爆撃した。

この最中に、四航軍の第二戦隊（偵察隊）の百式司偵機の発した報告がとどいた。それはアメリカ機動部隊の発見を知らせたもので、ルソン島東方三百三十キロの海上に、空母四隻がいるという。

前の日まで、アメリカ機動部隊は台湾の東方の海上にいた。それから判断すれば、台湾沖航空戦で撃滅されたアメリカ機動部隊の残存艦隊が、ルソン島東方まで敗走してきたと見ることができる。そして、ニューギニアの根拠地に引揚げる途中、牽制のために、マニラ周辺を空襲したのだろう。四航軍の参謀たちは、このように考えた。

冨永軍司令官は勇み立って機動部隊の攻撃を急がせた。この日も、海軍と四航軍は協同攻撃することになっていた。

十五時。四航軍の戦闘機七十四機はクラーク基地の上空で、海軍の一式陸攻機十三機の爆撃隊と空中集合して、東方に向った。同時に出発するはずであった、海軍の直掩《ちょくえん》（直接掩護）戦闘機十六機は集合してこなかった。

東方海面三百キロのあたりに到達すると、大きな層雲がひろがっていた。その向うに、無数の黒点がちらばっていた。アメリカの艦載戦闘機群が迎撃に出てきたのだ。

この日の攻撃で、四航軍は新藤第十六飛行団長が指揮し、飛行機十五機を失った。海軍では、一式陸攻隊の全機が帰ってこなかった。司令官有馬海軍少将は指揮官機に乗っていたが、撃墜されて戦死をしたと認められた。後日、伝えられるような、有馬司令官の体当り攻撃はなかった。損害は、意外に大きかった。アメリカ機動部隊は、大本営発表にいうような手負いどころではなく、充実した戦力をもっていた。

だが、この日も大本営は、はなばなしい戦果の発表をつづけた。それによれば、敗走中のアメリカ機動部隊を猛攻、空母七隻撃沈、二隻撃破、戦艦一隻撃破というのであった。

四航軍の幕僚たちは、かれこれを比較して〝敗走中の機動部隊〟とは全く別の大部隊が出てきたのではないか、という疑いを深めた。

それよりも四航軍にとって大きな衝撃となったのは、その後の偵察機の報告であった。

それによれば、ニューギニアのフンボルト湾に集結していたアメリカの大艦隊が、残らずいなくなってしまったというのだ。

昭和十九年十月十六日　東京

ラジオは高らかに『軍艦行進曲』を鳴りひびかせながら、大本営の発表を伝えた。十二日以来の台湾沖航空戦の総合戦果であった。

《大本営発表（昭和十九年十月十六日十五時）

我部隊は潰走中の敵機動部隊を引続き追撃中にして、現在までに判明せる戦果（既発表の分を含む）左の如し。

轟撃沈　航空母艦　十隻　戦艦　二隻　巡洋艦　三隻　駆逐艦　一隻

撃破　航空母艦　三隻　戦艦　一隻　艦種不詳　十一隻》

ラジオはくりかえし、くりかえし、この発表を読みあげ、新聞社は速報を掲示した。劇場や映画館では、場内にラジオ放送を伝え、観客は拍手をおくり「万歳」を叫んだ。しばらくして、さらに新しい戦果が発表された。これは、マニラ東方海面の戦闘の結果を伝えたものであった。

《大本営発表（昭和十九年十月十六日十六時三十分）

敵機動部隊の一群は、敗走中の味方部隊収容のため別動して、十月十五日午前、比島マニラを空襲せり。同方面の我航空部隊はこの敵を邀撃。同島東方海面において反覆これを猛攻し、左の戦果を得たり。

撃沈　航空母艦　一隻

撃破　航空母艦　三隻　戦艦もしくは巡洋艦　一隻

撃墜　三十機以上

本戦闘において我方若干の未帰還機あり》

この空母撃沈、撃破の戦果は、四航軍の報告したものであった。

一日に、二回も戦果が発表されることは、めずらしかった。連日、台湾沖の大戦果の発表がつづいていたところでもあり、町の空気は活気づいてきた。この日の新聞は、次のような解説を掲げた。

《来襲した第五十八機動部隊は、マーク・ミッチャー中将の指揮するアメリカ海軍最強の艦隊であり、サイパン、テニアンを攻撃した宿怨の敵である。それが今や五十万トンと二万六千名の乗員を失い海底部隊と化した。このようなことは、世界海戦史上まれにみる大戦果である》

この日の午後三時、総理大臣小磯陸軍大将は宮中に伺って《戦果の御礼と、御慶《およろこ》びを言上し、ありがたい御言葉を賜って》退下した。

そのあと、小磯首相は、陸軍大臣杉山元陸軍大将、海軍大臣米内光政《よないみつまさ》海軍大将とともに、明治神宮と靖国神社に参拝して〝戦果御礼〟を申しあげた。総理大臣が、天皇陛下と明治神宮、靖国神社の神々に、公けに戦果を報告したのだから、一般国民は、もはや、台湾沖の大勝利に疑いをもたなかった。当の陸海軍にしても、全軍のほとんどが、この戦果を信じ、この戦争が勝利に終るかのように喜んだ。

この日、大勝利の祝いとして、各家庭に酒が特別に配給されることになった。当時、民間では、酒は、配給の量がすくなくなり、貴重品のように扱われていたから、この特配は、国民を喜ばせた。早くも、東京都内では、戦勝祝賀の踊りの大会や、旗行列などの催しが計画された。

また、日本放送協会は、ドイツに向けて、大勝利の特別放送をした。これは、当時、敗退をつづける〝盟邦〟ドイツを鼓舞激励するためであった。

そのころ、海軍の索敵機は、アメリカ機動部隊を求めて、台湾東方の海上を飛んでいるうちに、意外な発見をした。

フィリピン東方の洋上に、アメリカ艦隊の大輸送陣が浮び、そのなかに航空母艦が十三隻も集っていた。そのどこにも損傷をうけたあとは見られなかった。

連合艦隊は、すでに、この前日、第二遊撃部隊の大型巡洋艦以下十隻を、瀬戸内海から出撃させた。これは大戦果を信じ、〝残敵〟を掃滅するためであった。ところが意外な強敵の出現に、連合艦隊はあわてて第二遊撃部隊を反転引上げさせた。

昭和十九年十月十七日

東京・マニラ

この日、連合艦隊は、またも大きな衝撃をうけた。台湾東方およびフィリピン東方洋上で、空母を基幹とするアメリカ機動部隊が四群も行動しているという報告が伝えられた。この機動部隊と、前日の空母十三隻とが、同一であるとしても、もはや、台湾沖の戦果報告に、誤りがあることは明らかになった。

連合艦隊は、すぐにT攻撃部隊の参謀田中正臣海軍少佐を鹿屋《かのや》（鹿児島県）から日吉に呼んだ。連合艦隊の航空参謀淵田大佐と、大本営海軍参謀鈴木大佐が、田中参謀の携行した戦果報告資料を検討した。その結果、いくら多く見ても、空母四隻を撃破した程度で、撃沈したものはあるまいと結論に達した。

戦後、アメリカ海軍省でまとめた『米国海軍作戦年誌』によれば、十二日から十五日までの間に、アメリカ艦艇は、撃沈されたものは一隻もない。日本機のために損傷をうけた艦艇は、合計七隻、味方のための損傷二隻となっている。

このように、台湾沖の大戦果は幻の勝利にすぎなかった。その原因の一つは、練度のたりない搭乗員が、戦果を確認できないままに報告したことであった。なかには、撃墜された友軍機の火炎を、敵艦撃沈と誤認した。また、一つの状況が重複して報告された。さらには、また、司令部が確実に調べないで、有頂天になって発表したためでもあった。

大勝利のはずの日本軍は惨敗して、航空兵力は失われていた。海軍の航空部隊は、延機数九百五機を出動させた。そして、出撃機の半数を失った。陸軍の雷撃隊の第九十八戦隊は、一機生還しただけで、他は未帰還となった。

残った海軍の飛行機は、フィリピンで、わずか三十五機、台湾九州方面で約二百三十機となった。

また、第四航空軍の残存機は二百機、そのうち、すぐに使える可動機は六、七十機にすぎなくなった。


この日の朝。四航空軍司令部は緊急の無電を受取った。

「〇七〇〇（午前七時）アメリカ戦艦二隻、特設空母二隻、駆逐艦六隻、近接しつつあり」

スルアン島の海軍の見張所の発信である。スルアン島は、フィリピン中部の、レイテ島の東にある小さな島である。

しばらくして、第二報が飛んだ。

「〇八〇〇（午前八時）敵の一部はスルアン島に上陸を開始せり」

この発信のあと、海軍見張所は沈黙してしまった。その沈黙が、スルアン島に危険な事態のおこったことを伝えた。第四航空軍では、とりあえず、敵情を捜索することを、第二飛行師団に命じた。

この時、冨永軍司令官はマニラの軍司令部にはいなかった。前日から、クラーク基地の第二飛行師団司令部に行っていた。

四航軍の十五日の機動部隊攻撃は、意外に損害が多かった。しかし、海軍からは、航空母艦を一隻撃沈、二隻撃破という戦果をしらせてきた。冨永中将は〈アメリカ機動部隊は、ますます損傷を大きくしながら、まだ近海にいるはずだ〉と勇み立って、クラーク基地に飛びだして行った。つづいての攻撃を指導するつもりであった。

冨永軍司令官は、前線指導をすることが、指揮官の本分だと信じていた。それは、歩兵連隊長当時からの信念であった。だが航空部隊では、そうした前線指導の必要がなく、時には、わるい結果をもたらすことを、冨永軍司令官は考えなかった。

四航軍の参謀室では、松前高級参謀、佐藤作戦主任参謀、石川作戦参謀などが集って、協議をつづけていた。

かたわらの壁には、南方の航空撮影の地図がかけてあった。ニューギニアからフィリピンまでの、必要な部分をつなぎ合わせた大きな地図であった。佐藤参謀は、ニューギニアのフンボルト湾と、レイテ島の距離を指さして、

「これが五、六日の航程だから、フンボルト湾にいたのを見つけたのが九日で、きょうが十七日、大体の勘定があう。いよいよ敵が、本格の攻撃に出てきたようです」

重大な事態となったことは明らかであった。石川参謀が、

「やはり、機動部隊が台湾沖に出てきたのは、陽動作戦でした」

と、ひかえめにいった。石川参謀は、はじめから、その考えを変えなかった。連合軍は、まず、台湾や南西諸島方面に機動部隊をだして、日本軍を牽制し混乱させておいて、

その間に、主力部隊がフィリピンに上陸すると見ていたのだ。

佐藤参謀は、地図の上のレイテ島を見ながら、松前高級参謀にいった。

「攻中の準備をしましょう」

攻中というのは、フィリピンの中部に、アメリカ軍が上陸してくる場合の、四航軍の緊急攻撃命令の略号であった。松前高級参謀も同意をしたが、

「それにしても、総軍はなにもいってこないな。総軍に当ってみてくれ」

情報参謀の内田《うちだ》将之《まさゆき》少佐が総軍に電話したが、しばらくして、力ぬけした調子で報告した。

「総軍では、のんびりしているようです。レイテ湾に侵入してきたのが、情報どおりとしても、それは、台湾沖でたたかれた敗残部隊が逃げこんできたのだから、たいしたことはあるまい、というんです」

南方軍総司令部は大本営の虚報を信じて、太平楽《たいへいらく》をかまえていた。

午後になって、海軍偵察機の報告が伝えられた。

『スルアン島西方に、アメリカ艦艇の一小群を発見』

レイテ島の守備に当っていた陸軍の第十六師団からは、四航軍に簡単な報告を送ってきただけであった。

『空中偵察の結果、レイテ湾内敵艦船なし。湾外密雲にして視察し得ず』

この日、レイテ島方面は、台風が近づいていて、雲の動きが激しく、風雨が強かった。

このころになって、アメリカ艦載機は、フィリピンの中部から、ルソン島にまで来襲してきた。悪天候をついて、くりかえし、諸方面に出没して、異常にしつこい攻撃となった。

また、四航軍の航空通信隊は、アメリカ艦隊の発信を傍受していた。発信の回数が多く活発な状態であった。緊迫した動きが感じられた。

四航軍の参謀部では、いろいろの情報を検討してみて、アメリカ軍の上陸は、本格のものであると判断した。寺田参謀長も、これに同意して、十八日の夜明けから、全力をもって攻撃することに決した。佐藤参謀は、作戦命令を起案した。すでに深夜をすぎていた。

《四航軍作命甲第五〇七号

第四航空軍命令　十月十八日〇四〇〇（午前四時）マニラ

一、敵は十七日朝来スルアン島周辺地域に上陸しつつあり。

二、軍は死力をつくして、該敵を撃滅せんとす。「攻中」を命ず。

三、第二飛行師団長は、全力をもって速かに、スルアン周辺地区に上陸しつつある敵船艇を攻撃すべし。（以下略）》

一方、クラーク基地に行っている冨永軍司令官には、至急、マニラ帰還を要請した。

昭和十九年十月十八日

冨永軍司令官は、マニラに帰ると、ひと寝入りしてから、軍司令部に出てきた。午前四時であった。緊急な事態であったので、松前高級参謀、佐藤作戦主任参謀、内田情報参謀がそろって、軍司令官室に行った。佐藤参謀が経過を報告し、作命の起案書をさしだして、丁重にいった。

「攻中の命令を出していただきたいと思います」

冨永軍司令官は、起案書に目をやったが、手にとろうとしなかった。いつもより不機嫌な顔になっていた。佐藤参謀は、できるだけ、気にさわらないように注意しながら、

「各部隊には、今早朝より動けるよう、あらかじめ手配をしておきました」

と、おだやかに説明した。その言葉が終らないうちに、冨永軍司令官の目が、けわしく光った。すばやく、机の上にあった鞭をとると、力まかせに、机の面をたたいて、

「このばか者。貴様らは一体なんだ。なんだと思っているのか」

と、いってから、ひとりひとりの顔をにらみまわした。

三人の参謀は、からだを堅くして、直立していた。内心ではまた、はじまったと思っていた。冨永軍司令官は、鞭をつきつけるようにして、

「貴様らは、参謀だぞ。おれは軍司令官だ。それなのになんだ。貴様らのやっていることは参謀統帥だぞ。軍司令官をさしおいて、勝手なことをしていいのか。おれは、絶対に許さんぞ」

佐藤参謀は、内心では、不愉快に感じていたが、

「至らない点はお詫びしますが、朝になって、すぐ攻撃を開始できるよう、必要な準備を手配いたしました」

冨永軍司令官は、無言でにらんでいた。佐藤参謀は、この将軍が何を怒っているのか、理由がつかめなかった。参謀たちは、当然するべきことをしただけだ。夜が明けてから、飛行機を飛行場にならべて準備していたら、危険だ。地上にある時の飛行機は、模型と変りない無力なものだ。こんなことは、航空作戦の常識であるはずだ。

冨永軍司令官は鞭を机の上に、たたきつけるように置いて、「フィリピンのいくさは、大本営が捷一号を発動されなければ、できないのだ。大本営のお許しがあるまでは、絶対に命令はだされんぞ」

三人の参謀は、唇をかみしめる思いで、参謀室に帰った。松前高級参謀が、

「いうことが、こう、年中変るのでは、やりきれないな」

と、はきだすようにいった。十三日の機動部隊攻撃命令をだす時のことをいったのである。あの時、冨永軍司令官は、大本営がなんといっても、この戦機をのがすわけにはいかんと、主張した。それが、きょうは全く反対のことをいって怒りだした。この、極端から極端への変化に、当然の理由があるとは、三人の参謀には考えられなかった。むしろはっきり感じられたのは〈気性が激しいというだけでなく、すこし異常になっているのではあるまいか〉ということであった。

それにしても、このままにしておけることではなかった。一刻の急を要する事態である。佐藤参謀が、じっとしていられない気持で、

「総軍へ行って、直接、話をしてみましょう」

それから、三人の参謀は総軍に行った。夜明け前であったが、総軍も徹夜をしていた。前日の、のんびりした判断をしていた時とは変って、緊張した空気があふれていた。作戦課長の美山要蔵《みやまようぞう》大佐にあうと、

「総軍としても、捷一号の発動の必要を、大本営に打電した。もう一度、意見具申をしてみよう」

と、事態を重大に見ていることがわかった。

この日もレイテ湾には、風速三十メートルの暴風雨が吹きまくっていた。日本軍は、空中偵察ができないために、情報を得ることが出来なかった。

午後になって、アメリカ艦艇は、暴風雨のなかを接近して、レイテ島海岸に向って激烈な艦砲射撃を開始した。

東京では、海軍軍令部総長及川古志郎《おいかわこしろう》大将、陸軍参謀総長梅津美治郎《うめづよしじろう》大将のふたりが、天皇陛下に経過と計画を申上げ、捷一号作戦命令の〝御裁可〟を仰いだ。そして、台湾沖航空戦について、次のように申上げた。

「台湾方面におきまする敵機動部隊のこうむりましたる大なる損害の結果、敵の比島攻

略開始時機は、若干、遅延するに非ずやとも、一応、考察せらるるも、敵は攻略上の見地より、今回の敗戦を庇護せんがためにも、なるべく速かに、比島の、すくなくとも一角に地歩を占むるに至るべきを予測せらるる次第でございます」

日本国軍の最高首脳者であるこのふたりは〈上御《かみご》一人《いちにん》〉と仰ぐ天皇陛下にまで、台湾沖の航空戦を勝利として説明したのであった。

この上奏が終ると、大本営陸軍部は、捷一号作戦命令を発動した。

この日、夜になるまで、険悪な荒天をついて、アメリカの艦載機のむれが、フィリピンのどこかに、たえず攻撃をくりかえしていた。その情報がはいるたびに、四航軍の参謀室の空気は、重苦しさを加えるようであった。冨永軍司令官が気持を変えない限り、何もできない、と諦めているかのようであった。

佐藤参謀は、情報がはいるたびに、謄写版ずりのフィリピン要図に、状況を記入しながら、考えこんでいた。時がたてばたつほど、アメリカ軍の勢力が強大になり、攻撃に困難を加えることはわかっていた。

だが、冨永軍司令官は、大本営の捷号作戦命令が発動されない限り、動こうとはしない。冨永軍司令官が、そのことを意思表示し、三人の参謀を叱りつけ、追い返してから、すでに十二時間以上の時がすぎた。

これは、アメリカの上陸作戦部隊を指揮していたマッカーサー大将にとっては、予想もしない幸運の十二時間であった。この間、日本空軍の攻撃も準備も停止していた。

四航軍の幕僚たちが、いらだち、あせりながら待っていた捷一号作戦の下令を伝える電報がとどいたのは、夜になってからであった。佐藤参謀は、電文を一読すると、すぐに立上がった。机の上には、とうに、作戦命令の起案ができていた。それは、捷一号作戦に必要な、各飛行部隊の転用、移動、集中を命令する『四航軍作命甲第五〇九号』であった。

捷一号の下命を聞いた冨永軍司令官は、朝の激怒した時とは別人のように、機嫌がよくなっていた。すぐに寺田参謀長、松前高級参謀、佐藤参謀に訓示した。

「かの元寇《げんこう》の役《えき》の時、蒙古軍が対馬《つしま》に来襲したのは、文永十一年（一二七四年）十月十四日である。蒙古軍を博多の海岸に迎え撃ち、神風の加護により、全軍を覆滅させたのは、十月二十日である。明後日は、その戦勝の記念日に当っている。今、敵の来襲したレイテ湾には、暴風雨がきている。これこそは神風である。われわれも、必ずや、レイテ湾頭に敵を覆滅することができるのだ。十月二十日には、総攻撃を決行しなければならない」

冨永軍司令官は、得意の色をあらわし、信念にみちあふれていた。神風の加護ということだけで、レイテ湾の勝利を確信しているようでもあった。もとより、アメリカ軍をレイテ湾に迎え撃つべき時機を、みずから逃していたのに気づいてはいなかった。

この日の捷一号作戦命令の要旨は、次のようであった。

『一、国軍決戦実施の要域は比島方面とす。

二、南方軍総司令部は海軍と協同し、比島方面に来攻する米軍主力に対し、決戦を指導しその企図を破摧すべし』

海軍では、連合艦隊司令部が『捷一号作戦発動』を命じた。これにより、連合艦隊の全戦力をあげて、レイテ湾になぐり込みの攻撃に出ることになった。日本海軍史上に、空前、異常な作戦であった。

大本営は、さらに陸海軍の航空兵力を、フィリピンに集中させる命令を発した。それと同時に、東京の陸軍航空本部には、極秘の命令が伝えられた。

『体当り攻撃部隊を編成すべし』

これは、七月の捷号作戦準備要綱のなかできめられた計画に従って、体当り攻撃を実行に移そうとするものであった。

昭和十九年十月十九日　東京

十月十九日午後五時半、大本営はアメリカ艦隊のレイテ湾侵入を発表した。

その三十分後に、ラジオは『臨時ニュース』を伝えた。前奏に『軍艦行進曲』を鳴りひびかせて、勝利を予告した。つづいて、台湾沖航空戦の総合戦果が発表された。大本営の海軍報道部長栗原悦蔵《くりはらえつぞう》大佐の声であった。

《大本営発表（昭和十九年十月十九日十八時）

我部隊は十月十二日以降、連日連夜、台湾及びルソン東方海面の敵機動部隊を猛攻し、その過半の兵力を壊滅して、これを潰走せしめたり。

一、我方のおさめたる戦果総合、次の如し。

轟撃沈　航空母艦　十一隻　戦艦　二隻　巡洋艦　三隻　巡洋艦もしくは駆逐艦　一隻

撃破　航空母艦　八隻　戦艦　二隻　巡洋艦　四隻　巡洋艦もしくは駆逐艦　一隻

艦種不詳　十三隻　その他、火焔火柱を認めたるもの十二を下らず。

撃墜　百十二機（基地における撃墜を含まず）

二、我方の損害

飛行機未帰還　三百十二機

（註）本戦闘を台湾沖航空戦と呼称す》

この発表のあとで、報道の責任者である栗原海軍報道部長は、とくに所感を語った。

「この総合戦果は、実に偉大な戦果であることは、敵に与えた打撃から見ても、大東亜戦争開戦以来の最大の戦果であると申して、さしつかえない。それにもまして重要なことは、今日までの戦勢の転換をきたすキッカケを作ったことだと思う」

だが、神奈川県日吉にある連合艦隊司令部では、すでに、台湾沖航空戦の戦果の実情を知っていた。その結論として、アメリカの空母は確実に十隻は健在すると判断して、以後の作戦に当ることになった。海軍軍令部も、全く、これに同意した。

ところが、その一方で、十九日の『臨時ニュース』で、虚構の総合戦果を発表した。きのうは海軍の最高統帥部長が天皇陛下に偽りの戦果を上奏し、きょうは海軍報道部長が、虚構とわかったことを、さらに総合して、国民に発表したのだった。

もし連合艦隊が、大戦果の誤りを極秘にしていたとしたら、その罪科と責任は大きなものがある。それは、ただに天皇と国民をあざむいたというばかりでない。その後のフィリピンの作戦を誤らせ、日本の敗戦を深刻なものにした。これについて陸軍参謀本部の作戦課長服部卓四郎大佐は『大東亜戦争全史』のなかで、次のように書いている。

《しかるに、いかなる理由によるものか、十六日以後発見された敵の空母に関する諸情報及び戦果調査の結論は、大本営陸軍部に対しては通報されなかった。この事実は、大本営陸軍部の其後の作戦指導に大なる影響を及ぼしたのであった》

台湾沖の大戦果が人々を感銘させている間に、フィリピンのレイテ湾では、アメリカ艦隊の動きが急速に活発になった。この日、四航軍の司偵機は次の報告を送ってきた。

『〇八〇〇（午前八時）レイテ湾内に空母四、戦艦七、巡洋艦駆逐艦計二十一、輸送船十八停泊中』

『一二三〇（午後〇時三十分）タクロバンの百三十五度、二百六十カイリに輸送船の大集団発見』

連合軍は機動部隊と大輸送船団をレイテ湾に進め、上陸作戦を決行しようとしているのが明らかになった。この十日間、数群のアメリカ機動部隊が台湾方面に行動して、幻の大勝利を日本軍に与えたのは、実にレイテ湾に大艦船団を送りこむ牽制作戦であった。

最初の陸軍特攻隊

昭和十九年十月二十日
東京・鉾田

一

東京の日比谷公会堂は、超満員の人でうずまり、入場できない人々が、公会堂前の広場にあふれていた。この人々は、前日の大本営の総合戦果の発表に歓喜し、興奮し、勇躍して集ってきた。

午後一時『一億憤激米英撃砕国民大会』が開かれた。主催者の国民運動中央本部も、予想外の参会者におどろいた。

米内海相、杉山陸相があいついで入場すると、さかんな拍手がおこった。時の英雄を迎えるようであった。

舞台正面には、大日章旗がかかげられ、その下には各大臣がならんだ。小磯首相、重光外相、大達《おおだち》内相、松阪法相、島田農商相、広瀬厚相、石渡蔵相、藤原軍需相その他。

この日の主役である小磯陸軍大将は、軍服の胸にたくさんの勲章を飾って、演壇に進んだ。その足どりは、田舎芝居の役者のように格好をつけ、気取っていた。ニュース映画撮影の照明が、まばゆく照らした。小磯大将は、得意げに胸をはって、しおから声で叫んだ。

「諸君、かねて国民待望の的であった決戦の幕は、果然、切っておとされました」

小磯大将の言葉がひとくぎりするごとに、聴衆はわっと声をあげ、拍手を送った。

「大御《おおみ》稜威《いつ》（天皇の威光）のしからしむるところ、精強なる皇軍将兵の勇戦と、蓄積せられた銃後生産の威力により、かくも見事な大戦果が獲得せられたのであります」

満州事変以来、軍の実力者であった小磯首相も、台湾沖の勝利を信じこんで疑っていなかった。聴衆は、すでに興奮し、感激していた。だれもが、大勝利を確信し、それに陶酔していた。小磯首相も、感激しながら、

「東亜諸国、一丸となって、敵の野望粉砕に邁進するところ、勝利は必ずわが頭上にある」

と、名文句をはいた。

小磯首相が会場を出る時には、熱狂した群衆は首相の自動車をとりまいて「万歳」を連呼した。やがて、日比谷公会堂の内外に集った人々は、翼賛壮年団の誘導で、皇居前に行進した。行列の先頭には、昔ふうな、のぼりを押し立てていた。『鬼畜米英撃滅』の激烈な標語を記したのぼりは、秋風にひるがえり、勇壮な気にあふれていた。行進す

る人々は、台湾沖と同じように、レイテ湾でも大勝利を得られる、と信じていた。行列のなかからは『愛国行進曲』の歌ごえがおこった。

国民大会の大行列が二重橋の前に集り、熱狂して「万歳」をとなえていた、ちょうど、その時刻に——。

茨城県の鉾田の飛行場に、九九双軽が三機つづいて着陸した。三機の機首には異様なものがあった。そこには、長さ三メートルの、槍のような管が一本つき出していた。死の触角をもった九九双軽が鉾田飛行場に到着したのだ。

研究部の下士官が、

「変な飛行機がきたぞ」

と、話しあっている声が耳にはいった福島大尉は、それが、長いツノをつけている九九双軽だと聞くと、急に気にかかってきた。

「どこにおいてある」

「一格に持って行きましたが、出入り禁止になっているそうです」

第一格納庫と聞いて、太って、からだの重い福島大尉は、いつもなら、歩くのを大儀に感じるところである。それを忘れて、福島大尉は、すぐ飛びだした。第一格納庫に行くと、本部の将校が三、四人きていて、声を低くして話をしていたが、それが何か異様な感じであった。

秋の日暮れどきで、なかは一層、うす暗くなっていた。ほこりと油のにおいがよどんで、ひっそりとしていた。福島大尉は並んでいる九九双軽を見まわすと、そのなかに、機首の変った三機があるのが、すぐ目についた。機首からは、長さ三メートルほどの、細い管が突きだしていた。

〈これだ。岩本大尉が見たという、あの飛行機だ〉

福島大尉は、機首に近よって見上げた。

銀色に光った管は、途中に二カ所に段がついていて、たたみこみ式のアンテナのようにも見えた。しかし、それが、アンテナではなく、起爆管であることは、爆撃を専門に研究していた福島大尉には、すぐにわかった。

福島大尉は、ふと、翼の上に皮ひものようなものがのせてあるのに気がついた。手にとって見ると、黒い、なめし皮を筒型にぬい合わせてあった。起爆管にかぶせる覆いであることが、すぐに、わかった。

だれかが、今しがた、そこで、はずして見たらしかった。

福島大尉は、機首のガラスごしになかをのぞきこんだ。そこには起爆管からつづいている太い電線が、飛行機の胴の方にうねっていた。〈胴体や爆弾倉も改装してあるだろう〉それを確かめようとして、福島大尉は、翼の下をくぐって、胴体の横に出た。

そこに、飛行服をきた、小柄な将校が立っていた。岩本大尉であった。

福島大尉は、声をかけようとして思わず、いきをのんだ。親友の顔は、今までに見たこともない、凄惨な表情をたたえていた。うす暗いなかであったが、顔色があおくなっているようであった。岩本大尉は、ふりむきもしないで、機体をにらんでいた。

「これが、そうか」

岩本大尉は、かすかにうなずいた。「うん」といったようだが、声は聞えなかった。

福島大尉は、胴体の下の爆弾倉のあたりをのぞきこんで見たが、外側は変ってはいなかった。福島大尉は声をかけた。

「とうとう、きたな」

岩本大尉は、福島大尉に視線をむけて、

「一体、だれを乗せるつもりなんだ」

と、強い声でいった。この体当りの改装機が鉾田にきたのは、明らかに、だれかを乗せて、フィリピンの戦線に行くために違いなかった。

岩本大尉は、九九双軽のそばを離れて、歩きだした。歩きながら、腰のあたりを激しくさすった。マニラで悪くなった皮膚病が、秋冷の季節になっても、なおらなかった。

岩本大尉は、患部のいたがゆさを押えようとして、今度はぴたぴたとたたいた。その動作がなにか、いらいらしているように見えた。

第一格納庫を出た二人は無言のまま、研究部に歩いて行くと、川島中尉が通りかかった。

「岩本大尉殿。いよいよ、出るらしいです」

「なんか、いってきたのか」

「今夜二十時、将校全員が将集（将校集会所）に集合です」

緊急の事態に違いなかった。〈いよいよ、きたな〉と、岩本大尉も福島大尉も感じた。

「五十六期は、みんな出るつもりでいます。おれが行くんだ、いや、おれだと、荷物をかたづけてしまったヤツもいます」

川島中尉は陸軍士官学校の同期生のことをいった。今度の出動が、どのようなことになるのか、まだ気がついていないようであった。

福島大尉は、急に押えがたい怒りを感じた。

〈あの飛行機に、岩本も川島も、だれも乗せてはならぬ。体当りで、軍艦を沈めることはできないのだ。三航研の御用学者どもの、まちがった計算で、できると思いこまされているだけだ〉と、心のなかで叫ぶ思いだった。

その夜、二十時。

将校集会所の集会室には、白い布をかけたテーブルが、数列にならべてあった。その上には、日本酒と、するめをもりあげた皿がおいてあった。

百名近い空中勤務者の全将校が、テーブルの間に起立して、教導飛行師団長今西六郎《いまにしろくろう》中将の訓示を聞いていた。

「台湾沖航空戦のかくかくたる大戦果は、邦家のために御同慶にたえない。大敗した敵は、性こりもなく、レイテ島に反撃してきた。今こそ、総力をあげて最後の決戦を戦う時である」

　岩本大尉は、大和田進大尉、辻英太郎大尉といっしょに、先任の空中勤務者として、前の方にいた。鉾田の空中勤務者のなかでは、この三人だけが、陸軍士官学校の五十三期生であった。

「わが鉾田にも命令がくだり、この決戦に参加することになった。しかも、鉾田から派遣する部隊は、必死必殺の特殊任務につくことになっている。日ごろ、鍛えに鍛えた技量を発揮すべき機会は到来したのである」

　集会室のなかは、緊張して、物音一つしなかった。師団長は言葉をつづけた。

「この特別攻撃に参加する者は、五十三期以降の若い将校が主として出るはずである。いつ、だれが出るかは、まだ、きまっていない。しかし、明日は、全員が出発を命ぜられるものと決心してくること。いうまでもなく、身辺、家事の整理をして、思い残すことのないようにしてもらいたい」

　今西中将の言葉には、今までの前線への出発の時と違ったものがあるのを、将校たちは感じていた。

「明日は、いつ命令が出るかわからないが、緊急の状況にそなえ、午前八時、全員、完全軍装して、第一格納庫に集合せよ。また、火急に出発することも予想される。その時に壮行会をしている余裕はないと思われるから、今晩、これから壮行会を開くことにした。物資不足のおりで、酒、さかなはとぼしいが、十分にやっていただきたい」

若い将校たちは、悲壮な感情を押えきれず、一様に興奮していた。たがいに顔を見ては、このなかのだれかが、あすは行くのだ、と思い、わざと朗らかに、

「どうも貴様らしいぞ。今夜のうちによく別れを惜しんでおけよ」

などと、むだ口をいいあった。その間に早くも、一つのうわさがひろまった。それは、明日の隊長には、五十三期の教官のひとりがきまっているということであった。

体当り機に乗るのは誰か。この時には、特別攻撃隊員になる将校はきまっていなかった。将校の人事は師団長では発令できないし、師団長に権限をゆだねることもない。

航空総監部から今西師団長に、特別攻撃隊を編成することの内命があったのは、十月十三日であった。今西師団長は師団の幹部を集めて、特攻隊要員の選定方法について、意見を求めた。師団の研究部長、古賀《こが》政喜《まさよし》元中佐の回想によれば、「志願者を募れば、全員が志願するであろう。指名されれば、それでよろしい」というのが、その場の結論であったという。今西師団長や最高幹部は、特攻隊には全員が志願するものと考えていた。この会議のあと、特攻隊要員とすべき候補者を選び、その名簿を鉾田から航空総監部に送った。

十月十八日、捷一号作戦が発令になり、それにより、軽爆と重爆の両特攻隊が出動することがきまった。このための編成命令が鉾田に伝えられたのは二十日であった。師団では、とりあえず出動準備をし、壮行会を催した。だが、この時には、特攻隊員の氏名はわかっていなかった。それは、鉾田から送った候補者名簿により、航空総監部で選考

し、菅原航空総監が決裁したものを、同部員が鉾田に直接携行して伝えることになっていた。

　そのころ、別の集会所で、下士官の壮行会もひらかれていた。下士官たちも、今度のように、前もって壮行会が催されるのは、初めてのことであった。事情はわからなかったが、大動員があるに違いない、と話しあった。

二

　毎月の二十日は、岩本大尉と和子の結婚の記念日なので、ふたりで祝いをすることになっていた。

「結婚記念日というのは、一年に一ぺんのものだ」

　岩本大尉は、はじめは受付けなかった。

　ふたりが結婚したのは、昨年（昭和十八年）十二月二十日であった。和子は、

「毎月、お祝いしたっていいでしょう。一年先に、いっしょにお祝いできるかどうか、わかりませんから、毎月二十日を結婚日としましょう」

　和子は、航空将校を夫にきめた時、ふたりの生活は、長くはないことと覚悟をきめた。その上、戦局が危急になってきたので、一年に一度の結婚記念日を待ってはいられなくなった。ふたりは、ひと月ごとに、結ばれたことを喜び、希望を新たにすることにした。

　この日は、十回目の結婚日であった。この十カ月の間、岩本大尉の出張が多く、和子

といっしょに暮す日がすくなかった。そのさびしさよりも、もっと大きな不安が、たえず和子の心につきまとっていた。

飛行機には事故が多かった。鉾田では毎月、殉職死亡する操縦者が、二人以上あった。和子は、事故と聞くたびに、顔色が変った。

牛肉の配給があるというので肉屋の前で、長い行列のなかにならんでいた時である。下士官の乗ったサイドカーが、行列のわきを走りすぎて行った。それが、事故を知らせる連絡車であることを、和子は知っていた。急に、胸の鼓動が高くなってきた。

まれになっていた牛肉の配給も、もう待ってはいられなくなった。和子は列をぬけて、走るようにして、家に帰った。すぐに、大急ぎで、新しい着物にきかえて、部屋のなかで、ひとりですわっていた。そして、夫の不幸を知らせる使者のくるのを、今か、今か、と待っていた。それが、航空将校の妻の覚悟であり、二十三の新妻の気持であった。

航空将校は、戦時の英雄として、はなやかな存在となっていたから、その妻であることは、町の婦人たちには、うらやましがられることもあった。そのたびに、和子は、心のなかで悲しく思っていた。だが、それもこれも、すべて新婚の喜びにつづいていた。

夕方になって、和子は、家の前を掃ききよめた。十月の鉾田の町には、近くの、霞ガ浦につづく北浦から、秋の夕霧が流れてきた。

この日、和子は祝いの膳の品物がなくて困っていた。料理を作りたくても、肉も魚も、手にはいらなかった。そこへ成田屋の池田イツが、栗をたくさんとどけてくれた。成田屋の主婦のイツと、祖母の成田さだは、岩本大尉が下宿していた時から、自分の家の子供のように、よくせわをしてくれた。和子も結婚した当座を、そこで過した。

和子は、もらった栗をたくさんいれて、上手に、栗飯をたきあげた。

夜になった。きれいに張りかえた障子の外では、まぢかに虫が鳴いていた。この朝、岩本大尉は、

「少年飛行兵の卒業式があるから、おそくなるかも知れない」

と、いって出た。和子は、そのつもりで、食事をしないで、待っていた。

ラジオからは、小磯首相のだみ声が流れてきた。国民大会の録音放送で「勝利はわが頭上にあり」をくりかえしていた。和子は〈どうしても、戦いに勝たねばならない〉と心をひきしめ、机に向って、本を開いた。夫が読んで感銘し、和子に「ぜひ読め」と、すすめた本である。軍神といわれた杉本五郎中佐の遺著『大義』である。この本の序文には、杉本中佐のことを、次のように記している。

《中佐は山西省の要衝、蔚県閣山《じようけんかくざん》高地の攻略において、常に陣頭に立ちて肉弾もって敵陣に突入し、勇戦奮闘、ついに北支の華と散る。中佐は突撃敢行直前、敵前数十メートルの地点において、子孫のために手帖に遺訓を書きのこしていわく、「汝吾ヲ見ント要セバ尊皇ニ生キヨ。尊皇ノアル処、常ニ吾在リ」と。中佐にして始めてこの言あり、尊皇に生きて、ついに尊皇に忠死す、むべなるかな》

こうした人の著作であるから、『大義』の内容は尊皇絶対の天皇中心主義を述べたも

のであった。岩本大尉は、この本に心酔し、これを模範としていたようである。自分でもくりかえして熟読し、和子にも読むことをすすめた。このことは、岩本大尉の人柄を知るために、見のがし得ないことのようである。

和子もまた〈夫に恥ずかしくないように、心の修業をしなければならない〉と、懸命になっていた。和子は『大義』の文章を、かみしめるようにして読んでいた。

《天皇は天照大御神《あまてらすおおみかみ》と同一身にましまし、宇宙最高の唯一神、宇宙統治の最高神。国憲、国法、宗教、道徳、学問、芸術乃至凡百の諸道悉皆《しっかい》天皇に帰一せしむるための方便門なり。即ち天皇は絶対にましまし、自己は無なりの自覚に到らしむるもの、諸道諸学の最大使命なり。

天皇は国家のためのものにあらず、国家は天皇のためにあり》

そうした強烈な天皇中心主義の文章を、和子は懸命に読んだ。そうすれば、心から夫に同化できるように思われた。

急に、大きな音をたてて、玄関の戸があいた。いつもと違って、乱れた足音がした。和子が走って出て見ると、岩本大尉が横倒れになって、長靴をぬごうとしていた。ひどく酔っているのがわかった。

靴をぬがせて、かかえあげると、岩本大尉は和子の肩にもたれかかった。足もとがふらふらしていた。それなのに、妙にだまりこんでいた。いつも酒に酔って帰ると、朗らかに騒ぐ人であった。

それでも、座敷にはいると、和子の肩から手をはずして、姿勢を正しくした。床の間には、天皇陛下の写真が掲げてあった。岩本大尉は、その前に正座して、手をついて礼拝した。朝起きた時と帰宅した時には、この礼をかかしたことがなかった。

和子は、岩本大尉の着替えを手つだってから、台所に行った。いそいで、松たけの吸物を作って、茶の間に持ってはいると、岩本大尉は正座していた。いつも、あぐらで食卓に向うのだから、妙に違った様子であった。

岩本大尉は、正座していたが、顔はうつむけていた。和子が食卓につくと、それを待っていたように、岩本大尉は、

「あしたマニラに立つ」

と、ふくんだ声でいった。和子は〈また出張だろう〉と思って、

「はい」

と答えた。岩本大尉は、まだ、うつむいたまま、

「今度行ったら帰らんぞ」

和子は、急に胸が騒ぐのを感じながら、

「はい」

と、いって、まっすぐ見つめていると、岩本大尉は、もう一度、

「行ったら、帰ってこないんだぞ」

と、顔をあげた。目がぬれていた。

「本当だ。わかったか」

岩本大尉は、自分のいっている言葉の本当の意味が、和子にわかったかどうかを、確かめるようにいった。和子は胸がいっぱいになってきた。それをまぎらせようとして、

「はい」

と、答えると、いそいで、食卓のおおいを取りのけて、

「きょうは十回目の結婚記念日です。栗御飯をたきましたから、召上がって」

岩本大尉は、ようやく笑いを浮べて、

「よし、食うぞ。きょうは酒ばかり飲んで、めしはまだだからな」

と、あぐらにすわりなおした。

「学校で召上がったんですか」

鉾田では、師団になってからも、飛行学校当時の〝学校〟という呼び方を使っていた。

「学校で飲んで、福島のアパートへ行って、それから森少佐のところへ行って」

和子は〈それが別れの酒だ〉と思うと、胸苦しくなった。岩本大尉は、黄色の栗の実《み》のはいった御飯をよろこんで、お代りをしたが、和子は一杯がようやくだった。〈結婚の祝いの膳が、二人の最後の晩さんになるのだろうか〉和子は、食卓の品の乏しいのが、くやまれてならなかった。〈肉をたべさせたかった。魚をあげたかった〉と、そんなことばかり考えつづけた。

食事が終ると、岩本大尉は、いつもの顔になって、

「今度は、五十三期から隊長が出る。自分が出るかどうかは、まだわからないが、あしたは帰らないものと思ってくれ」

和子も、平静になって聞くことができるようになった。岩本大尉は、静かにお茶を飲みながら、

「おれたちはなあ……」

と、いいかけた。和子は、すぐにさえぎった。

「わかっています。何もいわないで」

「そうか。それなら、やめようね」

と、いって、だまってしまった。和子は急に涙がこみあげてきた。あわてて立上がって、台所に行った。涙が、あふれるように流れた。和子は、たもとを顔にあてて、声をしのんで泣いた。

和子には、夫のいおうとすることが、よくわかった。夫は〈短い結婚生活だったが、本当に心から信じ、愛しあっていた。おたがいに、幸福だった。しかし、別れなければならない運命なのだ〉と、いいたかったのだ。

和子は、あずきを洗って鍋にいれた。その次には、もち米をといだ。それからごまめ、こんぶ、するめなどを取出して、ならべて見た。みんなあすの日のために、用意しておいたものであった。和子は〈夫には、日ごろのわざを存分にふるって、はなばなしく戦ってもらいたい〉と思いつづけた。

和子が台所から座敷にもどると、岩本大尉は火鉢に手をかざしていた。何か考えている様子だった。和子は、あした夫の着て行く衣類を、軍用行李から取りだした。いわれなくても、夏服をそろえた。

岩本大尉は、それらを落下傘袋につめていたが、新しいシャツと下着は、いれないで残した。和子は、

「せっかく、着ていただこうと思って、しまっておいたものですから」

と、すすめた。夫の最期を醜くさせてはならないと思って、この日のために、大事にとっておいたものであった。しかし、岩本大尉は、

「いや、もう、そんなにたくさんはいらないのだ」

と、きかなかった。〈すぐ死ぬのだ〉という意味が、はっきり感じられた。

和子は、落下傘袋のなかに、するめ、かたくり粉、それに香水を、だまって、いれた。岩本大尉は、するめと、くず湯が好きであった。香水は〈和子のかたみ〉にしてもらうつもりであった。

落下傘袋に品物をいれ終ると、和子は、また、胸がいっぱいになってきた。岩本大尉は静かに、

「からだは何も残らないよ。あの遺髪と、お前のとっておいた爪があれば、何もいらないだろう」

和子は、胸をつかれるように思った。いつも、夫の爪を切ってあげる時に、新聞紙の

上に切りおとしたのを、捨てたふりをして小箱のなかにいれておいた。夫は、それを知っていたのだ。

「お前は中野へ帰れよ。九州は兄貴がついているから、いいよ」

東京の中野は、和子の父母のいるところ。九州の福岡県築上郡岩屋村は、岩本大尉の父母のいるところ。

「中野は、お前ひとりが子供だ。おれがいなくなれば、中野もさびしくなる。ふたり分と思って帰ってくれ」

岩本大尉は、ひとりになったあとの和子のさびしさを、いたわろうとしていた。それが和子の胸にひしひしと感じられた。

「家のかたづけは、学校から手つだいをよこしてくれる。給料は、中野の方に送るようにしてある」

すべての後始末がゆきとどいていた。和子は悲しみをおさえて、

「和子は、岩本にきた以上は、岩本のものです。中野には帰りません。ひとりで、鉾田に残っています」

和子には、鉾田にいることは、それだけでも、夫の身近にいる思いがあった。

「それじゃ、そうしなさい。あしたは七時だ」

と、休むことをうながし、床の間の前に行って、いずまいを正した。そして、いつもより長く、天皇陛下の写真に礼拝した。

和子は泣きそうになるのをこらえていた。〈武人の晴れの出陣に涙を見せてはいけない〉と思いつづけていた。

三

同じ十月二十日。海軍の神風特別攻撃隊が編成された。海軍では、この隊の名を〝しんぷう〟と呼び〝かみかぜ〟とはいわなかった。この体当り攻撃隊を実現させた大西滝治郎海軍中将が、第一航空艦隊に着任したのは、アメリカ艦隊がレイテ湾のスルアン島を奪った十七日であった。

十八日には、捷一号作戦の発動となった。大和、武蔵の大戦艦を含む栗田艦隊をはじめ、連合艦隊の全艦艇が、各根拠地を出発して、レイテ湾に向っていた。

海軍側は、これを死中に活を求める作戦としたが、陸軍側は、自殺行為にもひとしいとして、中止を勧告した。だが、海軍は受入れなかった。海軍としては、燃料の油がなくなって、太平洋上に出撃して戦うことはできなくなっていた。その上、マリアナ、台湾沖の惨敗で、航空兵力を失ってしまった。このままで自滅を待つよりは、海上部隊をレイテ湾に突入させるのが、帝国海軍の最後を飾る方策である、という。

栗田《くりた》健男《たけお》海軍中将のひきいる第一遊撃部隊が、レイテ島タクロバンの海岸に突入するのは、十月二十五日の夜明けと定められた。これを掩護するために、陸軍の第四航空軍と、海軍の第一航空艦隊が、航空総攻撃を二十四日から開始することになった。

しかし、その実力は貧弱であった。第四航空軍は、捷一号作戦計画にもとづいて、航空兵力を集めていた。十月末までには、新しく三百機が到着するはずであった。だが、二十日現在では、実動機は約百機にすぎなかった。

海軍は、アメリカ軍の空襲で、飛行機を失ったあとである。第一航空艦隊は、かろうじて百機内外を数えるにすぎなかった。

のちに神風特別攻撃隊を編成した、一航艦所属の二〇一空戦闘機隊の零戦は、三十機しかなかった。

これだけの航空兵力で、栗田艦隊のレイテ湾突入を掩護するには、どうしたらよいかが、重大な課題となっていた。

この時、レイテ沖のアメリカ艦隊には、航空母艦だけでも、攻撃用大型空母八隻、軽空母八隻、護衛空母十六隻があった。

着任そうそうの大西長官は、三十機の零戦をもって、栗田艦隊の突入作戦を支援する方法を考えた。

これについて、猪口力平・中島正共著『神風特別攻撃隊』によれば、大西長官が、その決意と計画を明らかにしたのは、前日（十九日）の日没時であった。

大西長官は、クラーク基地のマバラカット飛行場にある二〇一空本部の宿舎で、猪口先任参謀その他の幹部将校を集めて語った。

「栗田艦隊の突入作戦が失敗すれば、それこそ、ゆゆしい大事を招くことになる。一航艦としては突入を成功させねばならぬが、そのためには、敵の機動部隊をたたいて、少なくとも一週間ぐらい、空母の甲板を使えないようにする必要があると思う」

大西長官の考えは〈アメリカの航空母艦の飛行甲板を破壊して、飛行機の発着をできないようにすれば、栗田艦隊はレイテ湾に突入できる〉というのであった。

「それには、零戦に二百五十キロの爆弾を抱かせて、体当りをやるほかに、確実な攻撃法はないと思うが、どんなものだろう」

この時、大西長官とともに、テーブルをかこんでいたのは、一航艦の猪口先任参謀のほかに、第二十六航空戦隊の吉岡参謀、二〇一空副長玉井中佐、指宿《いぶすき》、横山両飛行隊長であった。

大西長官から、体当りの攻撃法を聞いて、いならぶ全員は全身を固くして、無言でいた。玉井副長の胸には、その瞬間にひびくものがあった。〈我々がずっと前から考えていた、そして待っていたものはこれだ！　搭乗員も、整備員も、下士官も、事にふれ、時に際して、形こそ変れ、常に考えてきたものは、この体当り戦術への道ではなかったか？〉

やがて、玉井副長は落ちついた声で、隣にいる吉岡参謀にきいた。

「一体、飛行機に二百五十キロぐらいの爆弾を搭載して体当り攻撃をやって、どのくらいの効果があるものだろう」

「高い高度から落した、速力の早い爆弾に比較すれば、効果は少ないだろうが」と、吉岡参謀は答えた。「航空母艦の甲板を破壊して、一時使用を停止させるくらいのことはできると思う」

こうして、次の命令が発せられた。

《(一) 現戦局に鑑み、艦上戦闘機二十六機（現有兵力）を以て体当り攻撃隊を編成す（体当り機十三機）。

本攻撃はこれを四隊に区分し、敵機動部隊東方海面出現の場合、これが必殺（少なくとも使用不能の程度）を期す。成果は水上部隊（連合艦隊の艦艇部隊）突入前にこれを期待す。

今後、艦載機の増強を得次第編成を拡大の予定。

本攻撃隊を神風特別攻撃隊と呼称す。

(二) 二〇一空司令は、現有兵力をもって体当り特別攻撃隊を編成し、なるべく十月二十五日までに比島東方海面の敵機動部隊を撃滅すべし。

司令は今後の増強兵力を以てする特別攻撃隊の編成を予め準備すべし。

編成指揮官、海軍大尉、関行男

各隊の名称を、敷島隊、大和隊、朝日隊、山桜隊とす》

時刻は、十月二十日午前一時をすぎたころであった。

このようにして、神風特別攻撃隊が成立したと伝えられている。しかし四航軍の佐藤参謀は、これと違う事実を目撃している。十月初めのことである。佐藤参謀は作戦主任として着任のあいさつまわりに、海軍の司令部に行った。その時、司令部のあるマニラ湾にそった海岸通りの椰子の並木の下に、海軍の飛行機が並べてあった。海岸通りを滑走路に使うつもりらしいので、海軍の参謀にたずねた。

「あの飛行機はなんですか」

「体当り機です、十機ばかりおいてあります」

佐藤参謀はおどろいた。しかし、それ以上の深い質問はしなかった。従って、この時の体当り機は、マニラの海軍部隊だけの計画なのか、それとも捷号作戦準備として用意されたのかはわからない。

ともあれ、大西長官が計画する前に、現地の海軍では体当り攻撃の用意をしていたといえるようだ。

大西長官にしても、フィリピンにきてから体当り攻撃を思いついたのではない。大西中将は司令長官になる前は、航空兵器総局の総務局長をつとめ、日本の航空兵器製作の能力が底をついている状態をよく見ていた。そこへ捷号作戦準備で、体当り攻撃を実行する計画を聞かされていた。大西中将としては、フィリピンに着任する前に、決行する覚悟はきまっていたと見られる。

なお、付記すれば、海軍の特攻機『桜花』の計画は、それよりもさらに早かった。戦後に海軍技術将校の共同執筆した『航空技術の全貌』によれば、——

《昭和十八年八月、当時海軍第四〇五航空隊付の太田光男少尉が、一式陸上攻撃機の胴

体下に超高速度の単座小型強力滑空爆弾をつるして行き、敵艦船から数十キロメートル離れた上空で離脱発進させ、これに体当りして撃沈する特攻機を上司に提案したのが起りであった。

特攻機『桜花』は、一旦発進したら絶対に帰ることができないという原則の下に計画された点で、当時続出した特攻機群の中でもその類例を見ないものであって、道徳、用兵、技術の各面にわたって多くの問題を残したといえる》

こうして海軍で特攻機を計画したのは、陸軍が九九双軽と四式重爆の体当り機を作ったのと、ほとんど同じ時期であった。悪化した戦局から考えられた窮余の策に違いなかった。

二十日、フィリピンのレイテ島には、アメリカ軍が上陸を開始した。この時、レイテ湾に突入したアメリカ艦隊の艦船の数は、輸送船、上陸用舟艇、戦車揚陸船の各種艦艇を合わせて七百余隻であった。

上陸を開始して四時間後に、南西太平洋方面最高司令官マッカーサー大将は、レイテ島タクロバンの海岸からラジオの放送で、歴史に残る言葉を伝えた。

「私はマッカーサー大将である。フィリピンの市民の皆さん、私は帰ってきた」

アメリカの統合幕僚長会議では、フィリピンの再占領については、意見が対立した。海軍側はフィリピンを全く素通りして、直接台湾を攻撃することが、日本の死命を制する早道であると主張した。確かにこれは、戦略としては有効であった。しかしマッカーサー大将は「友好的なフィリピン人とアメリカ人捕虜を見殺しにするならば、暴虐な日本軍のため、恐るべき虐待に苦しむことになる」と反論した。そして、マッカーサー大将の主張する道義的責任のための作戦が、フィリピン再占領を実現させた。

昭和十九年十月二十一日

鉾田

一

岩本大尉は、よく眠れなかった。夜具の温かみが加わると、皮膚病のいたがゆさが激しくなり、眠りを妨げた。

岩本大尉は午前四時に起きると、和子に行水の支度をしてもらった。湯の花をとかした湯に患部をひたしていると、痒感《ようかん》がおさまった。二十八歳の若い肉体は、骨が出るほどやせていた。跳飛爆撃の訓練に精根を傾けるようになってから、目立って、肉が落ちた。

和子は、なんとかして、夫のからだに肉をつけたいと願っていた。この朝になって、夫を細らせたままで、また、皮膚病もなおしきれないでいるのが、何よりもつらかった。

岩本大尉は、念をいれて、全身をふききよめ、軍服を身につけた。それから、まっすぐに座敷にはいり、天皇陛下の写真の前に正座した。うやうやしく、敬礼を終ると、詔勅集を読みはじめた。その黙読が、三十分あまりつづいた。

和子は、紋つきの晴れ着にきかえていた。岩本大尉が詔勅集を読み終ると、和子は、その前にすわって、手をついて、

「おめでとうございます」

と、ていねいに頭をさげた。そうすることが軍人の妻の心構えであり、礼儀であると教えられていた。岩本大尉はうなずいて、

「その覚悟でいてくれ」

と、答えた。静かな声であった。これが、夫婦の訣別《けつべつ》の言葉であった。

食卓には、するめ、白魚、こんぶ、ごまめ、それに赤飯がならんだ。出陣の祝いの品々であった。配給の酒がなかったので、とっておきの葡萄《ぶどう》酒で杯をあげた。

岩本大尉は、妻の心づくしの料理をよくたべた。食事が終ると、ふたりで、せまい庭に出て、記念の写真をうつした。岩本大尉は、カメラの自動シャッターをかけて妻の横にならんだ。岩本大尉の軍帽は、前べりをはでに高くしてあり、軍刀のつかには白布をまいて、さっそうとした姿であった。岩本大尉は、いつもと同じように、顔に笑いを浮べ、妻にやさしかった。

午前七時。出て行く時がきた。岩本大尉は、妻の肩を抱いた。

「帰ってこないかも知れない。自分が行くときまれば、すぐ電話をするから、下宿に行

っていろよ」

と、成田屋に行くようにいった。

和子は玄関の前に立って、夫のうしろ姿が道のかどをまがるまで、見送っていた。

午前八時。

鉾田の空中勤務者の将校の全員は、将校集会所に集合した。だが、すぐに解散して、待機することになった。この時までにくるはずの、航空総監部からの連絡将校がこなかったためであった。

師団のなかはざわめきたち、興奮した空気がみなぎっていた。

正午近くなって、福島大尉はいつものように昼食をとるために、将校集会所に行った。食堂にはいろうとすると、露台の前の庭に、たくさんの将校が整列しているのが見えた。

今西師団長が、こちらに顔を向けて、何か訓令していた。そのうしろに、美藤武夫《みとうたけお》副官が立っていた。飛行隊長今津正光《いまづまさみつ》大佐もいた。研究部長古賀政喜中佐もいた。そのほか、鉾田教導師団の幹部が顔をそろえていた。

師団長と向きあって、四人の将校が横隊にならんでいる、その背中が見えた。そのうしろに飛行服をきた若い将校が一団となってならんでいた。

緊張した空気であった。

福島大尉は目をこらして、四人の将校のうしろ姿を見た。その右翼に直立している、小柄な背中は、岩本大尉であるのが、すぐにわかった。今西師団長は命令を伝えていた。

「岩本大尉以下二十四名、第四航空軍に配属を命ず。フィリピン到達後は、第四航空軍司令官の指揮に従い、作戦任務を遂行すべし。出発は明朝八時」

岩本大尉は、師団長の命令を復唱した。岩本大尉は隊長を命ぜられたのだ。

岩本大尉の横にならんでいたのは、園田芳巳中尉（佐賀県出身）安藤浩中尉（京都府出身）川島孝中尉（神奈川県出身）であった。園田中尉は五十五期で二十三歳、安藤、川島両中尉は五十六期で、二十三歳と二十二歳であった。この四人を、フィリピンの第四航空軍に配属させるというのは、現地に送ってから、体当り攻撃を命ずるという意味であった。隊員は、この三人の将校のほかに、下士官の操縦者、それに整備員が同行することになるだろう。

福島大尉は、激しい怒りを感じた。体当り攻撃に効果のないことを論証し、反対した鉾田に、陸軍最初の体当り攻撃部隊を編成する命令が発せられたのだ。そして、強硬に体当りに反対した岩本大尉が、その隊長に選ばれたのだ。

〈人もあろうに、よりによって、あの男を！　自分に一番、したしかった男。航法の天才といわれた、最も優秀な操縦者。体当り攻撃を否定するために骨身をけずって跳飛爆撃の鬼となっていた男！〉

福島大尉は、不運とか、皮肉とかいう言葉では、いいつくすことのできないものを感じた。

命令下達の式は終った。今西師団長以下の幹部が去り、ならんでいた将校の列がくずれた。岩本大尉が、こちらにからだを向けたので、はじめて、顔が見えた。歯をかみしめているような、激しい表情をしていた。福島大尉が声をかけようと思うより早く、岩本大尉は、そのまま立去って行った。いつもの陽気さはなかった。

若い将校たちは、園田、安藤、川島の三人をとりかこんだ。

「ついに貴様が行くか。しっかりやれよ」

と、励ますと、安藤中尉は、いつもより快活に、

「どうせ死ぬんだから、その前に、南方を見たいと思っていたところだ。やはり、日ごろの心がけがいいとな」

と、笑った。その笑い声には興奮したものが感じられた。園田中尉は、

「鉾田にいて、事故で殉職なんていうのよりは、感状をもらうほうがいいからな。貴様たちも早くこいよ」

と、先輩らしくいった。そのころの鉾田は、教育課程が過重なため、飛行機事故が多く、殉職者が続出していた。川島中尉は、

「おれは夜間飛行もろくにやってないし、操縦はへただからな。うまいこと、ぶつかれるかな」

と、わざと心細い顔をして見せた。川島中尉は、歩兵から航空に転科してきて、操縦技術も十分でなかった。

「ともかく、乾杯をしよう」

園田中尉が先に立って、将校集会所にはいって行った。

この日の午前中に、第四航空軍に配属される下士官もきまった。操縦者としては、田中逸夫曹長（福岡県出身、二十六歳）社本忍《しやもとしのぶ》軍曹（愛知県出身、二十五歳）石渡俊行《いしわたりとしゆき》軍曹（千葉県出身、二十歳）鵜沢邦夫《うざわくにお》軍曹（千葉県出身、二十一歳）久保昌昭軍曹（大分県出身、二十歳）近藤行雄《こんどうゆきお》伍長（朝鮮出身、二十二歳）奥原英彦《おくはらひでひこ》伍長（長野県出身、二十二歳）佐々木友次伍長（北海道出身、二十一歳）の八人であった。

また、通信係として、浜崎曹長、生田曹長、出川曹長、花田伍長の四人がきまった。通信係は、編隊長機に同乗するはずであった。

このほか、機体整備のため、整備班長村崎正則《むらさきまさのり》少尉以下、藤本軍曹、林伍長、樋谷伍長、仁平伍長、古川伍長、川端伍長、それに柴田、野村、上野、遠藤ら四軍属が加えられた。

これで、岩本大尉を隊長とする攻撃隊の全員は、二十四人となった。

このうち、操縦の下士官たちは、すでに十九日に内命をうけていた。佐々木友次伍長が、庶務課に呼ばれて行くと、

「近く南方に行くことになるから、予め準備をしておけ」

と、いわれた。仲のよい奥原伍長も呼ばれたので、ふたりで話しあった。

「レイテに敵がきたから、飛行機の空輪に使われるんだと思うな」

「あるいは、補充要員なんてことになるんじゃないかな」

ところが、二十日の夜、下士官の空中勤務者に壮行会がおこなわれたので、普通の空輸でないことがわかった。

二十一日になって『第四航空軍に配属』という命令が出たが、佐々木伍長たちは、現地へ行って何をするのか、全然わかってはいなかった。

このころには、特攻機がきたという話は、鉾田の師団のなかにひろまっていた。しかし、フィリピンに行くことになった下士官たちは、その特攻機が自分に関係のあることを、まだ知らないでいた。そのなかで、真相を知っている者もいた。生田曹長と出川曹長は、通信班にいたので、大本営や航空本部からの暗号の内容を知ることができた。

だが、生田曹長は、命令を与えられても、そのことについては、何もいわなかった。

出川曹長の方は、急に態度が変った。おちつかない様子で動きまわっていた。それから、しばらくして、通信班付きの中川勝巳少尉のところへ行った。出川曹長は自分の病気を訴え、熱帯に行くと悪くなるから、今度ははずしてもらいたい、とたのみこんだ。いかにも、弱っているような顔つきであった。

中川少尉は、出川曹長のいうことが事実かどうか、疑問に思った。〈軍医に診断させれば、わかることだ〉中川少尉は、兵隊からたたきあげて将校になり、通信班付きになっただけに、下士官の気持は、裏の裏まで知っていた。〈出川曹長は結局、体当り攻撃に行きたくないので、病気を口実にして、のがれようとたくらんでいるのだ。それは、卑怯とか臆病というよりも、下士官根性のずるさである〉と感じた。

中川少尉は、怒るよりも、やりきれない気持になってきた。〈こんな情けないやつを、戦場に出しても役に立たない〉と思って、

「病気なら仕方がない。おれが話をしてやる」

と、いい捨てて、すぐに通信班長の大津少佐の所に行った。その時には、もう、この重大任務には、自分が行くべきだ、と決心していた。中川少尉は大津少佐にあうと、出川曹長に代って行くことを申し出た。

こうして、中川少尉は、岩本隊の一員として、フィリピンに行くことにきまった。中川少尉は、自分の部屋に帰ると、まず、父母にあてて、手紙を書いた。

《突然、命令をうけまして、比島に出征することになりました。電報で御通知をと思いましたが、二十一日昼頃命令をうけて、二十二日出発ですから電報で知らせても同じだと思いまして、手紙で御通知申上げます。

同封の貯金通帳は使い残りですが、喜三郎の将来のたしにでもしてやって下さい。印鑑はトランク内の手提鞄《てさげかばん》にいれてあります。

腕時計は喜三郎が大変ほしがっていたものですから、やはり、手提鞄のなかにいれてやりました。

着物や服は、母上の思うように分けてやって下さい。魔法びんは千恵の乳入れにしてやって下さい。(中略)

ラジオは残念ながら忙しくて半分組立てたままですが、戦友にたのんでおきましたから、組立てて送るようにしておきました。

父上が人前に出て恥をかかれぬよう、家にある私の軍服の布地で、国民服を作って下さいませ。もし御上《おかみ》から賜る物のあった場合は、御両親の将来が安定な分を御取りになった後は、皓之、道子、喜三郎の三人に分配してやって下さいますよう願上げます。以上は私に万一のことがあった場合の処置ですが、あまり取越し苦労をなさいませんよう願上げます。

では御面接できずに征《ゆ》きますが、勝巳は喜んで征きます。御老齢の御両親の将来がただ一つの気がかりですが、あとに皓之夫婦や道子、喜三郎もいることですから、安心しています。

寒さに向いますから、くれぐれも御身体には注意されまして、末長く御暮し下さることを祈っています。(下略)

父母上様　　勝巳》

こまかい心づかいが行きとどき、愛情のあふれた手紙であった。中川少尉の父母は、和歌山県串本町に住んでいた。紀伊半島の南端に生れた中川少尉は、この時、三十歳であった。

八名の操縦下士官は、部屋にもどって、身辺の整理をした。鵜沢軍曹は興奮していた。

「いよいよ、おれたちの腕前を発揮して、やれるというところを見せてやる」

鵜沢軍曹は、仙台航空機乗員養成所の出身であった。この時の八名の下士官のうち、五名までは、同じ養成所の出身者であった。鵜沢軍曹は、同門の社本軍曹、石渡軍曹、奥原伍長、佐々木伍長たちのそばで、ひとりで、しゃべりつづけた。

「おれたち養成所出身は、地方人かたぎがあっていかんと、いつも叱られてきた。ずるいとか、だらけているとかいって、おどかされてばかりいた。養成所が半官半牢みたいなところだからといって、おれたちのやることは軍人と変りはないんだ」

鵜沢軍曹は、体当り攻撃に出ることは知らなかったが、前線に行くということで、感激していた。

「いいか、おれたちの軍人精神は、士官学校出にだって、負けるもんじゃないぞ」

と、なかまを激励した。

佐々木友次伍長は、だまって荷物をかたづけていた。鵜沢軍曹が、ひとりで気勢をあげているのが、何か、からさわぎに感じられた。ことに鵜沢軍曹には、日ごろから、好感を持てないでいた。それは、たびたび、鵜沢軍曹になぐり飛ばされたからである。その制裁が、当然の理由であればともかく、多くの場合は、先輩顔をしたいためとしか思えなかった。さもなければ、今と同じように、興奮している時であった。

まもなく、副官部からの連絡があった。

「午後、鹿島神宮へ参拝し、武運長久を祈るから、用意せよ」

下士官たちは、この外出を、思いがけない拾いものをしたように喜んだ。

「よし、それまでに手紙を書くか」

田中曹長は、ひとりで机に向った。田中曹長は、ニューギニアにいて、所属の戦隊が壊滅してから、鉾田に移ってきた。こうした実戦の経歴もあり、年も二十六歳で、先任下士官であった。このために、今度のフィリピン行きの任務がなんであるかを、すでに教えられて知っていたようであった。しかし、田中曹長はそのことを、下士官なかまには口外しなかった。騒ぎたてることをしない、おとなしい性格であった。だが父母にあてた手紙には、次のように書いていた。両親は福岡県京都《みやこ》郡仲津村にいた。

《お父様、お母様

今日突然出征命令を受け、明日出発することになりました。また、第一線に帰ることになりました。このたびは決死隊ゆえもう皆様におあいできないと思います。どうぞお身体《からだ》を大切に、長生きして下さい。荷物は下宿の人にたのんで、あとから送ります。鞄《かばん》の中に爪を残しておきます。爆弾飛行機ゆえ、身体は残りませんので。

忙しいので、家にだけしか便りしませんから、親類の方にはよろしくいって下さい。

十月二十一日　　　　　逸夫》

二

朝から、雨の降りそうな空模様であった。和子は、あとかたづけもそこそこにして、成田屋に行って、夫の電話を待っていた。

電話はこなかった。和子は、一度、家に帰ることにして、郵便局に行って、両親に電報をだした。

『センチユク　スグオイデコウ』

家に帰ると、きれいずきな和子は、掃除や整理をしてみたが、やはりおちつかなかった。

また、家を出て、成田屋に行った。十一時すぎたが、電話はこなかった。

「今まで、なんともいってこないのなら、きっと、のびたんですよ。こちらから電話をかけてごらんなさいよ」

成田屋のイツや祖母のさだが、自分ごとのように心配した。和子も、その気になって、電話をかけた。いつになく、胸がどきどきした。岩本大尉の声が聞えてきた。

「今のところ、まだ、きまらない。わかったら、すぐ知らせるが、きょうのところはともかく家に帰る」

和子は、急に元気がでて、こおどりするほどうれしかった。もう、あえないかと思っていた夫と、いっしょにすごすことができる。

それから、町のなかの商店や、近くの農家をたのんでまわった。あした戦地に行くかというと、かくしてあった食物をだしてくれた。魚の燻製、にわとり、野菜、するめ、それに、北浦でとれたわかさぎや、うなぎまで分けてもらうことができた。

したしくしていた加藤少佐の奥さんが「お祝いに」といって、卵を五つ、とどけてくれた。これも、うれしいことであった。

こんなに、たくさんの食料が集ったのは、久しくなかったことである。和子は、とまどいを感じながら、いそがしく働いた。

もう、日の暮れが、早くなっていた。六時をすぎると、岩本大尉が帰ってきた。和子はうれしくなって、

「けさもお送りしたのに、また帰っていらしたの」

と、明るく冗談にいった。岩本大尉も、ふざけて頭をさげて、

「すまんけど、もう、ひと晩たのみますよ」

と、笑った。岩本大尉は、まっすぐに座敷に行って、いつものように天皇陛下の写真に長い敬礼をした。

和子は、夫に湯を使わせる支度をした。

〈暑い南方へ行ったら、皮膚病がどんなにひどくなるだろう〉と思うと、黄色の湯の花を、余計にいれずにはいられなかった。

岩本大尉は、ゆっくりと、患部を湯にひたしていた。

和子が、よいほうの着物をだしておくと、岩本大尉は、

「袴《はかま》をはこうよ。あとであいさつに行くのだから」

と、袴をださせた。岩本大尉は、前から、袴をはきたいといって、和子に新しく作らせた。それが、できあがってきてから、一度もはく機会がなかった。

岩本大尉は、この夜のあいさつまわりに、礼装をして行こうというのであった。しかし本心は、最後の思い出に、袴をはいてみたい気持であるように、和子には感じられた。

和子は、袴のしつけ糸をとりながら〈これが最初で、最後になるのか〉と心に思った。

岩本大尉は、袴をつけるのは、少年時代以来のことであった。ひもも上手にむすべなくて、

「むすんでくれ」

と、和子の手をかりた。和子は袴のすれる音が、胸にしみるようであった。

和子は、夫の羽織のひもも、新しいものにとりかえた。

食事をはじめるころには、近所の人々が、つぎつぎに、あいさつにきた。

「このたびはご出征だそうで、おめでとうございます。どうぞ、りっぱなお手柄を立てなすって、めでたくお帰りになってください」

と、素朴な物腰でいった。

そのあとへ、森少佐がたずねてきた。森少佐は、岩本大尉の誠実な人柄を買い、先輩として、なにくれとなく目をかけていた。夫人がいっしょなのが、何か改まった感じであった。夫妻は、かたい表情をして、玄関に立っていた。いつもの、大きな声で呼びかけて、遠慮なくあがりこんでくる森少佐とは、人が違ったように見えた。岩本大尉が、羽織袴の姿で出て行くと、

「岩本」

と、森少佐は、たまりかねたように手を握って、

「しっかりやってくれ。机の上の手紙は見たぞ。あとは引受けた」

岩本大尉は握った手をふりながら、

「きっとやります。きっとやります」

と、くりかえした。

和子には、そのふたりの表情に、異常なものがあるのが感じられた。森少佐夫妻がそそこに帰ると、岩本大尉は和子とあいさつまわりに出た。

くらい秋の夜であった。一番先に、上島大尉をたずねた。同僚のなかでも、とくに気が合い、腹をわって話しあえる親友だけに、あっておきたかった。上島大尉は、二階の部屋を借りていた。返事の声はしたが、すぐにおりてこなかった。岩本夫妻を通すために、部屋をかたづけているのかと思って、

「すぐ帰るから」

と、声をかけた。

上島大尉がおりてきた。その顔を見て、和子はおどろいた。涙にぬれて、光っている顔であった。上島大尉は、顔をそむけるようにしてすわって、頭をさげた。岩本大尉が、

「あすの朝、立つからな。いろいろせわになった。あとをたのむ」

と、いったが、上島大尉は、うつむいたままで答えなかった。若く、たくましい肩のあたりが、ふるえているのが、岩本大尉のうしろにいた和子の目にも、よく見えた。上

島大尉は泣くまいとして、懸命にこらえているのがわかった。

「貴様も、元気でやれよ」

と、岩本大尉がいったので、和子は無言で頭をさげた。

ふたりが玄関の外に出る時にも、上島大尉は、顔をあげられないでいた。

さきほどの森少佐といい、今の上島大尉といい、日ごろを知っている和子には、思いもかけない異常な動作であった。それは、岩本大尉の出発に、ただならぬ事情があるために違いないと、和子は直感した。

鉾田の町は、深夜のように、しずまりかえっていた。燈火管制をしてもいたが、田舎町のことで、灯影《ほかげ》もすくなかった。ふたりは、七瀬川にそって歩いた。

「中野にも、お目にかかれないで行くが、よろしく伝えてくれ」

「電報は、もう、ついたと思うんですけど」

「今は、電報が遅れるからな」

「まだ、終列車があります」

和子は、希望をつないで、いった。

それから、加藤少佐、成田屋などにあいさつをして、家に帰った。和子が、

「お着替えになりますか」

ときくと、岩本大尉は、

「もうすこし、このままでいよう」

と、茶の間にすわりこんだ。まだ、袴をはいていたい様子だった。

和子が茶の支度をしていると、岩本大尉は襟章をふた組、食卓の上においた。

「一つはおれが使う。あとはお前にやるから、つける用意をしておきなさい」

和子が、手にとって見ると、中佐の階級章であった。それは二階級特進して、中佐になる、という意味であった。和子は、息をのむ思いがした。岩本大尉は平静な顔で、

「体当りをして、和子未亡人として、新聞に出してやるからな」

と、笑った。むりのある笑いであった。和子は懸命に気持を押えながら、

「飛行機と飛行機の体当りはいやです。空母を二、三隻やってから、体当りをしてください」

と、いった。夫は、それができる人だ、と和子は信じていた。

「むずかしいことをいうなあ。一艦じゃ不服か」

と、岩本大尉が笑った。和子は胸が苦しくなってきた。

「和子のこと、気になります」

と、たずねると、

「和子のことは考える」

「いいえ。和子のことが気になって、御奉公にさわりますか」

「いや、そんなことはない。安心している。だが、和子のことは考えるよ」

岩本大尉も苦しい気持を押えていた。

「私の今の態度は、これでいいのかしら」

「いいさ。笑っているほうがいいよ」

和子はうなずいたが、もう笑えなかった。

九時の、時計の音が聞えた。ふたりの限られた時間が、短くなって行くのが、鮮明に感じられた。

玄関の戸のあく音がした。岩本大尉と和子が顔を見あわせると、あわただしい人の気配と、聞きなれた声がした。

「おとうさんたちよ」

ふたり同時に立上がって行って、手をとるようにして、和子の父母を迎えいれた。何よりも先に父母は「まにあってよかった」ということを、いくたびもくり返した。母のイマは、顔を見た時から、涙をふいていた。父の三介は、昔かたぎの人らしく、岩本大尉の前に正しくすわって、

「このたびは、おめでとうございました。しっかり、お働きを願います」

と、両手をついて、頭をさげた。イマも、

「ご苦労さまです。おからだをお気をつけなすって」

と、折り目正しい御辞儀をした。三介は五十六歳、イマは五十二歳であった。

岩本大尉も正座して、丁寧に礼を返した。

「益臣さんの羽織袴姿をはじめて見ました。おりっぱですよ」

と、母はしげしげと見ていたが、何か改まったものを感じたようであった。

父と母は、電報をうけとると、すぐ飛出してきたので、まだ食事もしていなかった。和子が食事の用意をすると、岩本大尉は、

「もう一度、食事のしなおしだ」

と、いっしょに食卓についた。母は手さげから、りんごを三つだした。

「急なことなので」

と、いいわけをしたが、岩本大尉がりんごを大好きなことを知っていて、たべずにとっておいたものであった。岩本大尉は、喜んで、二つたべた。残った一つは、落下傘袋のなかにいれた。

「フィリピンにいって、たべます」

和子は、みかんのカン詰をあけて、ガラス皿にわけようとすると、岩本大尉が、

「つつきあって、たべようよ」

と、いいだした。父の三介も、それに賛成した。和子がさじを渡そうとすると、夫は口をあけてみせた。和子は、両親の前なので、ちょっと困った。

岩本大尉は、こんな無邪気なことを、なんのてらいもなく、明るくやってのけた。中野の家に行くと、母がたべかけているものを、ひょいと取って口にいれてしまったり、寝ている父のほうに、ごろごろころがって行って、わざとぶつかって陽気な笑い声をあげた。あまえたい気持もあったようであった。和子は〈これが二十八の人だなんて、子

供みたい〉と、ほほえましく思った。

　三介は、こうした日ごろの岩本大尉を知っているから、それに応じるように、

「はい、あたしも」

　と、イマに向って、口をあけてみせた。和子には、父がそのようにして、娘と大に遠慮させまいとしているのが、よくわかった。和子は、さそわれるように、もう一《ひと》さじすくって呼びかけた。

「あなた」

　夫を、このように、しかも、両親の前で呼んだのは、はじめてであった。ふたりの結婚生活は、それほどに、ま新しかった。和子は懸命な気持になって、みかんをすくって、夫の口にいれた。

　岩本大尉はあとをうながした。和子は、両親の前で甘える気恥ずかしさもなくして、みかんをたべさせた。ふたりとも笑っていた。

　父も母も笑っていた。四人が気をまぎらわせ、明るい気持になった。それも岩本大尉が、そのように気を使っていたからだと、和子には感じられた。

　玄関に、たずねてきた人の声がした。成田屋のイツであった。さきほど、岩本大尉と和子があいさつをしてきたばかりだったが、

「あした、お立ちになるのでは、奥さんが大変だろうと思って、手つだいにきました」

　と、自分の身内にするような気づかいを見せた。和子が、中野の両親がきてくれたこ

とをいうと、

「そりゃ、よかったねえ。まにあって何よりだった。それじゃ、あしたまた、お見送りにきますよ」

岩本大尉が姿を見せると、五十二歳のイツは涙声になって、

「岩本さん、今度は隊長さんだそうですね。おりっぱにおやんなすってくださいよ。お帰りになるのを、お待ちしてますよ」

と、目をぬぐった。イツはまだ、事情を知らないでいた。

「おばさん、いろいろ、せわになって、ありがとう」

岩本大尉は、もう帰ってはこられないよ、といったつもりだった。

成田屋のイツは、すぐに帰って行ったが、純朴な人の心の暖かさが、あとに残った。

母は、自分で作ったクッションと、父の楊子《ようじ》入れを、岩本大尉の落下傘袋のなかにいれさせた。

「益臣さん、おかあさんは、このクッションにくっついて行くのですよ」

手芸の好きなイマが娘の夫のために、懸命に作ったクッションであった。それから、母は和子に金《かね》を渡し、夫に持たせてやるようにいった。こまやかな心づかいであった。

和子が、その金を夫の財布にいれようとして、あけて見ると、なかに和子の写真がはいっていた。思いがけないことであった。

「あなた」

と、思わず声をかけると、夫は笑った。和子は〈私も、いっしょに連れていってくださる〉と思うと、胸があつくなってきた。すぐに、写真だけでは物たりない気がして、小箱から赤いルビーのついた指輪をだして、さしだした。

「これ、あげましょう」

夫は、すなおに、

「海にいれてしまうのは、もったいないが、もらって行くよ」

と、指輪といっしょに和子の手を握った。

和子は、あすの朝のために、二度目の赤飯の支度をした。

父と母は、茶の間で、先に、やすんだ。

和子は、台所のあとかたづけを終ると、これで何もかもおしまいだ、という気がしてきて、急に悲しくなった。しばらくの間、流し台の前で、ぼんやりと立っていた。そのまま、地の底に沈んで行くような気がした。

和子は、われに返るようにして、気持を励まして、座敷に行くと、岩本大尉は、まだ寝ないでいた。そのそばにすわると、〈ふたりだけの世界になった〉と感じた。はりつめていた気持が、いっぺんにゆるんだ。今まで、泣きたいのをこらえ、つとめて笑いを浮べ、ほがらかに見せてきたのが、もう、がまんできなくなった。〈夫は、泣くのを好まない〉と思ったが、苦しくなって、

「泣いてもいい」

と、きいた。夫は、低い声で、

「いいさ」

と、いうのを待ちきれずに、和子は声をしのんで泣いた。泣きつづけた。

夫は、和子の肩を抱いたが、何もいえないらしく、だまっていた。

和子は、思いのまま泣いてから、涙をぬぐって、しゃくりあげながら、いった。

「もう、あしたからは泣きません」

急に、和子の手に、熱いしずくが落ちた。夫は、急に立上がって、電燈を消した。その闇のなかに、夫のむせび泣く声がひろがった。

和子は、飛びつくようにして夫にすがった。ふたりは、抱きあって泣きつづけた。

しばらくして、夫は涙をふいて、立って電燈をつけた。和子は袂《たもと》で泣き顔をかくした。

夫はすわりなおしたが、まだ泣きじゃくりながら、

「おれはなあ、おれの両親にも、中野にも、なんの孝行もできなかった」

「そんなこと、ありません。中野の父母だって、あなたがかわいくて、東京から飛んできたじゃないの。あとは、私が、あなたの分もしますから、ご安心なさって」

和子がなぐさめると、夫は頭をふって、うなずいた。

激しく泣いたあとの、洗われたような気持で、ふたりはだまってすわっていた。

永別の時

東京・フィリピン・スマトラ・カーニコバル

昭和十九年十月二十一日

一

大本営はこの日、異例の発表をした。

台湾沖の大戦果に対し、天皇がおほめになったという内容であった。

《大本営発表（昭和十九年十月二十一日十九時）

大元帥陛下には本日、大本営両幕僚長を召され南方方面軍最高指揮官、連合艦隊司令長官、台湾軍司令官に対し、左の勅語を賜りたり。

　勅　語
朕《ちん》が陸海軍は緊密なる協同の下、敵艦隊を邀撃《ようげき》し、奮戦大いにこれを撃破せり。

朕深く之を嘉尚す。

惟《おも》ふに戦局は日に急迫を加ふ。汝等愈々《いよいよ》協力、以て朕が倚信《いしん》に副《そ》はむことを期せ

よ》

この勅語は、新聞やラジオの説明によれば、台湾沖航空戦の陸海軍将兵の勇戦奮闘を《ご嘉尚あらせられ、優渥なる勅語を賜った》としている。

大本営海軍部は、十九日に総合戦果として、四十五隻撃沈破の発表をした。そして、その二日の後に、天皇の勅語の発表となった。この前後の関連からうける印象では、天皇が台湾沖航空戦をおほめになったのだから、あの大戦果は疑いのない事実であると思わせるものがあった。

しかし、この勅語には、台湾沖の文字がない。場所とか方面を明記しないと、どの作戦に対する勅語なのかが、あいまいになる。これは、ほかの戦功嘉尚の勅語とくらべても、おかしいといえる。太平洋戦争の間に、部隊に対する勅語は全部で十回あった。そのなかで、場所を明記していないのは、この二十一日の勅語だけである。

この、あいまいな勅語と結びつけて考えられるのは、海軍の立場である。連合艦隊司令部で戦果を再検討し、誤りを確認しているのに、連合艦隊司令長官は、この勅語により、天皇にほめられた。この場合、台湾沖の文字がなければ、連合艦隊司令長官は、恥ずるところなく受けられる。また、天皇を欺いたことにならない。

ところが、大本営海軍報道部員であった冨永謙吾元海軍中佐著『大本営発表・海軍篇』には次のように記してある。

《台湾沖航空戦に参加したのは海軍で訓練を受けた陸軍雷撃隊が主力であった。報告戦果は陸軍側からどんどん入ってきて頑として主張を曲げず、戦果は水増しされて古今未曾有のものになってしまった。
おまけに勅語まで、陸軍が主になって動いたので海軍側は異常に不快に感じていた。戦果が絶無に近いことになると、この発表はあたかも海軍だけがやったような印象を与える記述が多いのは、さらに一層遺憾なことである》
これによれば、勅語公布の主因は陸軍側にあるようだ。
冨永元海軍中佐の見解とは別個に、次の軍事メモの断片の文字も見のがせない。当時の陸軍参謀本部の作戦部長、真田穣一郎《さなだじょういちろう》少将のノートの、十月二十日の部分である。

《BとAは別々ではいかぬ／あすぐらいにだすように
一本ですますこと／Bは一本案Aは
現地の士気は振るっているだろう　一応は
98戦隊の手柄話はあまりせらぬ様に／Aはしつこく》

このなかのAは陸軍、Bは海軍。あすぐらいにだすのは勅語のこと。一本はABを一つにした勅語。98戦隊は陸軍の雷撃隊のことと推察される。文意は、明確なものでないが、冨永元海軍中佐の見解に近いものが感じられる。

また、陸軍側が勅語の公布に《主になって動いた》とすれば、その意図はどこにあったろうか。

おりもおり、この前後にはレイテ島にアメリカ軍が来攻している。南方軍総司令官寺内元帥は、レイテ湾に進入したアメリカ艦隊を、台湾沖航空戦に撃ちもらされた敗残部隊と見ていた。寺内元帥は台湾沖の大戦果を信じていた。そればかりでなかった。寺内元帥は、いつになく積極的になり、それまでのルソン島で戦うという方針を切換えて、レイテで地上決戦をするといいだした。

もともと、ルソン島で戦う計画は、大本営できめたものである。寺内元帥は、この変更の許可を求めるために、総軍の高級参謀、美山要蔵大佐を東京に派遣した。

十月十八日前後の日、美山大佐は東京市ガ谷の参謀本部の作戦室で、参謀次長秦彦三郎中将、作戦課長服部卓四郎大佐と会談した。美山大佐が寺内元帥の意図を伝えると、すぐに賛同を得た。参謀本部は、誤報の事実を海軍側から知らされていなかった。参謀本部も、大戦果に幻惑されていたから、たやすく寺内元帥の楽観作戦に踊らされた。

美山大佐は目的を達してマニラに帰った。大本営の承認を得たので、寺内元帥は、すぐにマニラの第十四方面軍司令官、山下奉文《やましたともゆき》大将にレイテ決戦を命じた。

だが、山下大将は、承知しなかった。山下大将は十月六日にマニラに着任し、前任の黒田中将と交代して、まもなかった。山下大将はマニラに赴任の途中、東京の参謀本部で梅津参謀総長、秦参謀次長から指示をうけ、任務を確認してきた。山下大将の任務は、フィリピンを防衛し、ルソン島で戦うことであった。

山下大将が着任して二週間目の十月二十日、アメリカ軍のレイテ島上陸の日になって、山下軍の参謀長として武藤《むとう》章中将がマニラに到着するという、あわただしい最中である。

レイテ決戦命令をうけた山下大将とその幕僚は、総軍は正気かと疑った。ルソン島にいる二個師団を、レイテに輸送するだけでも困難と危険が多かった。その上、十月二十五日の連合艦隊のレイテ湾突入に呼応せよという。山下大将は受付けなかった。

十月二十日、大本営の陸、海軍部は、宮中で作戦連絡会議をおこなった。この席上でも海軍は『アメリカ空母を合計十五隻を確実に撃沈』という虚構の資料を提出していた。

この日、真田少将のメモに《あすぐらいにだすように》の文字が書かれた。真田少将は大戦果を信じ、レイテ決戦に作戦を変更した。そして、これを支障なく実行するために、勅語の絶対の力をかりようとしたのではなかろうか。

こうして台湾沖海戦の〝ご嘉尚の勅語〟が公布された。この時、海軍はそれを傍観して、冨永謙吾元海軍中佐の書いているように《陸軍が主になって動いたので海軍側は異常に不快に感じていた》という。だが、これとは反対のことを、同じ海軍の海上護衛総司令部の参謀、大井篤《おおいあつし》元海軍大佐はその著『海上護衛戦』のなかに次のように書いている。

《十月二十一日、台湾沖航空戦の戦果に、大元帥から御嘉尚の勅語があった。その少し前、護衛総司令部に連合艦隊からわざわざ参謀がやってきて、御礼の言葉をのべにきた。サッソウと風を切るような大佐参謀であった。海軍歩兵大佐とでもいいたい物腰でツカツカと総司令部参謀室にはいると、海軍のノンベンダラリな習慣には珍らしくキッと威儀を正した。そしてローローたる声で、

「本日、目下台湾の戦闘指令所におられる連合艦隊司令長官から、護衛総隊に御礼を言うように電報が参りました。この度の台湾沖の大戦果はひとえに護衛総隊の航空隊がよく敵を捕捉してくれたために挙げることが出来たものであり、連合艦隊司令長官としては心から感謝致しております。なお、日吉の司令部で留守をあずかっておられる艦隊参謀長からもくれぐれもよろしくと申し伝えられました。おわり」

国民が有頂天に喜ばされ、大騒ぎになっているのはまだいいとして、勅語が出されたり、連合艦隊からお礼をいわれたりすると、護衛総司令部の方では、何だか自分たちだけ勝手に思い違いをして、悲劇を演じているのかなあという気にすらなってきた。つまり自分たちの頭脳の健在を疑い始めた。そこで参謀の一人が連合艦隊司令部に様子をききに行った。連合艦隊司令部は日吉の雑木林の中、慶応大学予科の寄宿舎を占領して、そこに設けられてあった。参謀室になっているところに入ってゆくと、向うでは情報参謀と水雷参謀がアメリカ航空母艦の艦型を前にして、議論している。

情報参謀「この甲板は随分厚く出来ているんだぜ。そんなにたやすくやられるもんか」

水雷参謀「いや、実際火柱を見たというんだから、あんた勝手にそう思ってもしようがないよ。飛行機の報告が本当だよ」

などいっている。「さてはここでもまだ議論があるんだな」と思って、立止ってきいているとそのうち、水雷参謀のほうは護衛参謀のきいているのに気がついて、

「輪をかけたようなのが来たわい」

という。つまり護衛総司令部では戦果を疑っていたことを知って、恐米論の輪をかけた奴という意味らしい。護衛参謀が詳しく尋ねて見ると、連合艦隊の情報参謀は護衛総司令部とおよそ同じ意見である。護衛参謀の方はそこを辞して、念のために軍令部情報部第三部のアメリカ課（第五課）にも立寄ってみると、そこでも課長と主務部員とが興奮した口調で交々こう言うのである。

「作戦課の連中がけしからんよ。国民と天皇陛下とを欺して自分たちの功をみせびらかそうとしている。アメリカの機動部隊が潰走などとは気違いのいうことだ。その気違いがノサバッているから手がつけられないんだ。今しがた軍令部の副官から電話がきてね、今晩、軍令部総長の招待で、水交社で祝盃をあげるから出席してくれというんだよ。全く馬鹿にしているよ。誰がそんな馬鹿騒ぎに出るもんか。ボイコットだ」

平素から作戦課から無視されている憤りを、今いっぱいにブチまけている形だった。

しかし、だまされたのが国民と天皇とだけならまだいいのだが、作戦課の連中はこれで、自分たち自身をもだまさなければいいが。戦略計画者たちが、自分ら自身をだましてしまったら、作戦指導はとんでもないことになる》

その、とんでもない作戦指導がおこってしまった。海軍軍令部の作戦課が《自分たちの功を見せびらかそうとし》功名手柄をあせったことと、日本海軍は無敵だと思いこんでいる思い上りとが、虚報を現実のものに変えてしまった。海軍軍令部や連合艦隊司令部の、このような非科学的で無責任な心理の動きも、台湾沖大戦果の根本の原因になっているといえよう。

作為と見られるものは、ほかにもあった。この日の新聞には、体当り攻撃について、二つの記事があった。その一つは、海軍の有馬正文少将が『空母に先頭の体当り』をしたという記事。ほかの一つは、イギリス機動部隊攻撃の戦果発表記事であった。

まず有馬海軍少将の体当り攻撃については、次のように書いてあった。

《……海軍攻撃隊の指揮官機には、有馬少将がみずから搭乗して攻撃の指揮に当り、敵空母群上空に殺到し、必死にくいさがる敵グラマン戦闘機の抵抗を撃退しながら、白昼堂々、全軍の先頭に立って射点に進入、魚雷を発射とともに、列機を率い、真一文字に敵空母の胴体深く突入し、壮烈な体当りで轟沈し去ったことが、荒鷲の報告によって確認された》

この記事の通りとすれば、勇壮きわまりない戦闘であり、体当りの威力は恐るべきものであることを示している。しかし、この記事の最大の誤りは、有馬海軍少将の搭乗機を先頭とする一式陸攻機隊の最後を確認した〝荒鷲〟はいないことだ。掩護の戦闘機は、残らず離散していた。また、〝魚雷を発射〟としてあるが、この攻撃隊は一機も魚雷をつけてはいなかった。

また、当時台湾にいた第二十六航空戦隊の安延多計夫首席参謀大佐が、その著書『南溟の果てに』のなかで、次のように記して、体当りを否定している。

《ある米誌には『日本側は、有馬少将は空母に体当りしたと宣伝しているが、実際は海中に墜落したのだ』と書いている。雄図空しく、接敵中に万斛《ばんこく》の恨をのんで散華されたことであろう》

もう一つ、この新聞記事に作為を見ることができる。それは十月十五日の攻撃を、二十日になって現地からの〝特電〟として発表していることだ。また、これだけの〝大戦果〟に対して、それまでにはなんの発表もしていない。

このことは、有馬海軍少将体当り説を、どこかで作り上げ、新聞記者に発表したといえる。それは、この記事の発信された十月二十日に、神風特別攻撃隊が編成されたことと、無関係ではないようだ。有馬海軍少将の体当り美談を作り上げたのは、神風特別攻撃隊の登場の予告にしたようだ。

有馬海軍少将は、きびしい性格の人であった。海軍が敗戦をつづけるので、

「こんどの戦争では、上に立つ者が死ななければならぬ」

と、語った。有馬海軍少将が独断で攻撃機に搭乗したのは、その言葉のとおり、率先して死に赴き、帝国海軍のだらしなさを反省奮起させようとしたためである、といわれている。だが、それればかりでないようだ。

九月十日、フィリピンのミンダナオ島のダバオで、アメリカ軍上陸の報告が飛んだ。ダバオにいた海軍の第三十二特別根拠地隊では、司令官代谷清志海軍中将以下、司令部

があわてて逃げ去った。また第一航空艦隊でも、司令官の寺岡謹平海軍中将以下の司令部が逃走した。

そのあとで、アメリカ軍上陸は、見張りの兵隊が恐怖心から招いた錯覚とわかった。だが、事件はこれだけの物笑いで終らなかった。寺岡長官はダバオを逃げだすとき、二十六航戦司令官の有馬海軍少将に打電して、一航艦の指揮の代行を命じた。

ダバオに敵上陸の急報で、セブ島の基地には、一航艦の戦闘機その他を集結待機させていた。十二日、アメリカ空軍に奇襲され、セブでは一航艦の飛行機約六十機が撃破された。陸軍のバコロド基地では、四航軍の飛行機約六十五機が撃破された。いずれも、飛行機を退避させないで、飛行場にならべたまま、アメリカ機の攻撃にさらした。

寺岡長官はこのため更迭され、後任となったのが、大西海軍中将であった。大西長官は内地にいたときに、一航艦の自滅の惨状を知っていたはずである。体当り攻撃は、そのころに考えられていたともいえよう。

有馬司令官の出撃は、ダバオ事件の醜態を怒り、同時に自分の責任をとるためであったと見られる。質の低下した帝国海軍のなかで、少数の気骨の人であった。

二

二十一日の新聞の、もう一つの大きな戦況記事は、インド洋のカーニコバル島沖の戦果発表であった。その記事は、はじめに大きく大本営発表をかかげていた。

《大本営発表（昭和十九年十月二十日、十六時）
我航空部隊は、十月十九日ニコバル諸島カーニコバル島に来攻せる敵英機動部隊を迎撃し、同島南方海面において、敵航空母艦及び駆逐艦各一隻を撃沈、戦艦及び駆逐艦各一隻を撃破せり》

イギリスの機動部隊がインド洋を東進してスマトラ島に近づいたのは、アメリカ艦隊のレイテ島上陸作戦に呼応し、マレー方面をかき乱すためのようであった。

イギリス機動部隊を攻撃したのは、飛行第九師団の第一野戦補充飛行隊戦闘隊の隊長、丸川公一大尉以下九名であった。この隊は教育が任務で、実戦の経験はなかった。

十月十九日午前四時、丸川中隊の九機の一式戦闘機隼《はやぶさ》は、スマトラ島のメダン飛行場を離陸した。その後の攻撃について、新聞記事は次のように記している。

《敵航空母艦上空に殺到した友軍機は、敵艦上を旋回後、爆弾を投下、約十個の爆弾が見事命中、敵空母はたちまち黒煙をはきはじめると同時に、わが雷撃機は海上低く肉薄、魚雷二本が敵空母の中央部に命中、敵艦は茶色あるいは白色の猛煙をあげ、煙はたちまち敵艦をおおいつくし、この煙が消え失せた時には、敵空母の姿は、すでに海上に見られなかった》

しかし、この記事には、多くの誤りがある。この戦闘に参加したのは、陸軍の戦闘機九機だけであり、その戦闘機は、爆弾はつけていなかった。また、雷撃機は出ていないから、魚雷攻撃は全くあり得ない。

この戦況を調べるために、第九飛行師団の作戦主任参謀黒川信夫少佐は、カーニコバル島に行って、海軍の第八監視哨の哨長の兵曹長以下、十名ばかりの海軍の兵にあった。

兵曹長は、感激の情をあらわしながら、

「このような神聖な感激の場面に自分たちが位置して、一生忘れることのできない光景を、網膜に焼きつけることができたのは、なんとも光栄でいっぱいです」

と、男泣きに涙を流した。

監視哨の望楼は、高さ十メートルほどで、椰子の葉でかくれていた。哨長たちは、そのなかで、戦闘を見ていた。

十九日の朝、数群のイギリス艦隊が、四方から打ちこむ艦砲射撃は、まことに傍若無人であった。近くは六百メートルにまで接近し、艦上の敵兵の動きさえ手のとどくぐらいに望見できた。それだけに、まもなく、友軍航空部隊九機が頭上で壮烈な空中戦を展開したのを見た時には、孤島の守備隊員の歓びは、想像を絶するものがあった。

まもなく、近くに一機、やや東南方の海上にまた一機、明らかにイギリス艦載機の撃墜を確認した。

やがて猛烈なうなりをともなって、頭上から海上に行く一群の飛行機が見えた。アッという間もない。約二千メートル先を横に走る大型艦に、パッと真赤な火炎が吹き上がった。椰子のこずえスレスレに作ってある望楼で、哨員全員、こぶしを固めて思わず歓声を発したという。さらに二機の友軍機は、一度急上昇して大きく反転、大型艦の前後を逃走中の敵の二艦に真一文字に突入した。

監視哨の哨員は、この時、大きな爆音のひびきを全身に感じた、という。火煙がうすれたあとで、駆逐艦と見られる小型艦一隻が沈んだ。ほかの艦は、傾きながら航進し、遠ざかり、水平線のかなたに去った。

こうした目撃者の話を聞いて、黒川参謀は鮮烈な感銘をうけた。

この三機は、その後の中隊の報告で、第三編隊とわかった。編隊長は阿部信弘中尉（東京都）、僚機は寺沢一夫曹長（東京都）、中山紀正軍曹（宮城県）であった。

この時の戦果を《体当り攻撃により撃沈》としたのは、参謀本部（大本営）に送られてきた第三航空軍参謀長隈部正美少将の名で発せられた電報である。

第三航空軍はシンガポールに司令部をおき、マレー、スマトラ、ニコバル諸島のほか、ビルマ、仏印からインドネシアまでを管区にいれていた。通称部隊名は司《つかさ》であった。

《司参電一七〇七号。

今次赫々《かくかく》たる戦果を樹立せる丸川隊、特に第三編隊の行動に関しては、当時之を確認し得ざりしも、その後精査するに、全員壮烈真に鬼神を泣かしむる戦闘機の体当りを決行し以って驕敵を撃砕したる抜群の功績を確認するに至れり。丸川隊はカーニコバル南方二十キロにて、敵機動部隊（四群）を発見（一一二〇）、三層に配置せる敵戦闘機三十数機と交戦、戦闘は三十分に亙り、激烈紛戦を極めたり》

《編隊長機らしきもの機首を返して第四群中の空母インドミダブル型に対し、率先急降下をもって、敢然体当りを決行し、之を轟沈す（一二三九）。之により僚機はそれぞれ第一群一番駆逐艦（または巡洋艦）に自爆体当りを敢行して之を撃沈し（一二四二）残る一機は、最初より攻撃中なりし第二群の戦艦に体当りをなし大火災を生ぜしめて、これを南方に遁走せしめたり（一二五〇）。

　編隊長を核心とする全機それぞれ敵艦上壮烈なる玉砕をとげたり》〔文中のカッコ内の数字は時刻〕

　この報告を書いたのは、高級参謀の佐藤直大佐で、戦闘の直後にメダン飛行場にきて、丸川隊から状況を聞いた。それにしても、前記の黒川参謀の調査とは全く違っている。

《軍は阿部編隊の果敢決死の戦闘に基づき、たとえ爆弾を携行せざる戦闘機にあっても、機体自重二トン五百に急降下の威力を加え、殉国の大義に透徹せば、機身一如、以て空母以下の敵艦轟沈難《かた》からずとの信念を確立せり》

　佐藤高級参謀は、軍司令部に帰ってからも、異常に興奮していた、という。感激のあまり、体当り攻撃の熱狂者と変ったようであった。

　しかし、佐藤高級参謀がどうして、このような独断にすぎて、作り話のような報告をしたかは疑問である。だが今となっては、それを確かめることはできない。佐藤高級参謀は、日本の無条件降伏の直後に、自決をしてしまった。

　黒川参謀は、その後、阿部編隊の体当りの戦果を確認しようと努めた。つまり、本当にイギリスの航空母艦ユニコンが沈んだか、どうかを確かめようとした。

昭和二十年になって、スマトラ島で、イギリス軍の空中勤務者が捕虜になった。黒川参謀は、すぐに、そのイギリス兵を訊問した。

その結果、その捕虜は、ユニコンを含む機動部隊に属していることがわかった。しかし、この艦隊の空中勤務者は、二カ月前に、全部いれかわっていた。現在いる者は、カーニコバル島の戦闘に参加していなかった。また、その捕虜は、ユニコンのことを知らなかった。

ただ一つ、彼の知っているのは〈ユニコンが大きな損傷をうけたという話を聞いた〉ということであった。

ユニコンは〝一角獣〟という意味の名で、二万トン程度の旧式の空母であった。

黒川参謀は、戦争が終ってからも、イギリス側の戦史資料を調べたが、ついに、ユニコンについては、何もわからなかった、ということであった。

阿部編隊の体当り攻撃について、私（著者）が質問をしたのに対し、黒川信夫元参謀は次のような返事を寄せた。日付けは、昭和三十七年二月九日である。

《（前略）阿部編隊の行動中、やや確信のもてるものは

（一）阿部機が白煙（ガソリンなのか、白い煙なのか不明）を吹いていたこと。

（二）同機が先頭を切ってカーニコバル島上空から沖に向い、艦列（三隻）に突入して行ったこと。

（三）僚機は傷ついていず、編隊行動でこれに従って、一列に降下し、それぞれ目標に

突入したこと。

戦闘隊の編隊行動は、一、二番機の位置はきまっていて、三番機が左右自在となっていますが、長（一）機の急速な降下の場合は、当然、一列縦隊になります。

以上、三点のほかは、みな想像です。

当時、英国艦隊の方では、カ島に対する艦砲射撃を始めてまもなくであり、ほとんど、日本側の空襲は予期していなかったと思われます。彼我の接触当時、在空の艦隊直衛は二、三十機が三、四千メートルに、ほかの在空掩護が十機ぐらい（これは戦闘開始後発見とのこと）と、隊長の丸川大尉は述べていますが、経験の浅い連中ですから、信憑性《しんぴょうせい》は疑問です。

英国艦隊は、大胆な強襲に移らんとする矢先に、その出鼻をたたかれて、一応逃走の形で、ツリンコマリ（セイロン島にある軍港）に直接帰投してしまったのが実情です。

十九日の夜間は英潜水部隊による沖合での救助作業が想像されるように、沖合でかなり大声で呼び合うのが聞えた、といっていました。（監視哨の話）

阿部編隊の行動、特に特攻直前の混戦以後は、地上目視者の話の上から想像する以外には、何等の方法もなく、永久に、真実の究明は不可能かと存じます》

阿部中尉は、航空将校としての日ごろの覚悟のとおり、被弾してのち、空母に突入したものと見られる。僚機は、必ず長機につづくように定められているから、行動を共にしたといえる。

それなのに、佐藤高級参謀は阿部編隊を体当り攻撃として、その戦果を誇大にした。さらにまた、参謀長の隈部少将は、この報告を裁決して東京に送らせた。第三航空軍はなんのためにこのような作為をしたのだろうか。これは単に、自軍の戦功を加えるためにしたとはいいがたい。先の有馬司令官の体当りの虚構と、この阿部編隊の戦果の誇張とが、同じ日の新聞に発表されたのは、大本営が特別攻撃隊を登場させるためにした予告であったろうか。

なお、阿部中尉の父は、当時の朝鮮総督の阿部信行陸軍大将であることも考えなくてはならない。

ユニコンについては"WARSHIPS OF WORLD WAR II"（『第二次世界大戦の軍艦』）に次の記載がある。この本はH・T・レントン、J・J・カレッジの共著で一九六四年（昭和三十九年）にロンドンで刊行された。

《ユニコン。ハーランド・アンド・ウォルフ造船所建造。一九四一年（昭和十六年）十一月二十日、進水。一九五九年（昭和三十四年）、解体》

ユニコンは戦後十四年たって廃棄された。この記事のあと、一ページ大にユニコンの完全な形の写真がある。それには《一九四五年十二月》と撮影の年月を記してある。

ユニコンは航空機修理艦として建造され、大戦中は軽空母として使われた。そのユニコンは沈まなかった。

昭和十九年十月二十二日
鉾田・立川・各務ガ原・博多

午前五時。岩本大尉は起きると、すぐに行水をした。ひえびえとした空気のなかで、和子は、夫の背に湯をかけながら、〈もう、これで、何もしてあげることができない〉と思った。岩本大尉は軍服をつけて、正座して、天皇陛下の写真に敬礼した。

そのあと、机に向って、筆をとって、四枚の色紙に歌を書きつけた。覚悟のほどをよんだ辞世の歌であった。

大君の勅《みこと》かしこみ今日《きょう》よりは
火玉とかはりて我は征《ゆ》くなり

武士《もののふ》は散るもめでたき桜花
花をも香をも人ぞ知るらむ

身はたとへ南の海に散りぬとも
とどめおかまし大和《やまと》だましひ

さして征く南の空はくもるとも
など かくもらむ大和だましひ

和子は晴着をきて、夫のそばにすわり、色紙に、妻の心を歌に記した。

家をすて妻を忘れて国のため
つくしたまへとただ祈るなり

岩本大尉は、和子の書いた色紙を、落下傘袋のなかにいれた。

食事の時、岩本大尉は赤飯がおいしいと喜んで、残りを握りめしに作らせて、これも落下傘袋のなかにいれた。

食事が終ると、すぐ、出発の時刻だった。成田屋のイツとさだが見送りにきた。三介とイマは、先に玄関に出た。和子が、そのあとからつづいて行きかけると、岩本大尉が座敷から呼んだ。和子がそばに行くと、岩本大尉は、無言でかたく和子を抱いた。

和子は胸がいっぱいになるのをこらえ、夫といっしょに外に出た。隣近所の人々も集っていた。みんな、バスの停留所まで送る、というのである。和子が、うしろの方で遠慮して立っていると、岩本大尉は、

「かまわないから、こいよ」

と、ならんで歩きながらいった。

「出発の時には、この上を飛んで行くからな」

バスの停留所で、岩本大尉は将校マントをぬいで、見送りの人々に、丁寧に礼をした。父母にも、和子にも、改めて挙手の礼をした。見送りの人々は「万歳」を叫んだ。

動きだしたバスのなかで、岩本大尉が立ったまま、挙手の礼をしていた。その顔は、和子が、今まで見たことのない、きびしい表情をしていた。バスは走りだすと、すぐにせまい町なみにかくれた。そのあとを、和子は、いつまでも見ていた。急に全身から、一切の感覚が消えて行った。

気がつくと、父が和子の肩を抱いていた。わきでは、母が顔をおおって泣いていた。

午前八時。鉾田飛行場の上空は、雲はすくなかったが、いつものように、霧がかかっていた。

気象班の天気図では、全般に晴れで、気象状況はよかった。岩本隊は、この日、福岡県の雁《がん》ノ巣《す》飛行場まで飛ぶことになっていた。

岩本大尉は、研究室で飛行服にきかえた。それから、自分の机の前に腰をおろした。机のなかも、上も、きのうのうちに整理してあった。

福島大尉は忙しかった。福島大尉が岩本隊の操縦者の爆撃成績表を今津飛行隊長にと

どけに行くと、大佐は暗い表情で、

「万朶隊だとさ」

と、怒ったようにいった。それが特別攻撃隊としての岩本隊に与えられた隊名であることを、福島大尉ははじめて知らされた。

「梅というならいいが、なぜ桜とつけたのだ。早く散れということか」

今津大佐は痛憤にたえないというようであった。この隊名は陸軍参謀総長の梅津美治郎大将が命名したものとして、鉾田に伝達されてきた。しかし、この朝、この隊名のことを口にした者は、今津大佐のほかにはいなかった。

福島大尉が研究室に帰ってくると、岩本大尉は、血の気のひいた青ざめた顔になっていた。福島大尉は思わず、いきをのんだ。あいさつの言葉をかけるのがためらわれた。岩本大尉も、だまっていた。

この時、爆音が高まるのが聞えた。九九双軽の爆音である。あの、死の触角をつけた体当り機が、格納庫前から、準備線に移動して行く音であった。福島大尉が、

「自重してやれよ」

というと、岩本大尉は視線をそらせた。うなずいたようだった。岩本大尉は無言で立上がり、顔をそむけたまま、部屋の外に出て行った。いつもの快活な、明るい岩本大尉とは、別人のような動作であった。それが、岩本大尉の激しい苦悩をあらわしていた。

「ろくな兵器も作らんでおいて」

かつて、この机の前で憤慨していた岩本大尉の言葉が、福島大尉の耳に残っていた。ろくな兵器も作らない、その解決を、体当り攻撃に求めたことは、福島大尉にも、岩本大尉にも、許しがたい無責任としか考えられなかった。

その、ごまかしのために、当の岩本大尉が、まず選ばれ、同時に、数多くの若い命を、かいなく散らすことになったのだ。

福島大尉は、岩本大尉の気持を思うと、胸が痛かった。同じく岩本を死なせるなら、かねての念願の通り、跳飛爆撃をさせてやりたかった。同じく隊長とするなら、跳飛爆撃隊の隊長にさせたかった。有効な爆弾をもたせ、日ごろ訓練をかさねた隊員をひきいて出撃させたら、岩本は、どんなに勇気百倍したことであろう。それでこそ、体当り攻撃に数倍する戦果がえられるに違いなかった。

福島大尉は、岩本大尉の出発を見送るのが苦しかった。もはや、顔と顔を合わせても、いうべき言葉はなかったのだ。だが、福島大尉は気をとりなおして、岩本隊の出発を見送りにたった。

整備科の建物の横に天幕がはってあった。そのなかに、今西師団長と、十数名の幹部将校がならんでいた。それに向きあって、岩本大尉以下二十四名の隊員が、誘導路のはしに整列していた。天幕の前には、壮行の酒が用意してあった。

航空総監菅原中将の代理の少佐がきていた。岩本大尉ら特攻要員の名簿は、この人が持ってきたようであった。少佐は菅原中将の壮行の辞を代読した。

「余は諸子のおやじである。諸子が戦場に飛び立つ今、余の胸中は息子を送りだすおやじの気持と全く同じであるから、型通りの訓示はおこなわない。戦局は今や皇国存亡の秋《とき》に突入していることは、諸子の熟知している通りだが、これを救う途は物量にあらず、ただ精神力あるのみである。

　諸子の出陣には生還という文字はない。すなわち諸子はみな、死にに行くのである。しかし諸子の肉体は死んでも、尽忠の大精神は断じて死ぬものではない。一人の楠公（楠木正成）の死によって、幾千万の楠公をあとから、あとからと生みださせる死である。諸子の死は、悠久の大義に生きる死である」

　この壮行の辞は、まだ長々とつづくのだが、菅原中将はこの時を最初として、日本の降伏の時にいたるまで、特攻作戦に重要な指揮、指導の役割をもつこととなった。そして、この時と同様の壮行の辞を、特攻隊の出撃のたびに、幾回となく、くり返した。

　今西師団長は、

「軽爆本来の技能を発揮して、敵艦船を撃砕せよ」

　という主旨の訓示をして、

「諸君の御健闘を祈る」

　と、隊員と送別の乾杯をした。

　乾杯を終ると、岩本大尉は、すぐに隊員に集合を命じた。

「ただ今より、出発します」

岩本大尉は申告をすると、先頭になって、歩いて行った。隊員は、そのあとから、一列縦隊になって進んだ。

誘導路の東側には、鉾田の将兵、職員、雇員の、ほとんど全員がならんでいた。この人々は、長い人垣を作っていたが、声をだすものも、手をふる者もなかった。めいめいは、うやうやしく、頭をさげて礼をした。葬儀の列を送るように、しんみりとしていた。

岩本大尉は、挙手の礼をして見送りの人々に答えながら歩いて行った。指先の開いた敬礼だけは、いつもの岩本大尉であった。しかし、顔は青ざめて、けわしく、ゆがんでいた。

岩本大尉のすぐうしろに、園田中尉がつづいていた。端正な顔を紅潮させていた。そのあとに、安藤中尉がならんでいた。

「安藤、がんばって行け」

と、伊藤中尉が叫んだのが聞えたらしく、安藤中尉は手をふって、陽気な笑い顔を見せた。

福島大尉も、その人垣のなかに立っていた。その時のことを次のように書き残している。

《岩本は、さっき、研究室で見た時より、一層、凄烈な表情をしていた。それは、死を超越したものではなく、人間凡俗の悩みを精一杯に押えながら、死地に向って歩みつづける、その悲壮さがみなぎっていた》

福島大尉のいたところの少し先に、少年飛行兵の一団がならんでいた。岩本大尉に教育をうけた少年たちであった。岩本大尉が近づくと、一斉に叫んだ。

「教官殿」

「自分たちが行くまで、待っていてください」

岩本大尉は、挙手の礼をつづけていたが、少年飛行兵の方は見ないで、まっすぐ前を見つめていた。岩本大尉が通りすぎると、少年飛行兵たちは、泣きだしながら、

「教官殿」

「岩本大尉殿」

と叫びながら、列をくずしてあとを追って行った。

操縦将校のあとには、田中曹長らの下士官操縦者、そのあとに通信、整備の隊員がつづいた。年少の奥原伍長、佐々木伍長などは、思いがけない盛んな見送りをうけて、とまどう思いをしていた。

岩本大尉以下の隊員は、誘導路の南の端に行きついた。そこには、起爆管をつけた九九双軽が、ごうごうと激しい音をたてて、エンジンの始動をしていた。

編隊長機の搭乗者は、岩本大尉（操縦）中川少尉（通信）村崎少尉（整備）の三名。二番機は、園田中尉（操縦）生田曹長（通信）林伍長（整備）。三番機は、安藤中尉（操縦）浜崎曹長（通信）仁平伍長（整備）。

このほかの下士官たちは、一式双発高等練習機三機に分乗することになっていた。こ

の方の指揮官は川島中尉（操縦）であった。

岩本編隊は、途中、立川飛行場に着陸して、フィリピンに輸送する資材を受取ることになっていた。川島編隊は、その間に、岐阜県の各務ガ原飛行場に飛んで、特攻改装機を受取る予定であった。

午前八時三十分。飛行場には、弱い北風が吹いていた。岩本編隊の三機の爆音が一斉に高くひびき渡った。岩本機を中にして、三機は、北に向って滑走して行った。見事な編隊離陸であった。

滑走路の端にならんでいた見送りの人々は、日の丸の小旗をふった。それが白い波のように激しくゆれ動いた。

福島大尉は、目がしらをあつくしながら見送っていると、編隊長機は左に旋回をはじめた。意外な行動である。福島大尉は、おどろいた。

鉾田飛行場の規程では、離陸した飛行機は、必ず、東方の鹿島灘《かしまなだ》の海側に旋回することになっていた。これは、飛行場の西側に、弾薬の集積地があるためである。

それなのに、岩本機は、今、山側をまわりはじめた。長機が左に旋回したから、僚機も、それについて行った。

〈岩本大尉ともあろう人が、どうして、このような反則をするのか〉

飛行場上周を逆旋回して行く編隊を、目で追っていると、福島大尉は、急に、ひらめくように感じたものがあった。岩本大尉の、あの激しい苦悩をあらわした、別人のような動作が思い浮んだ。福島大尉は〈岩本大尉は、意識して、飛行場規程をふみにじったのだ〉と思った。

岩本大尉は、きょうのこの出発が、なんとしても、承服できなかった。体当り攻撃という、狂信無謀の暴挙を命令されたことは、岩本大尉には、痛憤きわまりなかった。その命令に対して、あくまでも反抗する意思を、岩本大尉は、逆旋回によってあらわしたのだ。

和子は家の前に立っていた。

父と母は、玄関に腰をおろしたり、外に出てきたり、おちつかない様子だった。成田屋のイツが、しきりに、飛行場の方を気にしていた。

「奥さん、きましたよ」

爆音は急速に近づいた。城跡の山の上に、三機の機影があらわれた。編隊は、高度をさげてまっすぐ近づいてきた。

和子が手をふった時には、編隊は、もう頭の上にきていた。先頭機は、二、三回、翼をふって別れを告げ、すぐに遠ざかった。

和子は、激しいものが、こみあげてくるのを感じ、家のなかに走りこんだ。座敷にはいると、力がぬけたようにすわりこんだ。けさまで、そこにいた人のいなくなった空虚さが、冷たくひろがっていた。天皇陛下の写真だけが変らずに、そこにあった。

和子は声をあげて泣き伏した。

岩本編隊は立川飛行場に着陸した。

審査部の竹下少佐が、かけつけてきた。岩本大尉が、体当り攻撃の隊長を命ぜられるという、運命の皮肉さ、痛ましさを、一番よく知っている人である。

「岩本を、この飛行機に乗せるなんて、むちゃなことをするものだ」

陸軍航空のなかで、かえがたい技術をもった岩本大尉を、体当りで殺すことが、竹下少佐には、惜しまれてならなかった。岩本大尉も、

「残念でたまらないのです」

と、本心をはきだすようにいった。鉾田では、口にだしていえなかった言葉であった。しかし、竹下少佐に対しては、この愚かしい不合理と、憤激を訴えることができた。

「同じやるなら、跳飛爆撃をやらしてもらいたいですよ。それなら本望です」

「そうだなあ。岩本に実験させたかったたな。岩本ならやれる」

岩本大尉は、しばらく、ほおの肉をふるわせながら、だまっていたが、

「おれたちは、爆弾にしばりつけられなければ、死なないと思っているのか」

と、悲痛な声でいった。

体当り機を作って、爆弾を機体に固着させることは、操縦者の意志の自由を奪うことである。さもないと、操縦者が体当りをしないで、爆弾だけを落すかも知れないと考えたからである。体当り攻撃をさせるために、どれほど美しい名目をならべても、結局の

ところは、卑怯未練な臆病者をのせても、目的を達せられるようにしたのだ。このような改装機を考え、その製作を命じた陸軍参謀本部の作戦課員の心情は、戦争遂行を名分として冷酷残忍に徹したものであった。

竹下少佐は、ひそかに決意をした。竹下少佐は、体当り機の構造の秘密を知っていた。装着した爆弾は、投下することはできないように、改装した機体である。だが、実は、操縦者の手で落す方法があるのだ。それを教えることは、違法にもなることである。だが、竹下少佐は、それをしないではいられない気持になっていた。〈それを教えるにしても、この立川ではぐあいがわるい〉竹下少佐はその方法を考えながら、

「これから、どうするんだ」

「輸送する機材があるので、それをうけとって、すぐ、各務ガ原に行きます」

「おれも岐阜に行く用がある。岐阜まで見送ってやる」

竹下少佐は何気なくいって、整備兵を呼んで、乗機の出発の準備を命じた。

二

午前十一時。岩本編隊が各務ガ原飛行場に着陸した時には、川島中尉の双発練習機の編隊は、先に到着していた。

岩本大尉は、川島中尉と下士官操縦者に、各自の搭乗機を受領することを伝え、その飛行機の番号を割りあてた。

若い下士官たちは、自分の飛行機をもらえることがうれしかった。しかし、飛行場を見まわしても、それらしい飛行機は見えなかった。飛行場には、たくさんの作業員が、あわただしく動いていた。フィリピンへの緊急輸送のためであった。

川島中尉と下士官たちが、教えられて行った場所は、飛行場の北すみの繋留地帯であった。その、人目につかないところに十七、八機の九九双軽がならんでいた。

「あれだ、あれだ」

鵜沢軍曹は、勇み立って先に走りよった。近づくにしたがって、機首に異様なものがあるのが見えてきた。三メートルもある鋼管が、三本も突きだしていた。下士官たちは、顔を見合せた。

「なんだ、このツノは」

下士官の多くは、その角《つの》の正体を、まだ知らないでいたが、普通のものでないことを感じた。事情を知っている田中曹長は、

「どうして、将校さんの飛行機は一本で、おれたちのは三本ついているのかな。将校さんでも川島中尉殿は三本だが、ほかの将校さんは、数がすくないなんて、おかしいぞ」

と、冗談のようにいった。

操縦者は、割りあてられた飛行機に乗って、滑走路の端に移動させた。

岩本大尉は、全員を集めて訓示した。

「われわれは、フィリピンの激戦場に行くのであるから、生還を期さない覚悟であるの

はいうまでもない。とくにいっておきたいのは、われわれは特殊任務につくということである。これについては、改めて教えるが、なお一層、必死必殺の決心を固めてもらいたい」

下士官たちは、はじめて〝特殊任務〟ということを教えられた。また、それが、機首部に突出している三本のツノと関係があることに気がついた。

「特殊任務とは、なんだろう」

鵜沢軍曹が不安そうな声をだした。田中曹長が、小声で教えた。

「体当りだよ」

鵜沢軍曹は、急にだまりこんだ。顔色が変っていた。川島中尉が、固い表情でいった。

「あのツノは信管だな。あれがぶつかると、機体のなかで、爆弾が破裂するんだ」

若い下士官たちは顔を見合せた。明らかに動揺した表情であった。

やがて、新しい体当り機の試験飛行がはじまった。岩本大尉がピスト（空中勤務者のひかえ所）で指揮をしていると、竹下少佐がはいってきた。一式戦闘機隼を飛ばして、立川から、あとを追ってきたのだ。

「お見送りを、ありがとうございます」

岩本大尉があいさつをした。竹下少佐はピストのなかに兵隊のいるのを見て、

「岩本、話がある」

と、外へつれだした。

「岩本、こんなことを教えていいか、どうかわからない。しかし、おれは我慢がならんので、教えるつもりで、ここまできた」

岩本大尉も真剣な顔になって、

「なんですか」

「岩本ともあろうものを、体当りさせるのは、あまり気の毒だ。そう思ったから、岩本にだけは教えておくよ。あの飛行機は、爆弾を落す方法があるんだ」

滑走路を走って行く九九双軽の激しい爆音が、ふたりの会話を中断させた。その飛行機の機首には、三本の長い信管が突きだしていて、ゆれ動いていた。ふたりは、その離陸を見ていた。

「それを、やるかやらないかは岩本の判断にまかせるよ」

爆弾を操縦者の意志で、自由に落せるようにするというのは、体当りをしないで、爆弾だけを命中させて生還できることである。竹下少佐は、その方法を教えながら、岩本大尉が、それを実行してくれることを、心のなかで望んでいた。

「わざわざ、教えにきていただいて、ありがとうございました」

岩本大尉は、いかにも、うれしそうであった。その目は、感激して、ぬれて光っていた。岩本大尉には、爆弾を落す方法を教えられたことよりも、それを、教えにきてくれた人の情《なさけ》が身にしみたようであった。

試験飛行を終った川島中尉と、下士官操縦者がピストに集合した。岩本大尉は、ひとりひとりの報告を聞いた。そのなかで、佐々木伍長は次のようなことを報告した。

『この九九双軽は、方向舵が全く狂っていて、水平飛行の時には、横すべりを防ぐために、片方の脚《きゃく》（車輪）をだし、操縦桿をその方に倒しておかねばならなかった。また補助翼と昇降舵の調節がとれていなかった。何よりも問題なのは、機首に長い角があるために、速度は十キロ以上おちるし、機体の安定を妨げる』

これでは飛ぶこと自体に、危険が多い飛行機である。それというのも、

「新品で、まだ、試験飛行もしてないのかと思います」

この最下級者の報告は、ほかの上級者、年長者よりも、注意が行きとどいていた。その判断によれば、これらの体当り機は、きょうの出発に間にあわせるために、いそいで作りあげたらしかった。佐々木伍長は、試験飛行でわかった機体の故障は、すでに整備班になおさせるようにしてきた、と付け加えていった。

このように故障の多い飛行機を、よく乗りこなして、欠点を観察できたのは、佐々木伍長が操縦技術に熟練していたからである。佐々木伍長は十七歳の時から、仙台航空機乗員養成所で、鍛えあげられた。

岩本隊の操縦者のなかでは、久保軍曹が大正十三年生れ、当時二十歳に一カ月欠けていて、最年少であった。その次が、大正十二年生れ、当時二十一歳の佐々木伍長であった。

しかし、この時の佐々木伍長の報告がよかったのは、別の理由もあった。ほかの下士

官たちは体当りということに動揺していた。

「なぜ、出発の前にいわなかったのか。出発させてからいうのは、だまし討ちと同じだ」

こうした憤激と不満にかられて、下士官たちは、はっきりした報告をしなかったのだ。

竹下少佐と岩本大尉は、ピストで昼食をいっしょにした。食事をしていると、沖縄、台湾、フィリピンと、跳飛爆撃の教育演習に、いっしょに行ったことが思いだされた。

「岩本が行くなら、一度ぐらいは跳飛をやって見せてもらいたいものだな。実戦でも、よく当るというところをな」

竹下少佐は、冗談のようにいった。体当り機の爆弾を、操縦者が自分の手で落せるならば、跳飛爆撃をすることもできる。それには、跳飛用の爆弾をつみさえすればよいのだ。あとは実行するだけだ、と竹下少佐はいったようだ。

食事が終ると、竹下少佐は身支度をした。

「見送ってやりたいが、早く立川へ帰らないといけないから」

岩本大尉はその言葉のなかに、竹下少佐が爆弾投下の方法を教えるために、勤務をさしおいて飛んできたことを感じた。

ふたりは、目と目を強く見合せた。

「ありがとうございました」

「がんばってくれ」

ふたりは、手を堅く握り合った。

竹下少佐は、静かにピストを出て行った。まもなく一式戦闘機が、急速に滑走路を離陸して行った。岩本大尉は、手をふって見ていた。一式戦闘機は、冷たく晴れた秋空を東に向って遠ざかって行った。

三

岩本隊が、博多湾にそった雁ノ巣飛行場についた時は、夜になっていた。ここが最初の宿泊地であった。

岩本隊は、全機が体当り用に改装した九九双軽となった。機数は二十機であった。そのうちの八機は予備機であった。予備機を操縦したのは、各務ガ原飛行場の操縦者で、そのなかには、佐々木伍長と同期のものも二、三名いた。

各務ガ原からは、搭乗者が、もうひとり、ふえた。航空技術の少佐で、マニラまで便乗するということであった。少佐は岩本大尉の編隊長機に乗ったが、ほとんど口をきかなかった。便乗者は、いつもあることだから、だれも気にしなかったが、妙に陰気な感じがしていた。

雁ノ巣へつくと、下士官操縦者の態度が、はっきり変っていた。近藤伍長は奥原伍長に、

「だまされたようなもんだ」

と、いった顔がこわばっていた。奥原伍長も、

「体当りなんて大変なことをやらせるのに、一言もいわないでだすなんて、ひどいよ。それならそれで、二、三日休暇をくれて、親兄弟にあわせてもらいたかったよ」

と、しょんぼりした顔を見せた。通信手の花田伍長が、大声で激しくいった。

「卑怯です。体当りなら体当りだと、師団の幹部が、出発の前に、命令の時にでもいうべきじゃないですか」

花田伍長は、朝鮮の出身であった。物ごころがついてから、いつも苦しめられたのは、日本人からうける不当な差別待遇であった。朝鮮人である、というだけで、けいべつされ、いじわるをされ、虐待されてきた。それを、はねかえすために、花田少年は航空兵の道をえらんだ。〈朝鮮人だって、飛行機に乗って、お国のためにつくすことができるんだぞ〉と、いってやりたかった。

しかし、今、体当りという異常な任務を与えられたことがわかると、花田伍長の心は動転した。どこまで、だまされ、いじめられるのかと思った。

田中曹長のように、体当りのことを、ひそかに知っていた者でも、やはり、納得できない気持でいた。

鵜沢軍曹は出発前に、興奮して勇ましいことをいっていた時とは全く変って、青い顔色のまま、口もきかなくなってしまった。

下士官たちは、食事が終ると外出した。近くには、軍人のための女のいる家があった。

下士官たちは、そこで、酒をあおり、乱酔して、絶望と自棄の思いをまぎらした。

佐々木伍長はひとりで宿舎にいた。にわか造りの板壁の、殺風景な広い部屋であった。体当り、ということが、切実に感じられなかった。演習の時に、思い切って接近した時の、船の鉄の胴体を思い浮べた。そこへ、まっすぐに突っこんで行くとすると、ぶつかる直前に、操縦桿をひいて、上昇してしまいそうだった。そういう訓練ばかりしていたからである。

岩本大尉は、園田、安藤、川島の三中尉をつれて、博多の町に出た。日本の町は、これで見おさめだ、という気持であった。

岩本大尉の気持のなかにも、重苦しいしこりが残っていた。それは、岩本隊が体当り攻撃隊であることを、鉾田を出発するまでは、秘密にしておくように命ぜられたことであった。岩本大尉は〈やはり鉾田で、出発する前に知らせるべきであった。また、それにふさわしい扱いをしてやるべきだ〉と、こだわっていた。

それよりも心苦しく思うことがあった。岩本隊は、実際は部隊として行動するのだが、隊員各自は、個人として第四航空軍に配属される形になっている。

このままだと、たとえ全員が体当りをしても、岩本隊としてではなく、個人として、したことになる。これが岩本大尉には納得がいかなかった。考えられることは、岩本隊という形をとることに、何かの具合のわるい理由があるのだ。それは、部隊は天皇陛下の命令によって編成されるからだ。天皇陛下が、体当り攻撃のための部隊を編成されるようなことがあってはならない。

体当りは、非道、外道《げどう》の戦法である。すめらぎ（天皇）のごぞんじのないことにしなければならない。

しかし、戦場に行けば、実際には、部隊として行動することになる。そして戦死する。しかし、その時になっても、岩本隊とか、特別攻撃隊とかの正式の編成記録は残らない。ただ、四航軍の配属人員として、めいめいの官氏名を記されるだけである。そして、体当り攻撃は、軍の作戦ではなく、個人が勝手にやったことになる。〈配属〉とは、そういう意味であった。巧妙なごま化しであった。

岩本大尉たちは、福岡市の東中洲《ひがしなかす》のあたりを歩いた。川端商店街は、燈火管制でくらかったが、人通りも多く、にぎやかであった。博多人形をならべている店などがあって、めずらしかった。

岩本大尉は、品物のとぼしくなった店のなかから、眠り人形を見つけだした。それを、安藤中尉にひやかされながら、鉾田の和子に送るようにたのんだ。

この日、南方軍総司令官寺内元帥は、山下第十四方面軍司令官に対し、レイテ島決戦の命令を伝えた。

《一、驕敵撃滅の神機到来せり。
二、第十四方面軍は、海、空軍と協力し、なるべく多くの兵力をもって、レイテ島に

来攻せる敵を撃滅すべし》
この〝神機〟という神がかりの用語は、その時の南方軍の安易な考え方を、よくあらわしていた。ルソン島からレイテ島までは、直距離にしても東京から岡山に行くよりも遠い。船で輸送すると、片道二日はかかる。そこへ大部隊を、敵が目の前にきてから移動させよ、というのである。これについて武藤参謀長は、のちに死刑の獄中にあって書いた遺稿のなかで、次のように痛憤の文字を記している。
《もし、比島のごとき三千から成る群島を防衛するのに、陸軍兵力を適切適時に移動せしめんとする計画ならば、あらかじめ船の準備が先決条件である。然るに一隻の船も準備することなく、突然、レイテ島に各方面よりなるべく多くの兵力を集中せよ、との命令である。西村参謀副長以下山下大将に随行して、大本営の説明を直接聞いてきた参謀たちは、呆然として、次に憤慨した。私は西村参謀副長をして、南方総軍司令部に、命令の真意を問合せにやった。その答えは、大本営の命令だとのことであった。承詔必謹(天皇のお言葉に謹んで従う)。私は、夕刻、マニラのケソン・シティーの南方総軍司令部に着任のあいさつに行った。寺内元帥以下幕僚連中は極めて元気で、レイテの戦況についても、至極、楽観的であった》
作戦計画を変更したのが大本営であれば、いかに無謀であっても従わねばならない、と武藤参謀長は考えた。大本営の命令は、天皇陛下の詔《みことのり》であるからだ。しかし寺内元帥がその変更をしたのを、武藤参謀長は知らないでいた。

こうして、馬を河中に乗換える愚挙をして、フィリピンの敗戦に悲惨と犠牲を倍加させることになった。この時の作戦変更は、太平洋戦争のなかでも、総軍と大本営の犯した最も重大な過誤のひとつであった。

四

宿舎に帰った園田中尉は、佐賀県神埼郡仁比山村の両親にあてて遺書を書いた。（以下の文面は現代かなづかいに書きなおした）

《拝啓

その後も皆様お変りなくお暮しのおん事とお喜び申し上げ候。くだって私こと、おかげ様にて無事すごしおり候間、何とぞご休神くだされたく候。

今度、いよいよ決戦場にのぞむこととあいなり申し候。二十有余年来の鴻大《こうだい》無辺なるご恩返しの日は参り候。今こそ、男、命の捨てどころと存じ、勇躍、任務に邁進つかまつる覚悟に御座候えば、何とぞご安心くだされたく候。

さりとて、平素、ご心配ばかりおかけつかまつり、不孝この上なき次第、何とぞご容赦くだされたく候。なお、近所のかたがたへも、平素、失礼ばかりいたしおり候えば、何とぞよろしくお願い申し上げ候。

姉上様、今にして思えば、無理にもお訪ねいたすべきなりしと、少々後悔いたしおり候。しかれども、熊校（熊谷陸軍飛行学校）時代の写真、こうりのなかにいれ送り候えば、何とぞこれにておしのびくだされたく候。芳巳はおさきに失礼つかまつり候も、ご両親には何とぞ、ご長命遊ばされ、大東亜戦争勝利の日をごらんくだされたく、お祈り申し上げ候。

敬具
芳巳より

ご両親様
姉上様》

また、安藤中尉は、京都市左京区下鴨芝本町の生家にあてて、手紙を書いた。

《謹啓
秋冷の候、御一同様御元気にて御過ごしの御由《おんよし》大慶至極に存じ候。さて私、今般大命を拝し急遽決戦場へ空の御楯として馳せ参ずることと相成り申し候。日本男子の光栄名誉、之に過ぐるはなく、誓って皇国二千六百年の冠たる国体を護持すべく期し申し居り候。

想えば、二十有余年、何ら家恩に報ゆるなく、長子として兄弟姉妹に尽すなく、徒らに時日を弄し参り、ここにその罪を深く謝し奉り候。

今後は大命のままに、生還を期せず、一途に任務邁進致す覚悟に御座候。何分突然のこととて、誰にも御挨拶《ごあいさつ》一語も致さず征くことと相成り候。皆様によろしく御伝言下されたく御願い申し上げ候。

私の受けましたる任務は重大なるものにして、私の如き者が果して之を成し得るや、それのみ案じ申し居る次第、然れども力の及ぶ限り邦家の御為、家の為、もろもろの御恩、これらのみを念願に置き、決死任務貫遂を期すべく、この段は御安心下されたく候。

弟、妹らよ、日本を見つめ、予に続け。

急ぎの途に候えば、まずは右取敢えず御報まで、皆々様の御健康を御祈り申し上げ候。

十月二十二日　　　　敬具

父上様

荷物は全部後便にて送付の筈、何かお問い合わせは鉾田飛行部隊の佐藤博中尉または澄谷徳朗中尉まで申し越し下さい。なお、平常御世話御恩にあずかった人に御礼を差上げて頂きたく――》

と、六名の氏名を記した。

また、通信の生田留夫曹長は、兵庫県多可郡西脇町の生家にあてて手紙を書いた。

《(前略) 突然大命を拝し、征くこととなりました。元気旺盛にして、意気天をつくの有様です。どうか御心配なきよう、活躍ぶりを見ていてください。男子の本懐、誠に栄誉この上なきことであります。

急のことで、私物の整理は吉田伍長なる人にたのみおきし故、くれぐれも御心配なきよう。兄ふたりのいる新戦場、また在満当時の友、隊長もおれば、もとの古巣に帰る心

持です。（後略）

十月二十二日認む

生田留夫

生田和一郎様

外　御一同様》

鉾田の家では、和子がおそくまで起きていて、日記を書いた。

《二十二日。

御出発。午前六時二十分ごろ。バスの所まで御見送り。感無量。そのあと、御礼回り。夜分、大城曹長がきて、本日、福岡まで飛んだ、元気なり、と主人の言葉を伝えてくださる。もう、九州まで行ってしまった、あなた。

これまで仲よく暮して、今お別れするのは苦しゅうございます。

でも、あしたから、武人の妻として泣きません。

覚悟しております。本当にやさしいあなた。わずかな年月ながら、かわいがっていただきましたことに心からお礼を申上げます。御留守はしっかりと守ります。気にかかるのは、お腰の皮膚の御病気。心配で休まれず、十二時ごろまで起きていました。

和子は、きょうから、ひとりぼっちです》

レイテ湾総攻撃

昭和十九年十月二十三日
雁ノ巣・シライ・リパ

岩本隊の全機は、この日、上海の大場鎮《だいじょうちん》飛行場まで飛ぶ予定であった。そして、明日は上海から台湾の嘉義《かぎ》に飛び、その次にフィリピンのマニラに到着することになっていた。

雁ノ巣飛行場は、博多湾に突きだした海の中道という岬にあった。古い大きな松の木の林が、鎌倉時代に蒙古軍を迎え撃った古戦場のおもかげを残していた。北海道育ちの佐々木伍長は、そうした北九州の風物を、めずらしいものに思いながら眺めた。仲のよい奥原伍長が、

「これで日本の土とお別れか」

と、いいながら、航空長靴の足で、音をたてて踏んだ。砂の多い、赤い土であった。

しかし、佐々木伍長は〈これが最後だ〉という感じがしなかった。いつかは、この飛行場の舗装された滑走路に着陸できるような気がしていた。

ほかの下士官たちは、ほとんど、口をきかなかった。いつもだと、むだ口をたたきあって、陽気に出発して行く下士官たちである。それが今は、顔色まで暗くなっていた。

鵜沢軍曹には、別れのために、かけつけてきた人があった。父親と若い女性であった。昨夜、おそく着いたようであった。ふたりは、鵜沢軍曹のそばにいたが、話しあう様子は見られなかった。

出発のために、鵜沢軍曹はふたりに別れて、隊員のところにきた。生田曹長がひやかした。

「あれ、貴様の嫁はんが見送りにきたんか。ええおなごやないか」

鵜沢軍曹は顔をそむけて、だまっていた。ひどく気力を失っていた。

機体の整備はてまどっていた。どの機も故障が多かった。そのために、整備員たちは眠るひまもなく、作業をつづけていた。

岩本隊の数機が故障をおこしたのは、すでに各務ガ原でわかっていたように、試験飛行をしなかったためであった。当時は、新作機については、百時間ぐらい試験飛行をしてから部隊にわたすのが、普通であった。それは、新しい発動機が故障をおこすのが、七十時間ぐらい使わないと、わからないからであった。ところが、岩本隊の九九双軽は、改装を終ってから、試験飛行もしないでわたしたのだ。それほど火急な事態になっていた。

整備班長の村崎少尉は、

「こんなガタガタ飛行機じゃ、フィリピンまでも行けやせんぞ。体当りをやらせようというのに、試験飛行もしない飛行機をよこすとは、なんということだ」

と、顔を赤くして怒っていた。

この事故のため、出発が一時間おくれた。午前七時、岩本機がまっさきに離陸した。各機が、それにつづいた。鵜沢機は滑走の途中で左に傾いて、大きく動揺して姿勢がくずれた。その勢いで滑走路のわきにおいてあった四式戦闘機を翼端にひっかけた。見送っていた人々は、思わず叫んだ。

「あぶない」

四式戦闘機は大きくはねあがって、片のめりになったが、鵜沢機は、辛うじて浮上り、上昇して行った。それは、操縦している者の、心の苦悩と動揺を、そのまま、あらわしているようであった。

この日、午前九時。中部フィリピンのネグロス島シライにある第二飛行師団司令部で、部隊長会同（会議）が開かれていた。ネグロス島北端部には、日本軍の飛行場が七個所あり、それを総称してバコロド基地と呼んだ。シライはバコロド基地の中枢であった。

この会同には第四航空軍司令部から、寺田参謀長と佐藤作戦主任参謀が指導にきていた。

第四航空軍の寺田参謀長も、佐藤作戦参謀も、レイテ湾総攻撃には、かなりの期待をもっていた。

佐藤作戦参謀が、レイテ湾総攻撃の計画を起案した時、何よりも苦心したのは、どれだけの飛行機を出撃させることができるか、という点であった。集結予定の各飛行隊が、いつ到着するかがわからなかった。

最もたのみにしていた第三十戦闘飛行集団が、きょうの夕方には、ネグロス島の各飛行場に展開する予定であったが、その集結ははかどらなかった。

この飛行集団は、キ―八四、四式戦闘機を主力としていた。この戦闘機は疾風《はやて》と名づけられ、大東亜決戦機とも呼ばれていた。これをひきいる集団長青木武三少将は、航空作戦の第一人者といわれていた。

また、九九双軽の第三戦隊が、三十機以上の実動機をそろえて到着した。この戦隊は、沖縄に駐留していたので、早く移動することができた。しかも、この当時としては、三十機以上も出撃できる軽爆戦隊は、ほかにはなかった。

もう一つ、佐藤作戦参謀が期待したことがあった。それは第三戦隊が、跳飛爆撃の教育訓練を終っているということであった。この戦隊の中堅将校のなかには、神奈川県の真鶴岬や沖縄で、竹下少佐、岩本大尉から、跳飛爆撃の教育をうけた者もいた。レイテ湾総攻撃には、日本軍最初の跳飛爆撃が実現することが期待された。

しかし、佐藤作戦参謀は、かなりの不安も感じていた。前夜来、第二飛行師団に対して、百三十機から百五十機を出撃させるように要求した。だが師団長の木下勇中将は、

「できるだけはやるが」

と、いう程度で、積極的な態度を見せなかった。これは、木下師団長が着任したばかりのためでもあったが、元来が鈍重な性格の人であった。

部隊長会同で、佐藤作戦参謀は作戦計画を説明した。それによれば、レイテ湾総攻撃は、明二十四日早朝から開始、二十五日まで続行する。この二日間に、敵艦船百隻を撃沈することを目標とする。これがためには「一機一艦、必死必殺に徹す」と、佐藤作戦参謀は強烈な表現を用いた。


夜になって、冨永軍司令官がシライに到着した。

冨永軍司令官は、総攻撃の計画を聞くと、すぐに、

「ネグロス島に前進して、シライで前線指揮をとる」

といいだした。軍司令官はなにかというと、最前線に飛びだして指揮をとろうとするので、寺田参謀長は、

「冨永歩兵連隊長だよ。航空のしろうとは、これだから、こまる」

と、温厚な口に似合わない露骨なことを、幕僚にいった。

「軍司令部は後方兵站をしっかりやり、第二師団長には一定の方向と任務を与えておけば、それでよい。軍司令部は渦中にまきこまれない所で、後方を固める、これが常道だ。しかし、そうもいえまいが、うまく、おとめしてくれ」

寺田参謀長は松前高級参謀に、冨永軍司令官を説得に行かせた。

「総攻撃は大丈夫か」

冨永軍司令官はいつになく、機嫌がよかった。

「はい。幕僚全員が徹夜で準備をいそいでおります」

冨永軍司令官は満足げにうなずいて、

「君、歩兵の真髄は、奇襲作戦と白兵突撃にある。航空も、同様、奇襲と突撃でやらねばならん。嵐だから、いくさができないということのないように、今後、指導してもらいたい」

冨永軍司令官の奇襲戦法論は『統帥綱領《とうすいこうりょう》』そのままであった。この本は、日本陸軍の将軍と参謀にだけ与えられる機密の典範書であった。この本の内容は、ナポレオン以来の、奇襲戦術を主眼とした古い歩兵戦闘の思想で固まっていた。冨永軍司令官は、これを信奉し、そのまま、航空作戦にあてはめようとしているのだ。

松前高級参謀は、〈歩兵と航空と、いっしょにされてはかなわない。飛行機は、飛ぶまでに大変な準備がかかるし、飛出しても、行きつくことが大問題だ〉と、腹のなかでは反対しながら、もっともらしく答えた。

「そのように心がけます」

冨永軍司令官は、一層調子づいて、

「奇襲と突撃、これを、わが第四航空軍の精神とする。そして、指揮官は、常に陣頭指揮をする。この決心で、わしはシライに行く」

「そのことでありますが、総軍、方面軍などの連携が緊要になって参りますので、マニラにいていただいた方がよろしいかと思われます」

「君、今度の総攻撃は、四航軍の死命をかけている。今こそ、乾坤一擲《けんこんいってき》の勝負をする時である。軍司令官が、うしろに引込んでいられると思うのか」

冨永軍司令官は威圧するように、長身の松前大佐をにらみながら、

「冨永は、この国家の運命をかけた決戦場に、軍司令官としてきたことを、この上ない名誉としている。冨永はシライの最前線で総攻撃の指揮をとる。その場で死ぬことがあれば、武人の本懐である」

と、興奮していった。そして、さらに意気揚々として、いい放った。

「来年の正月元日にはレイテ島で、わが軍の観兵式をやるんだ」

冨永軍司令官は、いいだしたら、他人のいうことをきかない頑迷さがあった。松前大佐はあきれながら、恐れいった顔で引きさがった。寺田参謀長は、その報告を聞いて、

「四航軍は、まだ立直っていないし、飛行機も集っていない。今度の総攻撃のような重大な時は、軍司令官はうしろで大勢を見ていないといけない。まして、足の長い航空のいくさでは、前もうしろもない。その上、あの性格で前にでられたら、第一線の指揮官がこまる。師団長が浮きあがったり、師団の参謀長が、板ばさみになったら困るよ。まあ、仕方がないから、一度行ってもらって、すぐ、かえすことだな」

「しかし、今の調子では、わかりません。総攻撃の第一線ということで、ひのき舞台に立つような意気ごみのようですから」

「そこが、歩兵連隊長さ」

冨永軍司令官は、こうした反対を無視して、ネグロス島のシライに行った。

その時、寺田参謀長は、軍司令官と考え方の違うことを、はっきりと知った。ふたりが四航軍に着任して、わずか一カ月半であった。早くも寺田参謀長は、軍司令官に期待をもつことができなくなってしまった。


マニラ市の南方九十キロのところにあるリパ飛行場は、前日来、雨が降りつづいていた。

総攻撃のために、各戦隊が前進してきて、飛行機と人員がおびただしく増加し、雨のなかで、一層、混乱していた。

第三十戦闘飛行集団の指揮下にある第十二飛行団は、この夕方、リパ飛行場に到着した。この飛行団は、第一、第十一、第二十二の三個戦隊を持っていた。いずれも、四式戦闘機隊であった。

九九双軽部隊の、第三戦隊も集結を終っていた。

四航軍の作戦参謀石川中佐が、各戦隊長にレイテ湾の敵情を説明した。

「レイテ島のタクロバンの沖は、敵の船団と、上陸用舟艇が密集、といってよいほど集っている。明日も、上陸作業をつづけることと予想される。そこへ行けば、爆弾は、落しさえすれば、必ず当るような状況である。どうか、大いにがんばってもらいたい」

命令受領を終ると、第三戦隊長木村修一中佐は、戦隊のおもな将校を集合させて、明日の攻撃計画を検討した。最後に木村戦隊長は、攻撃の方針を決定した。

「明日の総攻撃には、わが戦隊は、かねての訓練にもとづき、跳飛爆撃を決行する」

竹下少佐、岩本大尉らが苦心して育てた跳飛爆撃を、明日、決行しようというのだ。編成されて日の浅い第三戦隊も初陣なら、跳飛爆撃もはじめて実施されることになったのだ。

戦隊の攻撃計画は、次のようにきまった。

明二十四日、午前五時、リパ飛行場出発。攻撃時刻は、午前七時ごろの日の出前。第一撃を終ったあとは、ネグロス島のタリサイ飛行場に着陸。そこから、第二撃をおこない、リパ飛行場に帰還する。このために、タリサイ飛行場で整備をする人員を、第一回の攻撃部隊に搭乗させて行く。

このように戦隊は、レイテ湾を往復攻撃しようとした。

第三戦隊には、実戦の経験者がひとりもいなかった。また、沖縄から移動してきたばかりで、フィリピンの恐るべき実情を知らなかった。そのために、この計画に非常な危険のあることに気がつかなかった。

木村戦隊長は、明日の攻撃計画を石川参謀に報告して、跳飛爆弾の準備を求めた。また、使用爆弾は、陸軍のものでなく、海軍の六番弾を希望した。第三戦隊としては、明日の初陣に、なんとしても、大きな戦果をあげたいと、意気ごんでいたので、このように要望したのであった。

この当時、四航軍の集積した特種弾薬の数量は総計では、跳飛用として百キロ弾千二百二十発、二百五十キロ弾百二十発があった。また、跳飛用に改修予定の分として、百キロ弾千三百五十発、同補強板二百四十組、二百五十キロ弾五十発、同補強板八十組があった。

また、跳飛用の信管として、四式二秒延期信管が千七百個、四式二秒大弾頭延期信管が五百五十個あった。

四航軍では、寺田参謀長が跳飛爆弾に関心をもっていたので、跳飛爆撃を実施しようとすればできるように、準備をしていた。

石川参謀は、地区司令部に跳飛爆弾を用意させた。しかし、第三戦隊の希望した海軍の六番弾は、すぐに、まに合わなかったので、二百五十キロ弾を使用することになった。

木村戦隊長は、石川参謀に対して、興奮した語調でいった。

「明日は必ず戦果をあげて、御期待にこたえる決心です」

木村戦隊長は四十歳であったが、頭がはげ上っていて、年寄りじみて見えた。

この日の岩本和子の日記に。

《十月二十三日。

校長閣下宅、白川少佐夫人、森少佐宅へごあいさつ。父母は鹿島神宮へ、あなたのお写真をもって、武運長久を祈願に行く。

「抱いてよいなら抱いてやりたかった」

と、母の言葉。

「我とても、その気持は同じ」

と、父の言葉。

これほどまでにあなたを思って下さる父母に、ありがたく感謝しました。

私が嫁ぐ前は赤の他人、それが今は、父母とあなたは、切っても切れない親子の仲。

ああ、あなたは私を、そして、父母はあなたを、ほんとうに、かわいがって下さいました。

あなたに行かれたあとの、父母の姿の淋しそうなこと》

昭和十九年十月二十四日
リパ・レイテ湾

一

夜明け前。石川参謀は偵察のために、百式司令部偵察機でレイテ湾に向った。石川参謀は自分で操縦して行った。

第三飛行団長の長浜秀明大佐は、この偵察に反対した。石川参謀が操縦が優れているとしても、今は派遣参謀として出撃を指導すべきで、偵察者は別にだすのがよいと考えた。それと、もう一つ、飛行団長が気にかかったのは、石川参謀が連日の激務に疲れはてていたことであった。石川参謀の目は赤く濁り、ひげはのびていた。だが、石川参謀は気持を変えなかった。

「やはり、自分が行って見てきます。四航軍としては、大事ないくさですから」

午前四時。リパ飛行場の朝の薄明のなかに、第三戦隊の空中勤務者が集合した。全員が飛行帽の上に、白い鉢巻をしていた。それが決死隊のように、ものものしく見えた。ピストには、師団や飛行団の将校にまじって、第七十五戦隊長の土井勤中佐も見送りにきていた。第七十五戦隊は九九双軽部隊で、第三戦隊とともに、リパに集結を命ぜられていた。だが、到着したのは戦隊長だけで、戦隊は出てきていなかった。

土井中佐は第三戦隊の白鉢巻を見て、まずいと思った。白鉢巻をする気持では、飛行機のような精密機械の操作はできないからであった。

第三戦隊の前に立って、長浜飛行団長が激励の訓示をした。

「本日のレイテ湾総攻撃は、真に日米の決戦の時である。フィリピンを失えば、日本の国防圏が敗れるのである。来襲の米軍を撃滅するために、わが連合艦隊は、本日、レイテ湾に突入する。戦艦大和も、武蔵も、突入する。これと呼応して、空からは、わが第四航軍の全力をあげて、総攻撃を敢行する。邦家の命運は、実に本日の総攻撃にかかっている。諸君にとってこれ以上の晴れの舞台はない。死力をつくして、勇戦奮闘してもらいたい」

訓示の終ったあと、木村戦隊長は、

「出発にあたり、ただ今より、皇居を遥拝する」

と、姿勢を正して、軍刀を抜いて、隊列を、東の方に向かせた。

「皇居遥拝」

第三戦隊の全員は、厳粛に最敬礼をした。木村戦隊長は、皇居に決死の奮戦を誓い、お別れをする気持であった。土井戦隊長は、また、まずいと思った。〈白鉢巻をした上に、皇居遥拝をしたのでは、隊員が堅くなるばかりだ。そうでなくても、初陣で、気持があがっている。もっとほぐしてやらないと、あぶないぞ〉

すでに、午前五時の出発予定時刻に、まもなかった。攻撃隊員は、トラックに分乗して、自分の搭乗機の位置に向った。

木村戦隊長は、ピストにはいってきた。

「石川参謀からは、まだ連絡はないか」

木村戦隊長は石川参謀の偵察の結果を待っていたのだ。レイテ湾のどの辺に、どれだけの敵の艦船がいるかを知っておきたかった。

だが、石川参謀の操縦する百式司偵機は、通信を絶ったままであった。

リパ飛行場とレイテ湾の間は、直線距離にして、五百五十キロある。百式司偵の最高時速は六百三十キロである。時間からいえば、石川機はすでに、レイテ湾に到着していなければならなかった。

土井戦隊長は、少し不安を感じた。ことに、当時は、高性能を誇ったはずの百式司偵が、アメリカの戦闘機にくわれて、未帰還が多くなっていたからである。

木村戦隊長は出発を決意して、準備線に向った。しばらくして、飛行場大隊の将校がピストにきて、長浜飛行団長に事故がおこったことを報告した。事故をおこしたのは、木村戦隊長の搭乗する第一中隊長機であった。戦隊の航法主任の納所中尉が、プロペラにひっかけられたというのであった。

この事故は、不吉なものを予想させた。もし、そのために、第三戦隊の出発がおくれると、総攻撃の全体にも影響することになる。第三戦隊の攻撃を支援するために、リパ飛行場と、ネグロス島の飛行場から戦闘隊が出て、レイテ湾の制空をすることになっている。第三戦隊の出発がおくれると、戦闘隊と別々になって、不利な状況となるだろう。

長浜飛行団長と、土井戦隊長が、それを心配していると、飛行場の遠くで、爆音が高まり移動しはじめた。第三戦隊の各機が滑走路に向って進んでいるようであった。

だが、しばらくたっても、離陸する動きはなかった。飛行団長は、

「おそいな。早くせんと、いかん」

と、部員を督促に出そうとした時、自動車が走ってきてとまった。整備の少尉が飛び

だしてきて報告した。

「戦隊長機が脚をこわして、前進できなくなりました」

前日来の豪雨のために、飛行場の土がゆるみ、水たまりができていた。木村戦隊長の搭乗機は、出発線に向って、先頭に進んでいた。そのうしろに、総数二十六機の攻撃隊がつづいて、地上滑走していた。

戦隊長機の脚が、水たまりにはいると、急に傾いて、片翼を地面について、動けなくなってしまった。

フィリピンでは以前から、総軍も方面軍も飛行場の整備を怠っていたことが、大きな支障になると予想されたが、それが今、現実となってきた。長浜飛行団長は、

「戦隊長は、ほかの飛行機に乗りかえて、すぐ出発するようにいえ」

と、整備の少尉を急行させた。そのあとで、

「早く出発せんと、いかん」

と、くりかえした。長浜飛行団長はあせっていた。これ以上、出発がおくれると、地上運転が長びいて、発動機に事故がおこりやすくなることも心配された。当時、九九双軽の発動機に使う点火栓は、質がわるくなっていた。そのために、地上運転を長時間つづけると、故障がおこった。

急に、爆音が高まった。鋭く激しい四式戦闘機の滑走して行く音である。木村戦隊長が叫んだ。

「あれは戦闘機ではないか。どうしたんだ」

第十二飛行団が離陸をはじめたのだ。第三戦隊の方では軽爆の全機が離陸を終ってから、戦闘隊が出発するものと思いこんでいた。

「戦闘隊が先にでたら、だめだ」

その間にも四式戦闘機は、つぎつぎに離陸をつづけた。行動の早い戦闘機は、まもなく、離陸を終って空中集合した。第十二飛行団の、第一、第十一の両戦闘隊の十四機であった。

四式戦の編隊は、そのまま東南方に向って飛び去った。戦闘隊は、軽爆隊を残しておいて、レイテ湾の方向に行ってしまった。

木村戦隊長には、全く考えられない、非常識なできごとであった。きょうの攻撃計画は、戦爆（戦闘隊と爆撃隊）連合で進攻することになっていた。戦闘隊は、第三戦隊と同行して、レイテ湾上空のアメリカ戦闘機の攻撃を排除する。このためには戦闘隊は、第三戦隊が空中集合を終って、進路をレイテにとるころに離陸することになっていた。

第三戦隊では、そのように実行されるものと思っていた。

飛行集団から部員が連絡にかけつけてきて、木村戦隊長に報告した。

「戦闘隊は、出発予定時刻になったから、命令通り出発した、といっています」

出発予定時刻になったというだけで、目前に、軽爆隊の離陸しないのを見ながら、戦闘隊が先発したことは、木村戦隊長を怒らせ、気持を動揺させた。長浜飛行団長は、さらに部員を走らせて督促した。

「三戦隊を早くあげろ。早くあげて、戦闘隊にくっつくようにしろ」

だが、第三戦隊は、すぐに離陸をはじめなかった。部員がもどってきて、長浜飛行団長に報告した。

「第三中隊長機がエンジン不調となったので、難波中隊長が加藤伍長操縦の飛行機と交代しました。ほかにも、エンジンの調子のおかしいのがあって、調べています」

やはり、粗悪な点火栓が原因で、不調になった、というのであった。

「故障機は残して、すぐに出発しろ」

長浜飛行団長はどなりつけた。

第三戦隊が離陸して、リパ飛行場の上空を飛び去ったのは、出発予定時刻を二時間もすぎていた。離陸と空中集合に一時間もかかったのは、第三戦隊の技術の未熟のためであった。第三戦隊は、戦闘機の掩護なしで、レイテに飛びこむことは明らかであった。

第十二飛行団の戦闘隊の行動は、この朝の混乱を一層大きくした。何よりも不可解だったのは、戦爆連合の両隊が、同じ飛行場から出発するように計画されたことであった。長浜飛行団長も土井戦隊長も、この非常識な計画に疑問を感じた。だが、ふたりがリパ飛行場についたのは、きのうの夕方であって、その時には、もう計画はきまっていた。

歴戦の戦闘隊である第十二飛行団が、意外な早まった行動をとったことについて、飛行団の部員が事情を調べた。その結果、戦闘隊と軽爆隊は、緊密な連絡も、打合せもできていなかったことがわかった。第十二飛行団からは、ひとりの連絡将校が木村戦隊に行って、攻撃計画を聞いて帰ったというだけであった。

戦闘隊は、自分だけの判断で、きめられた時刻に、レイテ湾に行くつもりになっていた。

第三戦隊にしても、木村戦隊長と三人の中隊長は、攻撃計画をきめたあとも、戦闘隊との連絡を確実に徹底させることをしなかった。それは、だれかがやるという、うかつな考えであったが、こうしたところに、戦場に初陣の部隊のもろさがあった。

しかも、その上級の指揮官である長浜飛行団長が、その前日の夕方に到着したので、適切な指導ができなかったのも、一つの原因である。

だが、戦闘隊が先に飛び出したことについて、飛行団の部員は、長浜飛行団長に説明した。

「戦闘隊は、早くから出発線にきて待っていましたが、第三戦隊は一向に出ないし、事情はわからない、そうなると、心配になってきたのは、敵の空襲です。出発線に戦、爆がいっしょにならんでいるところへこられたら、いっぺんにやられるので、それを警戒してあがってしまった、という話もあります」

「それならそれで、飛行場上空で、第三戦隊の出撃を掩護すべきだ。それをしないで行ってしまったのは、はじめから、爆撃隊といっしょに行く意思がなかったのだ」

土井戦隊長は痛論した。長浜飛行団長は、

「人のことはいえない。何より、第三戦隊の出発のおくれたのがいかんのだ。しかし、こうなってみると、やはり石川参謀にいてもらうのだった。両方の事情を知っている石川参謀に処理してもらいたかった」

「われわれは、かりだされて、おっとり刀で駆けつけてきた部隊ですから、受入れ側の四航軍にしっかりやってもらわないと困ります」

と、土井戦隊長はいった。土井戦隊は第七飛行師団に所属してセレベス島方面にいた。

夜が明けてから、第三戦隊の双軽が二機、前後してリパに帰ってきた。そのうちの一機は、飛行場上空で、アメリカ空軍のグラマンF6F戦闘機に襲われ、火に包まれて落ちた。

他の一機は、第三中隊長の難波亨一《なんばきょういち》中尉であった。発動機の不調で帰ってきたが、すぐに飛行機を乗換えて出発した。その時、飛行場に残っていた加藤伍長を僚機として行った。

難波中尉はレイテ湾上空に行ったが、跳飛爆撃を決行しないで引返した。

その時、加藤伍長機の後方には、一列の黒点となってグラマン戦闘機が迫っていた。加藤伍長機は気がついていなかった。難波中尉は翼をふって敵襲を知らせ、レイテ島の山に逃げこんだ。

この日、第三戦隊は難波中尉機ただ一機を残して、全滅した。未帰還の全機が、どこでどのような最期をとげたかは、ついに不明のままとなった。

石川参謀の百式司偵も帰ってこなかった。石川参謀の未帰還は、本人の不幸だけにとどまらないで、この日の作戦の失敗にむすびついた。やはり長浜飛行団長の考えたように、石川参謀自身が偵察に出るのは軽率であった。それが責任感のためであったにしても、早まった行動であった。

この時期に、九九双軽の有力な一個戦隊を、むなしく失ってしまったのは、大きな痛手であった。この損害は、ほとんどが四航軍の拙劣な作戦指揮に起因するものであった。また、各飛行部隊の軽率、未熟のためもあった。

しかし根本の原因は、大本営の決定した捷号作戦計画にあった。大本営の考えでは、敵が来攻した時に、そこに急速に飛行隊を集中して防衛することが主となっていた。だが現実には、それには困難が多く、そのために生じた混乱が、この総攻撃の失敗の原因となった。大本営の作戦計画には、独善の机上論が多かったが、これもその一例となった。

第三戦隊の跳飛爆撃による攻撃計画は、陸軍航空部隊の最初にして最大のものであった。だが、難波中尉が引返した時に、この計画はむなしく失われてしまった。

このようにして、竹下少佐、岩本大尉らが育成した跳飛爆撃の最初の機会は、成果なく消滅してしまった。岩本大尉は、この、二日ののちに、第三戦隊のいたリパ飛行場に到着しようとしていた。

二

同じ十月二十四日、冨永軍司令官はシライの宿舎を出て、隣のサラビヤ飛行場に行った。ここは第三十戦闘飛行集団の基地で、前夜来、不眠不休の作業がつづいていた。各飛行戦隊は早朝から出撃した。飛行機の爆音は絶えまなくひびき、地上勤務員は食事のひまもなかった。

この、一刻を争う最中に、冨永軍司令官は青木武三少将を呼びつけた。青木少将は第三十戦闘飛行集団長で、戦闘隊を指揮して、この日、最も重要で、最も忙殺されている人であった。

第三十戦闘飛行集団は、捷号作戦のために作られた部隊であった。フィリピンにアメリカ軍が来攻すれば、陸軍航空としては、背水の陣をしくほかはなかった。これに敗れたら、あとはつづかないのだ。そのためには、航空の全戦力をあげて、防戦しなければならなかった。

陸軍の航空部隊は、それまで教育と作戦がわかれていた。しかし、戦局が苦しくなってからは、錬成教育をしてはいられなくなった。教官や助教は第一線に使わねばならない。鉾田、浜松、明野《あけの》などの飛行学校が、教導飛行師団となった。

アメリカ軍がフィリピンに来攻することが確実となって、とくに陸軍戦闘隊の本拠である明野教導飛行師団は、戦闘飛行集団に編成され、フィリピンで戦うことになった。

十月十一日、大本営陸軍部は、明野の戦闘飛行集団の編成を命じ、第四航空軍の指揮下に加えた。これが第三十戦闘飛行集団で、その指揮下には第十二飛行団（三個戦隊）第十六飛行団（二個戦隊）第二百戦隊がはいった。

四航軍は、陸軍航空の総力をあげての防戦をする重責をになったが、その主力となるのは、戦闘集団であった。レイテ作戦が発令されると、四航軍は、青木戦闘集団を第二飛行師団に配属して、航空総攻撃を準備した。

サラビヤ飛行場で、冨永軍司令官が青木少将を招いたのは、集団長の新任務について、通達の儀式をおこなうためであった。陸軍では、このような儀式を命課《めいか》布達式《ふたつしき》と称した。命課とは、役職を任命することである。

冨永軍司令官から布達式を命ぜられて、おどろいたのは、青木少将ひとりでなかった。命課布達式には、本来ならば、第三十戦闘飛行集団の全員が整列しなければならない。四航軍、第二飛行師団の関係幹部も列立する必要がある。このことは『軍隊内務書』できめられている。

明治四十一年十二月、寺内正毅《てらうちまさたけ》陸相の時に制定されたこの規則書には、布達式について、次のように記してある。

《将校が新たに命課せられたる時は、これを隊中に布達し、かつ該将校に受令者の服従を宣告するため、布達式をおこなう》

これは一般に、将校が連隊に着任した時に、連隊将兵全員の整列する前で、連隊長がおこなうといった、盛んな儀式であった。

冨永軍司令官が布達式をやるといいだしたので、副官部、参謀部ではやめさせようとしたが、きかれなかった。こうして、青木集団長の命課布達式が挙行された。四航軍が全力をあげて戦う航空総攻撃の第一日、寸刻を争う火急の時である。飛行場のあわただしい一角に、青木少将と集団の将兵が整列し、軍司令部、第二飛行師団の関係将校がならんだ。冨永軍司令官は正面に立ち、規定に従って布達した。

『天皇陛下の命《めい》により、陸軍少将青木武三、今般、第三十戦闘飛行集団長に補せらる。因《よ》って、集団将兵は同官に服従し、各々《おのおの》軍紀を守り、職務に勉励し、その命令を遵奉すべし』

命令する冨永軍司令官には、威風あたりを払う大将軍のおもむきが窺われた。命課布達式は、これだけのことに終り、集団の将兵は、一散に自己の持場に走った。

こうしたことは冨永軍司令官が儀式好みにすぎ、時、所をわきまえない非常識として、将兵から非難された。ところが、ほかにも問題があった。布達式の出典となった『軍隊内務書』は、すでに廃止され、これに代わるものとして、新たに『軍隊内務令』が制定されていた。昭和十八年十一月一日付けである。そして、この『軍隊内務令』のなかでは、命課布達式の項はなくなっていた。つまり、この式は、新令の公布された時日以後は、廃止となっていた。

冨永軍司令官は、それを、昭和十九年十月二十四日に挙行した。しかも、このような人事異動の伝達を、戦陣危急の間に催したのは、日本陸軍史上、冨永軍司令官ただひとりであった。このことは、冨永軍司令官の人となりや、性癖の一面をあらわしている。『軍隊内務書』が廃止されたのは、冨永軍司令官が陸軍次官と人事局長を兼任した当時のことである。廃止するに至った理由は、それまでの規則や礼式が、こまごましく、わずらわしすぎるということであった。

早くもバコロド基地では、軍司令官閣下は頭がおかしいのではないか、といううわさが流れだした。

昭和十九年十月二十四日
浜松・浅間温泉

一

静岡県浜松の飛行場に、航空本部のＡＴ輸送機が着陸した。秋晴れの夕方であった。その飛行機から、参謀懸章を胸につった中佐がおりて、本部の建物にはいったので、

「また、動員だぞ」

と、いううわさが浜松教導飛行師団のなかに広がった。

師団は、前には、浜松陸軍飛行学校といった。この学校では爆撃の教育をしていたが、のちに軽爆撃機の部門がわかれて鉾田陸軍飛行学校となった。そして浜松は、重爆撃機

の研究と教育を専門とする学校となった。そして、この六月に教導飛行師団となって、作戦部隊に編入された。

第一線では、重爆の損害が大きくなっていたから、浜松では搭乗員と整備員の、補充と教育に追われていた。その上、師団から前線に出る者が多くなって、緊迫した空気になっていた。

整備班の梨子田《なしだ》実《みのる》曹長が現場室に行くと、兵たちは、みんなが別々の方をむいて、わざと話をしないでいるような、堅い空気だった。梨子田曹長は〈また、なにかあったな〉と感じたが、顔には出さなかった。

整備班では、若い整備将校が現場の事情をよく知らないので、熟練者の多い下士官や兵を押えきれず、摩擦が多くなっていた。それに加えて、徴用の工員がふえると、出勤しない者や、仕事をなまける者がすくなくなかった。なかには、戦争の将来に対して、露骨に悲観した言葉をはいたり、戦争をきらう気持になっている者もかなりあった。そのために、いざこざが絶えなかった。

梨子田曹長が、自分の席につくと、

「分隊長殿、ご苦労さんでした」

と、若い伍長が、にこにこした顔で、あいさつをした。愛知県出身の丸山茂雄伍長である。この若い機関係《きかんがかり》(機上整備員)は、陽気で、いつも笑い顔を見せていたが、この一週間前から、とくに機嫌がよかった。それは、梨子田曹長らの分隊が、四式重爆キー六七をもらったからである。飛竜という名を与えられた新重爆である。優秀だという前評判の高かった六七重爆は、浜松の操縦者にも整備員にも、待望されていた。

その丸山伍長が、急に笑いのない顔になって、梨子田曹長にいった。

「分隊長殿、また、動員らしいです。航空本部の飛行機で、参謀のかたがきました」

梨子田曹長は、現場室の妙にしらけた空気は、それが原因だ、とわかった。

これまでにも、動員があるごとに、前線に出る者の感情が険しくなり、残る者も反発して、口論したり、暴力ざたになることが、しばしばあった。ことに、サイパン島がおちてからは、動員が多くなり、下士官や兵たちは不安をかくしきれないで、いらだっていた。古参者は暴力をふるうことが多く、新参者は恐れてなるべく遠ざかるようにしていた。前線に出る者を、心から励ますようなことは、見られなくなった。どこも、暗い空気であった。

梨子田曹長は正直だから、はじめのうちは〈分隊長として自分の統率がわるいのか〉と、内心で反省ばかりしていた。やがて、全体に、そうした気分になっていることがわかってきた。これは、兵士たちが、戦争が負けていることに気がついてきたためであった。

梨子田曹長は、

「今、出れば、フィリピンにやられるだに」

と、信州弁で、やわらかく、いった。長野県北安曇《きたあずみ》郡松川村の生れであった。丸山伍

長は、まだ堅い表情で、

「しかし、今すぐは殺生ですよ。六七をもらったばかりじゃないですか」

丸山伍長は、新重爆につくようになったことを、喜んでいた。それまでは、古い九七重爆ばかりを持たされていた。日華事変の当時から活躍した九七重爆は、低速、武装の貧弱、上昇限度の低いこと、などのために、たやすく撃墜されるようになっていた。

その後、百式重爆呑竜《どんりゅう》を作ったが、これが期待に反して、性能が悪く、操縦者にもきらわれ、実戦にも役に立たなかった。

そのあとにできたのが、六七重爆であった。爆撃機の傑作といわれるほど、優秀な性能を持っていたので、陸軍が飛竜と名づけて使ったばかりでなく、海軍も靖国と名づけて採用した。

浜松で、新重爆をはじめて見たのは、今年の二月である。それからまもなく、浜松で六七重爆の三十機を部隊編成をして、鹿児島の鹿屋に送った。これが陸軍最初の雷撃隊第九十八戦隊であった。戦隊長は、浜松に長くいた高橋太郎少佐であった。そして、今度の台湾沖航空戦で、海軍といっしょになって、大戦果をあげたというのである。丸山伍長は、いよいよ、六七重爆に熱中した。

台湾沖航空戦で、浜松の師団のなかが活気づいている最中の十月十七日、六七重爆が十五機配属になってきた。

試験飛行の時、梨子田曹長は機関係として同乗した。操縦は西尾《にしお》常三郎《つねさぶろう》少佐であった。

はえぬきの重爆の操縦者で、ながい経験を持っている西尾少佐は、いつも、梨子田曹長を離さなかった。このことを、梨子田曹長は、誇りにし、喜びにしていた。

試験飛行を終った時、空中勤務者も、整備班も、みな集ってきて、性能をたずねた。

「ものすごいぞ。こんな、でっかいからだで、宙返りも、垂直旋回（両翼を垂直にして旋回すること）もできる。急降下しながら六百キロ（時速）もでる」

と、梨子田曹長がいうと、丸山伍長は、目を輝かせて、感心した。

「それじゃ、九九双軽以上じゃないですか」

「しかし、まあ、爆弾をつむと、そうもいかないが、操縦性能はいいね」

「早く乗せてくださいよ。いつ乗せてもらえますか」

丸山伍長は、うきうきして、せがんだ。

その翌日（十八日）の新聞は、台湾沖航空戦に参加した陸軍雷撃隊の活躍を伝えた。それには、九十八戦隊の斎藤敢大尉が、戦艦を轟沈した、という談話が出ていた。浜松の将兵は、九十八戦隊とは、なじみが深かったので、喜びに沸きたった。だが、その時には、もう、九十八戦隊は壊滅していて、残ったのは一機で、それが斎藤機であった。

ところが、台湾沖航空戦についての、大本営発表のうその戦果がかさなるにつれて、浜松では、ますます九十八戦隊と六七重爆への期待が高まった。今までの敗戦の暗い気分が、明るくさえなった。

そして、今では六七重爆に対して、絶対の信頼がよせられるようになった。しかし、心配と不安がないわけではなかった。それは、当時の航空機生産の全般につきまとっていた、量産の困難ということであった。資材の欠乏、工場や設備の不足などのため、量産は全く困難になっていた。これが、日本軍の航空戦力の大きな欠陥であり、致命傷であるにひとしかった。

現場室で梨子田曹長と丸山伍長が、動員についての予想を話合っていると、電話がかかってきた。梨子田曹長と丸山伍長のふたりに、すぐに飛行隊長室にこい、という電話であった。ふたりは、顔を見合せた。第一教導飛行隊長の大西豊吉中佐に呼ばれるのは、普通のことではなかった。

ふたりが本部の隊長室に行くと、梨子田曹長が先にいれられて、丸山伍長は外で待たされた。

部屋の奥には、大西中佐が書類をひろげて見ていた。その部屋に、師団副官の長塚中佐がいたのが、梨子田曹長には、意外に思われた。

大西中佐は、すぐに、椅子《いす》にかけるようにすすめた。いつもの、ものやわらかで、くだけた態度であったが、すこしばかり改まっていた。

「突然のことだが、きょう御命令があって、わが師団から南方要員を派遣することになった。緊急の時であるから、とくに各格納庫から、技術優秀な者を選んで送ることになった」

梨子田曹長は、今までにも、こうした動員下令と人選を経験してきたが、それと違うものを感じながら聞いていた。

「ついては、梨子田曹長にも、第四航空軍司令部付きとして行ってもらうことになったのだが、もし、さしつかえがあるならば、今のうちに、遠慮なくいってもらいたい」

梨子田曹長は〈これは命令だ〉と思ったが、長い軍隊生活のなかで、こんな変った命令の下達のしかたは、経験したことがなかった。ちょっと、とまどったが、

「はい、行きます」

と、簡単に答えた。大西中佐は、だまって、書類をめくったりしていたが、

「明日、改めて命令をだすことになるが、出発は明後日の予定である」

といって、そのまま、だまっていた。梨子田曹長は、大西中佐が、相手の目を正視しないで、ことさらに顔を伏せているのに気がついた。

「派遣部隊の隊長は、西尾少佐にきまった。梨子田曹長は、長い間、西尾少佐についていたから、今後も、片腕となって奮闘してもらいたい」

梨子田曹長は〈いよいよフィリピンに行くか〉と、複雑な気持のわきあがるのを押えて、だまっていると、大西中佐が、

「奥さんは、元気か」

と、話を変えた。梨子田曹長は、急に、妻のことをきかれて、とまどいながら答えた。

「はい、元気でやっております」

大西中佐は、また、だまって書類を見ていた。梨子田曹長は、それを見ながら、別の

時の大西中佐を思いだしていた。

今月の五日のことであった。朝早く、突然、大西中佐が現場室にはいってきた。けわしい顔で、整備班員を整列させると、激しい言葉で叱りつけた。

「昔の整備科の面影は全くなくなって、成績不良だ」

そして、梨子田曹長には、

「分隊長のやり方が手ぬるい。梨子田は営外になってから、家庭に気をとられて、たるんでいるのではないか」

と、叱りつけた。その当時、梨子田曹長は結婚して一年七カ月あまりになったが、はじめのころは、まだ軍曹で営内居住だったから、新妻と家庭生活をすることはできなかった。その後、ようやく営外生活になって、妻のうた子といっしょの家に住むようになってから、わずか三カ月半の当時であった。まだ、新婚のような気分ではあった。

大西中佐は、そのことまで引合いに出して、梨子田曹長を口ぎたなく、叱った。その日の大西中佐とは、今は別人のようであった。

「子供は、まだか」

「はい、この五日に帯祝いをやりました」

子供のことをきかれると、梨子田曹長は、急にうれしくなった。二十八歳の青年の心のなかには、子供に対する期待が大きくひろがっていた。

大西中佐は、また、だまって書類をめくったが、ほんとうに見ているのではないのが、

梨子田曹長にわかった。その間の沈黙が、しだいに重苦しいものになって行った。しばらくして、

「今度の動員は、優秀技術者を出すことに重きをおいたから、家庭の事情を考慮していない。梨子田曹長も、子供が生れるのでは気がかりと思うが、どうか、あとのことは安心して行ってもらいたい」

「はい」

大西中佐は、また、口をとじてしまった。梨子田曹長の目に、大西中佐の手にしている書類の文字が見えた。それには、

『隊長　少佐　西尾常三郎』

とあり、そのあとに、多くの氏名がならんでいた。それは、フィリピンに送られる人々であり、師団では、人選がきまっていることがわかった。

「それでは帰って、あとを濁さないよう、十分、環境の整理をしてもらいたい」

梨子田曹長は、立上がって敬礼をした。

「梨子田曹長、帰ります」

その時、大西中佐ははじめて顔をあげて、礼を返した。大西中佐の二つの目は、あふれるほどの涙にぬれていた。

梨子田曹長が現場室にもどると、整備員たちが、まわりに集ってきた。

「動員ではないですか」

と、敏感に、かぎつけていた。

「おれが行くことになった」

「ほかにだれが出るのですか」

心配そうに口々にたずねた。

まもなく、丸山伍長がもどってきて、

「とうとう、きました」

と、元気な調子で報告してから、

「分隊長殿、飛行機は何をもって行くんでしょうね」

「そりゃ、まだわからんね」

「今きている六七をくれるんじゃないですか。きっと、そうですよ」

と、ひとりできめていた。

梨子田曹長は、早く家に帰りたかった。〈早ければ、明後日は出発だ〉と思うと、うた子と、すこしでも長い時間、いっしょにいたい気持になった。

それに、何か不安な感じがしていた。フィリピンに行くことには、それほど深刻な感じはなかった。六年以上も軍隊にいると〝下士官ずれ〟のした落ちつきができていた。

しかし、その経験があるだけに、一層、妙に思われたのは、今しがたの大西中佐の言動であった。梨子田曹長は、

「隊長殿は、どんな顔をしていたね」

「それが変でしたよ。分隊長の時も、変でしたか」

「顔をあげないしね」

「そうなんですよ。泣いていたんじゃないですか」

丸山伍長も、妙な感じをうけたのだが、深くは気にしていなかった。

「それよりも、分隊長殿は、奥さんと別れがつらいことでしょう。早く帰ったら、どんなもんでしょうね」

と、からかって、まじめな梨子田曹長をまごつかせた。

「それが、早く帰れないものね」

「ああ、そうですか。今夜は、船団掩護ですか。飛行隊長殿も出発命令をだしておきながら、気がきかんなあ。ひとつ、いうて聞かせてやらにゃあ」

梨子田曹長は、今夜は、熊野灘の沖まで、船団掩護飛行に同乗することになっていた。梨子田曹長は、うた子のことが心配になってきた。〈帯祝いをしたばかりのうた子に、きょうのことを話しても大丈夫だろうか〉

しかし、うた子は教員をしていたし、年齢も夫と同じで、しっかりしていた。飾り気もないし、骨おしみをしないで働く、信頼のできる妻であった。〈大丈夫だ〉と、梨子田曹長は、自分の心配をうち消した。

二

この夜、梨子田曹長は、船団掩護飛行に同乗して、紀伊半島の南の海上まで飛んだ。

梨子田曹長が浜松に帰った時には、現場室はひっそりとしていた。動員ということで、みんな早く引揚げたようであった。燈火管制の黒い布をかぶせた電燈の光の下に、人影が見えた。すぐに、島村信夫《しまむらのぶお》曹長だとわかったので、

「船護を終りました。異状ありません」

と、報告した。島村曹長は先任であり、准尉になる時期がきていたが、進級できないでいた。

「御苦労。お前、出るそうだな。それなのに、おそくまで、大変だな」

「はい。それでも、命令が出たんで、喜んでいます」

島村曹長は、顔を伏せて、黒い影を見せていたが、

「おれも出ることになった」

と、いったが、妙に沈んだ声であった。

「ああ、いっしょですか。それは、ありがたいですね」

島村曹長は、梨子田曹長と同じ機関係であった。

「整備長はどなたですか」

「進藤大尉殿らしいな」

「隊長は、西尾少佐殿だそうですね」

島村曹長は、うなずいて、

「梨子田、お前、今夜、家へ帰るだろう」

「はい、今から帰ります」

「梨子田、たのまれてくれんか」

島村曹長が、現場室にひとりでいたのは、梨子田曹長の帰るのを待っていたようであった。

島村曹長は、前から、秘密の用事を、梨子田曹長にたのんでいた。島村曹長は、結婚をしていたが、軍の正式の許可をもらえなかった。相手がカフェーの女給で、軍人の妻にふさわしくないという理由であった。そのうえ、許可を得ないうちに、同居生活をしていることがわかって、謹慎処分をうけた。それ以来、監視づきになっていた。准尉に進級できないでいたのは、そのためであった。

「おれも今夜は帰りたいのだが、安岡中尉がおらんので、許可をもらえんのだよ」

安岡中尉が、島村曹長の行動を監視することになっていて、外出、外泊には、その許可をうけなければならなかった。

「おれは、あすの晩は帰るつもりだ。いかになんでも、出征前にゃ帰してくれるだろう。梨子田、すまんが、あしたの朝、ちょっと、話をしてきてくれんか」

島村曹長は、大分県の出身で、一本気な青年であった。梨子田曹長が、結婚しても営外生活ができないでいたことなどから、おたがいの苦悩を話し合って、したしくなっていた。

「いいですよ。行ってきます」

「すまんけど、なるべく早く、行ってくれないか。あいつ、工場へ行ってるかも知れんから」

このころは、家庭の婦人も、軍需工場に行って働かなければならなかった。どんな事情があっても、家にいると、すぐに非国民として非難された。

「工場へ行くといっても、奥さんは、小さい子供があるから、手を離せないでしょう。子供をおぶって、工場へ行くわけにもいかないでしょう」

「それで、困っているんだ。下宿のおばさんが、めんどうを見てくれるといっていたけど」

梨子田曹長は、島村曹長の家庭を時々たずねて、妻の弥絵《やえ》をよく知っていた。まだ、子供っぽいところの残っている弥絵には、カフェーの女給といった、華美な、うわついたものは、全く見られなかった。

弥絵は、生活のために働きに行ったのだし、島村曹長は、そこで知りあって、一本気に、情熱をもやした。それだけのことにすぎない、いわば、ありふれた恋愛であり、当然の結末であった。それなのに、女がカフェーの女給であったということと、恋愛し同居したということで、島村曹長は処罰され、監視をうけることになった。それは帝国軍人の名誉をよごし、軍規にそむくものであったからだ。

このために、島村曹長は、ながい間、進級がおくれていた。そして、妻と子のいる家に帰ることが許されないでいた。

梨子田曹長は話題を変えた。

「いっしょに行く将校さんのなかじゃ、西尾少佐殿がお気の毒さね。新婚だから」

「西尾少佐殿は将校さんをつれて、きょう、松本へ行ったらしいな」

「信州の松本ね。何しに行ったずらね」

西尾常三郎少佐は、この時、松本市外の浅間温泉の旅館にいた。ほかに、八人の若い将校がいた。西尾隊に加えられた、操縦と整備の将校であった。

西尾少佐が命令をうけたのは、この日の朝であった。つづいて、操縦の根木《ねぎ》基夫《もとお》中尉、曾我《そが》邦夫《くにお》中尉、石川廣《いしかわひろし》中尉、山本達夫《やまもとたつお》中尉などが、ひとりずつ、大西飛行隊長に呼ばれて、内命をうけた。

さらに、整備の進藤浩康《しんどうひろやす》大尉、前原弘一《まえばらこういち》中尉、航法の柴田《しばた》禎男《さだお》少尉、無線の米津《よねづ》芳太《よした》郎《ろう》少尉が内命をうけた。

出発までに時間の余裕があるし、搭乗機は、まだ浜松にきていなかった。師団の副官は、その間に、浅間温泉に行くように計らった。

浅間温泉に行くと、酒の好きな西尾少佐のことであるから、すぐに、酒宴になった。その酒も、師団から特別に与えられた。何もかも調子がよすぎるのは、やはり西尾少佐らの一団を、浜松から〈隔離〉しておくためではないかと疑われた。

西尾少佐も、各将校も、西尾隊の攻撃方法は、普通の方法と違うことは知っていた。

しかしそれは、肉薄攻撃だと思っていた。石川中尉は、熱情家だったから、

「肉薄すれば、船を飛越して離脱する時にやられる公算が多い。それよりは、体当りをするつもりなら、確実だ」

と、真剣にいうと、根木中尉は反対した。

「肉薄すれば、近いから、かえって撃たれない。飛行機を船にぶつけても、側壁だったら効果がないな」

「しかしですね、重爆は重いし、大きいから、十中八九は離脱するまでにやられるな」

石川中尉はこの攻撃の困難なことを強調した。西尾少佐も、

「飛行機は、六七をもらえるそうだから、あの優秀な性能を生かして、超低空の艦船攻撃をすることになるだろう。六七ならやれる、という新しい攻撃方法をやらせるのかも知れんな」

と、フィリピンでの任務を、その程度に予想していた。山国の秋の日は、早く暮れた。

女中がきて、来訪者のあることを知らせた。

「桐生《きりゆう》大尉さんがおいでになりました」

「三研（第三陸軍航空技術研究所）の桐生大尉か。こんなところへ、何しにきたんだ」

と、西尾少佐は不審な顔をした。

桐生正太郎航技大尉は、西尾少佐らの部屋に通された。

「どうしてここにいることがわかった」

「きょう、立川から浜松へ行きましたが、副官部で教えてくれました」

「副官殿が、めずらしく、浅間温泉に設営させましょうなんて、ばかに待遇がいいんだ。どうも副官などが調子のいい時は、あとがこわいんで、警戒しているんだ」

と、西尾少佐は、酒のまわった顔で笑った。

桐生大尉は、顔をあげていられない気持だった。航空本部が体当り攻撃機製作を命じた時から、爆装の部分を担当したのが、三航研であり、桐生大尉が、九九双軽と六七重爆の改装に当った。

この改装の一番の眼目は、機体に爆弾を固着して、それを投下できないようにしたことであった。これは、大本営二課の計画による要求であった。

爆弾は、九九双軽の場合には、爆弾倉のなかに、電磁器でつるすようにした。しかし、六七重爆の場合は、変っていた。大本営の要求は、最大限の爆弾をつんで、爆発力を最大にすることであった。

六七重爆の爆弾搭載量は八百キロで、搭載する爆弾は五十キロ弾から五百キロ弾となっていた。

三航研で研究した結果、体当り機には爆弾搭載量の二倍の爆弾をつむことにした。八百キロ弾二本である。しかし、二本は爆弾倉には納まらないので、一本を操縦席のうしろの通路におくことになった。そして、爆弾倉の爆弾を爆発させるための電導管を、機首部から、三メートルの長さで突出させた。

桐生大尉は、そのことを、西尾少佐に伝えるために、立川から浜松に飛び、さらに、浅間温泉まできたのである。本来ならば、三航研の爆装班長が、この説明にくるべきであったが、皆がいやがって、桐生大尉に押しつけてしまった。

桐生大尉は、西尾少佐と顔を合わせると、話の切出し方に迷った。西尾少佐は入浴をすすめた。桐生大尉は、救われたように思って、すぐに、ふろ場に行った。

桐生大尉は、透明な湯に、からだを沈めた。複雑な気持だった。桐生大尉は体当り機の改装をしている間に、幾つかの疑問をもった。その一つは、爆弾を機体に固着する必要がないのではないか、ということであった。

また、今度の六七重爆のように、八百キロ弾を二本つんでも、大本営の考えるほど効果がない、と考えられた。

八百キロ弾は、陸軍にはないので、海軍の徹甲弾を使う予定である。徹甲弾は、艦船の甲板や側壁を貫徹して、なかにはいって爆発するように作られている。そのために、艦船爆撃の効果が大きくなる。

ところが、飛行機が体当りして、衝突すれば、その瞬間に爆発する。これでは、徹甲弾の本来の威力はあらわれないし、また、二本の八百キロ弾をつんでも、二倍した効果にもならない。これは大本営の計画の誤算ともいうべきである。いずれにしても、このような計画はしろうと考えであり、ただ乗員を殺すにすぎないのではないか。それでもなお、大本営は体当り攻撃をさせようとしている。

桐生大尉は、こうした事情を、体当り機に乗ることになった人に対して、告げるべき言葉に苦しんだ。

三

岩本隊が、台湾の嘉義飛行場についたのは、日没の時刻であった。

この日は、南シナ海の天候がわるかった。大場鎮の飛行場長は、出発を明日に延期するようにすすめた。それを振切るようにして、岩本大尉は出発した。先を急ぐから、というのであった。海上に出ると、密雲が低くこめて、風雨が強かった。岩本隊は、岩本編隊と園田編隊にわかれ、海上すれすれに、波しぶきをかぶるほど難航しつづけた。

岩本編隊が、嘉義の上空にはいった時、すでに夕闇におおわれた大地の一個所に、点々と火が燃えているのが見えた。岩本大尉は、航法には自信があったけれども、不安を感じた。飛行場らしい標識燈は、どこにも見えなかった。それなのに、飛行場の対空通信からは、〈着陸せよ〉と、指令を送ってきている。岩本大尉は、旋回をつづけながら、よく見ると、点々と燃える火の間に、滑走路のあることがわかった。

火は、スペリー（照明燈）の代りに燃やしている、かがり火であった。岩本大尉は、それが、爆撃で破壊されたあとの、応急の処置に違いないと判断した。台湾の各飛行場は、台湾沖航空戦当時の大空襲で損傷し、そのために、フィリピンに急行する飛行機の、前進を妨げていた。

岩本編隊が、嘉義飛行場に着陸してから、一時間おくれて、園田編隊が到着した。それを待っていた岩本大尉は、全員の集合を命じた。

荒天の海上を飛びつづけたあとなので、隊員は疲れて、不機嫌になっていた。下士官たちは、のろのろと集ってきた。

飛行場には、まだ、かがり火が燃えていた。やはり、昼間、空襲があって、送電線を破壊されたために、電燈の代りに燃していたものであった。

岩本大尉は、かがり火の近くに、隊員を集合させた。この時、隊員が意外に感じたのは、岩本大尉とならんで、各務ガ原から同乗した航技少佐が、正面に立ったことであった。隊員たちは、はじめて、この、黄色の胸章をつけた航空技術将校が、単なる便乗者でないことに気がついた。岩本大尉は、

「ここにおられるのは、立川の一航研（第一陸軍航空技術研究所）の阿部少佐殿である。われわれの飛行機のことで、重要なお話がある」

と、紹介した。隊員は、かがり火に照らされた阿部千代次少佐の顔をみつめた。

「諸君は、すでに承知されていることと思うが、諸君の搭乗機のことについて、説明しておく」

阿部少佐は、低い、さえない声でいって、しばらく、だまっていたが、

「このキ—四八は、一見してわかるように、形が変っている。この改装は、特別の任務を遂行するためである」

そして、また、少佐の言葉がとぎれた。その、無言の静けさの間に、隊員の緊張が高まって行った。

「改装した点は、この飛行機の爆弾は、普通の投下方法では、おとせないようになっている。機首についている長い管は、電導管になっている。爆弾は、飛行機から投下されないで、機体のなかで爆発する」

予想されていた機体の構造を阿部少佐が明らかにした。岩本大尉は頭をうつむけて聞いていた。

「自分は、技術者として、いうのであるが、諸君の任務は、体当り攻撃である。この飛行機は、そのために作られた。このような、非常の手段をとるのは、敵機動部隊を一挙にたたいて、壊滅させるためである。そのために選ばれた諸君の使命は、まことに重大である」

隊員たちは、からだを固くして聞いていた。阿部少佐は、声を励まして、

「戦局の危急は、ついに、こうした非常の攻撃方法をとることになったが、諸君の必死の技術は、必ず成果をおさめて、勝利の道を開くものと確信している」

と、結んだ。岩本大尉は、解散を命じ、阿部少佐とつれ立って、飛行場の闇のなかに歩いて行った。

隊員は、力が抜けたように、しばらく、その場所から離れなかった。わずかに、身近の隊員と、ひそひそと話をはじめた。

佐々木伍長は、ゆっくりと歩きだした。しかし、どこへ行くという、はっきりした考えがなかった。ただ、一つのことが、頭のなかにひらめき、かけめぐっていた。

〈これで、おれは死ぬんだな〉

すこし歩いていると、急に、父の藤吉の言葉が思いだされた。

「人間は、容易なことで死ぬもんじゃないぞ」

佐々木伍長は、立ちどまって、ふと、故郷の北海道を思い浮べた。佐々木伍長が生れたのは、石狩川の北にある当別村《とうべつむら》茂平沢《もへいざわ》であった。

当別村は、明治維新の時、奥州《おうしゅう》の岩出山藩《いわでやまはん》の武士百数十家族が、没落の主君とともに移住した所である。武士たちは、未開にして寒冷の土地に惨苦をなめながら、原始林を開拓して住みついた。

当別村には、今も、藩主の伊達邦直《だてくになお》の家系の人が村長となり、武士たちの子孫が住んでいる。佐々木伍長は、その後に入植した開拓農民の子であった。父の藤吉は、福井県の貧しい農家に生れた。父母の土地にいたのでは、どうにもならないので、開拓民を志した。当別村に移住したのは、明治二十八年十一月であった。

藤吉は、日露戦争の時、旅順の二〇三高地の戦闘に参加した。決死隊の白襷《しろだすき》隊の一員であった。白い襷を肩からかけて、高地の斜面をのぼって行った。夜間の強襲であった。

だが、白い襷は、夜の闇のなかで、かえって、目標になった。この時、ロシア軍は機関銃を持っていたが、日本軍はそうした兵器のあることを知らなかった。機関銃は、白い襷を目標に、乱射をあびせた。日本軍の決死隊は、悲惨な全滅に終った。

藤吉は、この激戦のなかで生き残った。その時に、一つの信念が生まれた。それは〈人間は、容易なことで、死ぬものではない〉ということであった。

日露戦争が終って、藤吉は無事に当別村の開拓地に帰った。それ以来、生きるということに、自信をもつようになった。そのことを、子供たちにくり返して教えた。子供は、男七人、女二人となった。佐々木友次は六男であった。

藤吉の、生命への信念は、子供たちの心にしみとおり、人生への希望を持たせた。それが、嘉義飛行場で、友次伍長の頭のなかに浮びあがった。

〈おれは死ぬはずがない〉

しかし、すぐに操縦者としての疑問がひらめいた。

〈体当り機の爆弾が、はずれないとしたら、不時着や、事故のあった時に、爆弾をかかえていなければならないとしたら、危険ではないか。むだな犠牲をだすことになる〉

佐々木伍長の頭のなかに、いなずまのように、ひらめくものがあった。

〈どうしても、爆弾をおとす方法はないのだろうか〉

佐々木伍長は、ゆっくりと、からだの向きを変えた。自分の気持よりも先に、からだの方が、飛行機の所に行こうとして動いたようであった。

かがり火の、ゆらめく炎の光のなかで、そこここに散らばり、話をしている隊員の姿が、うすく、ぼんやりと見えた。この時、奇妙なことがおこった。だれが先ということなしに、どこからともなく、隊員が走りだして行った。その行く先は、くらい闇のなかであったが、各自の飛行機のある方向であった。今の今まで、荒天飛行で激しく疲れていた隊員たちが、飛びはねるようにして、走って行った。何か、死にもの狂いの気配だった。佐々木伍長は、先を越されたように思って、すぐに走りだした。

だれも、それを口に出していったのではなかった。しかし、みんなが同じことを考え、同じ行動をとった。将校も、下士官も、同じ気持であった。みんなが、〈爆弾をおとす方法はないのか〉と考えたのだ。そして、その方法を見つけようとして、走りだしたのだ。

九九双軽のそばに行っても、みんな、無言でいた。今、しようとしていることを、口にだせば、卑怯であり、きたない、と思われるのを恐れていた。だれもが、いさぎよく死ぬはずの軍人精神を、裏切ろうとしているのを知っていた。

しかし、なんとかして、生きたかった。だれもが、命が惜しいことを、かくさなかった。操縦者は、将校も下士官も、自分の飛行機に乗りこんだ。そのほかの者は、それぞれの機体のまわりに立っていた。

佐々木伍長は、操縦席について、まず、スイッチをいれた。まっくらのなかに、丸い、たくさんの計器と、配電盤が明るく浮び出た。佐々木伍長は、配電盤をにらんだ。爆弾をおとす方法があるとすれば、そのなかに違いなかった。爆弾をつっている電磁器に作用する線は、ここにあるからだ。しかし、先ほどの阿部少佐の説明では、電磁器を動かすことはできないようにしてあるというのだ。

佐々木伍長は、ガラスに包まれたヒューズを取りあげて、配電盤のあいている所にさしこんだ。そして電鍵《でんけん》を押してみた。なんの反応もなかった。ヒューズを、別の所にいれかえた。翼燈、尾燈など連結部のわかっている所も、念のためにヒューズをいれては、電鍵を押した。だが、どれも手答えはなかった。

〈やはり、改装してしまったから、だめなのか〉

佐々木伍長はがっかりした。今は、あきらめるよりしかたがなかった。機内の燈火を、全部消すと、飛行機は暗黒の空洞に変った。生きられる道を失ったあとだったので、墓穴のなかにいるような感じがした。

佐々木伍長は飛行機の外に飛びおりた。その時、すぐ近くの所で、わっとさわぐ声が聞えた。何か、真剣な声であった。

〈うまく行ったのか〉

佐々木伍長は、その声のする方に走りだした。かがり火の光が、わずかにとどいていて、九九双軽の機体を、闇のなかに浮きあがらせていた。園田中尉の飛行機だった。岩本隊の先任将校の園田中尉までが、爆弾をおとす方法を、さがそうとしていたのだ。

機体の近くで、だれかが携行燈をふりまわしている。闇のなかから、隊員がつぎつぎ

「もう一度、やってみてください」

操縦席を見上げながら、安藤中尉が叫んだ。そして、手に持った携行燈で、操縦席の窓を照らした。

集った者は、みんなでそこを見ていた。内部には、人の姿は見えなかった。みんなは、耳をすました。かがり火の光で、ものの影が揺れつづけていた。

急に、ガチャン！　と音がした。佐々木伍長には、それが大きな音のように聞えた。園田中尉機の機体のなかで金属のぶつかる音であった。わっ！　と歓声があがった。安藤中尉は、

「ええぞ！　ええぞ！」

と、携行燈をふって、おどるような格好をした。佐々木伍長は〈今の音は、懸吊架《けんちょうか》のどこかが、はずれた音だ〉と思った。爆弾をつるす懸吊架が音をたてたのは、電気回路が生きていたことであり、爆弾を落すことも、可能であるのだ。佐々木伍長の肩に手がかかったので、ふりむくと、奥原伍長がそばにきていた。

「どうしたんだ」

「電磁器がはずれるのじゃないか。まだ、はっきりわからんが」

「阿部少佐は、はずれないといったじゃないか。ばかにしているよ。こんなところまできて、お前らの飛行機は体当りだ、なんて。だまされたようなもんさ」

と、かどの立った声でいった。いつもは、口数も少なく、おとなしい型の奥原伍長が、こんな激しい調子でいったことはなかった。佐々木伍長は、奥原の怒りを、はっきりと感じた。

園田中尉が飛行機から、おりてきた。

「どうなったんですか。教えてください」

安藤中尉が近よったので、ほかの操縦者もそのまわりを取りかこんだ。

この日の岩本和子の日記。

《美藤副官宅にごあいさつ。

見知らぬ助産婦さん来訪。岩本といっしょに征かれた整備少尉の村崎様の奥様が、ひとりでさびしくて暮せないから、できれば、私の家にいっしょに住まわせていただけたら、と考えてきたとのこと。

私のようなものでも、お力になってあげられるなら、村崎様も安心してご奉公できると存じ、お話を伺いはしたが、ものすごく、ひとりでお話になる方。何ごともご奉公と存じ、承知して、お帰しする。

あなたは、いつお帰りになるかわからない。

「あなた」

と呼んでみるのですが、いつもと違って、ご返事のないのが悲しい》

この日記のなかの村崎少尉は、万朶隊の整備班長である。整備員は体当り機の整備をするためにフィリピンに同行したが、特攻機に乗って出撃することはないはずであった。しかし、村崎少尉の妻は、夫を送ったあと、岩本和子の家に同居を求めてきた。このような異常ともいえる訴えをし、ひとりでしゃべりたてていたというのは、村崎少尉の妻が悲しみのために、取り乱していたのではないだろうか。

行く人送る人

昭和十九年十月二十五日
浜松・嘉義・フィリピン・鉾田

一

朝になって、梨子田曹長が一番先に感じたのは〈浜松にいるのも、きょう一日だ〉ということであった。さすがに、あわただしい思いがした。

島村曹長は、浜松城址に近い所に、部屋を借りていた。梨子田曹長がたずねて行くと、弥絵が、二階からおりてきた。

「島村は、帰っております」

と、笑いを浮べたが、泣いたあとのような顔をしていた。

「それはよかったですね。自分はまた、奥さんが工場へ行かれてはいけないと思って、いそいできましたよ」

「ご心配かけまして。小さい子供がおりますので、工場は休ませていただいているんです」

　島村曹長が、きもの姿でおりてきた。子供を抱いていた。

「大きくなりましたいね。へえ、どのくらいになったかい」

「誕生をすぎたばかりだ」

　島村曹長は、梨子田曹長を、むりに二階にあげた。六畳の部屋には、子供の布団などが出ていた。弥絵が、ひとりで暮していた時のままらしく、わずかな調度品があるだけであった。

「よく、早く帰れましたいね」

「安岡中尉が気をきかしてくれた。当り前だよ。もう生きて帰れんのだから」

　梨子田曹長は、島村曹長が、わざと誇張していっているように受取った。

「梨子田も、できたそうじゃないか」

「はい、五カ月で、帯祝いをしたとこだわい」

「今度、出る仲間には、子持ちが多いな。森山准尉のとこが、もうじき、生まれるだろう。国重准尉もそうだし、岩佐准尉がそうだ。もうひとり多賀部《たかべ》准尉がいる。腹に子供のあるような、女房持ちばかり引張りださなくても、よさそうなもんだ」

「子供が生まれるという時に亭主がいなくなるんじゃ、女房がかわいそうだわね。いくら、亭主が兵隊で、覚悟はしていてもね」

　梨子田曹長は、うた子のことを思いながら、いった。

「今度の人選、腕っこきを集めたといやあ聞えはいいが、年くったのばかり集めて、罪な話だ」

「矢野曹長も結婚の許可がでたとこだそうだね」

みんな、いっしょに行くことになった人たちのうわさである。

「矢野はいいよ。正式の許可をもらえてさ。おれのとこなどは許可なしだから、戦死手当がおりたって、こいつに渡してもらえないもの」

弥絵は、茶の支度をしていたが、顔をそむけて、涙をふいていた。それでも、こらえかねたらしく、下へおりて行った。島村曹長はその足音を聞いていたが、急に顔を引きしめて、

「おい梨子田、お前、知っているのか」

「なんですか」

「おれたちの乗って行く飛行機のことだ。普通の飛行機じゃないぞ」

梨子田曹長は、ぎくりとした。

「普通の飛行機でないって、何型だいね」

島村曹長は声をひそめて、

「何型じゃない。人間の乗るようなもんじゃないぞ」

梨子田曹長は、ただごとでないのを感じて、だまっていると、

「爆弾飛行機らしいぞ。くわしいことは、まだわからんのだが、トップ（機首）に爆薬

をつめこんで行くんだ、という話だ」

「それじゃ、体当りをやるだかいね」

「そうらしいぞ」

梨子田曹長は、全身に寒いものを感じた。飛行機乗りだから、いつ死ぬかわからない、と覚悟はしていた。だが、それとは別のものだ。みずから死ぬために、飛んで行かねばならないのだ。

梨子田曹長は思い当ることがあった。ひと月ほど前のことである。岐阜の各務ガ原に連絡に行った整備の下士官が帰ってきて、

「えらい飛行機を作っていましたよ。爆弾飛行機ですよ。いよいよ日本もこんな飛行機を作るようになって、それに乗って行く人があるんだと思うと、なさけなくなりましたよ」

と、力が抜けたようにいった。

しかし、その飛行機が浜松にきて、それに乗ることになるとは、梨子田曹長は思いもかけなかった。島村曹長は、すこし、すてばちな調子でいった。

「おれたちのような女房持ち、子持ちが体当りをやらにゃならんとは、戦争もえらいとこへきたもんさ」

梨子田曹長が外出したあとで、うた子は、浜松駅の近くまで、買物に出かけた。から

だはモンペをつけても、目立つようになっていた。しかし、そんなことに気をつかっていられなかった。夫のために、できるだけのごちそうをしたいと、懸命になっていた。ふと、気がつくと、すぐ目の前に、若い将校が立って、笑いながら敬礼していた。操縦の根木中尉だった。

「奥さん、いろいろ、おせわになりました。根木も、明日、出ることになりました」

「それは、おめでとうございます。しっかりお働きを願います」

うた子は、折り目正しいあいさつをした。

「奥さんも、おどろいたでしょう」

「はあ、でも、覚悟はしておりますから」

「えらいですね。根木などは、ドキンとしましたよ。なにしろ体当り部隊ですからね」

あとは、根木中尉がなにをいったのか、わからなくなっていた。うた子が気がついてみると、秋の日の明るい、広い通りに立ちどまってぼんやりしていた。根木中尉の姿はなかった。うた子は歩こうと思っても、足が前に出なかった。倒れずにいることが、ようやくであった。〈なぜ、夫はだまっていたのだろう〉うた子は、生涯のうちに、この時ほど大きな衝撃を心に感じたことはなかった。

〈夫は死んでしまうというのに、わたしを悲しませないように、なにもいわないでいた〉と思うと、夫の愛情のやさしさと同時に、その心のなかの苦しさが、まざまざと感じられてきた。

うた子は、顔をまっすぐにあげたまま、ほろほろと泣きながら歩いた。

梨子田曹長は、家に帰っても気持がおちつかなかった。なにから手をつけてよいか、判断に迷っていた。胸の鼓動まで高まっていた。

近所の人が、出征を祝いにきてくれた。それと応対しているうちに、だんだん平静な気持になってきた。

庭には、うた子の弟の時次がいて、うた子と話をしていた。家主の飯尾さんの奥さんが、庭の向うから、顔を見せていた。

庭には、大きな柿の木と、ニッキの木があった。柿は、赤い実が、たくさんみのっていた。風もなく、しんかんとした秋の午後である。

梨子田曹長は、いつもの、きちょうめんな気持にかえって、当用日記をひろげた。毎日、日記を書いていたし、大きな事件でもあると、その場で書いておくといった、筆まめな性質であった。梨子田曹長は日記に、庭の絵などをかいてから、次のように記した。

《昭和十九年十月二十五日、十四時二十分。平和なひと時。

ニッキの木の下に、うた子が立って、

「時チャン、とって、柿」

といっている。うた子は、今、どんなことを考えているか知らないが、本当に寂しい胸のうちだろう。でも、私の妻だ、強いぞ。私は、

「あまいような柿だね」

といった。しかし、心のなかでは、別のことを思っていた。

今度は生きて帰れぬ。だれにも話さぬが、私の心のなかは、本当に苦しい。爆弾飛行機に乗るらしい》

梨子田曹長は、体当りのことを、妻に打ち明けかねていたし、うた子が知っているとも思ってもいなかった。

うた子は、この日のことを、あとで自分の日記に記した。

《いっしょに暮すも、きょう一日と思うと、なんともいえない気持がして、ひとりでいると、知らずに泣けてくる。さびしい顔を見せてはと思い、むりに元気をだしてはみるものの、やっぱり、だめ。

強いつもりの自分だけど、やはり女。たちきれないこの思い。すぎし幸福なりし、この四カ月。思いは、それからそれへと走る。

うた子のさびしい気持をひきたたせるように、おなかの赤ちゃんが、しきりに動く。母になったのだ。生れる子供のためにも、強くならなければ。父さんがいないだけに、どんなことがあっても、しっかりしていなくては、と心に誓う。

神よ、まもりたまえ》

西尾少佐と八人の若い将校は、この朝、浅間温泉から浜松に帰った。

昨夜、三航研の桐生大尉が、西尾少佐に説明したのは、爆弾投下器をはずしてあるという点であった。投下器がない代りに、爆弾は手動の鋼索をひっぱって落す。これは、海軍の徹甲弾丙（八百キロ弾）を使って、特殊攻撃をするためである、というようなことであった。

「しかし、電動ではずすことも考えていますから、これは、電磁器を、あとからフィリピンに送る予定です」

桐生大尉の説明があいまいなのは、やはり、内心にとがめるものがあったようだ。しかし、西尾少佐は怪しまなかった。まして、桐生大尉が本当のことをいえなくて、言葉をにごしているとは、思ってもいなかった。それは西尾少佐が今度の任務を、超低空爆撃だと思いこんでいたからであった。西尾少佐は、今度の命令が出るまでは、サイパン島の長距離爆撃の訓練をしていた。

マリアナ諸島を失ってから、大本営は、サイパン、テニアンなどの爆撃を計画した。そこにB29超重爆の基地が完成すれば、日本本土の空襲がおこなわれるからである。

七月二十日、大本営の命令で浜松、鉾田、下志津などの教導飛行師団で、サイパン攻撃隊の訓練に着手した。鉾田の攻撃隊は、第三独立飛行隊、下志津は第四独立飛行隊となり、それぞれ、百式司偵三型機の六機をもって編成した。岩本隊に編入された安藤浩中尉は、それまで、この訓練をつづけていた。

浜松は、第二独立飛行隊となり、九七重爆二型を九機で編成した。隊長は、西尾少佐であった。これらの独立飛行隊は、サイパン特別任務攻撃隊とも呼ばれていた。

西尾少佐は、この長距離爆撃の訓練に専念していたから、今度フィリピンに行くのも、同じような特別任務だと考えていた。西尾少佐は、それ以上、あまり、こだわっていなかった。ただ、心をひかれるのは、四月に結婚した、妻の早苗のことであった。早苗は、二十一歳であった。もし、自分が戦死すれば、残された母の世話をしてもらいたかった。母のことを心配するあまり、結婚をする気持にもなった。さもなければ、あすの日の知れない重爆乗りとしては、結婚するつもりはなかった。

西尾少佐は、この日、妻の早苗にあてて遺書を書いた。

《つきぬ思いだった。ただ、御幸福を祈るのみだ。おれの姿を思い出してくれ。明日は前進する。返事はいらない。御母上には、よく仕えてくれ。今の願いは、それだけだ。万歳。万歳。万歳。

早苗殿》

西尾常三郎少佐の人となりについて、陸軍航空士官学校当時、西尾教育班長の教えをうけた水野《みずの》芳衛《よしえ》中尉は、次のような思い出を記している。水野中尉は、フィリピンのネグロス島のファブリカ飛行場にいて、特攻隊の掩護にあたった、戦闘隊の操縦者である。

《愚直という言葉は、本来は真面目一方の実直な人間という意味だろう。ところが、いつのころからか、ばかか阿呆と同義の言葉として使われるようになった。そして、そういう傾向と同時に、自己の職務をはたすことに愚直なまでの責任感をもち努力する人間がまれになったようだ。

特攻隊などというのは、軍人の中の愚直の典型だった。別して、西尾さんのごときは、その典型中の最たるものであったといえよう。

西尾さんは陸軍士官学校の五十期である。五十期の航空将校は、日華事変以来、陸軍航空部隊の中核として、華々しく活躍した。五十期生は、はじめから少数であった上に、多くの戦没者を出したので、このころまで生き残った人は僅かになっていた。それだけに、実戦の経験と、技倆の老練とあいまって、陸軍航空のよい先輩として、尊重されていた。

また、五十期の航空将校は、当時の航空参謀の欠員の補充のために、割合に容易に、陸軍大学校から参謀の道を進むことができた。しかし西尾さんは、陸大にはいって、個人の栄達を図り、あるいは危険な第一線を忌避するなどは考えなかったらしい。

西尾さんは日華事変に参加し蘭州《らんしゆう》爆撃に偉功をたて、金鵄《きんし》勲章をもらって、航空士官学校教官となった。陸大にはいる最もよい機会に恵まれたにかかわらず、そんな色気を全然見せずに、毎日、操縦訓練に精だしていた。

一生徒としての私の、西尾教官の印象は、人間味のある教官ということであった。素朴な、一本気な、それだけに時どき奇矯《ききよう》なことをして、生徒を笑わせる、おもしろい人であった。時には、なんでもないと思われることに腹を立て、手もつけられないような怒り方をすることがあった。

西尾さんのあだ名はヘス。ヘスはドイツの副総統で、大戦中に、飛行機を自分で操縦して、ドイツから敵国であるイギリスに亡命した。この異常な行動は、頭がおかしくなったためだと発表された。

当時の士官学校の生徒たちは、日本と軍事同盟をむすんだドイツを〝盟邦〟として多くの関心をよせていた。むしろ、ドイツに尊敬とあこがれをもっていた。これは、陸軍全体を通じての風潮であった。これが、ドイツのヨーロッパ戦線の勝利に便乗して、日本を開戦に推進させた、大きな原動力となった。

士官候補生たちは、ヘスという知名な人物の異常な行動に大きな衝撃をうけ、さかんに話題にした。そして、区隊長の西尾少佐の風変りな言動を、ふと、そこに連想した。

しかし西尾さんほど、士官候補生からしたしまれた教官はいなかった。それというのも、西尾さんが常に、赤裸々な人間味を発散していたからである。生徒の抑圧された人間性を、まともに一個の人格として遇してくれたのは、西尾さんぐらいなものである。

栄達や名聞を望まず、ながい間、独身でいて、給料のほとんどは、日曜日に来訪する士官候補生たちを、もてなすのに費していたのである》

二

西尾少佐らが浜松に帰ると、飛行隊長室に呼ばれた。この時、西尾少佐と八名の将校は、大西中佐から正式に第四航空軍に配属の命令を受け、あわせて、その任務が体当り攻撃であることを説明された。

八名の将校のうちで、あきらかに興奮し、勇み立っていたのは、石川廣中尉であった。この春、浜松で陸軍最初の雷撃隊ができた時、石川中尉は、編入してもらいたくて志願書を提出したことがあった。それが血書だったので、当時、飛行学校長であった川上清《かわかみきよ》志《し》少将をおどろかした。石川中尉の血書には、次のように記されていた。

《皇国存亡の秋、雷撃研究実施の挙あるよしを承り、わが重爆隊のため喜びにたえず。私、幼年学校以来、ただ今日この挙あるを期し、男児一身の投ずる所と神明に誓い、同期生一同に期する所あり、大東亜現防勢下に一大活路を展開すべく、これが実行は、一に我らの双肩にと確信いたしおり候。

私、若輩愚鈍に候えども、願くば、これが末席に加えられたく、ただ身命の一切をあげ、粉骨砕身、なんらかの御奉公いたしたく、同期生の名において願いあげ候。

終日、端座熟慮いたせしも、血気に走り無体の挙なれば、何なりと処断承りたく。

校長閣下　　膝下》

石川廣中尉は、大阪府南河内郡狭山村（当時）に生れた。東京幼年学校、予科士官学校をへて、昭和十八年、航空士官学校第五十六期を卒業、血書を書くほどの熱情家であった。

しかし、石川中尉の志願は、はねられてしまった。それは、石川中尉が眼鏡をかけているので、雷撃に不適当とされたためであった。

石川中尉は、台湾沖航空戦の戦果が、連日、はなばなしく発表されるのを見た時には、気持がおちつかなかった。大本営の発表によれば、陸軍の雷撃隊が、海軍の雷撃隊のなかにあって、大活躍をしていた。この部隊が、浜松から出た第九十八戦隊である。戦隊長の高橋太郎少佐は、浜松の教官をしていた。石川中尉は、剛腹な高橋教官に骨身にしみて、鍛えられた。

このように縁故の深い九十八戦隊が猛訓練の成果を見せて、大戦果をあげたというのである。それなのに、石川中尉は、血書志願までしたのに、しりぞけられ、それ以来、不遇を嘆いていた。これは、当時の五十六期生の若い中尉の至情でもあった。その気持を、家郷の人に次のように書き送っている。

《その後、皆々様お変りはありませんか。小官すこぶる元気旺盛、日々、教育訓練に邁進しています。

台湾沖航空戦のわが陸軍雷撃隊のはなばなしき戦果、誠に『十年、兵を養うは、今日のため』と、孜々《しし》として連日連夜、猛訓練に精進していた、彼らの勇姿が眼前に浮びます。

今や、敵空母とさし違えて、一足さきに靖国に行ってしまった彼ら、幾多の英霊、先輩の大部は懇意の人であり、また、同期生五名の中には、小尾《おび》克巳《かつみ》中尉もいます。

武運つたなく、教育に従うわれらも、今や彼らの仇を討たんと猛訓練中です。さっと小尾や、その他の仇を討ちますよ。

敵空母必沈。数カ月をともにした学生とも、靖国の再会を期して送りだした今は、我もまた行かんのみ。同期も、あます幾人ぞ。我、安閑たり得ず。近く武運に恵まれん。

斎藤大人（九十八戦隊の斎藤大尉）のあとにつづき、七生報国、空母数隻を血まつりにあげん覚悟です。

皇国まさに攻撃転移の時、米英を打倒するために一年有余、三《み》方《かた》ガ原《はら》の空にきえた翼を見よ。神明に誓って、武人の本懐をとげん》

石川中尉の興奮が行間におどっているが、それは、九十八戦隊と台湾沖航空戦に刺激されていることは明らかである。しかし、九十八戦隊は、この時にはすでに壊滅していたことを、石川中尉は知らなかった。

石川中尉は、九十八戦隊の〈大戦果〉に対して、おくれをとらないために、体当り攻撃隊に加えられたことを喜んでいた。大本営の作りあげた、台湾沖の幻の大戦果は、こうして、さまざまな影響を及ぼした。

石川中尉は、特別攻撃隊員を命ぜられると、南河内の両親に別れの手紙を書き送った。

《このたび大任を拝し、不肖、皇国に生を享け、この死所を得たるを最大の喜びとす。二十五年の人生を生き得る最大の喜びとする廣は、有史以来の幸福者でした。ただ皇恩、祖先、父母、衆生の恩に感ずるのみ。絶対の死に向かう、明鏡止水の心境、ただ愉快のみ。

御両親にも、すこやかに、特に悲観されず、むしろ大いに喜んで下さい。では

石川中尉

御両親様》

石川中尉と同じような、愛国の熱情をもっていたのは、山本達夫中尉であった。ともに五十六期で、皇国のために死ぬことを至上としていた。このことを〝おれたちは消耗品〟と称して、自負していた。その言葉のように、五十六期とその前後の青年将校は、下級指揮官として戦場に立つためにだけ教育され、その信念をたたきこまれた。これらの青年に共通して見られたのは、心情の清潔であることと、動作の端正なことであった。純粋な皇室中心主義でもあった。

この日、山本中尉が、浜松市の鴨江町の自宅に帰ると、東京にいる兄の次郎と、静岡市にいる末弟の拓《たく》がきていた。次郎は国学院大学の国史科にいたし、拓は静岡高等学校の生徒であった。山本中尉は、この兄弟とは、もう、あうことはできない、と諦めていた。まさか、次郎と拓が帰宅していようなどとは予想もしなかった。山本中尉は、大いに喜んだ。

「いよいよ、ぼくの番がきたよ。明日、出発するとこだ。いい時にきてくれた」

山本中尉は、兄弟が帰ってきたのは、偶然だと思っていた。しかし、兄の次郎は、予感にかられて、帰ってきたというのであった。次郎は〈達夫は、今度出たら、生きては帰らない〉と思っていた。それは、この月のはじめに、達夫からの手紙を見てからのこ

とであった。

《(前略) 皇国非常の折とはいうも、戦いは四分六分、軍籍にある身の誠に残念ながら、総力戦態勢の遅れたる日本において、かくなるは予想せし所、ただ只、待つあるをのみ、練武精進致しおり候。

怖るべきは日本国民の団結力の欠如と、戦意の喪失にありと存じ候。

海洋作戦の悲惨及び損害は、真に言語に絶する処あるも、一機一艦、一人千名を倒さば、必勝の数おのずから明らかなものと存じ候。ただ、人的資源の豊富をたのむ日本において、これを活用、戦力に結集、不断に継続するものなくては、線香花火に終ること、火を見るよりもあきらかなるものと存じ候。

待望の決戦型新鋭機、続々完成、このなかには、靖国神社鳥居を素材とせる靖国号あり、殉国の神霊、身、機に宿り、勇気充溢の感これあり候。

『至誠通天』内に外にともども米英殲滅のいしずえたらんことを期しおり候。

十月四日　　達夫

兄上様侍史》

次郎は、弟の達夫の手紙を読むと、直感するものがあった。

弟は、手紙のなかで、総力戦の計画の誤りから、敗戦となったのは当然と考え、国民一般の醜態に悲憤し、必勝の道は、一機一艦をほふる体当り攻撃以外にない、としている。それには豊富な〝人的資源〟を体当り攻撃に継続投入しなければならない、という信念をもっている。

　これは、二十三歳の青年将校の信条であった。しかし、その思想の根底にある、若者の正義感と愛国の熱情とは、次郎にも共通するものであった。次郎は、その手紙を読むと、〈弟は、体当りをする覚悟だ。生きているのも、ながいことではない〉と感じた。するといそいで帰宅しなければならない気持になって、静岡市にいる末弟の拓をさそって帰ってきた。

　鴨江町の家では、父の又六がきびしい表情をしていた。

「達夫は、フィリピンに行くことになったが、それで帰ってきたのか」

　父は、次郎たちが、知らせを受けたのかと思ったのだった。母は、病気であったが寝ていられなかった。

「やっぱり兄弟の情だねえ。虫が知らしたとでもいうのだろうよ」

　と、涙を浮べて喜んだ。

　次郎も、ふしぎな予感だ、と思うようになった。

　父の又六も、達夫の死の決意を感じていた。かなり前に、達夫は、

「近いうちに前線に行くから」

　と、父のトランクをほしがった。父は、浜松高等工業学校に三十年も奉職し、当時、校長として信望を集めていた。その間に繊維工業の調査のために、インドをはじめ東南アジア諸国を旅行したので、いろいろの形のトランクを持っていた。父は大きなトラン

クを与えた。達夫は、そのなかに必要品をいれておいた。それが、きのうになって、

「一番小さいトランクの方がいい」

といって、とりかえてもらった。それから、中身をいれかえにかかった。今までのトランクの中身は、大部分を残して、わずかな身のまわりの品だけをいれた。

「もっと、たくさん持って行ったら」

と、父が注意すると、

「これだけあれば十分です」

と、答えた。父はその時、達夫が、まもなく死ぬことを決意しているのが、はっきりと感じられた。父は、すぐに母に命じて、達夫の肌につけるものは、全部新しい品に取りかえさせた。母も、胸のなかで、それが、普通の旅立ちの支度でないと感じていた。

このようにして、一家の全部が、達夫の死の決意を感じ、この日のあるを予想していた。

達夫は、夕方になって帰ってきた時、いつものように、母にみやげを渡した。それは、師団で、空中勤務者に特別に給与される牛乳と砂糖であった。母は胃病をわずらっていたが、そのころは、薬もとぼしく、牛乳や砂糖は手にはいらなかった。達夫は、自分に給与されたものを口にしないで、母のために持って帰った。そして、自分であたためて、母にすすめた。

のちに、空襲で鴨江町の家が焼けた時、焼跡から、その牛乳ビンがでてきた。母は、

それを両手に握りしめて泣いた。それが達夫の、形見のひとつとなっていた。

その夜、一家の顔がそろって壮行の食卓をかこんだ。若い三人の兄弟が、酒をくみかわすのは、これが最初であり、そして最後となった。いくつか、杯をかさねたあとで次郎は、

「達夫の出征を祝って、ひとつ、歌うかな。東京でおぼえたばかりだから、うまく歌えないが」

と、いずまいをなおした。歌は、黒田武士であった。

花よりあくる　み吉野の
春のあけぼの　見わたせば
もろこしびとも　こまびとも
やまと心に　なりぬべし

次郎は目をとじて、おちついて歌った。達夫と拓は、頭をたれて、じっと、ききいった。母は、手をひざにおいて、きいていたが、その手が、こまかくふるえていた。

次郎は、一度、歌い終ると、さらにつづけて歌った。同じ歌詞のくりかえしであった。

次郎は〈この歌の心で行け〉と教えているようであった。歌が終った時、達夫は両手をひざにあてて、

「ありがとうございました」

と、頭をさげた。

壮行の宴のあとで、達夫は、

「今晩は兄さんの部屋を貸してください」

と、いった。二階の部屋は兄のものになっていたが、弟たちも時どき使った。そこからは、富士山と遠州灘が見えた。達夫はそこで、最後の夜をすごしたかったのだ。

夜がふけて、母が二階に行くと、達夫は机に向って、なにか書いていた。

「寝間《ねま》をとってあげましょうね」

達夫は筆をおいて、微笑した。

「いいですよ。おかあさんにそんなことをしてもらったら、もったいないですから」

母は、子のために、なにかしてやりたかったし、すこしでも、そばにいたかった。だが、達夫は、どうしても、母に床をとらせなかった。

母が部屋を出て行くと、達夫は、また、筆をとった。


この日、岩本隊は、台湾の嘉義飛行場を出発することができなかった。雁ノ巣で、すでに、おこっていた飛行機の故障は、嘉義にきていよいよ多くなった。整備兵は、終日、故障機の整備に当った。

操縦の下士官たちは、昨夜、阿部少佐の話を聞いてから、気持の変化を露骨に見せていた。そして、頭を寄せて、ひそひそ話合った。それは、おもに操縦席から爆弾を投下する方法についてであった。

岩本隊が体当り攻撃隊であることは、嘉義飛行場の司令部に連絡されていた。飛行場の各部隊の将兵も、次第に、そのことを聞き伝えて、態度を改めて敬意を表すようになった。

飛行場司令官である第九教育飛行連隊長の綾野中佐と、第三十九航空地区司令官猪飼中佐は、この夜、岩本隊の将校を招いて、壮行の宴を催した。

内地出発以来、岩本隊が、このように特別に扱われたのは、はじめてであった。これまでの飛行場では、普通の通過部隊と同じような、そっけない扱いをうけてきた。

操縦下士官の待遇も、一変した。宿舎は、嘉義市内の一流の旅館、青柳に変った。ここは、将校の兵站宿舎になっていた。岩本隊の操縦下士官は、ここで将校といっしょに宿泊することになった。こうした破格の待遇をうけてみると、異常な任務が現実のものに感じられた。

この夜は、特にたくさんの料理がでた。鉾田の、とぼしい食事になじんでいた下士官たちは、おどろいて、

「将校さんの分とまちがえたのじゃないか」

と、女中にきいたりした。

「おれは、こんなごちそうは、見るのも、くうのもはじめてだぞ」

と、若い久保軍曹がふざけたが、それは、貧しい農村の出身であり、また、窮屈な戦時生活のなかで成長した下士官たちが、一様に感じていたことであった。酒も、たくさ

ん出た。

　下士官たちは、すこし酒をのむと、調子はずれの大声で、歌いはじめた。

　酒の飲めない奥原伍長と佐々木伍長は、このような酒席は楽しくなかった。しかし、料理がうまいので、それに満足していた。ことに、赤く、うれたパパイアは、はじめてたべる、すばらしい珍味であった。

　北海道育ちの佐々木伍長は、この南国のくだ物の、ゆたかなあまさに、我を忘れる思いであった。しかしまた、このふしぎなくだ物は、日本を離れて、南方にきたことを、切実に知らせてくれた。

　田中曹長は、酒がまわると、涙を流していった。

「おれは、ニューギニアで草をくって、もうすこしで、野たれ死にするとこだった。部品を集めて、飛行機を組立てて、おれが操縦するという時、みんな、かみつきそうな顔をして見送っていた。草みたいな顔いろになっていたよ」

　それから、下士官たちは、思い思いに町に出て行った。盛り場には軍人専用の慰安所があって、朝鮮や台湾の女がいた。下士官たちは金剛楼というような名の家にあがって、せまくしきられた、わびしい部屋で、慰安婦を抱いた。下士官たちは自暴自棄になっていた。

　佐々木、奥原のふたりの伍長は、酒をのんでいなかったし、年も若かったので、そうした荒れた気持になじめなかった。ふたりは先に帰ったが、とり残されたような思いだった。

この日、田中曹長は福岡県の両親にあてて手紙を書いた。この文面によれば、雁ノ巣飛行場を出発した岩本隊の飛行機は、田中曹長の両親の家の上空を飛んで行った。子は、大空から最後の別れを告げようとした。

《このたびは選ばれて特別任務のために征きますが、とうてい生きて帰ることはできません。出征する前に、もう一度おあいしたいと思いましたが、それもできません。この手紙を、おかあさんが読まれるころには、もう内地にはおりません。二十二日午後、飛行場の上を飛んで行ったなかに、自分がいたのです。おかあさんたちは見ていられたかどうかわかりませんが、私は、これが最後だと思って、じっと家を見てすぎました。なつかしいわが家。もうわが家に帰ることがないと思えば、胸にせまり、感無量でした。

どうか皆様、元気で長生きをしてください。

おとうさん、おかあさんも、寄る年ですから、無理をなさらないように。

それから、近いうちに私の葬式があると思いますから、その準備をしてください。あまり恥ずかしいことのないように、親類のかたにもよろしくいっておいてください》

この日、海軍の神風特別攻撃隊が出撃した。

二十日に編成されて、二十一日に最初の出撃をした。つづいて、二十二日、二十三日、二十四日と出撃した。しかし、いずれも目標を見つけることができず、あるいはまた悪天候に妨げられて、引返した。

二十五日午前六時三十分、海軍の神風特別攻撃隊の朝日隊、山桜隊、菊水隊の計六機は、フィリピンのミンダナオ島のダバオ基地を出発した。

同じころ、セブ島の基地から、大和隊の二機が出発した。

そして、ルソン島のマバラカット飛行場から、関行男《せきゆきお》大尉の敷島隊の五機が出発した。各隊とも、掩護の戦闘機がついて行った。

アメリカ側は、この日の艦艇の損害について『米国海軍作戦年誌』のなかで、特攻機によるものを、次のようにあげている。

《沈没したもの、護衛空母セント・ロー一隻。

損傷をうけたもの。護衛空母サンガモン。同スワニー。同サンティ。同ホワイト・プレーンズ。同カリニン・ベイ。同キトカン・ベイ。駆逐艦ヒーヤマン。計、護衛空母六、駆逐艦一》

神風特攻隊の攻撃による被害は、セント・ローが最初であった。台湾沖航空戦以来、アメリカ艦隊は、この日までに、三回の体当り攻撃を経験していた。しかし、この日のように、編隊で突進突入するような、組織のある体当り攻撃は、はじめてであった。

神風特別攻撃隊は編成五日目にして、奇襲に成功し、戦果をあげた。しかし、撃沈、撃破したのは、商船を改装した、船体の弱い護衛空母であった。この空母は、輸送船団の上空に飛行機を飛ばして護衛するだけの任務であった。日本側は、それを戦艦と同じ制式空母と同一視して、攻撃を大成功とした。その結果は、体当り攻撃に確信をもつようになり、海軍も陸軍も、特攻を推進し、拍車をかけることになった。

アメリカ艦隊は、この異常強烈な体当り戦法による損害の多いのにおどろいた。アメリカ側は、すぐに、体当り攻撃の防御対策の検討をはじめた。アメリカ軍は、いつも、臨機敏速に、対応策を研究し、実行することを怠らなかった。そして、同じ損害をくりかえさないように努めた。アメリカ軍の考えは柔軟であり、日本軍は逆に頑冥《がんめい》に支配されていた。

このアメリカと日本の考え方の違いが、のちに特攻隊の犠牲を大きくし、効果を減少させることになった。

鉾田の岩本和子は、父母とともに東京の家に帰った。鉾田の家は、岩本大尉の同期生の辻大尉に貸すことにした。貸すといっても、下宿住まいの辻大尉が、出征前の一週間をすごすだけのためであった。和子のこの日の日記に。

《辻様に家の何から何までをお貸しして、父母と中野の家に帰る。

いつもの上京と違って、もの悲しくて、涙のにじんでくるのを、どうすることもできませんでした。やはり、あなたとお別れしたので弱くなってしまったのです。ご出張の時ならば、どんなに長くても、こんな気持にはなりませんでしたのに。

夜、中野の家で床にはいって、あなたと別れて暮すさびしさに泣きました。ごめんなさい。

お手柄をお待ちしています》

昭和十九年十月二十六日
浜松・新田原・フィリピン

一

午前四時。まだ暗いうちである。山本中尉の母が、赤飯をたくつもりで、早く起きると、二階の部屋で、はたきをかける音がした。母が行ってみると、達夫が起きていて、寝具をかたづけたあとを、掃除していた。

「そんなことをしなくてもいいのに」

母がはたきをとろうとすると、達夫は、

「いや、自分にやらせてください」

と、渡さなかった。達夫は、出発にあたって、あとをにごさない心がけでもあったが、また、少年の日から住みつづけた部屋を、いとおしむ気持であるのが、母に感じられた。

達夫は母を追いたてながら、

「こんなに早く、おかあさんに起きていただくのは、遠足の時みたいですね」

と、やさしく微笑した。

朝の食事の時には、父母と三人の兄弟が、そろって席についた。しかし、父は改まったあいさつはしないで、

「達夫の出征の日に、みんなの顔がそろって何より結構だった」

と、満足げにいった。母は達夫に、

「きょうは、あなたのお誕生日で、おめでたいね。二重のお祝いになって」

というと、達夫は笑いながら、

「ながい間、いろいろおせわになりました」

と、頭を深くさげた。一生のお別れだ、という気持が、あらわれていた。

親子は、言葉すくなに、食事を終った。

出発の前に、一家の者はそろって、近くの素戔鳴《すさのお》神社に参拝した。まだ、うす暗く、社殿は朝もやに包まれていた。父母も、次郎も拓も、達夫の武運を祈った。

父が祈り終って、ふと見ると、達夫は、社殿の正面に立って、まだ祈りつづけていた。頭をたれ、目をとじ、両の手をしっかりと組み合せていた。すらりとした、若い肩のあたりに力がこもっていた。その姿に、父は何か深い感銘をうけた。

家族は、すぐ家にもどった。父が座敷にはいると、達夫は庭に立っていた。庭一面の草木の葉は色づき、しとどに露にぬれていた。達夫は松の木を見あげていた。父が、日ごろ、一番愛していた松の木である。達夫は右手を腰にかまえ、左手で軍刀をついて立

っていた。

軍刀は達夫が少尉に任官した時に、記念に父が買って与えた冬広の作であった。その時、とくに山本の家の紋である加賀《かが》梅鉢《うめばち》を銀で作って、鍔《つば》にいれた。達夫はこの軍刀を何よりも大事にしていた。

庭を秋冷の風が吹き渡った。達夫はすこしの身動きもしないで、立っていた。そのまままで、しばしの時がすぎた。

剣道をおさめた父は、達夫の姿に、すきのないものを感じた。そこには気魄《きはく》がみなぎっていた。この時、父ははっきりと感じた。〈達夫は、必ず死ぬ覚悟をしている〉

六時三十分。達夫は家を出た。

「バスまで送りましょう」

母がいっしょに行きかけると、達夫は、

「ここで結構です」

と、押しとどめるようにして、明るく笑って挙手の礼をした。

家族は、家の前で見送っていると、達夫は正しい姿勢で歩いて行ったが、しばらくしてふりかえった。その時も明るく笑っていた。やがて道をまがって姿を消した。そうあることが、山本中尉にとっても、家族にとっても、最も望ましく考えられていたものであった。

家族の者は、家にもどった。父母は、大きな穴があいたような、うつろなものを感じ

た。母は火鉢の前に坐って、

「お茶でもいれましょうね」

と、いったが、支度をするでもなく、じっとしていたが、やがて、しんみりといった。

「達夫は、にこにこ笑って行ったので、本当に安心しました」

達夫の笑い顔は、家族の者の記憶に鮮明に残っていた。父は、そういわれて、気がついたことがあった。それは、誰もが達夫の死を予感していたのに、達夫自身は、それらしいことを、ひとこともいわなかったことである。

次郎は、二階の部屋に行ってみた。何か、気になることがあった。部屋は、気持よく、あとかたづけがしてあった。それは、いましがたまでいた人の清潔な人柄を、まざまざと感じさせた。次郎は、改めて、机の上を見た。そこには、次郎が気にしていたようなものはもとより、何もおいてはなかった。

次郎は部屋のなかを、注意ぶかく、見まわした。ふと、ちょっとした変化があるのに気がついた。きれいにならべてある本だなの本が、一冊だけ、すこし前の方に、はみだしていた。それは、この、あと始末の行きとどいた部屋のなかの、ただ一つの不調和な部分であったが、不注意のためとは思えなかった。

次郎は、その本を取りだしてみた。『梅一輪』という士官学校同期の、中村候補生の追悼文集であった。開くと封書がはさまっていた。封筒の上には、墨色も濃く、達筆に『遺書』としたためてあった。達夫の筆蹟であった。次郎が、気になっていたものが、現実になってあらわれた。

　次郎は、封筒のなかみを取りだした。巻紙に、男らしい字で書いてあった。昨夜、この部屋で、ひとり、心静かに書いたものにちがいなかった。

《遺　書

死生是空　況して皇国一大飛躍の秋　選まれて達夫　今回の壮挙に列するの栄　何を以て之にたとうべき　只　欣喜雀躍五尺の身熱血溢れ　必成敵米英の心魂を爆砕　以て大元帥陛下の宸襟《しんきん》を安んじ奉らん

父上母上様

生来愚鈍　繊弱の身　二十有五年養育の恩　何一つ報ゆるなくして死す不幸　御許被下度《おゆるしくだされたく》候

御老齢の身　何卒《なにとぞ》御長生　皇国の御為　御奉公の程祈上候

徳生《とくお》　次郎　兄上様

種々御教導御蔭を以て男となり得候　御健闘の程祈上候

恒子　晴子　松枝　姉上様

御厚情　深く御礼申上候

拓殿

御健康に　科学御奉公の程

其他諸上官各位　ほか皆々様によろしく御伝言被下度候

身はたとえ煙とともに消ゆるとも
七たび生れ君につくさん

昭和十九年十月二十六日　陸軍中尉　山本達夫》

さらに、そのあとには、諸上官及び親戚知人の名をつらねて《皆々様によろしく御伝言下されたく候》としてあった。そのなかに、土屋先生の名が記されていた。小学校の時、教えをうけた先生である。最後の遺書にその人の名を加えたのは、深い感謝のしるしと見られた。

この遺書は士官学校で教えられた型通りのもので、辞世もまた、模範歌をなぞったものであった。しかし、次郎は感銘しながら遺書を、もとのように中村候補生追悼録のなかにはさんで、本だなにかえした。本の背の列はきれいにそろえておいた。〈すぐに知らせて、病弱の母をおどろかせてはならない〉と思ったのだ。次郎は、このことを、家族の誰にもいわなかった。そのうち、発表がある、と信じていたから、それを待つつもりであった。

梨子田曹長は高林町の家を出て、国鉄の浜松駅に行った。駅には、弟の大治が待っていた。大治は長野県松川村の故郷の家から駆けつけてきて、この朝に間に合うことができた。

梨子田曹長は、長男の自分がうけつぐはずの財産があった。体当り攻撃に行くとわかったので、それを大治に譲ることにした。その証書を、駅頭ではあったが、大治に手渡すことができた。

このほうは、あとの心配がなくなったが、心にかかるのは妻のことであった。うた子は母をつれて見送りにきていた。師団に行っても、見送りの者は営内にはいることができないのがわかっていたから、駅前で別れることにしていた。

梨子田曹長は、自分の死んだあとに、生れる子供のことを思うと、胸が痛かった。しかし、これ以上、うた子に悲しい思いをさせたくなかった。そのために、きょうの出発も、普通に戦地に行くのと変りないように、よそおっていた。

うた子も、そう信じているように見せていた。むしろ、それを信じていたかった。自分が悲しい顔を見せたら、夫がどんなに苦しい思いをするだろうと思ったのは、おそくなって結婚した女の分別であった。

まもなく、師団の連絡のトラックがきた。梨子田曹長は、大勢の軍人といっしょに車台に立つと、大治の何か叫ぶ声がした。ひしめきあい、小旗をふっている、たくさんの見送りの人々のなかに、うた子の必死の顔が見えた。その目は、梨子田曹長が今までに見たこともない、哀切な光をたたえていた。

二

浜松の師団のなかは、異常な空気がみなぎっていた。営門では、外部の者の来訪を禁止し、交通をとめていた。

西尾隊の全員は、飛行場本部の一室に集められた。そこには、飛行服、航空長靴、下着、その他の装具が、新品でそろえてあった。隊員は、各自が身につけていた軍服を、着替えることになった。梨子田曹長がはいって行くと、森山《もりやま》政治准尉が服を着替えていた。

「梨子田、えらいことになったね」

「はあ、なんか、えらい話で、おどけたぞよ」

「奥さんと別れがえらかったろう」

梨子田曹長は、返事に困った。うた子のすがりつくような目の光が、まだ消えないでいた。森山准尉は、

「おれのとこは、もうじき生れるんでね。かたみ分けをしてきたよ」

と、分別のある口調でいった。梨子田曹長と同じ機関係だった。年も同じ二十八歳だった。

そこへ島村曹長がはいってきた。顔が妙に変っていた。よく見ると、両のまぶたがはれあがって、目が赤く充血していた。梨子田曹長は、思わず、

と、きいてしまってから、気がついた。島村曹長は、顔をそむけるようにして、

「目をどうしたいねえ」

「ちょっと、ものもらいができた」

と、いったが、力がなかった。きのう、梨子田曹長があった時とは変って、ほおがやつれ、血の気のない顔色をしていた。一夜を妻と泣きあかしたに違いなかった。その別離の苦悩と悲哀が、まざまざと感じられた。

隊員は飛行帽の上に、日の丸のついた手ぬぐいで鉢巻をした。そのために、急に、ものものしい感じに変った。日の丸鉢巻は、各自が用意してきたものであった。しかし、それをしていない隊員がふたりいた。そのひとりは、西尾少佐であった。

この古強者《ふるつわもの》は、そうした、気負い立った装いをする気持になれなかった。また、とくに平静であることを示すためのようでもあった。しかし、いつもよりも口かずはすくなく、固い表情をしていた。

もうひとりは、梨子田曹長であった。ほかの隊員の日の丸鉢巻を見て、はじめて、その用意をしなかったことを、うかつだったと悔んだ。それと同時に、ほかの隊員が、きょうの出発の意味を知っていることがわかった。

森山准尉も、日の丸を頭につけた。質朴な人柄であったが、急に、勇ましく見えるようになった。

「みんな、どうして知ったずらいね」

「きのう、壮行会があった時、爆弾飛行機に乗るからと、話があった」

梨子田曹長は、家に休んでいて、その会には出ないでしまった。

「爆弾飛行機って、どんな飛行機だいね」

「六七を改装したものらしいさ」

「それは、どこにあるだいね」

「きのうの午後、各務ガ原からここへ持ってきたよ」

「なん機だいね」

「手のあいている操縦者がとりに行って、十機持ってきて、着陸の時に、一機こわしてしまった。調子がよくないそうだよ」

「准尉殿は、見ただかい」

「おれは、きのうは、友だちが壮行会をやってくれてね。まだ見ていないが、とても人間の乗る飛行機じゃないといっているよ」

「そんな飛行機に乗せる人間を、誰がきめただかい」

「師団の幹部で人選したけど、えらく、もめたということだ。それで、きまらんで、西尾少佐殿が、そのなかから選んだ、ということだが、ひと騒動だったそうだ」

梨子田曹長は、おととい、内命を伝えた時の、大西中佐の目に光っていた涙を思いだした。

隊員たちは、各自が着てきた服を、それぞれにまとめた。それを、あとで師団から、各自の留守宅にとどけることになっていた。かたみになる、ということが、誰にも感じられていた。

梨子田曹長が、ふと見ると、丸山伍長が、ひとりで考えこんでいた。いつもの陽気な顔とは変って、元気がなかった。それでも、日の丸鉢巻は巻いていた。梨子田曹長が、

「元気がないね、どうしただ」

「爆弾飛行機って、どんなものか、今、考えていたんです。胴体に火薬をつめるんじゃないですかね」

「おれも知らねが、胴体に火薬をつめても爆弾のような破壊力はねえね」

「そうですか」

「しかし、飛行機は六七らしい」

「いくら六七でも、爆弾飛行機じゃいやですよ」

丸山伍長は、力のない笑いを浮べた。あれほど乗りたがっていた六七重爆であったが、それが体当り攻撃の専用機に変えられていようとは、思いがけないことであった。

飛行場本部の前には、浜松教導飛行師団の全員が集合していた。参集していないのは、衛兵と、航空通信の一部と、対空監視ぐらいであった。電話室の交換手は、残らず、きていた。そのため、外部との電話は、一時、閉鎖したほどであった。このように、師団をあげて、西尾隊の出発を見送りに集っていた。こうしたことは、浜松はじまって以来のできごとであった。

「浜松の全員に見送ってもらうなんて、夢みたいなことだね」

梨子田曹長は、森山准尉にいった。〈出征する時は、全員に見送ってもらいたい〉と空想したことがあったが、それが実現しようとは思わなかった。師団の全員が整列しているのを見ると、西尾隊の出発が、いよいよ、容易ならぬものであることが感じられた。

壮行式場は、格納庫のなかに用意されていた。テーブルを長くつづけて、白い布がかけてあった。その上には、清酒のびんと、するめ、かちぐりなどのさかながならべてあった。

テーブルから、すこし離れて師団の幹部将校が立ち、その前に西尾隊の二十六名が向きあって整列した。大西飛行隊長の号令で、全員が、東方に向きをかえて、皇居を遥拝した。そのあとで、川上師団長が訓示をした。

「フィリピンのレイテ島で、一大決戦がおこなわれている時、わが浜松より、必死必殺の特別攻撃隊をおくることになった。西尾少佐以下二十六名は、今よりフィリピンの戦場に至り、敵にとどめの一撃を加え、航空軍人の本懐をとげていただきたい。本日の出発は、陸軍航空として、まことに重大な意義あるものである。このため、とくに大本営からは、梅津参謀総長閣下の代理として、種本中佐を派遣された。また、航空本部長、菅原閣下が、したしく激励のためにこられている。今から閣下のお言葉がある」

川上師団長に代って、濃い口ひげのある将官が、一歩、前に進んだ。航空本部長、菅原道大中将であった。

「予は諸子のおやじである。諸子が前線に飛立つにあたり、予の胸中は、息子を送りだすおやじの気持と全く同じで、感慨無量のものがある」

二十六名の小部隊の出発というのに、梅津参謀総長の代理の中佐参謀が派遣されたり、航空本部長が隣席して訓示するのは、全く異常なことであった。

これは、特別攻撃隊を重要視し、大きな期待をかけていることをあらわすものであった。大本営の計画では、重爆と軽爆の体当り攻撃で、アメリカの航空母艦を撃沈できると考えていた。

菅原中将は、枯れた、塩から声で、激励の言葉をつづけた。その内容は、鉾田の岩本隊の出発の時に、代読されたものと全く同じであった。菅原中将は、その後半に次のようにいった。

「諸子よ、必勝の信念は、精到なる訓練によってのみ、得られるのである。現地に行ってからも、瞬時も、訓練を忘れてはならない。必死必殺の攻撃を決行する最後の時まで、訓練を怠ってはならない。

次に、諸子の決行までの常住坐臥《じようじゆうざが》であるが、死地におもむくのであるからといって、大言壮語をしたり、自暴驕慢におちいってはいけないし、からだは、最後まで大事にしなければならぬ」

西尾隊の二十六名は、直立不動の姿勢をつづけていた。この盛大な出陣式の、厳粛な空気は、ひしひしと全身にせまるものがあった。体当りという苛烈なる事実に直面することになった悲痛な心情とは別に、やはり感激興奮するものがあった。

菅原中将は、静かに隊員の全部の顔に目を動かしてから、言葉をつづけた。

「死につく直前、柿を与えられた古武士は〝腹をこわすから〟その柿をたべなかったというではないか。この意気で、からだを愛して、はじめて最後の瞬間に、全精力を発揮できるのである。

諸子よ、決して〝死に急ぎ〟をしてはいけない。出動してから、獲物がなかったり、これぞと思う敵を捕捉できなかった場合は、次回を期して、基地に帰ってこい。それから、また出なおして行っても、決して、おくれをとったということにはならないのだ。諸子にとって大事なことは、皇国のために、最大の戦果をあげるよりほかはない」

西尾隊の隊員のなかには、航空本部長から直接に訓示をうけることに、感激し、光栄に思っていた者も、すくなくなかった。菅原中将の壮行の辞は、結末に達した。

「諸子よ、予は、息子を送るおやじの気持で、成功を祈っているぞ。諸子が成功しなければ、自分も老骨にむちうって、あとにつづく決心である。くれぐれも、からだを大事にせよ。終りに、諸子に、はなむけの句をおくる」

といって、ひといきしてから声の調子を高くして、一句をよんだ。

「浜までは海女《あま》も蓑《みの》きるしぐれかな」

つづいて、梅津参謀総長の言葉を、代理の種本中佐が読んだ。

「今、悠久の大義のために出動するにあたり、この部隊を特別攻撃隊富嶽《ふがく》飛行隊と命名する」

こうして、西尾隊は富嶽隊と呼ばれることになった。そのあとで、壮行の乾杯がおこなわれた。一同がテーブルについた時、菅原中将は、

「本日の晴れの出発のために、特別のおぼしめしでいただいた恩賜の酒をもって、乾杯をする。また、別に、恩賜のたばこをいただいたので、ありがたく拝受されたい。それでは」

と、杯をささげて、

「諸子の成功を祈る」

富嶽隊の全員は、姿勢を正して乾杯をした。きょうの出発にあたり、天皇陛下より下賜されたという酒を飲むのは、隊員には特別の感銘があった。副官たちが、清酒のびんを持って、隊員の茶わんに酒をみたしてまわった。びんには、天皇家の菊の紋章のついた札がはってあった。

テーブルの上の小皿には、これも天皇家の菊の紋章のついたたばこがのっていた。

しかし、こうした儀式を催したことには、いくつかの矛盾が現われた。特攻隊についての大本営の計画では、隊員は、個人として作戦軍に配属の形をとるということにしてあった。しかし、梅津参謀総長が富嶽飛行隊と命名したことは、一つの隊として扱ったことになる。これでは〈個人として配属〉というのは、表向きの処理にすぎない。参謀総長という、国軍の最高統帥部長であり、天皇の第一の補佐官が隊名を与えたことは、

特攻隊を計画した大本営の、いわば本音《ほんね》であった。

その上、恩賜の酒、たばこまで用意した。もし、天皇が体当り攻撃を知らないことにするなら、恩賜という品物をだすのは矛盾するようだ。それとも、天皇に忠節をつくすを本分とする軍人が、勝手に天皇の品を持出して〝恩賜〟と称したのだろうか。

やがて西尾少佐は、隊員を集合させた。西尾少佐は隊列の正面に立って、鋭い視線で隊員の顔をひとりずつ見まわしてから、

「西尾が今から特別攻撃隊富嶽隊の隊長として、みんなと生死をともにすることになった」

緊張した声であった。さらに言葉をつづけて、

「西尾は、この任務のため、まっさきに突入する決心である。みんなも、西尾につづいて、ひとり残らず軍神になってもらいたい」

と、いった時、声がふるえて、涙声になった。部下の全員が注目しているなかで、西尾少佐の両の目から、涙があふれおち、声はとぎれた。こみあげる激情を押えようとしているようであった。しかし、その努力とは逆に、むせび泣きをはじめた。涙は、さらに流れ、顔はゆがんだ。西尾少佐は、そのままの形で、全身に力をいれて、耐えていたが、突然、からだを横にそむけた。その肩のあたりがふるえ、むせび泣く声が大きく聞えた。

隊員は、悲壮厳粛の気持になり、息をのんで立っていた。

西尾少佐は、日ごろ、感情の起伏が大きかった。それにしても、多数の人の注視しているなかで、声を放って泣くのは、異常なことにちがいなかった。この、航空の古豪が、自分の感情を押えきれないでいるのは、異例の出陣式や、恩賜の酒に感激したためとは思えなかった。やはり、体当りという、思いがけない現実に直面した心の衝動のためであったろう。

西尾少佐のむせび泣く声は、次第に高まり、さらに長くつづいた。その声は格納庫のなかに反響し、異様に聞えた。

しばらくして、西尾少佐は、気をとりなおし、川上師団長に向って、申告した。

「西尾少佐以下二十六名、ただ今より出発します」

まだ、涙声であった。西尾少佐は、隊員に、

「わかれ」

を命ずると、顔をそむけるようにして、走って出て行った。隊員は、そのあとにつづいた。

誘導路のはしには、六七重爆が九機ならんでいた。梨子田曹長は、そこにある六七重爆が、今までの形とちがっているのに気がついた。その機首には、長い鋼管が突出していた。それが、なんであるかは、よくわからなかった。また、六七重爆の特徴は、機首や銃座に、ガラスをたくさん使って、斬新な形を見せているのに、その部分が、おおいかくしたようになっていた。

梨子田曹長は、そうしたことが、気になってならなかった。梨子田曹長は、自分の飛行機をさがした。番号は、二〇七号であった。近よってみると、新鋭の重爆は、無残な姿になっていた。胴体の、上下左右、それに後尾に突出している銃座はなくなっていた。銃座のまわりには、堅い、透明な風防ガラスがあったのだが、それは見られなかった。その代りに、ベニヤ板がはりつけてあった。

〈機関銃座を、全部つぶしてしまったら、全くの無防備ではないか〉

機首の風防ガラスも、ベニヤ板になっていたから、六七重爆特有の軽快な速力感がなくなっていた。ベニヤ板のはりつけ方も気になった。梨子田曹長は、そばにいた整備兵の永原上等兵にいった。

「こんな、いい加減なつけかたじゃ、すぐに吹っ飛んでしまうだ」

「はい、自分らも危いと思ってとめなおしました。ここへきた時には、板がペカペカで、はがれかけていました」

「乱暴なことをしたじゃねえか。中も改装してあるのか」

「はい、副操縦席をとりはらって、そのうしろの方を、ひろげたようになっています」

「副操縦を乗せねえで単操のつもりかね。そのほかには」

「無電機をはずしてあります」

「そりゃむちゃな話だね。どういうことだね」

「分隊長殿」

永原上等兵は真剣な表情を見せていった。

「この飛行機には、爆弾の投下装置がありません。投下器がないので、調べてみたら、電磁器も何もないんです」

梨子田曹長は、全身に冷たいものが流れるように感じた。

「しかし、重爆が爆弾をつまないのは、おかしいね」

永原上等兵は当惑したように口ごもっていたが、

「自分らも、今まで話し合っていたのですが、爆弾をつまないで、火薬をつめるのではないかというのですが」

「どこへね」

「機首の胴体の後方です。それで、あのツノが信管になっているんです。風防ガラスをとって、ベニヤ板をはったのは、それを隠すためじゃないですか」

と、機首から突出している鋼管を指さした。

梨子田曹長は、判断がつかないので、黙っていた。〈爆弾飛行機〉だと聞いてはいたが、その機体を現実に目の前に見ていると、不安な感じがわきあがってきた。変りはてた新鋭機。いまや、ただ、飛ぶことができるというだけの飛竜。それは、飛んで行って爆発しさえすれば、それでよい、といった、冷酷無残な姿であった。

「こんな飛行機に、分隊長をお乗せするなんて——」

永原上等兵はいいかけて、あとの言葉がつづかなかった。その目に涙が、もりあがって、こぼれおちた。

梨子田曹長の胸には、ひしひしと悲しみがこみあげてきた。出陣式の興奮は、あとかたもなく消えて、限りないむなしさがひろがっていた。それでも、気をとりなおすようにして、

「調子はどうだい」

「はい。油もれがひどいので、手当をしていますが、まだ、なおりません」

ほかにも、不調の飛行機があった。まもなく、伝令がきて、出発が午後一時に延期されたことを伝えた。優秀なはずの六七重爆が、故障が多く、出発がおくれたことは、梨子田曹長らの気持を、一層、不安なものにした。梨子田曹長は本部にもどろうとして、森山准尉といっしょになった。

「えらい飛行機に乗ることになったね」

「こんなことだろうと思って、父と兄に見送りにくるように電報をうったのだけど、まにあわなかったよ」

森山准尉は暗い顔でいった。今度の出発は、外部に知らせることを禁止していたが、森山准尉は知らせずにはいられなかった。森山准尉の故郷は、新潟県北魚沼郡堀之内町であった。

整備班の兵や軍属の工員などが、梨子田曹長らをとりかこんだ。

「ご武運を祈ります」

「長い間、おせわになりました」

あいさつの声は、途中からむせび泣きに変った。

昼食の時にも、いれかわり立ちかわりしては、あいさつにくるので、隊員たちは食事のひまもないほどであった。別れを告げにきた人々は、みな泣いていた。梨子田曹長は、たくさんの人々から、異常で悲痛なあいさつをされているうちに、〈いよいよ、おれも死ぬのかな〉と、思わないではいられなかった。昼食をたべる気にはなれなかった。


午後二時。師団の全員は、再び集合して、滑走路の近くにならんでいた。富嶽隊は本部前に整列して、搭乗申告をして、飛行機の方に歩いて行った。

すこし離れた所から、ひとりの婦人が見まもっていた。操縦の曾我中尉の母親であった。曾我中尉のひそかな知らせで、この朝、東京からかけつけてきた。

営門は、外部の者の出入りを一切絶っていたから、曾我中尉の母も、そこから、はいれないはずであった。それなのに、どのようにしてか営門をはいり、わが子の前に姿を見せたのであった。母の必死の、一念でもあった。

梨子田曹長が、自分の二〇七号機に近づくと、いきなり、すがりついてきた下士官がいた。同年兵の流山曹長であった。たくましい力で抱きついて、涙をぽろぽろとこぼして、

「しっかりやれよ、しっかりな」

と、むせびながら叫んだ。

梨子田曹長の部下であった整備兵も集ってきて、

「分隊長殿、御成功を祈ります」

「お願いします。分隊長殿」

と、叫んだ。みんな、目に涙を浮べていた。梨子田曹長も鼻をつまらせて、

「よし、がんばるぞ。お前らもしっかりたのむぞ」

と、誰かれとなく手を握った。

梨子田曹長の二〇七号機が誘導路を地上滑走しはじめた時、機体にとりすがるようにして走っている兵がいた。整備の永原上等兵であった。プロペラの風に吹かれながら、必死に機体にすがって別れを惜しんでいた。

見送りの若い兵や女子職員などは、滑走路の近くにならんで、熱狂して声をあげ、旗をふった。

西尾隊の全機が離陸した時、営門の前で自動車をおりた国民服の男がいた。

「森山准尉の見送りにきたのですが」

と、衛兵にいった。新潟からかけつけてきた兄の政一であった。衛兵は空を指さしていった。

「あれが西尾隊です」

西尾隊の九機の重爆は、まっすぐに浜名湖の方に飛び去って行った。見送りの人々は

意外に思い、あっけにとられていた。飛行機が複数で飛ぶ時は、飛行場の上空で旋回して編隊をくんでから、飛び去るのが普通であった。そればかりでなく、特別攻撃隊として出発するのであるから、別れを告げるためにも、旋回をするものと期待していた。また、浜松の市内には、隊員の家族たちが、名残りを惜しんで、空を仰いでいたはずである。隊員たちは、それをよく知っていた。

それなのに、西尾隊長機は離陸すると、そのまま直進して行ったから、後続の僚機は、編隊をくむどころか、長機のあとを追うのに懸命であった。富嶽隊の九機は、ばらばらのまま機影を消してしまった。重爆隊としては、極めて異常な出発であった。熟練者の西尾少佐の離陸ぶりとは思えない、奇怪な行動でもあった。

三

富嶽隊のこの日の航程は、宮崎県の新田原《にゅうたばる》飛行場までであった。薄暮になって、新田原に到着したのは、八機であった。

まもなく、幸保栄治《こうぼえいじ》曹長の操縦する一機は、四国の松山飛行場に不時着したことがわかった。幸保機は、油圧系統の故障で、発動機の潤滑油がきれて、発火する寸前の状態になった、というのであった。

新田原に到着した八機は、それほどではなかったにしても、それぞれに故障が発生していた。新鋭機といわれた六七重爆に故障の多いのも、日本の飛行機の生産が窮迫し、危急になったことのあらわれであった。出発の第一日で、まだ本土を離れないうちに、故障が続出したことは隊員の気持を重いものにした。

梨子田曹長は宿舎の方に行く時に、西尾少佐といっしょになった。西尾少佐に話しておきたい、と思っていることがあった。

浜松の離陸の時であった。滑走路の西南のはしに近い所に、三人の人が立っていた。そこは、営外であり、街道がつづいていた。三人は、富嶽隊の出発を見送りにきて、なかにはいれないために、外側を歩いて、滑走路のはしに出たのに違いなかった。その辺が、飛行機の浮きあがる所でもあった。

梨子田曹長は、その三人に見おぼえがあった。若い女は、西尾少佐の妻の早苗であった。老婦人は、西尾少佐の母であった。もうひとり、農夫と見える男は、西尾少佐が下宿している家のあるじの飯尾喬次であった。飯尾の家も、梨子田曹長のいた高林町にあった。西尾少佐の母と妻を、飯尾喬次が案内をしてきたものと思われた。

「隊長殿のおかあさんと奥さんが、見送りにきておられましたね」

西尾少佐が気がついていたかどうか、梨子田曹長は心配になっていた。

「ああ、手をふってやったよ」

「はじめから、見送りにくることを知っておいでたですか」

「いや、知らん」

西尾少佐は、持ちまえのぶあいそうな調子でいったが、いつもより、ふきげんであった。梨子田曹長はだまって、しばらくいっしょに歩いていたが、何より気になっていることをきいた。

「奥さんに、話をされたのですか」

「そんなことをいえるか」

西尾少佐は、いい捨てて、急に足を早めて行ってしまった。森山准尉が、すぐ横に歩いてきて、

「梨子田、隊長に、うっかりしたことをきくと、ぶっ飛ばされるぞ」

と、冗談とも本気ともつかないようにいった。西尾少佐は気持が変りやすく、よく部下をなぐりつけることがあった。梨子田曹長は森山准尉がそのことをいったと思って、

「いや、奥さんが滑走路のはしにいたのを、知らねかと思ってね。気になっていたもんだて」

森山准尉は、しばらくだまっていたが、

「隊長殿、すこし、おかしいと思わないか」

「きょうの離陸かいね。いきなりつっぱしって行くもんだで、あわてたわね」

「隊長殿は、日ごろ変っているし、随分乱暴をするが、きょうは、ちょっと別だな」

「空中集合して、浜松の上空をまわって、お別れしたらよかったずらにね。町でも、出発だというで、空を見ていた人もいたずらにね」

梨子田曹長は、そういいながら、うた子も、空を見ていたに違いない、と思って、自

分の飛んで行くのを見せることができなかったのが、たまらなく悔まれた。

「隊長殿が変になるのも、むりないさ」

「あの飛行機は、やはり、爆弾をつむのでなくて、火薬をつめるだかいね。あの、ベニヤ板でかこった機首と尾部は、どうも普通じゃねえわね」

「火薬をつめるような飛行機なら、風防ガラスは、もったいないから、ベニヤにしとけというようなものさ。副操縦席をはずしてしまったのも、副操縦は乗せないから、座席はいらんだろうというものさ。機関砲もいらんから、はずせ。ひどい話だ」

「機関砲がないから、敵がきたら、イチコロだいね」

「えらいことになったよ。おれも、六七など勉強するんじゃなかったな」

森山准尉は第七格納庫の機材係をしていた。しかし、元来、仕事に熱心であったので、勤務の間に、六七重爆の教育をうけて勉強していた。六七重爆はできてきたばかりで、知識を持っている者がすくなかった。そのために、森山准尉の技能が、六七重爆の体当り部隊に必要とされることになってしまった。

森山准尉としては、胸がおさまらない気持にかられていた。それといりまじって、一層せつなく思いだされるのは、ことしの二月に結婚した妻の明子《はるこ》のことであった。

新田原の飛行場は、夕闇に包まれていたが、緊迫した、あわただしい空気がみなぎっていた。ここは今、フィリピンに飛行機、機材、人員などを緊急輸送する基地になっていた。そのための飛行機が、たくさん集っていた。トラックや始動車が走りまわり、整備員たちが、たえず動いていた。

「それにしても、変だな」

森山准尉は足をとめた。

「数が合わないじゃないか」

頭のちみつな森山准尉は、西尾隊の飛行機と搭乗員を割りあてて数えてみたのだ。梨子田曹長も、いそいで名をあげてみた。

「操縦は将校が根木中尉、曾我中尉、石川中尉、山本中尉、国重准尉、あとは下士官で伊東、幸保、矢野、西田でしょう。それに柴田少尉が航法だから、これは乗りますね。あとは無線が、米津少尉、多賀部准尉、本谷曹長、丸山伍長、宇田伍長。それに機関が進藤大尉、森山准尉」

と、いいかけるのを、森山准尉はさえぎって、

「どうして機関が乗るかね。砲がついていれば射手として乗るが、あの飛行機は砲がないじゃないか。そのほかに機関係が乗って行くだけの仕事はないよ」

旧型の九七式重爆は、離着陸の時の脚の上げ下げに、油圧ポンプを手動させるために、操縦者のほかに、機関係の手が必要であった。しかし六七重爆は、それがスイッチ操作でできるようになっていた。

「そうだね。機関係は乗ることはねえわね」

梨子田曹長は、急に目の前に明るいものを感じた。

「隊長機だけは、進藤大尉が整備長として、乗ることになると思う。しかし、おれたちは乗る必要はないな」

森山准尉も、自分の言葉に希望を感じはじめたようであった。

「そうすると、搭乗区分はどうなるだいね」

「操縦が十名、これは十機の予定だから、今の九機に、あとから一機補充されるのだろう。無線が五名、これは無線機をつけるのが、一編隊に一機ずつで、あとは予備。それに、隊長機に航法の柴田少尉と、整備長の進藤大尉が乗る、これで合うじゃないか」

「そうすると、無線の乗らないのは、操縦者がひとりで行くということになるだね」

「六七だから単操でいいし、それに、爆弾飛行機ならひとりでいいさ」

「それなら機関係は乗らなくていいだね。そうするとわれわれは、どういうことになるずらか」

飛行場のあわただしいざわめきも、ふたりの周囲では、絶縁されてしまったかのように耳にはいらなかった。森山准尉は頭のなかで計算していたようであったが、

「改装機は九機か十機しかないのだから一回か二回、全力攻撃をしたらおしまいじゃないか。おれたちは、その間、整備にあたって、あとは輸送機で浜松へ帰されるということになるのじゃないかな」

ふたりとも、笑いだしたいような喜びを感じた。

その夜の隊の宿舎は、田舎びた、それも、にわか造りの殺風景な旅宿であった。

会食をする、というので、全員が広間に集った。するとそこには、意外な人物がいて、隊員をとまどいさせた。師団副官の高橋中尉であった。

高橋副官が、西尾機に便乗して、浜松から新田原にきたことは、ほとんどの隊員が知らないでいた。しかし、今、会食の前に姿を見せているのは、何かの用務をもってきたにちがいなかった。高橋副官は、少尉候補者の出身で、苦労人らしい調子で話をはじめた。

「浜松出発の時は、時間の余裕もありませんで、十分のことができませんでしたので、自分がここまで、おせわするために参りました」

と、丁重なあいさつをしてから、

「師団長閣下も、今回の壮挙に感激されて、できるだけのおもてなしをするようにいわれてきましたから、これから、大いに飲んでいただきます。その前に閣下からの御伝言を申上げます」

高橋副官は姿勢を改めて、

「今回の富嶽隊の任務は、必死必殺の攻撃をもって、敵艦を撃砕し、皇国の勝利の道をきり開くにあり。諸官は、この特別攻撃隊に参加され、必ずや大任をはたし、大戦果をあげられることを確信しております。諸官は、そのために身命をささげるので、御家族に対しましては十二分の手をつくし、御心配のないようにいたします。以上のようなお言葉でした」

聞いている隊員は、いつか、深く頭をたれていた。浜松を出るまでは、まだ不鮮明であったことが、今、明確な言葉で伝えられた。それは、富嶽隊の任務は体当り攻撃であり、全員が死ぬということであった。

高橋副官は、かばんのなかから、月給袋をとりだして、隊員のひとりひとりに渡した。十二月までの月給の先渡しであった。そして、そのあとは、留守宅に送る、といった。そのようなことも、隊員の全部が死ぬものとしての、特別の扱いであった。師団では、全員が死ぬことを考えているのだ。

梨子田曹長は今しがた、森山准尉と話し合った希望を、再び失ってしまった。森山准尉も、うなだれていた。全員が、ひっそりと、だまりこんでいた。高橋副官は、

「私物は、まとめて出してくだされば、留守宅にとどけます」

と、いってから、かばんのなかにたくさんの紙幣のたばのあるのを見せて、

「大いに飲んでいただくつもりで、主計さんからもらってきました」

と、気を引立てるようにいった。

会食がはじまると、たくさんの料理と酒が出た。しかし、誰もうかない顔をしていた。梨子田曹長は、森山准尉に酒をつぎながら、

「やはり、みんな乗って行くようだね」

森山准尉は固い表情で、にがそうに杯を見つめた。

「浜松を出る時には、何もいわんで、ここにきて戦死後の処置をとるなんて、これじゃ、

だまし討ちじゃないか。それを酒を飲まして、ごま化そうというのかな」

その夜、梨子田曹長は私物を送り返すために整理しながら、森山准尉にいった。

「これが、かたみになるだな」


この日、岩本隊は、嘉義飛行場を出発した時、一機が故障をおこした。鵜沢軍曹機であった。この飛行機の整備を担当している藤本春良軍曹が調べてみると、スロットル・レバーが不調になっていた。藤本軍曹は自分が整備した限り、発動機の出力を開閉する重要部分を不調にしておくはずはないと、自信をもっていた。鵜沢軍曹は、雁ノ巣出発の時にも事故をおこしたことがある。今度も、出発しないですむように、自分でレバーをこわしたとしか思えなかった。藤本軍曹ははじめは怒りを感じたが、次第にやりきれない気持になった。藤本軍曹は、あとを飛行場大隊にたのんで出発した。

午後七時すぎ。岩本隊はルソン島のリパ飛行場に到着した。北緯十三度五十五分、東経百二十一度十分の地点、標高七百メートルの高原の飛行場は、すでに薄暮の光が消えようとしていた。嘉義から、三時間を越える飛行であった。

佐々木伍長は、リパ飛行場のえび茶色の土を踏んだ時、身ぶるいするような緊張を感じた。いよいよ第一線にきた、という感慨がわき上った。

飛行場大隊からは、整備兵も出てこなければ、なんの連絡もなかった。激戦のためか、連絡の不備のためか。いずれにしても、体当り攻撃隊が、このように無視されていることは、隊員に大きな不安と失望を与えた。

その夜は、リパの町の兵站宿舎に泊った。ニッパ椰子の屋根の、そまつな建物であった。待遇も、普通の通過部隊の程度で、特別扱いはされなかった。リパ飛行場は、岩本隊が、体当り攻撃隊であることを知らず、従って、それだけの礼をつくそうとしなかった。


この日の、浜松の梨子田うた子の日記に。

《朝早く松川（長野県北安曇郡）より大治さん来る。まにあってよかった。あなたは口にださなくとも、私は、根木さん（根木中尉）より、今度の任務はいかなるものかをお聞きし、絶対に生還でき得ないことを、よく知っている。私を悲しませまいと、何もおっしゃらないあなたの胸中を察し、うた子以上に苦しいことと思う。朝食をすませて、バスにて母の所に行き、ともに駅まで見送る。

午後一時の離陸と聞きしが、その出発の機影見られず。もしや出発しなかったかと思いつつ、三時のバスにて、ひとり先に高林に帰る。四時ごろ、曹長の人が来られて、隊長殿の特別の御配慮で家の事情をきいてくださる。その人より、二時出発のよしを聞いて、ああ、やっぱりお出かけになられたかと、はりつめた心が、一時にゆるみ、涙とまらず。

西なる空をながめて、感無量》

アメリカ海軍のこの日の損害について『米国海軍作戦年誌』は次のように記載している。

《護衛空母スワニー、レイテ水域において、急降下爆撃機と特攻機により損傷》

これは神風特攻隊の攻撃によるものであった。

このようにして、鉾田の軽爆特攻隊と、浜松の重爆特攻隊が戦場に向って飛んだ。この軽爆特攻隊は、のちに万朶隊と命名された。フィリピンのレイテ湾では、すでに海軍の特攻隊が体当り攻撃を決行して戦果をあげていた。日本の陸海軍は、捷号作戦計画のなかできめられていた、航空特攻作戦を開始した。

だが、陸軍の万朶、富嶽の両特攻隊と、海軍の神風特攻隊は、同じ体当り攻撃を目的としていても、その根本に大きな違いがあった。それは片方には、機首に起爆管が突出していたが、片方にはそれがないことが、最もよくその違いをあらわしていた。つまり、万朶、富嶽両隊の飛行機は、体当り攻撃のために、とくに準備、改装したものであった。これに対し神風特攻隊は、第一線にある海軍機を、そのまま使った。

また、使う目的も違っていた。陸軍の特攻機はアメリカ機動部隊を攻撃し、その空母や戦艦を撃沈破しようとした。そこに計算の誤りがあって、結果はそれが不可能であった。これに対し海軍の特攻隊は、アメリカ機動部隊の空母を目標としたが、その飛行甲板を破壊しようとした。それによって、連合艦隊がレイテ湾に突入するまでの間、アメリカ空母の艦載機の行動を封じようとした。ところが護衛空母の弱い部分に体当りするなどして、撃沈させることができた。

同じ捷号計画できめられていたものの、陸軍の万朶、富嶽は、あらかじめ準備され、機体を改装し、部隊を編成した。海軍の神風特攻隊は、応急の処置であり、即決の出動であった。こうした根本の違いを見ないで、陸海軍の特攻隊を同様に考えるべきでない。しかし海軍でも、特攻専用の特殊機を、この時期に計画、設計していた。その一つは、前にも記した『桜弾』で、大型機の一式陸攻機に、ロケット推進の小型機をつけ、目標上空に運んで切り離す方法であった。ロケット機には爆弾をつみ、操縦者一名が乗って操縦し、目標艦に体当りする。この特攻機は桜花と名付けられ、沖縄作戦に使われた。高度五、六千メートルの空中で母機から切り離され、マッチ箱の大きさに見える敵艦に向って落下して行くのは、人間の感覚にたえられないような、いわば恐怖の拷問であった。

このほか、戦争末期には、陸海軍で特攻専用の特殊機を作ったが、多くは試作に終った。審査部の竹下少佐が試作特攻機の試験飛行をしていたが、そのなかには、離陸すると、車輪が機体から自動的に離れ落ちるように作ったキ—一一五特攻機があった。これは、一度離陸すれば、帰ってきて着陸することをさせないためであった。これを計画した陸軍航空本部は、そこまでしない限り、操縦者が体当りをしないと考えたのだろうか。

これは、是が非でも、ただ操縦者を殺すことしか考えない狂気の計画であった。これほど、非人道の武器はない。

準備され、改装された体当り機を使うことは、すべて残忍、非情であるといえる。万朶、富嶽の両隊は、実に、その最初のものであった。

レイテ作戦の当初、性質の違う陸軍と海軍の特攻隊を、同一のものとして報道、宣伝した。その後、特攻隊の出撃が多くなるとともに、その報道、宣伝も誇張され、美談化された。軍部にとっては、特攻作戦は苦しまぎれの最後の手段であった。だが、それが救国、必勝の策であると虚偽の宣伝をして、戦争継続に国民をかりたてた。

その間に、作り上げられた特攻隊というものの概念が、国民の考えのなかに行きわたり、定着した。そして、それが戦後も、そのままつづいていた。

体当り計画の発端

昭和十九年十月二十七日
新田原・那覇・浜松・リパ・東京

新田原は、つめたい秋雨になっていた。

朝のうちに、幸保曹長の飛行機が到着した。きのう、四国の松山に不時着し、故障個所を修理して、追及してきたのである。

全機がそろったので、富嶽隊は出発することになった。航程は、台湾の嘉義までであった。飛行場には、雨雲が低くたれこめて、霧島の山々は、かくれて見えなかった。つめたい雨は、音をたてて降りそそぎ、隊員の飛行服をぬらした。誰も、口をきこうとしなかった。新田原を飛び立てば、本土との別れになるのだ。

わびしい出発であった。きのうの浜松の出発の時には、師団の全員が見送ってくれたのに、きょうは、高橋副官ひとりだけである。飛行場の整備兵たちは、緊急輸送に追われて、富嶽隊に見むきもしないようであった。

この日も、西尾少佐は、離陸すると、一直線に飛び去って行った。後続機をまとめて、編隊をくもうとしなかった。僚機はきのうの経験があるので、あわてなかった。

しかし、飛行機の調子は、全体に、どれもよくなかった。沖縄本島にかかった時、国重准尉の飛行機の発動機のおおいが吹き飛ばされてしまった。国重機は、海上を低く、はうようにして飛んだ。国重准尉は浜松でも有数の、熟練した重爆の操縦者であった。

これを見た第二編隊長の根木中尉機は、僚機の事故を心配して、沖縄の那覇飛行場に着陸した。根木機に同乗したのは無線の多賀部准尉と、機関の森山准尉であった。

飛行場には、海軍の航空隊がいた。六七重爆を見て、海軍の整備兵が、めずらしそうに集ってきたが、機首にある鋼管を見つけて、

「これはレーダーのアンテナか」

と、たずねた。森山准尉が、体当り攻撃のための飛行機であることを説明すると、整備兵は感嘆の声をあげた。

「いよいよ、陸軍でもやるのですか。海軍は、もうレイテでやっていますよ」

森山准尉は意外に思って、

「海軍でも、体当りをやっているのですか」

「やっていますとも、毎日、出撃しています」

と、海軍兵は、誇らしげにいった。

「飛行機は、なんですか」

「零式でもなんでも、みんな、もって行って、ぶつけているようですよ」

森山准尉は、大きな衝撃を心に感じた。今まで、体当り攻撃は、富嶽隊だけだと思っていた。それが、海軍では、すでにやっているというのだ。森山准尉は、自分らも、どんなことになるかわからないという不安におそわれた。

富嶽隊の第一編隊が南西諸島をすぎると、積乱雲が発達して、進路を妨げていた。各機は、積乱雲の間をぬって飛んでいるうちに、ばらばらになった。非常に困難な飛行であった。

古沢曹長機は、嘉義まで飛ぶ力を失っていた。不時着場を求めて、台北に近い桃園飛行場までできて、力がつきてしまった。滑走路に進入することもできなくて、横から飛行場におりて、滑走路を直角に突っきって走った。その勢いで山に衝突して、古沢機は大破した。搭乗員は、いずれも負傷したが、生命にはかかわりはなかった。

浜松出発以来、このように事故が続出したことは、隊員に不安なものを感じさせた。富嶽隊の操縦者は、腕ききがそろっていたし、飛行機は、たとえ、ベニヤ板ではってあっても、六七重爆だという信頼感があった。それが、出発第二日にして、この状態となった。

しかし、当時の飛行機の移動には、もっと多くの損害や犠牲がつきまとっていた。ことにフィリピンの戦場に、緊急に集結するために、千島、満州、華中などの方面から、飛んでくる途中には、損害が多かった。フィリピン到着までには、半数を失った部隊もあった。搭乗者も、飛行機の性能も、この程度の飛行にたえられないものが多かった。

これが、フィリピンの航空作戦に、大きな支障を及ぼした。

梨子田曹長の飛行機は、伊東曹長が操縦したが、やはり調子がわるかった。それでも、ようやく嘉義の飛行場に到着することができた。

飛行場におりると、爆撃の惨状が、隊員をおどろかした。いたる所に大きな穴があき、建物は、こっぱみじんになり、あるいは、屋根や壁を吹き飛ばされていた。

梨子田曹長は、戦争の恐しい破壊力を、まざまざと目の前に見た思いがした。にわかに、全身が引きしまるようであった。

梨子田うた子は浜松市の高林町の家で、さびしい一夜をあかした。全身の力がぬけて、何をする気にもなれなかった。生れて、はじめて経験した、大きな悲しみであった。

うた子は、次のように日記に書いた。

《朝、町より母がくる。昨夕、田中曹長が持ってきてくださったと、雨外被《あまがいひ》、夏服一着、靴、軍帽、ゲートルなど持ってきてくださる。(注=梨子田曹長が浜松出発の時に、着替えて残して行った被服を、師団から留守宅にとどけてきたのである)

ただし、雨外被は、誰かのわるいものと取りかえられてあるのは残念なり。わるくともよい、あなたの移り香のないもの故、さびしき思いす。

ことごとに、あなたのいないのがさびしく、たえられない気がする。

きょうは九州か、台湾か。ともに同じ思いの私たちだろう。あいたい。あいたい。も

う一度やさしい言葉がききたいな》

佐々木伍長は、早く目をさました。リパ飛行場に到着しての第一夜は、よく眠ることができた。目がさめると〈おれは、どこにいるのかな〉と考えた。すぐに、フィリピンの前線基地にいるのだ、と気がつくと、じっとしていられなくなって飛び起きた。

窓の外には、うすく霧がこめていた。窓をあけると、つめたく、しめった空気が流れこんだ。さわやかな、においがあった。佐々木伍長は、故郷の石狩平野の夏の朝を思いだした。しかし、目の前には、石狩平野のポプラ並木はなくて、その代りに、たくましい椰子の林があった。ものめずらしい風物であった。

宿舎の前は一面の芝生であった。芝生の上は、水をまいたように、露にぬれて光っていた。奥原伍長も起きてきた。ふたりは、庭におりる木の階段に腰をおろして、たばこを吸いはじめた。

「とうとう、フィリピンにきたな」

と、奥原伍長が感慨をこめていった。

「すぐ出撃になるのかな」

「すぐか、どうかわからんが、あの電磁器を動かして、爆弾を落す方法を、早く見つけておかないといかんな」

「本当に、うまく、落ちるのかな」

「爆弾さえ飛行機から落すことができれば、おれたちは、死ななくてもすむと思うんだ」

「佐々木、おれも考えたよ。特別攻撃隊だからといって、なぜ死ななければならないかということなんだ」

「そうだ。死ぬことが目的じゃないさ。爆弾を必ず命中させればいいじゃないか。爆弾の落ちないような飛行機に乗せることはないよ。嘉義で、爆弾がはずれることがわかってから、体当りをする必要はない、と思っているんだ」

ふたりには、共通する考えのあることが明らかになった。しかしそれは、うかつに第三者には口外のできない重大なことであった。

佐々木伍長は、その方法を考えながら、

「しかし、簡単にはいかないな。まず、隊長殿がどう考えているか、わからないからな。しかし、園田中尉、安藤中尉は、電磁器を動くようにさせて、投下して帰ってくると思うな」

「その方法を早く見つけよう」

ふたりは、体当りしないことを計画した。体当りという不当なものへの反抗でもあった。しかし、軍隊の組織の壁は厚く、爆弾投下を実行するには、多くの支障のあることを思うと、若いふたりは気が重くなった。

岩本隊の機関係の藤本軍曹は、整備班長の村崎少尉に呼ばれた。

「鵜沢軍曹が不時着した。機体はどこかわるかったのか」

藤本軍曹は、鵜沢機の機付長であった。

「よくはありませんが、不時着するほどのことはありませんでした」

村崎少尉は、ふきげんになっていた。

「今、電報がきたんだ。鵜沢機は、リンガエンの海岸におりると同時に発火したそうだ。鵜沢軍曹は手と顔にやけどをして、病院に収容された」

「嘉義で出発の時に点検したら、スロットル・レバーがこわれていました。おかしいな、と思いましたが」

「どうして、おかしいと思ったのか」

「前の日、到着してから点検した時は、なんともなかったんです」

「それじゃ、鵜沢が自分でこわしたのか」

「そうもいえませんが、体当りだと聞いてから、気持が動揺していたようでした。元来、感激性の強い、単純な男ですから、反動で、がっくりきたんじゃないですか」

「なんにしても、えらいことをしてくれたよ。飛行機はだめにしてしまうし、本人は負傷入院じゃ、さいさきがわるいぞ」

「整備が二名同乗していましたが、どうしましたか」

「無事だったらしいな」

鵜沢軍曹は、鉾田出発の前に、妹夫妻にあてて別れの手紙を書き送っている。それには、下士官らしい決意と、肉親への情愛が記されている。

《拝啓、永い間おせわになりました。待ちに待ちたる大命は下りました。帰郷の節は、皆様の御殊遇に預り、何一つ不足なく安心して征けます。南海の決戦場での小生の奮闘ぶりご覧下さい。八街《やちまた》（千葉県）の母上様には色々とご厄介をおかけしましたが、住所忘れました。お逢いの節はくれぐれもよろしく。

守一様も召集はないとも限りません。必ずあります。その節は、与志子をどうぞお頼みいたします。詳細は帰郷中にご依頼及び誓い合った通りです。留守中は家の人たちもお頼みします。

かく乱文を綴って書きますと、在宅中の事どもが走馬燈のごとく脳中に浮び、感慨無量です。

与志子も守一様の召集を覚悟して、立派に家をやって下さい。与志子にも色々、おせわをかけたね。これからは安心して下さい。小生はこんなに元気ですから。

ご健康とご多幸を祈ってお別れします。与志子も、立派な赤ちゃんを産んで下さい。元気いっぱいで征きます。

守一様
与志子様

「返信不要」》

遺書では、このように平静な心づかいを示した鵜沢軍曹であった。しかし体当りと知ったあとは、動揺をかくせないでいた。そして故意に、不時着まですることになった。

岩本大尉は、四航軍や、飛行場大隊などと連絡をとらねばならなかった。隊員には、簡単な訓示と命令を与えて、飛行場大隊本部に出て行った。

鉾田を出発する時に、岩本大尉の顔に浮んでいた激しい苦悩の色は、この長い飛行の間にも、消えないでいた。それが、リパに着いて第一夜をあかすと、鋭い、むしろ、けわしいものに変っていた。二十八歳の青年にしては、重苦しいような、深いかげがあらわれていた。

隊員たちは飛行場に出て、飛行機の点検と整備をした。佐々木伍長は、自分の飛行機の座席を出て、翼の下にはいって、すわりこんだ。熱帯の日光に直射された機体の内部は、四十度以上の熱気が充満していた。佐々木伍長は、背の低い、頑強なからだであったが、この暑さがこたえた。頭がぼんやりして、目がくらむようだった。奥原伍長が上体をかがめて、はいってきた。

「えらい暑さだ。人間のビフテキができそうだな」

「そうか。おれはまた、おれが北海道育ちだから、余計に暑いかと思っていた」

「何しろ、ここは北緯十四度より、すこし南だもの、暑いはずさ」

と、いいながら、あたりを注意して、

と、聞いた。奥原伍長は、爆弾を投下する方法をききにきたのだ。

「わかったかい」

「大体の見当はついたな」

「そりゃいい、早く教えろ」

佐々木伍長は、木片を取りあげて、土の上に九九双軽の略図をかいて、その機首に三本の線をかき加えた。

「まず、このツノだ。この先端についているボタンは、操縦桿についている爆弾投下のボタンと、同じ役目なんだ。このボタンが、他の物体に接触すると、電気が流れて、爆弾をつってある磁石に作用して、爆弾を落すように、おれは思えるのだ」

佐々木伍長は、嘉義の飛行場で、阿部航技少佐から聞いた話とは違った解釈をした。奥原伍長は、だまって聞いていた。

「園田中尉の飛行機では、懸吊架の鍵がはずれたのだ。あのガチャンという音。あれは、爆弾をつるす前に、操作の試験をする時に聞えるじゃないか。エンジンのとまっている時でないと、わからないが。つまり、あの音がしたからには、操縦桿のスイッチで落せる線があるわけだ」

佐々木伍長は、奥原伍長に説明しているうちに、次第に興奮してきた。爆弾を投下できることは、確実ではないまでも、固い自信になってきた。

「今も、やってみたのだが、何しろ、この暑さだろう。配電盤のヒューズをいれる所は、

七、八十個所もある。目がくらんできて、ひといきいれていたところだ」
「なんにしても、それを早く見つけることだ」

奥原伍長は、じっとしていられないといった調子で、翼の下を出て行った。佐々木伍長も、もう一度、機体のなかにもぐりこんだ。

死なないためには、一刻も早く、その回路を見つけなければならなかった。

それを思うと、機体のなかの激しい暑熱などはかまっていられなかった。


岩本和子は、東京の父母の家にいて、この日のことを、次のように書いている。

《二十七日。雨。

北海道の旧知が、父を訪ねてこられる。久しぶりで故郷の話。

しかし、心は、あなたがどう遊ばしていらっしゃるかと、それのみ考えております。

ラジオで吉田松陰先生の最期の話をきく。日本に生れ、日本を愛して、愛国のまごころに満足して、斬られた先生。精神は、まだ生きている。

あなたも、米英撃滅の御出陣に、軍人としてご満足でしょう。戦果しきりにあがるきょうこのごろ、さいさきよき好機の御出陣と、嬉しく、御武運の強いよう祈っています。

今ごろは、出動していらっしゃるかも知れませんね。

雨の音さびしく身にしみ、ひとり、琴を出してひく。あなたの好きな『千鳥の曲』。琴をひきながら、一日も早く鉾田の家に帰りたいと思う》

昭和十九年十月二十八日
リパ・マニラ・マルコット・浜松・東京

この朝早く、四航軍の寺田参謀長は、マニラからリパに向った。特別攻撃隊の岩本隊が到着したので、隊員とあって、今後のことを打合せておくつもりであった。

寺田参謀長は岩本隊に大きな関心をもっていた。それは『と』号部隊（特別攻撃隊という意味の秘匿名称）の計画ができる時に、寺田少将が航空本部の総務部長として、直接に関与していたからであった。寺田少将が総務部長に就任したのは、この三月であった。

同じ三月には、陸軍の航空総監と航空本部長の要職が、安田武雄中将から後宮《うしろく》淳《じゆん》大将に代った。航空総監は、陸軍航空の教育行政の最高長官であった。ところが後宮大将は、航空の分野には経験もなく、専門の知識もなかった。航空が勝敗をきめた太平洋戦争のなかで、ことに日本軍が壊滅する昭和十九年の危急の時期に、全くのしろうとが、陸軍航空の最高長官となった。この人事は、東条大将の強い要求によって実現した。

東条大将は総理大臣、陸軍大臣、さらに軍需大臣を兼ねていたが、二月二十一日、参謀本部（大本営陸軍部）最高職の参謀総長を兼任することになった。この前から東条大将の専横に対して、同じ軍部内からも非難の声が高まり『東条幕府』とそしられていた。その上に、今度は参謀総長を兼ねるので、一層、不評や反感が多くなった。また、東条大将の派閥の軍人の間でも、これらの激務を兼任するのは、実際には、仕事が多すぎて、こなしきれるものでない、という見方が多かった。

結局、東条大将が参謀総長の職についたのは、軍部内の実権を独占しようとする権力欲のためであると見られた。ことに、参謀総長就任は、明らかに東条大将自身のしたことであり、これは人事権を東条大将が私《わたくし》したといえることである。

このような非難、反対の意見を予想して、東条大将は参謀総長兼任について、次のような意味の説明をした。

『自分が参謀総長に親補されたことは、総理の兼任でもなく、陸軍大臣の兼任でもない。陸軍大臣東条英機の人格において、参謀総長に就任し、二位一体である。これによって統帥と国務の一体化を計ろうとするのである』

これは、いかにもあいまいであり、苦しまぎれのいい分であった。そして、ひとり四役の激務をこなす対策として、それまで一名であった参謀次長を、高級、次級の二名にした。このため、それまで次長であった秦彦三郎中将を次級次長とした。そして、高級次長として迎えたのが、後宮淳大将であった。陸軍史上、参謀次長二名制があったのは、この時だけであるから、いかに無理な変則かがわかる。

東条大将が権力を独占するのを見て、皇弟秩父宮は、三度、質問状を送って、要職の兼務が戦争指導上、支障がないかと確かめたほどであった。秩父宮は、東条大将が東条天皇となりはしないか、あるいはまた、東条幕府となるのではないかということを心配したためであった。

ともあれ、東条大将が参謀総長を兼摂したことは、日本軍事史上の異常な事態であった。それは太平洋戦争の統帥、指導の上にも、大小の影響をおよぼした。それほど問題の多い人事を実現させるために、最も積極的に動いたのが、フィリピンの四航軍司令官となった冨永中将であった。

また、東条大将と後宮大将とは、同じ明治十七（一八八四）年生れ、陸軍士官学校も十七期の、同期の親しい間柄であった。十七期は五、六百名の卒業生がいたが、そのなかで大将になったのは東条と後宮の二名だけであった。こうしたことから、後宮大将は東条大将の栄進のために働き、反東条派に対する監視をつとめた。東条大将はそれにむくいて、臨時制度の高級次長の役を与えた。

東条大将は後宮大将の実行力を高く買っていた。後宮大将はガムシャラといわれるほど、強い実行力を持っていた。

東条大将は、衰弱してきた航空戦力の補強増大の必要に迫られていた。このために航空部内の人事を刷新することが急務だと考えた。これについて、東条大将は、後宮大将に語ったことがある。

「航空部内にいる者は、専門の判断からぬけきれないから、この緊急の事態に対処することができない。これを打開するには勢力のある〝しろうと〟がはいって行って、こわすことが必要だ」

しかし、この乱暴ともいえる言葉の真意は、別のところにあると見られた。東条大将は、航空部門に信頼をもつことができなくて、そこに腹心直系の者をおこうとした。これは、東条大将の強い権勢欲でもあって、航空の劣勢をもりかえそうとすると同時に、航空の実権を握ろうとするねらいであると見られた。東条大将が参謀総長まで兼任し、軍部の最高の地位に立っても、航空部門だけは自由にならないものがあった。東条大将が後宮大将の実行力に期待をかけたのは、このためであった。

しかし、後宮大将がいかにガムシャラであっても、全くのしろうとでは、航空部門を動かすことができない。そのために、あらかじめ、部内準備工作をおこなった。

三月、寺田少将の異動と同時に、菅原中将を航空本部付に命じた。これは航空本部の職制を変えるためであった。菅原中将は、当時航空士官学校長であり、その前はシンガポールの第三航空軍司令官であった。太平洋戦争の当初には、マレー攻撃の航空作戦を実施した、陸軍航空の古参の実力者である。

後宮大将が航空総監になると同時に、航空本部に次長制をもうけて、菅原中将が次長となった。こうして航空部内の行政は、すべて次長にまかせて、後宮大将は、総監として、その上に立って、権力だけを握ることになった。後宮大将はいわば、東条大将の代行として、その意図を実現する役割にあった。後宮大将は、航空総監として着任して数日後、寺田総務部長に命じた。

「体当り攻撃の実施について、計画してもらいたい」

後宮総監は、寺田少将に体当り攻撃の方針を説明した。それは、次のような要旨であった。

海軍の航空戦力が衰弱したため、陸軍航空部隊にとって、艦船攻撃が重要な任務となってきた。しかし、操縦者の技術が低下している。第一線の操縦者は飛行時間三百時間にみたない者が多い。これでは、艦船の爆撃は困難である。

新しい艦船攻撃の方法として、跳飛爆撃を採用しようとしているが、これは飛行経験の少ない未熟者がやったり、あるいは、小さな爆弾をぶつけるということでは、艦船を沈めることはできない。

最も確実な方法は、操縦者自身が肉弾となって衝突することである。ここまでやらなければ効果は望めない。幸い、航空部内では、体当り攻撃を希望する若者がたくさんいて、熱意が高まっている。そして、すでに幾多の体当り攻撃の戦果をあげている。

しかし、今までは、体当り攻撃は、すべて操縦者各自の自発的行動にまかせた。今度これを、上から戦法として要求し、命令する方針に変えたい。

寺田少将は、後宮総監の説明を聞きながら〈予期していた通りになった〉と思った。

後宮総監の着任と前後して、寺田少将の周囲は、東条系の人物に変っていた。大本営の軍事課長西浦進《にしうらすすむ》大佐は、兼職の形で、航空本部の総務課長となった。いずれも、後宮総監とともに、航空部門の業務には勤務したことがなかった。彼らの信奉するのは、歩兵操典の精神であった。このほか、東条系で航空の経歴のある隈部《くまべ》正美《まさみ》少将が、航空総監部と航空本部の教育部長となっている。

寺田少将が予期したのは〈これらの東条人事は、航空に「気合いをかける」ことが目的であるから、何か突飛なことをやりだすだろう。後宮総監の性格といい、航空を知らないことから、とんでもないことを考えだすだろう〉ということであった。それが今、体当り戦法の実施と無関係ではないと思われた。

後宮総監は、さらに次のように力説した。

「体当り攻撃は、何か異常な方法のように考えるかも知れないが、歩兵でいえば、白兵突撃である。戦闘の最後は、白刃をふるって突撃し、一挙に勝敗を決することになる。これは肉弾突撃だから、歩兵は、ひとりひとりが体当り攻撃の精神を発揮するのだ。ところが、航空では、ややもすれば、天候気象に左右され、機材整備にわずらわされて、集中発揮できないでいる。これは、突撃精神がたりないからである。機材の不足は、はじめからわかっていることだ。天候気象の条件はどうでも、そうしたことを克服してやるのが、突撃精神である」

後宮総監は、また、次のように強調した。

「突撃は歩兵の精華であり、体当りは航空の『突撃』である。これこそが、操典にいわれている日本陸軍の真の精神である」

後宮大将の歩兵の突撃に対する信念は、終始変らなかった。後宮大将が参謀次長となってから、まもなく、中部太平洋のマリアナ諸島が危急な状態となった。そのころ『後宮作戦』と称する指示が、参謀本部から全陸軍に伝えられた。それはアメリカ機動部隊の来襲に対する防衛戦術を示したものであった。それによれば、日本軍は海岸線近くに深い壕を掘り、そのなかで艦砲射撃や爆撃をさけ、敵軍が上陸してきたら、一挙に肉弾突撃をして撃砕するという主旨であった。これは突撃精神に対する信念というよりも、もはや信仰というべきであった。後宮参謀次長はこのような日露戦争当時の戦術で、アメリカ軍の水陸両用の上陸作戦を撃退できると考えていた。

この『後宮作戦』が全軍に伝えられる時には『軍事機密』と称して、極秘の扱いをした。しかし、さすがに参謀本部の若い参謀は、このような参謀次長を敬遠するようになり『後宮上等兵』と呼んでいた。

同じように『上等兵』の悪口をいわれたのが、東条大将であった。当時『東条上等兵』の蔑称《べっしょう》は広く知られていたが、細川護貞日記にも、

《一月十四日（昭和十九年）

午前九時、高松宮邸伺候、直に拝謁。

ラバウルが殆どその機能を喪失せるものの如しと言上すれば、「そはほゞ予定のことなり。」との仰せあり。次いで陸海軍の意見の相違、酒井中将の情報等を言上。

殿下には、「東条首相のことを上等兵と呼ぶのは、陸軍の通称の様だね。」と仰せありたるを以て、「実にその呼称は、今日の政治を象徴するもの丶如く存じます。」と申し上げ》

と、あるように、皇弟高松宮の耳にも達していた。

そのほかに、もうひとり『上等兵』と呼ばれたのが、のちに特攻隊と重要な関係をもつ冨永軍司令官であった。東条大将と、その一番の側近とが、そろって『上等兵』と呼ばれていた。これらの『上等兵』が日本の最高の政治と作戦を動かしていた。これは、国民にとっては、恐しいことであり、何よりの不幸であった。そして特攻作戦は、後宮『上等兵』の歩兵の突撃精神を航空にあてはめ、さらには、東条『上等兵』の意図に従って、航空に「気合いをかける」方法として考えられたといえる。

これを、はっきりと感じたのは、寺田少将であった。

寺田少将には、後宮総監の言葉のなかに、東条参謀総長や大本営の意図を察知することができた。それは航空の劣勢を補うため、体当り戦法を採用しようということだ。ほかに、もう一つの理由がある。それは国民の戦意をたかめ、戦争を完遂するために、体当りという激烈な戦法を利用しようとしたことだ。

寺田少将は、航空作戦の第一線の経験が豊富だから、後宮総監のいうように、飛行機の突撃が、そう簡単にできるとは思わなかった。むしろ、この突撃論は竹槍でも勝てるという精神主義であり、航空作戦に必要な科学性を無視したものと思われた。しかし、現在の総務部長の立場としては、その意向に従って、実現させて行かなければならない。

寺田少将は自分の意見を述べた。

「航空部隊の場合は、突撃精神には変りはないにしましても、はじめから〝死ね〟と命令をすれば、普通の戦死と同様に扱うわけにはいかなくなります。それだけ特典を与えることを、考えてやらねばなりますまい」

「どんな特典を与えたらよいのか」

「それを研究したいと思いますが、本人に対する叙勲、家族に対する特別の処置を手厚くすることが必要でしょう。それには二階級特進、恩給の増額も当然のことと思われます。要するに、こうした特典を陸軍省に認めさせて、最大限の処置をとれる、と見きわめをつけてからでないと、実施はできませんでしょう」

それから、まもなく、後宮総監は、各地の航空部隊に初度巡視をおこなった。この時、隈部教育部長が随行した。後宮総監は行くさきざきで、激励の訓示をした。

「全軍全機が体当り攻撃の決意をもって、陸軍航空部隊の威力を発揮すれば、必ず勝利を得ることができる」

隈部教育部長も、航空総監と同意見を示し、時には、さらに激しい口調で、体当り攻撃を主張した。隈部少将は、直情径行の人で、性格も激しやすかった。

後宮総監の初度巡視によって、陸軍の各航空部隊は、体当り攻撃という目標を与えられた。

しかし、寺田少将は、別の考え方をしていた。それは、体当り攻撃は結局、非常手段である。体当りで、操縦者と飛行機を消耗することは、むしろ危険である。それよりは、常道の攻撃方法として跳飛爆撃の錬成を図るほうがよい、ということであった。

寺田少将は、体当り計画と並行して、跳飛爆撃の普及教育を命じた。このために、竹下少佐、岩本大尉らが教育演習を指導することになった。

だが、まもなく、『あ』号作戦の大敗北のために、情勢が一変することになった。『あ』号作戦は、日本の連合艦隊の決戦計画であった。それによれば、第一機動艦隊と第一航空艦隊をもって、アメリカ艦隊とパラオ島近海で決戦をしようとするものであった。第一機動艦隊は、空母、戦艦の主力を集めた、事実上の連合艦隊の全力であった。また、第一航空艦隊は、基地航空部隊で、各種飛行機を合せて、整備実数千百八十八機をもっていた。『あ』号作戦は、日本海軍の水上と航空のほぼ全力をあげて、アメリカ艦隊を迎え撃とうとするものであった。

だが、この壮大な計画には、難点があった。それは、この決戦の場を、パラオ島近海と予定したことであった。これは、あくまで、第一機動艦隊の行動半径の制限のためであった。日本海軍が予定した通りに、アメリカ艦隊が出てくるとは限らなかった。『あ』号作戦は、いわば、連合艦隊が自分だけのつごうできめた演習計画にもひとしかった。

六月十一日、アメリカの第五十八機動部隊はマリアナ諸島のサイパン、テニアン、ロタ、グアムの島々を空襲した。アメリカ艦隊はサイパン、テニアンの攻略を企図していたが、この時になっても、連合艦隊司令部では、マリアナより遥か西南のパラオ近海で決戦する〝予定〟を変えなかった。

テニアン島には、第一航空艦隊の司令部があった。一航艦の飛行機のうち、約半数の四百八十機はニューギニアのビアク島方面に転用されたが、多くは基地整備の不良、搭乗員の技能不足から、自滅同様の結果となった。その上、テニアン島には、残存の可動機約三百機が、飛行場に翼をならべていた。いつ敵襲があるかもわからない前線飛行場で、飛行機を分散させ、かくしておこうとしなかったのは、恐るべき怠慢であった。

六月十一日の空襲で、貴重な三百の残存機は、空中戦闘に飛び立つひまもなく、地上で砲爆撃をあびるにまかせ、破壊炎上してしまった。

六月十五日、アメリカ軍はサイパン島に上陸した。この日になって、豊田連合艦隊司令長官は『あ』号作戦を命令した。六月十八日、第一機動艦隊はマリアナ海域に達し、アメリカ機動部隊を発見した。だが、第一機動艦隊の小沢治三郎《おざわじさぶろう》長官は攻撃を避けて南下した。

六月十九日、第一機動艦隊が、再びアメリカの機動部隊を発見したのは、日の出後一時間、午前六時三十分であった。

第一機動艦隊は、敵に発見されないうちに、先制攻撃を開始した。全機の発進を見送ったあとで、旗艦である航空母艦大鳳《たいほう》の艦上で、小沢長官、古村参謀長、大前先任参謀らは、きょうこそ祝盃をあげることができる、と確信した。

千葉県の木更津沖の連合艦隊司令部でも、幕僚たちは祝盃だといい合っていた。

だが、まもなく、旗艦大鳳は潜水艦の雷撃をうけた。上空を飛んでいた母艦の艦上機は、魚雷の航跡を発見して、急降下して、魚雷に体当りした。小松咲雄飛曹長であった。

しかし、大鳳には別の一本の魚雷が命中し、そのため、六時間後に大爆発をおこして沈没した。三万九千トン、就役して、わずか一カ月であった。〝最新鋭の不沈空母〟という自称も、帝国海軍得意の誇大な形容に終った。

ついで制式空母翔鶴《しょうかく》も、潜水艦の雷撃で沈没した。この一日の戦闘で、日本側は、制式空母三隻のうち二隻、二級空母三隻のうち一隻、計三隻を失い、四隻に損傷をうけた。この海戦に参加した母艦搭載機は約三百六十機であったが、残ったのは、わずか二十五機であった。

『あ』号作戦で、大鳳にZ《ゼット》旗をあげたのは、日本海軍の運命をかけたことであった。結果としては、基地航空部隊の全力と、母艦航空部隊の主力が失われてしまった。全くの拙戦であった。日本海軍は、航空決戦を主眼とする近代の海軍としては、もはや、全くの敗残無力の艦船団となった。

しかし大本営の新聞発表によれば、『あ』号作戦の結果、アメリカの空母を四、五隻沈め、百六十機以上を撃墜している。実際には、アメリカ軍は四隻の艦が軽微な損傷をうけ、七十三機が失われただけであった。

『あ』号作戦に完敗の結果、サイパン島の地上部隊は孤立無援となった。大本営はサイパン島を放棄するほかはなかった。このために、サイパン島守備部隊は全員戦死の戦闘をし、在留邦人の多くは戦傷死、または自決した。

サイパン島を奪われると、大本営は戦局の前途に絶望し、ひそかに和平工作を考え、あるいは降伏の機会を求めるようになった。

また、第一航空艦隊の自滅戦は、海軍の航空戦力をますます窮迫させ、それが後日、神風特別攻撃隊を編成させる一因ともなった。

『あ』号作戦で、海軍の航空戦力が全く壊滅したことは、陸軍航空の首脳部に大きな衝撃を与えた。参謀本部二課と陸軍航空本部の主任者は、連日、会議をつづけて対策を研究した。陸軍としても、打つ手に苦しんでいた時だから、打開策はなかった。

すでに後宮総監が体当り攻撃を主張し、参謀本部でも同様の論者が多かった。そのため当然として体当り攻撃の実施が提案された。跳飛爆撃は効果があるとしても、危険が多いと見られていた。それならば、同じ死ぬなら、はじめから体当り攻撃をやるべきだ、という主張が通った。これは、跳飛爆撃よりも、体当りの方が〝確実に命中する〟というためであった。

主任者たちは、体当りの実施を考えた。その方法は、単に飛行機が爆弾をつけて艦船に衝突するのではなく、その目的のための飛行機を作ることであった。

こうした方針がきまったのは、サイパン島が絶望となった六月下旬であった。参謀本部二課の航空班が、その方針により『と』号（特攻）作戦計画を起案して、航空本部に準備を指示した。航空本部では、陸軍航空技術研究所に体当り専用機の試作を命じた。

これによって、立川の第一、第三航空技術研究所が共同して、着手した。

第三航空技術研究所の水谷栄三郎大佐を主任とする、信管を専門に審査する部門が、体当り機の設計に当った。担当の中心となったのは、桐生大尉であった。

また、航空本部では、体当り攻撃をする特別攻撃隊の編成と運営について研究していた。

寺田総務部長は、体当りを非常手段と考え、十分の処置待遇を講ずる案を作らせた。同時に、前にも記したように、跳飛爆撃の普及、錬成を図っていた。そして八月に教導航空軍ができれば、すぐに教育演習をするように計画し、そのなかには、跳飛爆撃演習を加えることにして、各教導師団にその準備を命じた。

ところがその前に、捷号作戦準備計画が発令された。七月二十四日付けであった。大本営はこの計画のなかで、体当り攻撃の実施を明記し、特別攻撃隊の運営処遇の方法を示した。

これにより、捷号作戦が発令されれば、特別攻撃隊が体当り攻撃に出動することが正式に決定した。

九月、寺田少将は第四航空軍参謀長となり、十月、中将に進級、そして今、自分の手で『と』号部隊を動かすことになった。四航空軍には、すでに、軽爆と重爆の『と』号要員を配属する通牒がきていた。そして、そのうちの岩本隊が到着しているのだ。寺田参謀長は〈体当りを実施する特別攻撃隊員は、身命を犠牲にしてかかるのだから、崇高な人たちである。生きていながら、神になった人である。すでに、神様であるのだから、それに向って、訓示をするようなことは、すべきでない〉と考えて、岩本隊の全員に会い、ていねいに、その労をねぎらった。

「用があれば、なんでも遠慮なくいってもらいたい」

そのあとで、飛行場大隊長、航空分廠長を呼んで、岩本隊の待遇に最善をつくすように指示した。

このために、この日から、岩本隊の待遇は一変した。宿舎もニッパぶきの家から、かわらぶきの設備のよい建物に移され、新しい防暑服も支給された。隊員たちは、鉾田を出発する時も、汚れたままの服であった。富嶽隊のように、新しい服をもらうということはなかった。

寺田参謀長は、リパ飛行場で、岩本隊についての処置を終ると、すぐに、マニラ市に帰った。四航軍の司令部内は、将兵の動きもあわただしく、殺気だった空気になっていた。松前高級参謀が、報告にきた。

それによればネグロス島のバコロド、シライ、タリサイ、サラビアなどの各飛行場には、くりかえし、アメリカ機の大編隊が来襲した。グラマン戦闘機に加えて、B24大型爆撃機が激しい爆撃をした。これは、レイテの戦況が重大化した、と見られることであった。

四航軍では、二十四日の総攻撃以来、アメリカの航空戦力を押えて、日本側が優勢に立っていると判断していた。ただ、頭を悩ましていたのは、損害が大きくなるのに、飛行機の補給が追いつかないことであった。

すでに、四航軍として保有する飛行機の総数は、三百機を割っていた。しかも、そのうち、すぐ使える可動機は百七十機を上下していた。

四航軍としては、飛行機の補給を要求しつづけてきた。航空総攻撃で損害が大きくなったので、南方軍を通じて、大本営に、一層、強硬に要求した。この時の計算では、一日八十機の補充がないと、十一月末には制空権を失うことになると推定した。その上で、十一月六日までに、八百機を急送することを求めたのであった。しかし、補給の状態はよくならず、要求の半数にもみたない日がつづいていた。

ところが今、アメリカの空軍は、逆に活発になってきた。四航軍としては、容易ならぬ事態といわなければならなかった。寺田参謀長は、

「こんなことで、船団掩護をやれといっても、できないじゃないか。少数機を雨だれ式にポチポチだしていたら、飛行機と船団と、両方ともやられるだけだ。もう一度、総軍に強くいってやれ」

山下大将の第十四方面軍は、ルソン島の地上部隊をレイテ島に海上輸送することになり、四航軍は、その船団掩護を命ぜられていた。

レイテ島をふくむフィリピンの中南部は、第三十五軍の作戦地域となっていた。軍司令部はセブ島のセブにあり、軍司令官は鈴木宗作中将であった。レイテ島には、第十六師団が守備し、師団司令部はタクロバンにあった。

アメリカ軍は、十月二十日にタクロバンの南方海岸に上陸した。その後の十六師団の

状況は、全く不明となった。マニラには、なんの連絡もなかった。

　しかし、南方軍も、第十四方面軍も、そしてまた四航軍も、レイテ島の戦況を楽観していた。というのは、三十五軍からの、はじめの報告が、勝利を約束していたからであった。三十五軍では十一月十六日を期してタクロバンを奪い返す計画であった。これについて、三十五軍の参謀長友近美晴《ともちかよしはる》少将は、その手記のなかに、次のように書いている。

《『捷一号』作戦発動せられ、レイテ決戦が明らかとなり、しかも二十四日航空撃滅戦、二十五日レイテ沖海上決戦、二十六日以降にレイテ島集中輸送ということがわかるに及び、軍内の士気とみに向上した。方面軍から第一師団、第二十六師団、第六十八旅団、その他、軍直属の火砲もくるという内報をうけ「軍内からも、もっと集めろ」というわけで、第三十師団主力を出すことにした。また、第百二師団から、計画以上に二大隊を増し、司令部をくり出させ、また、メナド向けの一個大隊を独断使用するやら、ザンボアンガ向けの一個大隊を派遣するやら、たいした勢力であった。二十二日ごろ、方面軍から、

「レイテに於ける空海決戦が有利に進展したる場合における第二十六師団、および第六十八旅団、の上陸方面はどこにするか」

　との問合せに対しても、次のような返電をした。

「空海決戦が勝利を得た場合においては、遠くこれを海上追撃に使用せらるるを適当とするも、しからざる場合においては、カリガラ湾に上陸せしむるか、状況によっては、

第六十八旅団なりとも、レイテ湾に逆上陸をせしむるを適当とす」》

右の文のなかで〝海上追撃〟というのは、次の意味であった。つまり、二十六師団、六十八旅団をレイテ島に増援してもらっても、勝ちいくさとなれば用がなくなるから、その場合は、敗走するアメリカ軍を追って、ニューギニア方面にさしむけてもらいたい、ということであった。友近参謀長の手記は、さらに次のように勝算を語っている。

《右の返電のあと、十一月十六日には、タクロバン入城という景気のよい話まで出たほどであった。従って最初における〝レイテ作戦〟は、レイテのアメリカ上陸軍を殲滅するか、これを一掃する決意であって、マッカーサー将軍を捕えられたら、全面降伏を要求するとまで、まじめに研究した》

このように三十五軍は、レイテ島の日本軍の大勝利を夢想していた。反省をもって書かれたこの手記は、当時の日本軍の判断が、どれほど無知と思い上りにかたまっていたかを明らかにしている。

しかし、この一両日の戦況から、寺田参謀長は不安を感じはじめていた。松前高級参謀に、

「タクロバンに敵が上陸したのに、十六師団が、なんともいってこないのは、連絡をたたれたのかも知れんな」

「状況不明が、すこし長すぎます。奥の方へ飛ばされたのでしょうか」

この時、方面軍や四航軍ではわかっていなかったが、タクロバンの第十六師団司令部

は、すでに潰走していた。アメリカ軍は、タクロバンに日本軍の師団司令部のあることを、諜報によって知っていた。タクロバンは猛撃をあび、歩兵第三十三連隊長の鈴木辰之助大佐は、軍旗を焼き捨て、残った四十余名の兵をひきいて、敵中に突撃して戦死した。その間に、牧野師団長らは南方のダガミに退却していた。十月二十三日であった。

タクロバンの飛行場も、その日、占領されたが、翌日には、アメリカ軍の飛行機が使用をはじめていた。

松前高級参謀が書類綴りをさし出した。

「南方軍と海軍とで、航空作戦の協定ができたといってきました」

それには『陸海軍航空協同要綱』としてあった。

《陸海軍航空は、一途の方針のもと、緊密に協同し、速かにレイテ方面の制空海権を確立し、ついで決戦目的の完遂を期す》

この格式ばった軍用文の真意は、飛行機がなくなったから、陸海軍が対立抗争するのをやめて、なけなしの力を合せようということであった。また第二項には、

《敵残存空母の撃滅、攻撃に際しては、陸軍は『と』号部隊をもって密に協同し、必殺攻撃を加う》

とあった。レイテ湾に来襲したアメリカの無傷の三機動部隊をふくむ第七艦隊を〝残存空母〟と称したのは、やはり台湾沖航空戦のうその戦果を信じこんでいるためであった。

この要綱で、陸軍、ここでは第四航空軍が『と』号部隊を使用して、体当り攻撃を実施させることが正式に明文化されていた。

この日、富嶽隊は朝六時に嘉義の飛行場に集合した。それから、全機の整備をしたが、故障が多く、予想外に時間がかかった。

ルソンに向けて出発したのは、午後四時であった。西尾少佐は、今度は編隊を組んで飛んだ。破損した古沢曹長機があとに残ったので、八機になっていた。ハシー海峡を越えて、ルソン島にくると、アメリカ機の襲撃を警戒して、島の西側の海上を飛んだ。

梨子田曹長が機付長となった二〇七号機は、伊東曹長が操縦していた。梨子田曹長は、この爆弾飛行機が、体当りに行く時のことを考えた。その場合も、やはり、伊東曹長が操縦して、梨子田曹長が同乗して行くだろう、と思われた。

梨子田曹長の左手の親指は、うずきつづけていた。嘉義で、整備している時に、あやまって、たたいてしまったのだ。気が遠くなるほどの激痛が走った。指の骨がくだけたかと心配になった。だが、からだをまるめて痛みにたえていると〈もう死んで行くのだから、指一本なくても、苦にならない〉という気持になった。

その傷が、まだ、ずきずきとうずいた。梨子田曹長は、どうして、指をたたくようなことをしたのか、と考えてみた。すると、気持が動揺していたことに思い当った。心の浅いところでは〈自分のようなものが、死んで国難を打開できるならば、命は鴻毛《こうもう》の軽さにくらべてもよい〉と思っている。しかし、心の深いところでは、別のものが動揺していたのが感じられた。

午後七時三十分。富嶽隊は、クラーク飛行場群のなかのマルコット飛行場に着陸した。根木中尉機、石川中尉機は、不調のため、途中から引返してしまった。到着したのは、六機であった。

富嶽隊は、飛行場大隊の食堂に招かれた。特別の会食が開かれたのである。主催者の、第四飛行師団の参謀長猿渡《さるわたり》篤孝《あつたか》大佐は、テーブルにつくと、西尾少佐に話しかけた。

「お前がくることは知らなかった。誰が隊長なのか、全然、通報がなかったよ」

猿渡参謀長が陸軍航空士官学校の教官の時、西尾少佐は区隊長であった。ふたりは、その時からの心やすさがあった。

当番兵が料理をならべ、酒をついでまわっていた。猿渡参謀長は、それを見ながら、意外なことをいいだした。

「西尾は『と』号なんてばかなことを、どうして志願したんだ」

梨子田曹長は、師団の参謀が同席しているというので、からだを固くしていた。そして、参謀長の顔を〈こわい顔をしているな。頑固らしいな〉と思いながら見ていた時であった。西尾少佐は低い声であったが、突き放すようにいった。

「特攻の話はよしていただきたいのです」

参謀長はおどろいたらしく、だまっていると、

「自分は内地を出る時から、決心をしています。特攻の話はやめて、ほかの話をしましょう」

と、強くいった。内心の怒りがこもっている言葉だった。

梨子田曹長も不愉快なものを感じていた。参謀長は特攻隊を〈ばかなこと〉といい、〈志願〉だと思っているのだ。

そのうちに、猿渡参謀長は起立して、あいさつの言葉をのべた。

「レイテの決戦は、実に、食うか食われるかの、さかい目にきている。わが航空部隊は、二十四日の総攻撃以来、敵を圧倒し優勢になっている。あと、ひと押しすれば、勝てるのだ。この時、諸君を迎えたことは、百万の援軍を得たにひとしい。レイテ島付近の敵の艦隊を撃滅できるものは、諸君の力をおいて、ほかにない。かかる重大な任務をもってこられた諸君を、わが第四飛行師団がおせわすることになった。衣食住の一切のおせわをするように、第四航空軍から命ぜられた。諸君に心おきなく目的を達していただくよう、できるだけのことをするつもりでいる。諸君も、なんでも、この猿渡にいっていただきたい」

参謀長は、すこし、ぶあいそうな口調でいって、隊員の顔を見まわして、

「三上師団長閣下も、諸君のことを聞かれ、諸君が国難におもむき、悠久の大義に殉じて、特攻隊員となることを、みずから志願したことを知って、深く感激しておられた。そして、どうか、心を安んじて、本懐を達成していただきたいと、いっておられたこと

を、お伝えしておく」

梨子田曹長は、かたくなって聞いていたが、ますます不審に思われてきた。第四飛行師団の師団長も参謀長も、富嶽隊の全員が特別攻撃隊となることを志願した、と信じているのだ。恐らく、フィリピンでは、そのように伝えられているのだろう。そしてそのために、隊員は、忠勇義烈の士として、一層尊敬され、特別扱いされているらしかった。

梨子田曹長は、富嶽隊の中に志願したものがいるのか、と考えたが、それらしい話はなかった。みんなが、命令されてきただけである。

〈おかしなことになったものだ〉

梨子田曹長のこの疑問は、いつまでも、心のなかに残った。

酒が出て、座がくつろいだ時、猿渡参謀長は、西尾少佐にいった。

「どうした、編成の方は」

編成というのは、軍人のなかまで、結婚という意味であった。酒の好きな西尾少佐は、自分で酒をついでは飲んでいたが、豪放な調子をとりもどしたように答えた。

「は、編成完了しました」

「そりゃ、おめでとう。いつだ」

「この四月です」

「四月。まだ半年じゃないか」

猿渡参謀長は、いかにも気の毒そうな表情を見せて、

「奥さん、かわいそうだな」

「は、編成するつもりはなかったのですが、母ひとり子ひとりなので、自分がいつ死ぬかわからないから、嫁がいれば、母も安心だと思いまして」

西尾少佐は、また、自分で酒をついで飲みほした。

梨子田曹長も、酒が好きだったし、酒もうまかったので、思わず量をすごした。内地では、手にはいらなくなった上等の清酒だった。隣にいた島村曹長は、酔っていた。

「梨子田、いろいろ、せわになったな。すまなかったな」

と、同じことをくりかえし、うつむいて、涙をぽとぽとおとした。島村曹長が妻のことをいい、せつない気持でいるのが、梨子田曹長には、よくわかった。島村曹長は立上ったが、足がふらついて、椅子を倒した。梨子田曹長がささえると、よろめきながら歩きだすので、いっしょに外に出て行った。

「大丈夫かいね」

「もういい。さっき、参謀長がおれたちのことを、志願してきたなんていうもんだから、胸くそがわるくなって。誰が志願なんかするもんか。おれなんか――」

と、いいかけて、廊下の壁に寄りかかった。

「おれなんか、いい死場所を与えてやる、といわれたんだ。今までの罪を許すから、りっぱに死ねというわけさ。カフェーにいる女といっしょになったから、不名誉だ、要監

視だ、とさんざんいじめられて、そのあげくが特攻隊なんだ」

梨子田曹長は、なだめる言葉に困って、

「さ、もう一度、なかへ行きましょ」

と、肩に手をかけると、それをふりはらって、島村曹長は、ふらふらと歩いて、とびらをあけて外に出た。梨子田曹長がつづいて出ると、一面の濃い闇であった。

その漆黒の空間に、蒔絵《まきえ》の金粉のように、小さな光が乱れ飛んでいた。梨子田曹長は、思わず、いきをのんだ。それは蛍《ほたる》のむれであった。その光に照しだされて、うずくまっている黒い影があった。梨子田曹長が抱きおこすと、泣きじゃくる声が聞えた。

「女がカフェーで働いていたのが、何がわるいというんだ。あいつは、かわいそうな女なんだ」


この日の梨子田曹長の妻、うた子の日記。

《朝六時五十七分の列車で、大治さん、松川に帰る。浜松駅まで見送りに行く。ちょうど学校（師団）のトラックがきていて、中渡瀬准尉の顔を見る。一一三部隊のトラックには麓曹長がいた。なぜか、なつかしく胸がいっぱいになる。

まだまだ、たくさんの軍人さんが出勤する後姿を、無量の思いでながめること、しばし。

二時のバスで高林に帰る。きょうはお米の配給日。いそいで中沢の配給所まで取りに行く。帰ってから時ちゃんのところへお餞別をもって伺う。

夜は、松川へお礼の手紙を書いた後、さびしさにたえられないまま、早く床にはいる》

岩本和子はこの日も、東京の中野の父母の家にいた。その日記。

《十月二十八日。

どうしても琴を出してひいてしまう。『千鳥』をひいていると、あなたが東京にきたとき、いつも聞いてくださったことが思いだされ、むしょうにかきならす。

あなたが、聞いてくださるような気がします。

あなたはあの指輪を見ていらっしゃるかしら。愛国の心のように、赤いルビー。きっとあなたを守ってくれるでしょう。

患部はどうなりましたかしら。何か、手当をしていらっしゃるでしょうか。かきむしらなければよいが、と思っています。

鉾田の家に帰りたい。辻さまはいつご出征かしら。あなたと二人で暮した、なつかしい鉾田の家に、明るい灯のつきます日の早くくるように》

この日のアメリカ海軍の損害について『米国海軍作戦年誌』は、次のように記している。

《軽巡デンバー、レイテ水域において、特攻機により、沈没》

海軍の神風特別攻撃隊の戦果であった。

生還の秘策

昭和十九年十月二十九日
マルコット・リパ・シライ・浜松・東京

一

梨子田曹長は、朝、目をさますと、長い間の習慣で、飛行機の整備ということが頭に浮んだが、きょうは行かなくてもいいのだと、気がついた。富嶽隊機はマルコットの整備隊が整備することになっていた。

梨子田曹長は、時計を見ようとして、ないことに気がついた。時計は統制になって、内地では買うことのできない貴重品であった。梨子田曹長は、二〇七号機のなかに置き忘れたのを思い出した。

梨子田曹長は、急いで宿舎を出た。整備隊の始動車に便乗して誘導路を走って行くと、異様な情景が目にうつってきた。何かの残骸が高く盛上り、土手のようにつづいていた。近づくと、それは破壊された機体のジュラルミンの山であった。なかには、脚を折って、のめりこんでいる新しい大型機もあった。それは、数日、あるいは十数日前に破壊され、焼かれたものであった。

さらに見て行くと、広い飛行場のそこここに、破壊され、炎上した飛行機の残骸があった。形をとどめていないものもあったが、見えるだけでも、数十機をくだらなかった。そこは、飛行場でなくて、飛行機の火葬場となり、墓地と化したようであった。きのう、ここに着陸した時は、すでに日没となり、こうした情景は見えなかった。梨子田曹長はフィリピンの第一線が、容易ならぬ事態にあることを、まざまざと感じた。それと同時に、すぐに疑問がひらめいた。

〈なぜ、飛行機を、あのような場所に集めておいたのか。なぜ、分散し、遮蔽しておかなかったのか〉

激しい空襲下の飛行場で、飛行機をむきだしにならべておけば、焼かれるにきまっていることである。飛行機を分散遮蔽するのは、航空作戦の鉄則である。それを、ここでは無視しているに違いなかった。梨子田曹長は激しい怒りを感じた。

「なぜ、飛行機を分散させずにおくのか」

始動車を運転している整備兵が答えた。

「実際のところ、分散する時間がなかったとです。レイテ決戦がはじまってから、飛行機はどんどんきよりました。それを第一線から受領にくるのですが、その飛行機が、どこかに故障があって、すぐに前線に持って行けんとです。飛行場の方は人手不足で、走り回っているうちに、艦載機に銃撃されて、片っぱしからやられてしまったとです」

「それにしても、ここまで飛んできた飛行機が、全部だめだということはあるまい」

「ところが、よく調べてみますと、内地から空輸するのに、日航あたりの民間の操縦者を使っておるとです。この連中は、とにかく飛行機をクラークまでとどければ任務が終るというつもりなんです。だから、計器がきかなかったり、機関砲が故障だったりしても、なんとか、クラークに着陸できればと、強引に飛んでくるとです。それが、たいてい夕方ですが、こんな空襲が多いところは、長居は無用とばかり、その晩のうちに輸送機で台湾に帰ってしまうとです。故障個所の申し送りもせんで、滑走路のはしに乗り捨てにして、さっさと引返して行きおります」

　梨子田曹長は、やりきれない思いがした。国民の総力をあげて、という戦争指導とは反対に、士気のたるみを、まざまざと見せつけられたようであった。整備兵も、どうしようもないといった顔で、言葉をつづけた。

「第一線の方では、二十四日の総攻撃以来、飛行機が片っぱしからなくなってしまい、補充機を受取りに、操縦者がここへつめかけてきおります。飛行機がつけば、夜のうちに試運転をして、翌朝、試験飛行をかねて第一線基地に出発します。ところが、いざ飛んでみると、エンジンの調子がわるい、試射をすれば弾丸が出ないというので、また着陸して修理をします。極端なことをいうようですが、完全な飛行機というのはおそらく一機もなかとです」

梨子田曹長にも、うなずけることであった。ここに空輸する飛行機は、レイテ防戦のために、できるはしから送りだしているのである。当然おこる故障でもあった。

「今まで、毎日、三十機前後はきおりました。これを全部、第一線で使えたら〝一機でも多く〟なんて泣きごとをいわんでも、いくさができたでしょう。四航軍では〝一日、八十機送れ〟と大本営に要求したそうですが、これじゃ、だめですたい」

梨子田曹長はいうべき言葉がなかった。飛行機がたりないにしても、分散しきれないほど数が送られてくるのは確かであった。それを燃料ぬきをするひまもなく、ズラリとならべたまま、砲撃、爆撃にさらしているのだ。そのためにいよいよ、戦力が不足して、敗勢に追いこまれている。

その一方では、特別攻撃隊を編成して、体当り攻撃を決行させようとしている。〈なんという愚かしさだ〉梨子田曹長は歯をかみしめた。

二〇七号機は掩体壕のなかで、空襲よけの偽装網をかぶっていた。椰子の林のなかで、湿気の多い朝の空気が涼しかった。梨子田曹長は機体の昇降口をよじのぼって、なかにはいった。時計は、どこにも見つからなかった。ほかに心当りはなかった。

外に出て、そのことを始動車の整備兵にいうと、気の毒そうに答えた。

「このごろは、機内のものが、よく盗まれるのです。とくに内地からついたばかりのが、やられます」

梨子田曹長は、特攻隊のものを盗むやつがいると思って、裏切られたような気持になった。

梨子田曹長は始動車に送ってもらって、宿舎に帰った。八時になっていた。食堂に行って席につこうとすると、乱打する鐘の音がひびいた。

「空襲！」

と、叫ぶ声がした。梨子田曹長がどなった。

「ヤイヤイ、きたぞ、きたぞ」

丸山伍長や荘司軍曹が、ぶつかりそうに飛びだしてきた。屋外にかけだすと、兵隊たちがバラバラと走って行く。耳をすますと鈍重な爆音が空気をふるわせていた。重爆撃機の編隊が、まぢかにきている音であった。

「きたぞ、きたぞ」

梨子田曹長は、必死になって兵たちのあとを追って走り、防空壕へ頭から先にころがりこんだ。まっくらななかで、つぎつぎに飛びこんでくるものがあって、からだがぶつかりあった。みんなが一斉に首をちぢめ、自分の前の人間にしがみついて、からだを丸めた。ズシーン、ズシーンとつづけさまに爆発音がひびいて、壕のなかがゆれ動き、強い風圧が襲った。梨子田曹長らはさらに固く、しがみつきあっていきをころした。壕の外からは、激しい物音が伝わってきた。鋭い機銃弾の発射音。急降下し、あるいは旋回している戦闘機の爆音。爆弾の激発。空気の振動。地響き。

しばらく耳をふさいでいるうちに、外の激動がおさまった。兵たちは、防空壕を飛出した。梨子田曹長も外に出ると、丸山伍長が血の気のひいた顔で近寄ってきた。

「どえらい空襲ですね。フィリピンは激しいと聞いていたけど、相当なもんですわ」

「えらいもんさね」

梨子田曹長が歩きだして、急に足をとめた。防空壕に近いところに、ふたり倒れていた。見習士官の服装をしていた。梨子田曹長が走りよると、背や胴のあたりから、血が流れだし、ひろがって行くのが目にうつった。飛行場の勤務兵が助けおこしたが、すぐに土の上に寝かせた。ふたりとも、死んでいた。

梨子田曹長は、その泥のついた顔に見覚えがあった。きのう、嘉義から二〇七号機に便乗してきた、特操（特別操縦見習士官）のふたりだった。若い見習士官は、古参の曹長をはばかってほとんど話をしなかった。梨子田曹長も、そのふたりの氏名も記憶していなかった。クラークにつけば、すぐ離ればなれになって再びあうことはない、と思っていた。それが、このような形で永別しようとは、思ってても見なかった。

食堂の建物の前がさわがしいので、梨子田曹長が走って行ってみると、四人の死体があった。これも富嶽隊機に便乗してきた特操たちであった。

彼らは、一年前には、まだ学生服をきていた。昭和十八年に学生の徴兵猶予が停止され、さらに大学のくりあげ卒業が実施された。こうして学生は軍隊への動員を早められた。この学徒兵のために、特別操縦見習士官の制度がもうけられた。底をついてきた操縦者を、急速に養成して戦場に送るためであった。

嘉義から便乗した特操の見習士官は、まだ満足に飛べないし、自分の飛行機も与えられていなかった。それほど未熟な者でも、第一線に出なければならないほど、操縦者は不足し、戦局は危急になっていた。だが、彼らが飛行機に乗って出たところで、どれだけやれるかという疑問は、梨子田曹長たちが、一様に感じていた。

それが、ルソン島についたその翌朝には、全部死んでしまった。この見習士官たちは防空壕の方に行こうとして、ひとかたまりになって走っていたのを、一連射で倒されたようであった。この青年たちは、こうした危急の時に、適切な行動ができないほど、まだ、訓練も経験も不足であった。梨子田曹長は、丸山伍長といっしょになって、血のあふれだしている死体を運んだ。

飛行場の四方に黒煙がわきあがり、激しい物音がしていた。兵や下士官が顔色を変えて走って行った。それが、口々に叫んでいた。

「海軍の燃料集積所がやられた」

「被服廠が直撃をうけた」

そこへ富嶽隊の整備長進藤大尉が走ってきて、どなった。

「異常ないか。異常ないか。飛行機はどうだ」

遠く離れている掩体壕にいれた飛行機のことが、わかるはずはなかった。進藤大尉も興奮していた。

この時、突然、高射砲を撃つ音がひびいた。これが空襲の警報であった。耳をすますと、多数機の爆音が近づいていた。

「また、きたぞ」

梨子田曹長が叫んだ時には、進藤大尉は、防空壕の方に、はねあがるようにして走っていた。梨子田曹長はその早さに、あっけにとられたが、すぐに、そのあとを追って壕に飛込んだ。戦闘機の離陸する爆音がひびいた。敵機を迎え撃とうとして飛立って行くのだが、その時には、飛行場の方面は、爆弾の爆発、銃砲弾の発射、激しい振動などがいり乱れて、響きあっていた。

梨子田曹長は、まっくらな壕のなかで、何かうなるような声を聞いた。負傷したのか、と耳をすますと、軍人勅諭をとなえていることがわかった。〈おちついた、えらい男がいるな〉と思ったが、まもなく、その声が進藤大尉だとわかると、急におかしくなった。たった今、うさぎのように飛上って、壕に逃げこんだ姿を思いだしたからである。すると、軍人勅諭をとなえる声が、念仏の声と同じように聞えた。

梨子田曹長が気がつくと、自分でも、手のなかに、何かを固く握りしめていた。お守札であった。うた子が、いれておいてくれたものであった。それを、いつか夢中で、手のなかに握っていたのであった。

梨子田曹長は、妻の愛情を身近に感じた。お守札を強く握って、そっと押しいただいた。心のなかで妻に〈ありがとう〉といってみた。急に、気持がおちついてきた。進藤大尉の念仏をとなえるような声は、まだ聞えていたが、今度は笑えなかった。〈だれもが命が惜しいのだ〉と思った。

爆撃は終ったようであった。壕のなかの兵が出て行くので、梨子田曹長もつづいて外に出た。黒煙が数個所にあがっていた。油が燃えているらしく、時々、赤い焔が大きく立ちのぼった。それが熱帯の朝の強い日ざしのなかで、めらめらと鮮烈な色を光らせた。走りまわる兵隊の姿が、黒く小さく見えがくれしていた。

すぐ近くに、兵隊がかたまって、空を見上げていた。上空では空中戦が展開していた。その飛行機の黒点が、赤くふくれあがり、黒い尾をひきはじめた。それが速度をまして、落下して行った。兵隊のひとりが叫んだ。

「また、やられた。これで三機だ」

梨子田曹長の目にも、それが一式戦闘機だと、はっきりわかった。兵隊は怒っていった。

「敵がきてから警報をだすなんてなんという、まぬけだ。これじゃ防空戦闘隊だって、応戦のしようがないぞ」

梨子田曹長は、フィリピンの第一線の空襲の激しさを、はっきりと知った。浜松にいた時に想像したのとは、くらべものにならない激烈さであった。

二

この日、岩本大尉はリパから、ネグロス島のシライ飛行場に飛ぶことになっていた。

シライは、バコロド飛行場群の中心であった。四航軍の各飛行部隊は、バコロドを基地として集結し、レイテ島に出撃していた。

　アメリカ空軍も、バコロドに日本軍の前線基地のあることを知って連日、襲撃をくりかえした。そのなかで、とくに爆撃、空中戦が激しかったシライには、四航軍の戦闘司令所があり、冨永軍司令官がきていた。

　冨永軍司令官は、自分が航空の〝ズブのしろうと〟であっても、軍の指揮については、自信をもっていた。その信条とするものは、突撃精神と、指揮官の陣頭指揮であった。冨永軍司令官は、それを身をもって実行していた。空襲があるたびに、軍司令官がまっさきに飛行場に飛出して行った。爆撃の時には、さすがに防空壕にはいっていたが、空中戦がはじまると、身をさらして、見ていた。その目の前で、アメリカ軍の戦闘機が撃墜されると、冨永軍司令官は、すぐ古風な矢立をとりだした。これは、いつも腰にさげているのを、たしなみの一つとしていた。

「今、敵を撃墜したのは誰か」

と、専属副官の板垣悦與《いたがきえつよ》中尉にきいた。しかし、空中にいる操縦者の氏名は、すぐわかるはずがなかった。

「対空通信へでも、どこへでも行って、きいてこい」

　冨永軍司令官は、激しく板垣副官を叱りとばした。それから矢立の筆に墨をつけて、用意の紙に書きつけた。それは敵機撃墜の功労者に与える、軍司令官の賞詞であった。

冨永軍司令官が、空襲にさらされている飛行場で、やおら、矢立の筆をかまえて書きつけるのは、戦国の武将のおもかげをしのばせるものがあった。冨永軍司令官は、これが得意だった。

賞詞だけでなかった。冨永軍司令官は敵機撃墜の本人を呼んで、その場で進級させた。下士官や兵の進級は、師団長が任命することである。また進級させるには、勤務年限のほかに、平素の行動、成績を考え合せなければならない。冨永軍司令官は、そうしたことを無視して即決してしまった。このために、厄介な問題がおこった。冨永軍司令官がその調子で進級させた下士官が、部隊では素行不良で鼻つまみ者で、そのために進級がおくれていた。それが軍司令官命令で、一気に進級してしまった。

それ以上に第二飛行師団の司令部が困ったのは、冨永軍司令官がことごとに口出しをするだけでなく、直接に指揮をしたりすることだ。このため、師団長木下勇中将の立場がなくなってしまった。木下師団長は次第に腹をすえかね、

「冨永がやりたければ、やらせておけ」

とまで、いうようになった。そして、師団長としてしなければならない行賞を、冨永軍司令官のいる間は一切やめてしまった。

師団長の立場が無視されるだけならば、まだよかった。冨永軍司令官が部隊に直接に命令として要求することには、航空部隊の実情や技術では、無理であるか、時には不可能なものがあった。それを、できないと報告すると、冨永軍司令官は今度は木下師団長

てしまった。

このため、木下師団長をはじめ、第二飛行師団の幹部の気持は、軍司令官から離反してしまった。

そうしたことにはかまわず、冨永軍司令官は勇奮し、陣頭指揮をつづけた。しばしば、シライから隣のサラビア飛行場にも行った。軍司令官の往来、視察ともなれば、周囲の者の準備も容易でなかった。また、部下である飛行集団長、飛行団長、飛行場の各地上部隊長は、頭をそろえて出迎えなければならなかった。さらには、軍司令官の行くところに従って、各団隊長は行列を作ったり、あるいは席をつらねてならんだ。このなかに、木下師団長も、やむなく加わることもあった。

それが、レイテ島の日本軍が壊滅しているという火急の時である。飛行場の幕舎のなかで、軍司令官を中にして、四航軍の将官佐官が所せましと押しならんだところは、まさしく勇壮な陣中絵巻ともいえるものがあった。しかしそれは、たとえれば、武田信玄の川中島の陣営といった古風さがあった。並び大名にさせられた各部隊長は、心のなかで、にがにがしく思うようになった。これでは航空作戦の指揮ができないばかりか、妨げになると思った。

こうしたことがかさなって、第二飛行師団司令部では、冨永軍司令官がシライからマニラに帰ることを望んでいた。だが、冨永軍司令官は、シライこそ、自分のおるべき所だと信じこんでいるようであった。

そのうち冨永軍司令官は、マニラからの報告で、内地から、特別攻撃隊が到着したことを知った。こうしたことには、すぐ感激し、儀式をしたがる人であったから、隊長にあいたいといいだした。佐藤参謀は、遠路を呼びよせるのは危険であるとして、とめたが、ききいれなかった。

岩本隊と富嶽隊は、ルソン島に到着したままであったし、マニラにいる寺田参謀長は、この二隊を握ったまま、使おうとしない。これは、冨永軍司令官にとって大きな不満であった。この総攻撃の今こそ、特攻隊を使うべき時である。できれば自分の手もとにおき、直接に指揮をしたい欲望にかられていた。すくなくとも、特攻隊に面接して鼓舞激励し、手を握り肩をたたいてやりたかった。冨永軍司令官は、下士官や兵に対しても、肩を抱き握手をして激励するのを得意としていた。

もう一つ、冨永軍司令官が関心をもったのは、特攻隊の命名であった。双軽と重爆の二つの特攻隊の隊名は、すでに大本営できめたものを、四航軍にも通達されていた。それは梅津参謀総長がきめたという。冨永軍司令官は、それを自分の口から、改めて命名することを考えた。

そのうち、海軍の神風特別攻撃隊の大戦果が、つづけさまに報告された。海軍の小さな零戦が、航空母艦を撃沈したというのである。

冨永軍司令官は、先を越されたと思った。気持がはやり立つと、それを押えることのできない人であった。冨永軍司令官は、ふたりの特攻隊長に、ネグロス島に申告にこさせることにした。配属された者が、その部隊長に申告に行くのは、当然のことであると考えたからだ。

シライに行く岩本大尉の飛行機には、機関係の藤本曹長が同乗することになっていた。出発は夕刻であった。

飛行場には、岩本隊の、整備隊長の村崎少尉に、柴田潤一郎、野村富雄など、四人の雇員もきて、隊長機の整備をした。この四人は、鉾田の師団で雇員として働いていたが、そのままの資格で、岩本隊の一員となってリパまできた。岩本隊が鉾田を出発してから、体当り攻撃に行くことが明らかになっても、平気でいられたのは、この四人であった。四人は、雇員であって、軍人でないから、攻撃に出ることはないという安心感があった。

藤本曹長は不安になっていた。フィリピンにくるまでは操縦の下士官の顔色が変り、動揺しているのを見ながら〈かわいそうに〉と同情していた。藤本曹長が安心していたのは、鉾田で与えられた命令が『南方空輸を命ず』とあったからだ。その前にもあったことだから、フィリピンに飛行機を輸送して、すぐに帰ってくるものとばかり考えていた。だから、家族にも連絡もしないで出てきた。しかしリパにきてみると、周囲の状況が緊迫していて、帰れる見込みがつかなかった。

藤本曹長が点検を終って、機体からおりると、村崎少尉が時計を見ながら、

「ネグロス島は、レイテに近いから、敵がさかんに出てくるらしい。対空監視をしっか

りやってくれ」

藤本曹長の心の中には〈自分が体当り部隊にいれられたのは、村崎少尉が指名したからだ〉という憤慨がわだかまっていた。藤本曹長は、別のことをいいだした。

「きょう、自分が隊長機に乗っていくのは、これからも隊長機に乗ることですか」

これは体当りの時も、隊長機に乗っていくのか、と確かめる意味であった。

「まだ、搭乗区分がきまらんが、お前は先任だし、信用されているからな」

と、村崎少尉が答えた。藤本曹長はにがいものを感じた。

岩本大尉は搭乗機のそばにくると、藤本曹長に爆弾倉をあけさせて、のぞきこんで考えていた。

「時間です。出発してください」

村崎少尉がうながした。岩本大尉は、ふきげんな顔で、

「敵の飛行機がたくさん出てくる時に、ネグロス島まで申告にこいなどという、冨永という軍司令官は、航空を知らんよ。こっちは単機で、武装はしていないんだ。敵を見たら一目散に逃げるより手はないからな」

それでもいいたりないらしく、

「ここにきた時に、マニラの軍司令部に行って、参謀長閣下に申告をしてきたから、それでいいはずだ。いちいち軍司令官に申告に行かなきゃならんことはない」

と、怒ったようにいって、九九双軽に乗りこんだ。リパにきてから、岩本大尉は怒り

っぽくなっていた。

この日も、岩本大尉は、まっすぐにシライ飛行場に飛んだ。シライにつくと、すぐに第四航空軍の戦闘司令所に行って、冨永軍司令官に到着の申告をした。


マルコット飛行場は、午後になっても、空襲がやまなかった。

富嶽隊の隊員は、防空壕を出たりはいったりして、空襲に追いまわされた形で、何もできずにいた。梨子田曹長は、壕のなかにはいったままでいた。このような空襲は、はじめてで、爆撃の恐しさが身にこたえた。

爆弾をたたきつけられているのは、マルコット飛行場だけではなかった。マルコットから、すぐ北の方につづいて、クラーク南、中、北、マバラカット西の各飛行場があった。さらに、その東の方に、マバラカット東、バンバンなどの飛行場があった。また、マルコットの南には、アンヘレスの西、北、南の三飛行場と、ポーラック、さらに離れて、デルカルメンの飛行場があった。これらを総称して、クラーク基地と呼んでいた。これらの飛行場のどれかが、つぎつぎと爆弾をあびていた。その物音や、振動が伝わってくると、梨子田曹長は、恐しさに身がすくむ思いだった。

空襲は、夕方になってやんだ。梨子田曹長は防空壕から出ると、生きのびることができたという実感がわいてきた。

飛行場は夜の闇にかくされても、赤い炎が燃え残っていた。それを標識のようにして、二機の六七重爆が着陸した。根木中尉と石川中尉が、台湾の嘉義から追及してきたのだ。根木機には、森山准尉、多賀部准尉、石川機には本谷曹長などが同乗していた。これで、富嶽隊は八機になった。

その夜、富嶽隊の全員は、食堂で夕食をとった。食事が終ると、西尾少佐が立って、

「今から、わが隊の任務について説明する」

と、静かな調子でいった。浜松出発以来、西尾少佐が、全員を前にして、はじめて発言することであった。しかし隊員は、この時のくるのを予期していたから、それぞれに気持を緊張させて、隊長の顔に注目した。

「攻撃目標は、戦艦、もしくは制式空母、または大型輸送船である。このほかの艦船は、発見しても攻撃をしてはいけない。攻撃の方法は、必死必殺攻撃であるが、実施要領は、改めて教える」

西尾少佐の口から〝体当り〟という言葉がでるものと予想していたが、それは、ついにいいだされなかった。

「次に搭乗区分をいう。隊長機には、操縦、航法、通信が乗る。編隊長機は、操縦、通信。各編隊機は操縦、機関とする」

森山准尉、梨子田曹長、そのほかの機関係たちは、複雑な気持になっていた。機関係が体当り攻撃に同乗するか、どうかは、未解決の重大な問題であった。それを今、隊長は、同乗すると発表したのだ。

西尾少佐が任務の伝達を終って、解散したあと、食堂には、数人の機関係が残っていた。そのなかにいた陸士出身の前原中尉が、わざと声を大きくしていった。

「浜松では、おれたちを整備員として派遣するといっていた。操縦者が六七に十時間ぐらいしか乗っていなくて、取扱いがなれていないから、機関係をつれて行くといったじゃないか」

それは機関係の全員の気持を代弁したものであった。

三

この日の新聞は、第一面の大部分を費して、大きく、神風特別攻撃隊の行動を発表した。これは、大本営の海軍報道部が資料を提供し、発表の指導、検閲をしたものであった。

ラジオでは、すでに前日に『軍艦行進曲』をいれて、はなやかに公表されていた。そのために、新聞の記事は一層の期待をもって読まれた。こうして、海軍の体当り攻撃隊である神風特別攻撃隊が、はじめて国民に伝えられた。これが、日本の、組織された体当り攻撃隊についての、最初の報道であった。

その一例を、朝日新聞で見ると、第一面の最上部に、大きく、横書きの見出しをつけている。

《神鷲《かみわし》の忠烈　万世《ばんせい》に燦《さん》たり

神風特別攻撃隊　敷島隊員》

さらに、縦書きの見出しを加えて、

《敵艦隊を捕捉し、

必死必中の体当り

豊田連合艦隊司令長官

殊勲を全軍に布告》

と、最大級の扱いをしている。本文の記事は、次のようであった。

《海軍省公表（昭和十九年十月二十八日十五時）神風特別攻撃隊敷島隊員に関し連合艦隊司令長官は左の通り全軍に布告せり。

布　告

戦闘○○○飛行隊分隊長

海軍大尉　関《せき》　行男《ゆきお》

戦闘○○○飛行隊付

海軍一等飛行兵曹　中野《なかの》　盤雄《いわお》

戦闘○○○飛行隊付

同　谷《たに》　暢夫《のぶお》

同

海軍飛行兵長　永峰《ながみね》　肇《はじめ》

戦闘○○○飛行隊付

海軍上等飛行兵　大黒《おおぐろ》　繁男《しげお》

神風特別攻撃隊敷島隊員として昭和十九年十月二十五日〇〇時スルアン島の〇〇度〇〇浬《カイリ》において中型航空母艦四隻を基幹とする敵艦隊の一群を捕捉するや、必死必中の体当り攻撃を以って、航空母艦一隻撃沈、同一隻炎上撃破、巡洋艦一隻轟沈の戦果を収め、悠久の大義に殉ず。忠烈万世に燦たり。

仍《よっ》て茲《ここ》に其の殊勲を認め、全軍に布告す

昭和十九年十月二十八日

連合艦隊司令長官　豊田　副武》

その後、戦争の終るまで、特攻隊員のことを〝神鷲〟といったのも、この時に、はじまった。また特攻隊員の戦死には〝悠久の大義に殉ず〟という表現が、多く使われるようになった。

戦後になって〝大本営発表〟といえば、誇大とか虚偽と同じ意味にとられるようになったが、この敷島隊の戦果発表だけは別である。『米国海軍作戦年誌』によれば、十月二十五日のアメリカ艦艇の損害は、六隻の護衛空母となっている。日本軍の公式発表で、実際よりも戦果をすくなく発表したのは、この時だけであろう。

この日の新聞の記事は、国民の大部分に、大きな感銘を与えた。神風特別攻撃隊の名は強烈な印象を残した。やがて、神風を〝カミカゼ〟と読んで、アメリカをはじめ諸外国でも、ひろく特別攻撃隊の意味で使われるようになった。

それとともに、この日の報道の与えた大きな影響がある。それは、休当り攻撃というものに対する概念をきめてしまったことである。朝日新聞のこの日の社説は『噫《ああ》忠烈』の標題をかかげて、次のように論じている。

《神機に投じた決戦の数々であった。敵撃砕の燦然たる戦績がここに生れた。しかも陸海空の全軍、粛然として驕《おご》らずと聞く。敵また襲いなば、我再び撃滅せんのみと、戦意いよいよ堅しと伝う。宜《むべ》なり、昨日の決戦は今日の決戦につづき、今日の決戦は明日の決戦につらなるが故である。けれども前線将士力戦奮闘の忠勇義烈に対しては、昨も今も、ひたすら心奥の肝銘、満腔の感謝を捧げずにはおれぬ。ましてや神風特別攻撃隊敷島隊員に対する連合艦隊司令長官の布告に接しては、われら万感切々として迫り、この神鷲忠烈の英霊に合掌、拝跪《はいき》すべきを知るのみ。

それは必死必中の、さらにまた必殺の戦闘精神である。征戦は、これをもって勝ち抜く。神州は、これによって護持される。忠誠洵《まこと》に『万世に燦』たるものがある。謹んで生還を期せざる烈士の高風を仰ぎたい。いな、征《ゆ》いて帰らざるを、予《かね》て心魂に徹したる神鷲の崇高さに、ひしひしと全身を、全霊を、みそぎはらいせらるる思いである。清澄無比、透明の極致である。聖慮、神意へのひたぶるな帰一の境涯である。

関大尉等五勇士の雄魂は、これによって驕慢なる敵戦力を挫《くじ》いた。邪悪なる敵の非望をも斬った。まずおのれに克ち、妄想を断ち得たからである。かくてこそ、この大御《おおみ》戦《いくさ》は必ず勝つ。この殊勲、この精神にわれらは勝機を見た》

この社説を読んで、まず気がつくのは、内容が空疎なことである。当時の有能な記者たちは、すでに戦勢の不利敗色に気がついていたから、大本営の強制する通り、優勢に見せかけようとすれば、文章が空疎にならざるを得なかったろう。しかし、体当り攻撃については かなりの感激をもって力説しているのを見ることができる。この感激は、同時にまた、この時の全国民に共通するものといえよう。その勢いのあまり『征戦は、これをもって勝ち抜く』と断じた。こうした思想が、やがて、特別攻撃隊の力を過信させ、戦争の惨禍を拡大させることになった。

また、この日の朝日新聞は、次の解説記事を掲げている。その見出しには、

《身を捨て国を救う
崇高極致の戦法
中外に比類なき攻撃隊》

以下の本文は、作為と誤りと過信を基に書かれているが、当時の国民には、感銘を与えたものであった。

《身をもって神風となり、皇国悠久の大義に生きる神風特別攻撃隊五神鷲の壮挙は、戦局の帰趨《きすう》分かれんとする決戦段階に処して、身を捨てて国を救わんとする、皇軍の精粋である。愛機に特別爆装し機、身もろとも敵艦に爆砕する必死必中の戦法は、絶対に帰還を予期せざる捨て身の戦法であり、皇軍の燦然たる伝統の流れを汲み、旅順閉塞隊、あるいは今次聖戦劈頭における真珠湾特別攻撃隊に伝わる流れに出でて、さらに崇高の

極致に達したものである。殊に神風隊は、かねて決戦に殉ぜんことを期して隊を編成し、護国の神と散る日を覚悟して、猛訓練を積んだものである。勢いに余って死するは、あるいは易い。しかし平常、死する日を期して、ひたすらその日のために訓練を励むがごとき、果して神ならざるもののなしうるところであろうか。

さらに同隊には、必中機隊のほかに、これを護衛し、かつ戦果を確認する任務をもつ誘導護衛機隊があり、これらが一隊をなす編成をもっている点に、また中外の決死隊の前例に比類を見ないものである。

台湾沖海戦以来、今次の決戦で数知れぬ荒鷲が体当りをとげた。一機をもって一艦を必殺する戦法は、敵を震駭《しんがい》せしめている。先には航空戦隊司令官有馬少将の体当りがあった。（註＝新聞のこのような書き方で、有馬少将が体当りをしたことになってしまった）有馬少将は基地進発に当って機に搭乗する際、胸間に勲章を飾り、儀礼を正し、出発前、すでに体当り戦死の覚悟を見せていたという。

われわれは、これらの事例、ことに今回の神風隊の壮絶な最期を思う時、この神鷲たちの覚悟は、また前線全将兵の覚悟そのものにほかならないことを知るのである。今次決戦は、勝敗の趨勢を決するものである。この重大決戦に臨んで、前線将兵はことごとく、生還を期せざる覚悟を固めているのである。戦争の事態は、ここまで切迫していることを、われわれは改めて心にかみしめなければならない。

米内海相はかつて「寡をもって衆を破るは、古来、日本兵法の妙義である。今後の作戦において、なお、各種のうつべき妙手の必勝方策あるを確信する」とのべた。まことに皇軍の妙義はこの神風隊の壮挙にその一端を表わした。科学と物量とを唯一のたのみとする敵に対して、科学を超越した必死必中のわが戦法は、わが尊厳なる国体に出ずる崇高なる戦いの妙義であろう。

豊田連合艦隊司令長官は、神風特別攻撃隊の偉功を表彰して『忠烈万世に燦たり』と賞した。まことにその身は死して、その忠誠は万古に薫り、身をもって戦勝への道を——唯一の戦勝への方途をわれわれに示したのである》

この解説記事のいうように、特別攻撃隊は〝科学を超越した〟〝唯一つの戦勝への方途〟と信じられることになって行った。

神風特別攻撃隊の報道は、太平洋戦争の全体のなかでも、大きな記事となった。国民は深い感銘をうけ、戦意を新たにした。このことから見れば、海軍の戦時の宣伝としては、大いに有効であったといえよう。

もともと海軍は、特攻隊の宣伝に得意であった。太平洋戦争のはじめ、ハワイの真珠湾の攻撃に特殊潜航艇が全滅したことを『忠烈万世に燦たり』として、大宣伝した。これが国民を感激させ、戦争遂行の意欲をかりたてた。

日本国民は元来、特攻攻撃といった悲壮を喜ぶ傾向があった。そのために、その実体を見失いがちであった。たとえば日露戦争の時の白襷隊である。佐々木伍長の父は生還したが、この決死隊が全滅したのは、その無理無謀といえる攻撃方法のためであった。

しかし白襷隊は、悲惨であった事実よりも、忠勇美談として伝えられるようになった。真珠湾の特殊潜航艇にしても、海軍は大宣伝をくり返し、新聞ラジオが、はなばなしく同調した。これは一般国民が無批判に受入れ、喜んで拍手をしたためであった。海軍報道部は勢いに乗じて、特殊潜航艇の攻撃を〝見てきたような〟調子で、しかも美文まじりで発表した。そしてついに、特殊潜航艇の乗組員を〝九軍神〟と、神に仕立てあげた。

一方では、この発表をする海軍報道部、とくに報道部長平出英夫《ひらいでひでお》海軍大佐に人気が集った。東京銀座のカフェー、料理飲食店などの女性のための時局講演会が、歌舞伎座で開かれた時のことである。髪をポマードで光らせた平出報道部長は、築地警察署長の先導で、揚幕《あげまく》から出て、花道を役者のように歩いて、舞台中央の演壇に立った。

第一線の海軍軍人は、その本末転倒を怒った。しかし、そうした個人の思い上りよりも、もっと重大なのは、この時の海軍報道部の過大な宣伝が、特攻隊について、国民の考えを誤らせたことであった。

真珠湾の特殊潜航艇は、たかだか五隻の一小部隊である。それを主力の母艦航空隊を上回る報道をした。そればかりでなく、有力な勝利の戦術であるかのように伝えた。

このため、元来、特攻を喜ぶ国民は、一層、これを歓迎し、期待するようになった。この風潮のあるところへ、今度また、神風特攻隊の大宣伝となった。さらに、その少し前には、台湾沖航空戦の勝利の虚報を与えられていた。国民はこの二つの報道により、これなら勝てると思い込み、惨敗の戦局にわずかの希望をつないだ。国民は軍の発表する通り、特攻隊を救国の英雄と信じ、ひたすらに賛美し、ついには生きている神として尊敬させられた。

このことが、のちに、航空軍の全機をあげて特攻とするような作戦を、無批判に遂行させることになった。

ネグロス島のシライからリパに帰った岩本大尉は、和子にあてて、次のような手紙を書いた。

《和子殿　　　　　　　　　　益臣

其後、御壮健なりや。小生二十六日、無事比島到着。万朶部隊の名をもらい部隊長として、大いに張りきっている。

発為万朶桜（発しては万朶の桜となり）

衆芳難与儔（衆芳ともにたぐいがたし）

其の名に恥じざるようにがんばるぞ。何とぞ御安心下されたく。御父母様はいかに。精々孝養されたく、また御身の体は、くれぐれも大切にするようお願いする。九州の父母様、北京の兄にも、よく手紙をだしてやって下さい。

今度の比島の生活は、この前と異り食欲もあり、涼気満ち、内地の秋のようで、至極好調なり。

しばらく便りできぬかも知れぬ。御自愛のほどを。

十月二十九日》

この手紙は、岩本隊に、特別攻撃隊にふさわしい万朶部隊の名を与えられたことを、妻に知らせている。〝万朶〟の字句は、幕末の水戸藩の武士で、攘夷論をとなえた藤田東湖の詩『正気《せいき》の歌』によるものである。

天地正大の気

粋然として神州に鍾《あつ》まる

秀でては不二の嶽となり

巍々《ぎぎ》として千秋に聳《そび》ゆ

注いでは大瀛《たいえい》の水となり

洋々として八洲を環《めぐ》る

発しては万朶の桜となり（下略）

富嶽隊の隊名も、これによるものであった。西尾隊は浜松を出発する時に、富嶽隊と命名された。だが、万朶隊の隊名については、岩本隊が鉾田を出発する時の壮行式に列席した人々は、命名があったことを記憶していない。

また、佐々木伍長の記憶でも、フィリピンに到着してから命名されたという。岩本大尉の手紙から推察すれば、二十九日、シライに申告に行った時、冨永軍司令官から命名されたと見られる。

富嶽隊と岩本隊とは、同じ特攻隊でありながら、状況や処遇が違うのは、この二隊を早急に出発させるために生じた混乱か、それとも鉾田には隠密にする事情でもあったろうか。

ともあれ、万朶隊の隊名を妻に知らせた手紙は、岩本大尉の最後のたよりとなった。

浜松の梨子田曹長の留守宅では、うた子は、まだ、おちつかない気持のままでいた。夫を送りだして三日目。心のなかにあいた、大きな空洞は、そのままになっていた。生活のよりどころを失った、たよりない思いだった。うた子の、この日の日記。

《十月二十九日。

朝食をすませ、母のところへたのまれた野菜をもって行く。ちょうど、横須賀から静子が遊びにき、梨子田出陣のよしを話すと、とてもあいたがっていた。

夕方、ちょっとしたことで、むやみに悲しくなってしまい、泣きながら、高林の家に帰る。電燈もついていない、まっくらな部屋で、梨子田の写真を抱いて、しばし泣きやまず。

六時をうつ時計の音に、ああ、いつもならお帰りの時と思って、縁側の障子をあけると、月の光のみ淋しく部屋を照らす。月を見ながら、ながい間、縁側にすわっている。夕食をたべる気もしない。そのまま、寝てしまう》

東京の岩本和子の日記には、次の一行しか記されていない。
《すこし気分わるし》

昭和十九年十月三十日
リパ・マルコット・浜松・東京・大阪

熱帯の強い雨が降っていた。佐々木伍長らは、きょうは休めると話合っていると、岩本大尉が操縦者だけを、航空寮の一室に集合させた。攻撃方法について研究する、ということであった。壁には、フィリピン全図がはりだしてあった。岩本大尉はその前に立った。

「われわれの任務は、レイテ湾のアメリカ艦隊を爆撃、撃沈させることにある。その攻撃方法を今から研究するのだが、その前に、われわれの飛行機について、説明する。われわれのもらった九九双軽には、ツノが三本のもあれば、一本のもある。三本もつけたのは、爆発を確実にさせるためということだが、実際には、一本あれば十分である。また、あんな長いものが三本もつきだしていては、飛行にさしさわりがおこる。そこで、ここの分廠にたのんで、三本のものは一本にしてもらった」

操縦者たちは、思いがけない話に緊張して、岩本大尉の鋭い目を見つめていた。

リパには、マニラ航空廠の第三分廠があって、飛行機の修理、整備をしていた。

「もう一つ、改装をした部分がある。それは爆弾を投下できないようになっていたのを、

操縦者たちは、事の重大なのにおどろいて、顔を見合せた。
「投下するといっても、投下装置をつけることはできないので、手動の鋼索を取付けた。それを座席で引張れば、電磁器を動かして爆弾を落すことができる。それならば、一本にしたツノは、なんのために残したかといえば、実際には、なんの役にも立たない。これも切り落してしまえばよいのだが、それは、しないほうがよい。というのは、今度の改装は、岩本が独断でやったことだ。分廠としても、四航軍の許可がなければ、このような改装はできない。しかし、分廠長に話をして、よくたのみこんだら、わかってくれた。分廠長も、体当り機を作るのは、ばかげた話だというのだ。これは当然のことで、操縦者も飛行機も足りないという時に、特攻だといって、一度だけの攻撃でおしまいというのは、余計に損耗を大きくすることだ。要は、爆弾を命中させることで、体当りで死ぬことが目的ではない」

岩本大尉は次第に興奮し、語調が強くなった。

「念のため、いっておく。このような改装を、しかも、四航軍の許可を得ないでしたのは、この岩本が命が惜しくてしたのではない。自分の生命と技術を、最も有意義に使い生かし、できるだけ多く敵艦を沈めたいからだ。体当り機は、操縦者をむだに殺すだけではない。体当りで、撃沈できる公算はすくないのだ。こんな飛行機や戦術を考えたやつは、航空本部か参謀本部か知らんが、航空の実際を知らないか、よくよく思慮のたらんやつだ」

岩本大尉の怒りのこもった言葉を聞いているうちに、佐々木伍長は心のなかにつかえていたものが、一時に消えるように感じた。奥原伍長と爆弾を落す方法を考えたが、それを実現させるのは不可能に近かった。すべての兵器は天皇陛下のものであるから、勝手になおすことは許されなかった。ところが今、岩本大尉がすばやく改装させてしまった。そして投下装置を取付けたから、もはや体当りはしなくてもよいことになったようだ。〈これなら死ななくてすむかも知れない〉と思った。

岩本大尉は話をつづけた。

「次に、攻撃要領について説明する。われわれが目標を見つけて接近する時には、対空砲火をあびることになる。その激しさは、想像以上であることを、あらかじめ覚悟しておかねばならない。これを突破するには、細心にして大胆にやることだ。ここで、敵弾にあって落されたら、なんにもならない。また、敵の戦闘機は、たくさん出てきて、四方八方からくいついてくる。このなかで、目標をとらえ、そこに飛行機をもって行くのは、容易なことではない。われわれは防御火器をもっていないから、戦闘機にくいつかれたら最後である。戦闘機には、絶対にくいつかれないようにすることだ」

佐々木伍長は、聞きながら、その時の状況を想像してみた。戦闘機につかまったら、撃墜されるほかはないとしたら、どうしたら、それを防げるかと考えてみた。すると、岩本大尉のいっている言葉の意味が、わかったように思えた。岩本大尉は〈撃墜されては、なんにもならないから、戦闘機を見つけたら、逃げることだ〉といっているのだ。

岩本大尉の視線には、きびしいものがあった。それは、ひとりひとりの心のなかを、確かめるような力があった。岩本大尉は、さらに言葉をつづけた。

「敵の戦闘機と防御砲火のなかをくぐりぬけて攻撃圏内に飛びこめば、あとは、目標に向って、一気に直進する。この時、すみやかに敵艦の軸線にはいる。それには、鉾田で教えた通り、かならず艦尾の方向からはいるのは、いうまでもない。軸線にはいったら、艦の中央部を目がけて急降下するのだ」

岩本大尉は右手を顔の横にあげて、手の先を斜めに下に向けた。同時に、左手を斜め前方につきだした。それによって、目標の艦に対して、飛行機の攻撃する位置と方向を示しながら、

「いいか、必ず軸線にはいって急降下するんだぞ」

と、くり返した。急降下爆撃の時には、目標の艦船の軸線にはいれば、目標は上甲板の全長となる。小さくても百メートル、大きな艦船になれば、二百メートルもある。目標が、これだけ大きくなれば、命中する率が高くなる。

「急降下爆撃の時に、不幸にして、その上空で被弾しても、軸線にはいっていれば、最後の処置として、体当りも容易であるから、むだに死ぬことがない。しかし、これぞと思う目標をとらえるまでは、なんどでも、やりなおしをしていい。それまでは、命を大切に使うことだ。決して、むだな死に方をしてはいかんぞ」

操縦者たちは、緊張して聞いていた。今の今まで、操縦者たちは、出撃したら、体当りをするものと思いこんでいた。ところが岩本大尉は、はっきりと〈自重して、むだに死なないように〉と教えた。

そのあとで、岩本大尉が操縦者にくばったのは、謄写版で印刷したフィリピンの要図であった。そこには、日本軍が使っているフィリピンの全飛行場の位置と地名が記されてあった。その位置を示している記号が、それぞれ違っていた。それによれば、次の四種類になっていた。

一、部隊、燃料のある飛行場。
二、警備隊等あり、不時着可能の飛行場。
三、敵情わるく危険なる飛行場。
四、わずかに注意を要する飛行場。

これらの飛行場を合計すると、百四十六となった。これはアメリカ軍が来攻する一カ月前の九月下旬の状況であった。その飛行場の実情が、ゲリラのために危険であろうと、あるいは整備がわるかろうと、とにかく、着陸することのできる所である。岩本大尉は、それをくわしく説明してから、力強く明言した。

「出撃しても、爆弾を命中させて帰ってこい」

岩本大尉は、ひそかに計画していた大事を打明けたのである。特攻隊としては、命令に違反し、抗命の罪をおかすことになる重大事である。操縦者たちは、要図の上の飛行場の一つ一つに視線を動かして行った。いきをこらしている思いであった。航空寮の集会室には、異常なことがおこりはじめた時の、緊迫した空気がみなぎっていた。

佐々木伍長は、百四十六の飛行場の位置と地名を見終った時、顔があつくなるのを感じた。そして岩本大尉の言葉の意味を嚙みしめた。

〈急降下で爆弾を投下して、つまり、体当りはしないで、不時着飛行場に逃げこめ〉


富嶽隊員は三軒の宿舎に分宿した。アメリカ空軍の使っていた宿舎で、どの家にも大きなピアノがあった。

浜松から、富嶽隊についてきた二橋雇員らの軍人でない整備員は、この日、内地に帰った。雇員が帰るというので、隊員は、それぞれに家郷の人にたよりを書いて託した。

二橋雇員は、梨子田曹長の所にきて、あいさつした。

「分隊長殿、いろいろ、おせわになりました。内地に何かご用はありませんか」

梨子田曹長は、すぐに、うた子のことを思い浮べた。手紙を書こうか、とも考えたが、書く気持になれなかった。妙におちついたような、また、あきらめたような気持になっていた。梨子田曹長は簡単にいった。

「元気でやっていると、話しておくりゃ」

夜になって、梨子田曹長は宿舎のふろにはいりに行った。戸外の、ドラムかんのふろだった。梨子田曹長が近づくと、ドラムかんのなかに立上がった人影があった。

「梨子田か。いい湯だぞ」

　島村曹長だった。

　梨子田曹長が湯につかっていると、すぐ顔の近くまで、蛍の光が流れてきた。流し台の上にすわって洗っている島村曹長の背中も、それに照らされて、わずかに光った。梨子田曹長は、浜松の高林の家から、うた子とふたりで、日赤病院の前を通ってふろに行ったことを思いだした。闇のなかに、島村曹長の言葉が聞えた。

「梨子田、きょう通知がきてな、おれは准尉になったぞ」

「それはおめでとうございます」

　結婚問題の罰として、進級をおくらされていたのだ。

　蛍の光が、目の前を流れた時、また、声が聞えた。

「特攻隊になったので、進級させたのさ」

　この日、丸山伍長も軍曹に進級した。梨子田曹長は、いつもの習慣で、きちょうめんに日記を書いた。

《十月三十日　月曜　雨
　ああ、きょうは空襲もなく、一日、からだの調子もよく、整備もできた。軍神になる日もあと三日です。いつでも出撃できるように、待機の命令がきました。十一月三日、明治節（明治天皇誕生日）に出撃だと、もっぱらのうわさです。私も二十八年目、やっと立派な死場所が得られたのです。

うた子は寂しいと思うが、私の心を理解して、喜んでくれることと思います。早く敵の大型空母がこないか。爆弾飛行機の実力を見せてやりたいものです》

梨子田曹長は正直な男だから、その時に考えた通りのことを、率直に書きつけていた。フィリピンの前線基地のなかにいる二十八歳の下士官としては、立派に死ぬべき国難の時だ、と覚悟はしていた。

この日、浜松のうた子の日記には、

《昨夜は、ひと晩じゅう泣きあかしたせいか、けさの頭のいたいこと。六時すこしすぎ、床をはなれる。また、いやな雨ふり。

朝、高林時治さんがおいとまにくる。いよいよ明朝出発のよし、だんだん、みんな出かけてしまって、寂しさ、ひとしお増す気持。

梨子田を送ってから、きょうはじめて家におちついている。写真を前にして、朝食をともにする。今また、机の上に、うた子のペンをとる手を、やさしいまなざしで、じっと見ていてくれる。

あなた、元気で、もう一度かえってきてください、と祈ること切なり。今、どこで、何をし、何を思っているとならん。

夕方、清ちゃんが遊びにきてあなたの写真を前に、紅茶をのむ。

また寂しい日ぐれ時がきた。雨の音を聞いていると、胸が苦しくなる》

この日の、東京中野の岩本和子の日記に。

《知人よりリンゴを頂く。あなたの大好きなもの。いつも、カリカリとうれしそうに召しあがっていた。幸便にたくして、あなたに送ることができたらと、母と話しました。ご無事でおいでになりますように、神様にお祈りしています》

この日、大阪市の中央公会堂では、大阪国民大会が開催された。

さる二十日、東京の日比谷で開かれた『一億憤激米英撃砕国民大会』を大阪に移して、国民の士気をあおり立てるためのものであった。満員の会衆を前にして、小磯首相は激しい口調で叫んだ。

「十月中旬の台湾沖の航空戦に決戦の火ぶたは切っておとされました。我はその出ばなを痛切にたたき、敵主力をほとんど殲滅せしめたという大戦果をあげたのであります。航空母艦十一隻、戦艦二隻の撃沈をはじめ、一海戦において敵船舶総計四十隻を撃沈破するという、古来戦史に類例を見ざる曠古の大勝を博したのであります」

小磯首相は、台湾沖の大敗を、この日になっても、なお大勝利と呼号していた。満員の会衆は、喜びにわきたって、さかんな拍手を送った。

『米国海軍作戦年誌』には、この日のアメリカ艦隊の損害について、次のように記している。

《空母フランクリン、軽空母ベロー・ウッド、レイテ水域において、特攻機により損

傷》

これは神風特攻隊の攻撃であった。

昭和十九年十月三十一日
マルコット・浜松・東京

雨は、きのうから降りつづいていた。

富嶽隊の全員は、西尾少佐の部屋に集合した。進藤大尉、根木中尉などの将校のほかに、全く知らない将校がひとりまじっていた。胸に黄色の技術者章をつけた少佐であった。梨子田曹長が下士官たちの間に腰をおろすと、丸山軍曹が、

「こっちは、年中、夏みたいだから、雨の降り方も、まるで夕立だね」

と、雨にぬれたところをふいていた。

「どうかね、宿舎のぐあいは」

「ゆうべ、何かチクチクするので起きてみたら、南京虫がいるんです。あっちこっち刺されて、まだ、いたがゆいですよ。全く落ち目ですわ」

と、情なさそうな顔をしてみせた。

「おれのベッドにもいた。南京虫の退治をやらんといかんね」

と、いってから、隣にいた須永軍曹に、

「へえ、傷はいいかい」

「まだ痛いですよ」

「えらい目にあったいね」

「あの時は、もうだめだと思いました。どっちへまわっても雲がきれないし、燃料計がゼロになって、もういかんと思って高度をさげたら、滑走路が、真横に一文字に見えていて、縦に持っていくにもなんにも、あれよあれよと、ぶつかったんです」

古沢曹長は、桃園で負傷して入院したままであった。

富嶽隊の現在員二十五名の顔がそろうと、西尾少佐は正面の席についた。

「今から『と』号機について研究をするが、その前に紹介をしておく」

と、離れていた技術少佐を招いた。

「われわれの飛行機のことで、内地からこられた阿部少佐殿である」

阿部少佐は、すこし気むずかしそうな顔で、礼を返して、西尾少佐の隣に腰をおろした。台湾の嘉義の飛行場で、かがり火の光をあびて、闇のなかに浮びあがった顔であった。万朶隊の隊員に、体当り機の構造を教えた阿部少佐が、今、マルコット飛行場に、再び姿をあらわしたのである。阿部少佐は話をはじめた。

「すでに御承知のことと思うから、率直に申しあげるが、諸君の飛行機は、体当り攻撃のために改装された特殊飛行機である」

阿部少佐は、機械を説明する技師のように、顔色を動かさずに、語りつづけた。

「この六七重爆の改装の根本は、爆弾を落すことができないようにした点である。前方座席に爆弾投下器がないのは、不用なので、はずしてしまった。爆弾は、機体につけたまま、爆発させる」

阿部少佐の言葉は、一切のおおいを、ひと思いに、はぎとったような感じがあった。

「搭載して行く爆弾のことであるが、六七重爆の爆弾積載量は、いうまでもなく一トンである。しかし、この改装機では、八百キロを二本つんで行くことになっている。爆弾は、海軍の八十番弾を使う予定である。艦船の攻撃には、海軍の八十番弾が最も有効であるからである。ところで、六七重爆に、どうして、八百キロ弾を二本つむことができるか。諸君が、できないと考えるのは当然である。しかし、すでに非常の戦法をとるからには、非常の方法をとって、最大の戦果をあげるようにしなければならない」

爆弾を落せないようになっているのは、わかっていたが、八百キロ爆弾を二本つむことは予想していなかった。爆弾倉には大小各種の爆弾を、総量一トンまで懸吊することができる。二百五十キロ弾なら、四本、五百キロ弾なら、二本の割である。八百キロ弾なら、一本しか爆弾倉にいれることはできない。八百キロ弾を二本つむことは、重量としては不可能ではないが、二本いれる場所がない。阿部少佐は説明をつづけた。

「八十番弾を二本、搭載する方法は、一本を爆弾倉にいれ、他の一本は、座席後方の通路に綱で縛りつけるのである。また、爆弾倉に懸吊するには、八十番弾は少しばかり長すぎて、はいらない。そのために、爆弾の翼を切断して、はいるようにする。この、爆弾倉に懸吊した分は、機体が艦船などにぶつかれば、電導して爆発する。胴体のなかに縛った方の爆弾は、電導はしない。この方は、爆弾倉のなかの爆弾の誘発によって、爆発する」

梨子田曹長は改装機を恐しいと思ったが、爆弾の搭載計画を、それ以上に恐しく感じた。阿部少佐は、変らない話しかたで、

「出撃の時は、基地を出発して一定時間の所で、機首の起爆管に電気を通じさせておく。また爆弾の安全針をぬくが、これは、同乗して行く通信手、または、機関係がする」

梨子田曹長は、その時のことを想像してみると、全身が硬くなる思いだった。

阿部少佐の話が終ったのは、正午に近い時刻であった。阿部少佐と西尾少佐が退席したあと、隊員は、誰も口を開こうとしなかった。数人の者が、たばこに火をつけたが、気ぜわしく煙をはきだしていた。八百キロ爆弾を二本つみこんで行くといわれてから、重苦しい気持になっていた。

「さあて、めしにするか。あまり腹もすかんけれど」

国重准尉が立って行った。ノモンハンの航空戦に活躍して以来の、歴戦の操縦者らしいおちつきがあった。年齢も、大正三年生れの三十歳で、この隊では最年長であった。

梨子田曹長は、おくれて外に出た。雨はこぶりになっていた。食堂に行く道の左右には、大きな熱帯樹が茂っていた。そのかげに、誰かがいるようだった。梨子田曹長は、一度、通りすぎたが、妙に気にかかった。飛行服をきている上半身の様子がおかしかった。梨子田曹長は木のそばに行って見た。

飛行服の下士官は、木の幹にすがりつくようにして泣いていた。富嶽隊の宇田富福伍長だった。まだ、少年のような幼なさを残した宇田伍長は、声をあげて泣いていた。

「どうしただ、宇田」

声をかけると、宇田伍長は声を押えたが、むせび泣くのをとめることができなかった。

「どうしただ。泣くな」

梨子田曹長が肩に手をかけて、木から離すようにすると、

「どうもしません」

と、うつむいて、しゃくりあげていた。

「どうもしないで泣くやつがあるか。みっともないぞ。何かあっただか」

「何もありません。阿部少佐殿の話を聞いて、くにの両親に、どうしたら知らせてやれるかと思ったら、急に」

と、いいかけて、また、しゃくりあげた。

「元気をだせ。さ、めしをたべに行け」

梨子田曹長は、この少年飛行兵出身の若い伍長が、哀れに思われてきた。すがりついて泣く人がほしい気持が感じられた。

宇田伍長が、このころに、両親にあてて書いた手紙が残されている。

《父上、母上様には、御元気のことと存じます。その後は御無音《ごぶいん》に打過ぎ、御心配致さ

れたことと存じます。御許し下さい。小生、比島に来ております。元気旺盛、任務に精励しております。御安心下さい。

いよいよ宿望を達すべき時機は来ました。ルーズベルトの驚く顔を見て下さい。若年ながら、この光栄をにない、男子の本懐これにすぐるものはなく、ルーズベルトの驚く顔を見て下さい。

皇国に生れたが、何のなす所なし。七度生れて君に報いん。

昭太も元気で御奉公のことと思います。十分からだに気をつけて、大いに奮戦するよう御伝え下さい。おばあちゃんや近所の人によろしく御伝え下さい。

富福》

宇田伍長は、広島県沼隈郡水谷村の出身、大正十三年七月二十日生れ、二十歳になって、まもなかった。この遺書は、教えられた型通りの字句をつらね、勇壮をよそおっていたようである。

この日の梨子田曹長の日記。

《阿部少佐殿より、半日、爆弾飛行機の説明あり、午後になって雨やむ。夕方、すこし整備。美しい夕焼は、熱帯の色です。

ああ、私も遠い所にきたものです。今ごろ、うた子は泣いているかしら。そんなことはない、軍人の妻だと思って見る。それでも、泣くと、からだにさわると心配してしまう》

この日の梨子田うた子の日記。

《朝、町より母さんが見える。心配してきてくれたもの。昼食をともにし、駅まで見送りに行く。急に寂しくなり、すすめられるままに、母さんの所に行き、そのまま泊ってしまう》

そして、岩本和子の日記。

《目をあげて、大空が見えるたびに、あなたのことを思う。もう出動遊ばして、お手柄をなさったことかしら。私は、せつなく、御武運を、大空に向って祈るばかり。

食事の時は、お写真を食卓に飾って親子四人でいただきます。

お別れして、もう随分と日がたったように思われるのに、数えてみれば、たった十日。こんなに時がたつのがながく、苦しく思われたことはなかった。めめしいと、自分で自分をしかりながら、恋しいと思う気持をどうすることもできない。もしや、ひょっとしたら、お帰りになるのではないか——そう思っては、いつか、ぼんやりと大空を見ている私》

昭和十九年十一月一日
マニラ・リパ・浜松・東京

大本営陸軍部はレイテ島決戦で、一気に押しきるつもりだった。このため杉田一次大佐をマニラに派遣したあと、さらに参謀次長秦彦三郎中将を派遣した。これは山下大将がレイテ決戦に反対なのを気づかって、大本営の考えを徹底させるためであった。

秦次長は、山下大将がマニラに赴任する時、東京で会談している。その時は、秦次長が《大本営の考えは、ルソン島決戦である》ことを、くれぐれも説明して念を押した。その当の本人が、今度は《レイテ島決戦》を確かめに行くことになった。

山下大将は、すでに寺内元帥からレイテ島決戦をいい渡され、命令であるからにはやむを得ないとして、承知した。

秦次長は、山下大将が大本営の意図に従っているのがわかって、安心した。その上、総軍の報告によれば、レイテ島の戦勢は五分五分とのことであった。秦次長は大いに意を強くして東京に帰った。結果としていえば、参謀次長の要職にある人の現地視察としては、まことに粗末であった。

山下大将の本心は、レイテ決戦に反対であることに変りはなかった。そして武藤参謀長が『承詔必謹』などといって、殊勝な顔をしているのが気にいらなかった。山下大将は、レイテ島決戦は命令だからやるとして、それを武藤参謀長にまかせることにした。

その一方、ひそかに西村参謀副長に命じた。

「レイテ島は、結局だめだよ。今のうちからルソンで戦い抜くことを考えておけ。北部のバギオを中心に陣地を作り、弾薬を運びこんでおけ」

西村副長は武藤参謀長と仲がわるかった。北部ルソンで抗戦をすることに、西村副長は対抗意識を燃えたたせ、陣地構築に着手した。このため、のちにアメリカ軍がルソン島に来攻した時、山下軍はわずかながら抵抗をつづけることになった。

秦次長が帰ると、いれかわりに大本営の作戦課長服部卓四郎大佐が、作戦課航空班の田中耕二少佐ほかを伴ってマニラにきた。服部大佐は、寺内南方軍総司令官の意図のままに、ルソン島決戦をレイテ島にきりかえた当人であった。服部大佐は関東軍参謀として、ノモンハンの戦闘を指導して以来、ガダルカナルの惨敗戦にも、重要な関係をもっていた。

服部大佐はマニラにきてから、レイテ島決戦をさらに強力に進めることを考え、幾多の意見を大本営に送った。そのなかには、新たに一個師団をフィリピンに派遣すること、兵力輸送のため大発（大型発動機艇）三百隻を急送することを要求した。

しかし、この時には、フィリピンの全域の制空、制海権は全くアメリカ軍の手にあった。そのなかを海上輸送することは、非常に困難であった。しかし服部大佐は自分の所信どおりに、レイテ決戦に一切を投入させるつもりだった。

この日の午後、万朶隊は、リパの飛行場で飛行訓練をした。それが終って、岩本大尉は操縦者を集合させた。

「奥原、前へ出ろ」

岩本大尉は、険しい声をたたきつけた。

奥原伍長は、一歩前に出た。叱り飛ばされるのを観念した動作であった。

「もっと前に出ろ」

岩本大尉は、一層激しくどなった。奥原伍長が、さらに二歩前に出ると、岩本大尉はその正面に立って、

「今の着陸はなんだ。いくら教えたらわかるんだ」

と、奥原伍長の肩をついた。奥原伍長は五メートルばかり突飛ばされて倒れかけたが、辛うじて足を踏みしめて、こらえた。岩本大尉は、全員に向って声を荒くして、

「特攻隊員になったからといって、着陸をいい加減にしていいということはない。われわれは死ぬまで、訓練を怠ってはならんし、訓練をつづける限り、着陸は厳正確実にやらねばならん。着陸が満足にできなくては、操縦者ではない。今から、全員、着陸の訓練をする」

と、命じた。この時まで、急降下の訓練をくり返したあとである。佐々木伍長らはがっかりしたが、気持を励まして、再び搭乗機の方に走って行った。

この日は、各新聞社の特派員などの報道班員が、リパにきていた。陸軍最初の特別攻撃隊万朶隊について、取材をするためであった。報道班員たちは、特攻機の双軽が急降下をくり返すのを眼前に見て〈特攻隊員は、突入の急降下を、猛訓練している〉と感激した。そのあと、今度は着陸の訓練をはじめたので、一層の感銘をうけた。

『飛び立てば、再び還ることのない大地に、着陸の訓練を怠らないのは、これこそまことの武士の心がけというべきである』

と、記した報道班員もあった。しかし、だれも、万朶隊機の変容に気がつかなかったようだ。この日の万朶隊の九九双軽は、まず、機首に突出していた三本の鋼管が、一本になっていた。それだけでなく、操縦席には二本のピアノ線がのび、その先に握り手がついていた。ピアノ線は床下にかくれていたが、そのはしは、爆弾をつる電磁器と、その安全を守る安全器につづいていた。操縦者は、このピアノ線をひけば、安全器を解除して、爆弾を投下することができる。

岩本大尉は、落せない爆弾を、落せるように改造した。この日、急降下の訓練をしたのは、爆弾を投下するためであり、着陸の訓練は、生還を確実にするためであった。

この日、富嶽隊の西尾少佐はルソン島からネグロス島に飛んだ。冨永軍司令官に到着の申告をするためであった。

ネグロス島に申告に行くことについては、西尾少佐も不満であった。しかし、軍司令官の特別の召致とあっては、行かないではいられなかった。西尾少佐は、梨子田曹長の二〇七号機で行くことになり、山本中尉、石川中尉、それに無線の米津少尉、機関の梨子田曹長が同乗することになった。操縦は西尾少佐だった。

梨子田曹長には、この飛行はありがたくなかった。昨夜から、ひどい腹痛に苦しめられていた。熱帯にきたのと、特攻隊というので、特別の食事や給養をうけて、たべすぎたためであった。この日一日、絶食して、どうやら痛みがおさまったところだった。

　マルコットを出発したのは十七時であった。まもなく日が暮れて、夕闇の空は月明の世界に変った。ガラスのように光るシブヤン海には、数隻の船団が白い航跡の尾をひいて、南に向っていた。マニラからレイテ島に向う輸送船団であった。海軍の護衛もなく、空軍の警戒もない、裸の船団である。それが、アメリカ軍に制空権を奪われたレイテ島近海にはいるのは、まさに決死の航行であった。

　二〇七号機は、島かげから島かげを求めて、低空で飛んだ。高高度を直進すれば早かったが、アメリカ軍の電波探知器につかまる恐れがあった。そのために意外に難航し、時間がかかった。

　ようやくにして、バコロド飛行場に到着した時は、二十時をすぎていた。

　滑走路は、爆撃のために、大きな穴をあけられていた。着陸の時に、そこへ脚をつっこんで、あぶないところをわずかにまぬがれた。

　冨永軍司令官の宿舎は、飛行場から遠く離れたシライ部落の椰子林のなかにあった。冨永軍司令官は当番兵をどなりつけていた。

「すぐに交通遮断しろ」

　冨永軍司令官は眠れないために、余計にいらだっていた。宿舎の前の自動車の往来がやかましいので眠れない、というのだ。しかし、そこを通っているのは、四航軍の自動車ばかりである。しかも飛行場への一本道だから、それを遮断したら、作戦に影響を及ぼすことになる。軍司令官ともあろう人が、それがわからなくては困ると、当番兵がためらっていると、冨永軍司令官は険しい顔になって、

「当番兵、大体、貴様が気がきかんのだ」

と、近寄って、なぐりつけた。

専属副官の板垣中尉が部屋にはいってきて、将校が申告にきていることを告げた。冨永軍司令官は、

「自動車を通したらならんぞ」

と、いい捨てて出て行った。宿舎の前側の廊下に出ると、当番兵の手にした椰子油の灯の暗い光が、五人の姿を闇のなかに浮び上がらせた。五人は横隊にならび、不動の姿勢をとった。

「富嶽特攻隊長西尾少佐以下五名、申告に参りました」

冨永軍司令宮は、それを押えるように、

「ちょっと待て、特攻隊の諸君がきたのに、この格好では失礼だ」

冨永軍司令官はパジャマをきていた。冨永軍司令官はすぐ引返して、今度は、軍服の上衣だけを、パジャマの上につけて出てきた。将軍は、それで儀礼をつくしたつもりであったが、パジャマの下半身が、いかにも、こっけいに見えた。

しかし、当番兵をなぐった時とは、別人のような好人物になっていた。

梨子田曹長は、はじめて第四航空軍司令官閣下にあうので、緊張して固くなっていた。しかし、目の前に、なんとも小さな男が、軍服の上衣だけきているのを見ると、期待はずれの感じがした。西尾少佐は、

「陸士第五十期、陸軍少佐西尾常三郎、第四航空軍司令部付を拝命して、到着いたしました」

と、申告した。つづいて、山本中尉、石川中尉は五十六期を名乗り、米津少尉は少尉候補者二十二期を、梨子田曹長は整備学校乙種学生二十一期であることをいって、申告をした。冨永軍司令官は感激の情をあらわして、

「レイテ決戦の最も重要な時に、よくきてくれた。諸子の特別攻撃隊は、敵の機動部隊を覆滅し、死命を制するものと期待している。諸子の隊は、富嶽特攻隊である。身命を投じて、皇国を富嶽のやすきにおくのである」

冨永軍司令官は木の低い階段をおりてきて、西尾少佐の手を握った。

「しっかりお願いします」

それから、順々に、山本中尉、石川中尉、米津少尉、梨子田曹長と握手をして、同じ言葉をくりかえした。中将閣下から固く握手されて、この四人は感激し、興奮した。

冨永軍司令官は階段を上って、廊下に立った。

「諸子の命は、この冨永に預けてもらうが、諸子だけ死んでもらうのではない。諸子のあとには、第四航空軍の全機全軍が特攻となって突入する決心である。そして、この冨

永も、最後の一機に乗って体当りをする決心である。どうかこれを信じて、安んじて任務を遂行してもらいたい」

冨永軍司令官は、当番兵に命じて清酒二本とたばこの箱を運ばせた。申告は、わずか二十分たらずで終った。

西尾機は、深夜のバコロド飛行場を出発して、マルコットに向けて、三時間の飛行を続けた。

浜松市の梨子田曹長の留守宅では、妻のうた子が悲しみをおさえかねていた。この日の日記に。

《朝早く起きて、明けやらぬ真暗な道を、ひとり八幡様に参拝す。神前に伏して、祈ること、しばし。昨年三月、この社にて、おごそかにあげし結婚式の日のことがしのばれ、ああ君よ今いかに、と胸苦し。

ご無事を祈るのでなく、どうぞ、立派なご最期をとげてよ、と祈るよりほかに、すべなきわが身の哀れさ。

今夜も母さんの所に泊る》

梨子田夫妻は、高林町の旧家である飯尾家の離れを借りていた。飯尾家では親切にしてくれて、梨子田曹長の出発の前夜には、壮行の宴を催したりした。

出発のあとも、うた子をよくいたわってくれた。それでも、うた子は、ひとりでいることにたえられなくて、母の家に泊りに行った。

岩本和子が父母の家にいながら、夫のいない鉾田に帰りたく思ったのと、うた子は全く反対の気持であった。ともに切ない女ごころに違いなかった。

夫を戦場に送った、当時の日本の妻たちは、いずれも、このような悲しみに明け暮れていたともいえよう。

この日の岩本和子の日記に。

《午後一時半、空襲となる。三時解除。これから、いつもくるものと覚悟せねばならない。

あなたからなんのお便りもない。戦果発表のラジオを聞くたびに、もしやご戦死かと思い、胸がしめられるように苦しい。お手柄とともに、お元気いっぱいのお顔を見られたらと、そればかり考えています》

この日記に書かれているように、この日、東京の上空に、はじめてB29爆撃機が姿をあらわした。

ただ一機、東京都内のまんなかを、西から東に、まっすぐに飛んだ。やがてはじまる東京大空襲のための偵察であり、予告であった。

B29は翼のうしろから、テープを流したように、四本の白い飛行雲をひいていた。それは東京都民のほとんどが、はじめて見る四発の大型機であったが、敵機の来襲だと気づいたのは、ごく少数であった。空襲警報のサイレンが鳴ったのは、B29が都心の上空に達してからであった。高射砲隊は、なすところなく見送った。

これは陸海軍の豪語にもかかわらず、首都の防空が、すきまだらけであることを示すものであった。

この日のアメリカ艦船の損害は、《レイテ水域において、駆逐艦アブナー・リード、特攻機により沈没。レイテ水域において、駆逐艦アンダースン、クラックストン、アンメン、特攻機により損傷》

岩本隊長は出発せしや

昭和十九年十一月二日
シライ・マニラ・浜松・東京

ネグロス島バコロド基地では、第二飛行師団の指揮する各飛行部隊が、激戦をつづけていた。捷一号作戦が開始されて以来、十月末日までの十一日間に、第二飛行師団の各種飛行機は、撃墜、撃破されたもの各百機以上に達した。これに対し、補給されたのは百六機、現在の出動可能機数は百四十機であった。

アメリカ空軍はこのころ、一個所の目標に対し、一度に百五十機、一百機が翼をつらねて攻撃してきた。また一日に、日本軍の各地の飛行場に来襲するアメリカ空軍機の延機数は、三百機から四百機に及んだ。

四航軍の佐藤作戦主任参謀は、ネグロス島から、マニラの軍司令部に帰った。レイテ決戦のための航空作戦は、アメリカ空軍の優勢に圧倒され敗色が明らかになってきた。佐藤参謀としては、応急の手を打つことが必要であった。それに、冨永軍司令官がネグロス島にいることが支障となっているので、軍の戦闘司令所をマニラに引上げる準備もしなければならなかった。

佐藤参謀がマニラに帰ると、すぐに、兵器部の部員の竹森春市中佐が相談にきた。

「バコロドで万朶特攻隊の岩本隊長にあわなかったか」

「いや、知らんぞ」

「そうだろう。どうも、軍司令官が勝手に呼んだらしい。あの調子で、呼ばれる方の苦労なんか考えんからな」

「それが、どうかしたのか」

「岩本隊長が意見をよこしたんだ。飛行機を改装してもらいたい、というのだ。起爆管が三本ついていたり、爆弾を投下できないのを、なおすというのだ」

「それはおかしいじゃないか。岩本の隊は、特攻をやることになっているのに、生還の方法を講じるなんて、本末を誤っているよ」

「生還のためばかりでないのは、起爆管は速度に影響するし、三本の必要もないから、というのだ」

佐藤参謀はもとより、竹森兵器部員にしても、この時には、すでに万朶隊の全機が、信管を一本にし、爆弾投下の鋼索をつけたことを知らなかった。

「見てからの上で、許可をするか」

「正式には許可をうけないといけないが、岩本がどうしてもというならやむを得ないさ。

部隊長が自分の判断でやるのは、かまわないさ」

「ともかく、岩本を呼んで、あって見てくれ。万朶隊の連絡者がくるから、いっておく」

「それにしても、改装するのはおかしいな」

佐藤参謀は、たばこに火をつけて考えこんだ。


岩本大尉が鉾田を出発してから、十日をすぎていた。和子は、夫のことを思い暮していた。この十日間ほど、たよりなく、切ない思いをしたことは、生れてこのかた、経験したことがなかった。この日の岩本和子の日記。

《毎朝、祖父母、兄のみ霊《たま》に、あなたをお守りくださいと、お願いしています。たくさんのかたがご出征なさっているのに、自分の苦しさばかり考えるのは、煩悩と思われて悲しくなります。そうした時には、あなたに読むようにいわれた杉本中佐著『大義』を、くりかえし、くりかえし読みます。読んでいると、気持がすこし楽になります。

母に粘土でかまどを作ってあげました。とても上手にできて、ちょっとうれしくなる。

父は、あなたのご帰還までに、鮒《ふな》をたくさん釣って、井戸に生かしておいて、あなたに召上って頂こうなどと話しました。

いつもニコニコしているお顔が見たい。写真ではものたりません。お帰りが待たれます》

和子は、夫が特攻隊長となって行き、生還しないことを知っていたはずである。それなのに、日記には、このように書いていた。和子の切ない女ごころであったろう。

浜松の梨子田うた子の日記には。

《朝、野菜をたのみに高林に帰る。
君、とわに帰らじ、と思えばお部屋にはいるのも寂しく、むなしい思いがする。
あなたの写真、母の所へ持ち帰らんと思えど、飯尾さんのたのみで、おあずけする。
戦死した弟の市葬のすむまで、しばらく母の所へ泊るつもり。いろいろ支度をして、
夕方、また、町に帰る》

昭和十九年十一月三日
マルコット・リパ・東京・浜松

富嶽隊の宿舎の前に、傷だらけの古い自動車が、大きな音をたててとまった。まだ朝の早いうちで、富嶽隊員は寝ていたが、自動車の音を聞くと、飛び起きた。梨子田曹長は急いで服を着ながら、荘司曹長にいった。

「命令がきたじゃねえかな」

自動車は、飛行場大隊で連絡に使っている車であった。アメリカ軍のおいて行ったものので、どこか折れているらしく、カランカランと音をたてながら走った。これが富嶽隊

の宿舎に、朝夕、何かの命令を持ってきた。やがて、この車は〝死の出撃命令〟も持ってくるに違いない、というので、隊員たちは、この車のことを〝葬式自動車〟と呼んでいた。

荘司曹長が半分は冗談のようにいった。

「十一月三日は危いと思ったんだ。明治節を期して総攻撃、なんていうのは、日本軍の得意の戦法だからな」

荘司曹長も、梨子田曹長と同じく機関係であった。体当り攻撃機に同乗するときまってからも、ふだんと余り変らなかった。生来が楽天家であったが、それだけではなかった。荘司曹長は、はじめは歩兵であったが、転科して航空整備学校に行った。それから浜松にきて、梨子田曹長の分隊にはいった。歩兵当時は、ひどくしぼられて辛い思いをしたのが、航空になると、のんびりしていられるので喜んでいた。

荘司曹長は、浜松でも、さかんに遊んでいたが、マルコットにきても、夜になると、宿舎をぬけだして、近くの海軍の慰安所にはいりこんだ。こんな気楽さが、隊員の間の重苦しい気持を、すくなからずやわらげていた。

荘司曹長は自動車の音を聞いて、すぐに飛びだして行ったが、やがて、にやにやしながら、もどってきた。

「出撃命令じゃなかった。寺田参謀長閣下がこられて、明治節の遥拝式をやるそうだ。そのあとで、また一杯、ということになれば、しめたもんだ」

梨子田曹長は、内心、ほっとした。祝祭日というと、突撃や総攻撃をして、その無理のために犠牲を多くすることが、しばしばおこなわれたからであった。

富嶽隊員は、すぐに、飛行場大隊本部の前に集合した。まもなく、寺田参謀長が到着した。アメリカ軍の飛行機に襲撃されるのを警戒して、払暁にマニラを出発してきたのであった。

寺田参謀長といっしょに、報道班の新聞記者もきた。万朶隊と富嶽隊は、今や最も重要な報道材料となっていて、報道班員の数は意外に多かった。

皇居遥拝式を終ったあと、寺田参謀長は、

「富嶽隊は、わが四航軍の虎の子である。これにかける期待は大きいから、大事に使うつもりで、最大の機会を待っている。それまでは隊員諸君も、あわてず、騒がず、悠々と待機をしてもらいたい」

と、おだやかに訓示をした。それから、富嶽隊の全員とならんで、記念撮影をした。この写真は、全員二十六名のそろった、貴重なかたみとなった。

明治節を祝って、この日は、陸海軍の各部隊が遥拝式をおこなった。海軍の神風特別攻撃隊の基地では、とくに天皇陛下のお言葉が伝達された。これについて、根本正良海軍予備少尉は、のちに次のような手記を記した。

《当時、あのクラークにおったものとして、二、三申しあげたいことがあります。この作戦（体当り攻撃）には、陛下も反対だったということであります。十一月三日、われ

われは総員集合をかけられ、集合すると、

「とくに全員に伝えよ、との米内海軍大臣の命令であるから、特攻隊の件を陛下に奏上した時の模様を伝える」

と聞かされました。われわれの多くは、陛下が、

「よくやった。大いにやれ」

といわれるだろうと想像し、ご激励のお言葉を待っていたところ、

「このたび、神風特別攻撃の件に付き、米内海軍大臣が参内、陛下に奏上せしところ
『かくまでさせねばならぬとは、まことに遺憾である』と強く仰せられ、海相は言葉もなかった」

という意外なものでした。

「しかし、ややあって陛下は『神風特別攻撃隊はよくやった。隊員諸子には、愛惜の情にたえぬ』と仰せられ、海相は恐懼《きょうく》して御前を退下した」

というものでした。われわれはこの陛下のお言葉には感激しました。

陛下は第一句で、この無能な作戦指導を強く非難しています。しかし、それだけで突き放してしまっては、隊員が哀れです。従って、愛惜の情を賞讃と共に申しておられます。

戦後このように、陛下のご意志と反対に（隊員が）強制されたことに対し「陛下の命令として、陛下のために死んだのだ。どうしてくれる」ということがいわれ、陛下も悩

まれたと思いますが、これも、その一例でありましょう。

また、この第一句から、全軍に布告せしめた米内海相の意中もわかるような気がします。このくだりは、特攻隊を推進し、命令した中島飛行長（二〇一空）の著書『神風特別攻撃隊』にも出ていますが、単に「陛下も、よくやったと仰せられた」として、後半の部分しか出ていません》

この手紙が指摘した中島正、猪口力平共著の『神風特別攻撃隊』の、その部分には、次のように書かれている。

《私（中島飛行長）は謹んで皆にいった。

「神風特別攻撃隊の奮戦を聞こしめされて、軍令部総長に賜わったお言葉を伝達する」

その一瞬、一同の間に厳粛の気がみなぎった。

「陛下は神風特別攻撃隊の奮戦を聞こしめされて、次のお言葉を賜わった。

〈そのようにまでせねばならなかったか。しかし、よくやった〉」》

たしかに、遺憾であるという重要な言葉はない。戦後になってもなお、このようなごま化しがつづけられた。

西尾少佐は遥拝式のあと、宿舎で、ひとりで酒を飲んでいた。祝日の酒が出たからというだけではなかった。幾たびも当番兵に酒の追加をもってこさせた。酔いがまわると、宿舎のピアノを乱暴に、でたらめにたたき鳴らした。

佐々木伍長は、飛行場に出て自分の飛行機の翼の下にはいって、寝ころんでいた。飛行機は椰子林のなかに隠してあった。飛行場は、目のくらむような熱気に燃え立っていたが、椰子林のなかは、空気がさわやかで、しのぎよかった。北海道育ちの佐々木伍長には、フィリピンの激しい暑さがこたえて、からだがだるかった。

奥原伍長が、大きなバナナのふさを抱えて、そばにきて腰をおろした。

「このころは、どこへ行っても待遇のいいこと。炊事の兵隊がバナナを持って行けというから、一本か二本かと思ったら、こんなにくれた。一個中隊分ぐらいある」

「フィリピンのバナナはうまいな。こんなにうまいとは知らなかった」

佐々木伍長は、早速にバナナの皮をむいてたべはじめた。奥原伍長は、二、三本たてつづけにたべると、満足して、寝そべった。

「将校さんの話じゃ、飛行機をなおすのは、四航軍では許可しなかったそうだ。それを分廠長が、独断でやってくれたらしいな。分廠長はえらいよ」

「隊長殿のいうことに動かされたんだ。隊長殿は、必死必中の精神でやろうというのだ。爆弾をあてりゃあ文句はないさ」

奥原伍長は、急に、たよりなさそうな顔になった。

「おれはヘボだからな。急降下爆撃は、苦手なんだ」

「なに、思いきって突込めば大丈夫だ。五百メートル以上で投弾すれば、自分の飛行機は安全だ。それ以下にさがったら、あぶないのはわかっている。しかし、必ず命中させるには、五百以下に突込むんだ。ぎりぎりまで行けば、必ず命中するさ」

佐々木伍長は、たくましい自信を示した。

「それで、うまく離脱して、逃げられればいいけどな」

佐々木伍長と奥原伍長は、起き上がって、向い合ってすわった。もう、寝そべってなどいられなかった。

「そりゃあ、投弾して、すぐに飛行機を引きあげたら、うしろからモロにうたれるさ。だから投弾したら、そのまま、船の舷側にすべりこむ。舷側は死角になっているから、絶対安全だ。そこを、海面すれすれに離脱するんだ」

と、佐々木伍長は、その動きを両手で示した。

「舷側の高さって、そんなにあるかい」

「空母や戦艦の舷側の高さったら、大変だぞ。貴様、連絡船ぐらいしか知らんのだろう」

「冗談いうな。貴様は簡単にいうが、五百以下に突込んで、ひねるのが一秒おくれたら海へポチャンだからな」

「しかし、これ以外に方法はないぞ。おれはやれると思うんだ」

と、佐々木伍長は童顔に似合わず、強い決意を示した。佐々木伍長は、小さい時から空を飛ぶ飛行機が好きで、操縦者にあこがれていた。開拓農家の貧しい暮しのなかで育ちながら、ひたすら、飛行機に乗ることを望んで、ほかの職業につくことをきらった。

それを押し切るだけの意志も、性格も強かった。

それが、時には、不屈な反抗心となってあらわれた。はじめて軍隊にはいった当時、横暴な下士官の制裁に憤激して、二日間絶食をつづけたことがあった。そのために、さらに激しく制裁を加えられたが、それでも頭をさげなかった。このような意志の強さは、佐々木伍長の幼い時からの夢を実現させて、鉾田の下士官のなかでも、優秀な操縦者となった。しかし、そのために、特別攻撃隊にえらばれることにもなった。

だが、体当り攻撃の矛盾がわかると、もち前の闘志が頭をもちあげてきた。攻撃方法にも納得がゆかなかったが、鉾田を出発する時の、だまし討ちのようなやり方に、腹をすえかねていた。そうしたことが、佐々木伍長に、生還の方法を考えさせるようになった。

〈おれは死なないぞ〉

佐々木伍長を勇気づけ、励ましたのは、岩本大尉と、父の藤吉の言葉であった。岩本大尉は、「死ぬことが必要なのではない」といい、父は「人間はなかなか死ぬものではない」と教えた。

だが、奥原伍長の気持は違っていた。体当り攻撃をする勇気などはなくて、爆弾を落して生還することだけを考えていた。しかし今、佐々木伍長から、爆弾投下後の離脱の方法を聞くと、また、不安になった。そのほかに方法はないといわれると、

「よし、それで行こう」

と、答えたが、自信のある声ではなかった。

佐々木伍長も、奥原伍長にはむりだと思ったが、どうすることもできるものではなかった。〈奥原ができなくても、自分ひとりでも断行するぞ〉と、佐々木伍長はかたく心にきめた。

この日の岩本和子の日記。

《十一月三日。雨

雨降りでも、なにかしら佳節のよい日。空襲がなくて、ほっとする。サイパン、テニヤンなどを爆撃したとのこと。玉砕された方たちは、地下で本当にお喜びでしょう。辻大尉殿はいつごろ御出征かしら。なんの便りもなく、困った。誰もいないと知りつつも、早く鉾田のあの家に帰りたい》

浜松の梨子田うた子の日記。

《きょうは明治節なれど、ものすごい雨。せっかく外出の兵隊さんも気の毒なり。きょうを期しての出撃ではないかしら。思いは、遠くフィリピンに飛ぶ》

昭和十九年十一月四日
マニラ・リパ・東京・浜松

万朶隊の整備班長、村崎少尉は、マニラの第四航空軍司令部に連絡に行き、佐藤参謀から、岩本大尉への命令を受取った。それは、明十一月五日、マニラの軍司令部において、佐藤参謀と打合せをせよ、という意味のことであった。

村崎少尉は、夕方になって、マニラを出発した。白昼は、自動車で走ることも危険であった。いつアメリカ軍の戦闘機が襲いかかってくるか、わからなかった。日本軍の交通は、日中は途絶し、夜間に限られていた。村崎少尉がリパについた時には、夜になっていた。

村崎少尉は、すぐに岩本大尉に命令を伝えた。そして、その夜のうちに、隊長機の整備を終り、明日の飛行に備えた。

岩本大尉が、マニラの四航軍司令部に行くのに、なぜ、特攻機に乗って行くことになったのか、その事情は明らかでない。出発の予定は午前八時であった。リパとマニラの近距離でも、この時刻にはアメリカ軍の空襲がはじまって、飛ぶことは危険であった。しかも隊長機には、園田、安藤、川島、中川の空中勤務者将校の全員が同乗することになった。

無謀ともいえる飛行計画であった。熟練した岩本大尉が、このような計画をたてたというのは、不可解なことであった。岩本大尉の性格は、むしろ慎重であった。

この、岩本機のマニラ飛行について、戦後、私（著者）が佐藤勝雄元参謀にたずねると、村崎少尉に命令を伝えた時に、同参謀は、

「飛行機は危いから、自動車でくるように」と、注意をした、ということであった。


夕食のあと、万朶隊員は集会室でくつろいでいた。明日のマニラ行きのことで、園田中尉が岩本大尉に冗談のようにいった。

「軍司令部じゃ、きっと、勝手に改装したと怒っているんだな。隊長殿、あしたマニラに行くと、しぼられますよ」

「そんなことかも知れん。しかし、佐藤参謀は操縦もやるから『と』号機のばかばかしいことは、話せばわかるさ」

岩本大尉は、風の流れてくる夜の闇の奥を見ていた。風にはあまい花のにおいがまじっていた。いくつか、蛍の光が、風に吹き流されるように明滅した。岩本大尉は、誰にいうとなくいった。

「飛行機乗りは、はじめっから死ぬことは覚悟している。同じ死ぬなら、できるだけ有意義に死にたいだけさ。敵の船が、一隻も沈むかどうかわからんのに、ただ体当りをやれ、『と』号機を作ったから乗って行け、というのは、頭がたりないよ」

佐々木伍長と奥原伍長は、将棋をさすつもりで、集会室にはいると、将校が集っていたので、立ち止ると、

「遠慮せんと、こっちへはいれ」

と、安藤中尉が立ち上って、

「ここへきて、みんなと話をしたらええ。もう将校も下士官もないからな。おれは、ちょっと用がある」

と、佐々木伍長の肩をたたいて出て行った。鉾田当時の元気さになっていた。死を前にして、心と心をリパにきてからは、将校と下士官の差別がなくなっていた。

寄せ合う気持になったのだ。

「佐々木と奥原はいいとこへきたぞ。あした、隊長殿と空勤の将校全部、マニラへ行くからな。隊長殿におみやげをたのむといい」

「園田は悪いやつだな。何も、このふたりをたきつけることはないだろう」

岩本大尉が笑った。それが久しぶりで見る笑い顔のように、佐々木伍長は感じた。園田中尉は、

「佐々木たちも、しっかりやれよ。隊長殿に教えられた通りにな。おれたちは、出撃のたびに、体当りをやるつもりで出て行く。そうすれば、きっと船を沈めることができる。特攻隊になったのは、名誉だからな。この国難の時に、今こそやるべきだよ」

と、本当にやるつもりになっていた。

「どうです、ピンポンでもやりましょう、腹ごなしに」

川島中尉が立ち上がった。園田中尉は、

「よし、一ちょう、もんでやるか。隊長殿もやりましょう」

と、さそった、岩本大尉は、

「おれはあとから行く。安藤はどうした。安藤も呼んだらいいだろう」

「安藤は、部屋で本を読んでいるんです。死ぬまでに、早く読みあげておくんだと、日本歴史を一所懸命です」

安藤中尉は、京都帝国大学理学部教授の父の血をひいて、学問好きであった。京都の下加茂育ちで、飛行時間は八百時間を越えていた。


その夜、岩本大尉は筆をとって、紙に歌一首を記した。

大君のみことかしこみ賤《しず》が身は
なりゆくままにまかせこそすれ

この歌の心は、軍人としての至誠と決意をあらわしたようであった。

しかし、また、その身のおかれた非運に対する、最後の諦観を歌ったようでもあった。

そしてこの一首が、岩本大尉の辞世の歌となった。

この日の岩本和子の日記。

《あれもこれも、お話したいと思うことばかりです。

『大義』を読みながら、すこしずつおちついて、おるすができます。一日すごせば、お目にかかれる日が、それだけ近づくのですもの。がまんしています》

和子は夫の熟読した本を読みながら、次第に、夫が生還することを切望し、夢想するようになっていた。しかし、この日の日記の最後の行には、次の一行が書きつけてあった。

《陸軍大尉岩本益臣　二十八歳》

この一行を、前文となんのかかわりもなく記したのは、思慕のあまりに書きつけたようでもあった。しかし、年齢までいれたこの書き方は、故人を弔うかのような、不吉な印象を残していた。

浜松の梨子田うた子の日記は、この日は空白のままになっていた。

昭和十九年十一月五日
リパ・サブラン・バイ湖畔・ニコラス

万朶隊の全員は、リパ飛行場に集合した。遠くの林には朝もやがかかり、高原の風は涼しかった。この朝の静けさを、発動機の始動のひびきが、かき乱していた。

岩本大尉は、隊員に訓示をした。

「今より空勤の将校全員は、マニラの第四航空軍司令部に行く。リパに帰る予定は改めてマニラから連絡する。この間、村崎少尉は残留者の指揮をとり、飛行機の整備を完了しておく。午後は、訓練飛行を実施する」

午前八時。岩本大尉機は、リパ飛行場を出発した。園田中尉、安藤中尉、川島中尉、中川少尉の四人が同乗した。操縦は、園田中尉であった。

この日のルソン島の上空は、快晴であった。太陽は、すでに高くなり、日ざしの暑さは、皮膚に痛いほどに感じられた。危険な時刻であった。アメリカ軍の空襲が、毎朝、定期便のように、はじまる時であった。岩本大尉は、リパにきて以来、それを見聞きして、よく知っていた。

それなのに、ただ一機で飛び出して行った。しかも、岩本機は、体当り機に改装したために、一門の機関砲も持たない。全くの無防備である。

こうした悪条件のなかで、ただ一つ安全らしく見えたのは、リパ—マニラ間の距離が、地図上の直距離で九十キロ、九九双軽の飛行時間にして、二十分たらずだということであった。しかし、アメリカ軍の飛行機が来襲する時は、数群にわかれて各地の飛行場を同時に攻撃する。二十分の飛行中でも、いつアメリカ機と遭遇するかも知れなかった。

万朶隊の隊員は、隊長機の出発を見送った時、不安な予感がかすめた。しかし、日ごろの岩本大尉の熟練した技術を知っていたから、深くは心配しなかった。

村崎少尉が本部に連絡に行ってしまうと、下士官たちは解放された気持になった。久保軍曹が大きな声でいった。

「どうだ、佐々木、ミステーサを見に連れていってやろうか」

白人とフィリピン人との混血の女の所に行こうというのだ。佐々木伍長は当惑した。

「はい、まだ仕事がありますから」

「仕事なんか、どうでもいいさ。どうせ、おれたちは生きてなんか、帰れるもんか。生きて帰れるなんて思っていたら、大間違いだぞ」

久保軍曹は、反抗するような調子でいい捨てて行ってしまった。その、険しい顔が、佐々木伍長の目に残った。

「久保軍曹は、少年飛行兵当時からいじめられ通しだったから、ヤケになるの、むりないよ」

と、奥原伍長がそばにきて、佐々木伍長を誘いだした。ふたりはいつものように、掩体壕のなかの飛行機の翼の下にもぐりこんだ。

「いいものがあるんだ」

奥原伍長が、飛行服のポケットから餅をとりだした。

「おとといの明治節のお祝いの残りらしい。炊事に行くと、なんでもだしてくれる」

ふたりが、餅をたべていると、急に飛行機の爆音が、鋭く近づいてきて、ピュン！ピューン！　と弾の飛ぶ音がした。近くで激しい爆発がおこった。

「空襲だ！」

佐々木伍長と奥原伍長は、特攻機の翼の下から飛びだした。うっかり走れないが、飛行機の近くにいることは、なお危険であった。ふたりは空を見まわしてから、近くの椰子林の奥に走りこんだ。

「空襲！　空襲！」

遠くで騒ぎたてる声がした。飛行機の爆音が、再び上空におおいかぶさってきた。爆弾が空気をきりさいて、落下する音が気味わるくひびく。爆発のすさまじい音がつづけさまに起った。椰子林のなかが爆風でゆれ動いた。たくさんの飛行機が、頭上をかけめぐって行く。アメリカ軍の艦載爆撃機だ。

佐々木伍長も、奥原伍長も、椰子の木の根もとに、しがみつくように伏せていた。こずえに弾のあたる音がした。佐々木伍長は、からだがすくんだ。椰子の大きな葉が、バサバサと落ちてきた。

激しい空襲であった。佐々木伍長は、いきをころしていた。やがて爆音が遠ざかり、燃えあがる火焔の音が、間近く聞えてきた。顔をあげると、椰子林の外に炎と煙があがっていた。

〈おれの飛行機をやられたのか〉

佐々木伍長は心配になって、起き上って走りだした。椰子林の外に出た時、地面の上に倒れている飛行服の姿が目についた。

「浜崎曹長殿！」

佐々木伍長は走りよった。万朶隊の無線係《むせんがかり》の浜崎曹長は倒れながら、左足を抱えこんでいた。ふとものところから、血があふれだしていた。佐々木伍長は、奥原伍長の手をかりて、浜崎曹長を椰子林のなかに、かつぎこんだ。その時、激しい叫び声が、外から聞えた。佐々木伍長は、奥原伍長にあとをまかせて飛びだすと、血まみれの負傷者がかつぎこまれてきた。

「誰がやられたのか」

「石渡だ」

顔色を変えて、どなっているのは田中曹長だった。

石渡軍曹は特攻機の翼の下で寝ころんでいた。将校がいなくなったという解放感から、気をゆるめていたに違いなかった。爆音を聞いて逃げだすより早く、アメリカ海軍の艦載攻撃機グラマンＴＢＦの機関銃弾が降りそそいできた。石渡軍曹の飛行機は黒煙をあげて燃えだした。石渡軍曹は逃げだしてきて倒れた。しかし、負傷者はふたりとも、手足を失うほどの重傷ではなかった。

だが、まもなく、万朶隊に不幸な犠牲者がでたことがわかった。鉾田から、特攻機の整備のために、いっしょにきた藤原雇員であった。背中に大きな穴をあけられて、いきが絶えていた。徴用されてきた民間人であった。

この騒ぎのうちに、また飛行機の爆音が近づいてきた。第二波の空襲である。飛行場は再び、火山が爆発した時のような、激しい轟音と、動揺と、火焔に包まれた。

万朶隊の下士官たちは、椰子林のなかに身を伏せていたが、田中曹長は頭をあげて、外をうかがいながら、いった。

「こりゃいかん。隊長殿があぶないな」

ニューギニアで激しい航空戦を体験した田中曹長は、今しがた、マニラに向った岩本大尉機の危険を察知した。

上空に乱舞する爆音は、急速に遠ざかった。田中曹長は、再び上半身をおこして、

「隊長機は大丈夫かな。生田、本部へ連絡に行って、情報を聞いてこい。いや、本部もやられたかも知れん。村崎少尉殿をさがせ。それから軍医殿をつれてこい」

と、戦場なれのした処置をとった。生田曹長は、上空に爆音のないのを確かめて走りだした。

飛行場本部は無事だった。村崎少尉は、無線の情報を聞いていた。それによれば、マニラ市の周辺も、猛烈な空襲がつづいていた。クラーク飛行場群にも、アメリカ軍の艦載戦闘機の編隊が、くりかえし来襲している。

しかし岩本大尉機については、なんの情報もなかった。岩本大尉機が出発してから、すでに一時間を過ぎていた。

爆撃、銃砲撃をあびたリパ飛行場が、混乱している最中に、第三波の編隊が襲ってきた。恐らく、この勢いでは、マニラ市周辺の上空には、アメリカ軍の飛行機が朝から飛びまわっているに違いなかった。そのなかへ、岩本大尉機は飛びこんでしまったことが、今や明らかになってきた。

午前十一時をすぎたころ、第四航空軍司令部から、万朶隊にあてて無電がおくられてきた。

『岩本隊長は出発せしや。状況によりては、地上、自動車にてこられたし』

電文を読んだ村崎少尉は、

「こりゃあ、まずいことになった」

と、いった口もとがふるえていた。この電文で、岩本大尉らがマニラに到着していないことが確実となった。四航軍では、待ちかねていたらしかった。同時に、空襲のなかに飛ぶことを心配して、自動車に乗ってくるようにと注意してきたのである。

万朶隊の下士官たちは、死傷者を収容してから、本部に集っていた。田中曹長は、

「隊長殿は、敵に遭遇したな。しかし、隊長殿のことだから、なんとか、うまいこと、逃げていると思うけれど」

誰もが、同じように考えていた。下士官たちは別々の姿勢で、だまりこんでいた。

午後になっても、岩本大尉機については、なんの情報もなかった。第四航空軍から、もう一度、問合せてきた。

『岩本隊長は出発せしや』

田中曹長が、いらだちながら、いった。

「こんな激烈な第一線で、しかも、定期便のくる時刻に、マニラに呼寄せるなんて、軍司令部は航空戦を知らんよ」

佐々木伍長は、岩本大尉機の行動を、いろいろに考えてみた。大変な事態になったことだけは確実に思われた。

リパ飛行場を離陸した岩本大尉機は、マニラのニルソン飛行場に向って直進した。

マニラの南には、ラグナ・デ・バイの大きな湖水がひろがっていた。このバイ湖のことを、日本軍の間では、ラグナ湖と呼んでいた。湖の上空は、アメリカ軍の空襲部隊がマニラ周辺を攻撃する時の進入の目標であり、集合地点になっていた。

午前八時をすこし過ぎた時刻に、バイ湖の上空に、東北に進む機影があらわれた。それを、マニラ市の第二ニコラス飛行場の対空監視哨で、若い海軍の操縦者が、いち早く見つけていた。海軍予備学生飛行科十三期の津田忠康少尉であった。

津田少尉は、第二ニコラス基地の第三十一海軍航空隊に着任したが、その時には、本隊はすでにジャワ島に転進したあとであった。津田少尉は、本隊に追及するために、航空便を待って基地に待機していた。その間にマニラの空襲が激しくなったので、監視の任務を命じられた。津田少尉は監視哨にあがって、アメリカ海軍機の戦闘ぶりを見ながら、他日、空中戦をする時の役に立つと思っていた。

この朝、ニコラス基地も、空襲をうけていた。アメリカ軍の後続編隊を警戒していた津田少尉の目は、バイ湖の南方に機影をとらえた。すぐに、その機体の特徴から、陸軍の九九双発軽爆と見て、叫んだ。

「九九双軽一機、東北進。高度五百」

　ほかの監視兵も、すぐに見つけた。

「こっちへきたら、危いぞ」

「今ごろ、飛んでくるなんて、おかしな双軽だな」

　津田少尉が注視を続けているうちに、九九双軽はバイ湖の上に達した。高度が四、五百メートルであったのは、マニラ周辺の飛行場に着陸するためと思われた。

　この時、九九双軽の後上方から、二つの黒点が落下したように見えた。突然のように襲いかかったグラマンF6Fヘルキャット戦闘機の二機であった。二機は、九九双軽の後上方から、一航過射撃を加えて、急上昇した。九九双軽は、大きく左へ傾いたが、そのまま急旋回して、湖の岸の方にかくれた。津田少尉は、いきをのんだが、急にその方向から黒煙が噴きあげた。九九双軽が不時着して、炎上したのだ。

　津田少尉の報告に基づいて第二ニコラス基地では、救助隊を編成した。津田少尉は、基地防空隊の将校一名と、武装兵数名とともに、トラックに乗って急行した。兵を武装させたのは、湖岸一帯にフィリピン人のゲリラ隊が活躍して、危険であったからだ。

　救助隊は、湖岸の国道を南下し、一時間後に現場付近に到着した。モンテンルパ付近の畑のなかであった。目標にしてきた黒煙は、すでに薄くなっていたが、まだ立ちのぼっていた。

　救助隊のトラックの進行できる道はなかった。津田少尉らは小さな茂みを踏み越え、バナナ畑を突っ切って走った。その行く先に、黒く焦げた金属のひとかたまりがあった。九九双軽の残骸であった。救助隊が近づいた時、九九双軽の残骸から走り去った人の姿があった。フィリピンの農夫のようであったが、その姿は、一瞬にして消えてしまった。

九九双軽の近くにも、人らしいものが草の上に横たわり、動かないままでいた。それが異様に見えたのは、服をつけていないためだとわかった。下着のシャツとズボン下だけで、五人が倒れていた。そのうち四人は血にまみれていた。銃弾をうけて、貫通した傷口が開いていた。明らかにグラマン戦闘機の機銃弾をうけたものであった。四人は、すでに絶命していた。

ひとりは全身をけいれんさせ、うなり声をあげた。銃弾などの外傷はなかった。しかし、すぐに打撲と骨折していることがわかった。ことに鎖骨《さこつ》と片足の膝関節の骨折は重傷であった。

兵は、携行した担架に、重傷者を乗せた。重傷者はうめき、何かわからない言葉をつぶやいた。

津田少尉は、機体を調べた。機体の後方には、植物を押し倒し、引きむしり、土をかき起した跡が、七、八十メートルもつづいていた。九九双軽は、胴体着陸を敢行したようであった。その接地の衝撃で、恐らく発火したと思われた。それは津田少尉が、基地の監視哨から目撃した状況と、胴体着陸の跡から見て、判断されることであった。

しかし機体は、ひどくは燃えていなかった。それは、つんでいたガソリンの量がすくなかったためと見られた。ガソリンは、はじめからすくなくいれたのか、あるいは、被弾して噴出してしまったためであろう。

　茂みのなかをさがしていた兵は、遺留品を発見した。手さげかばん一個、財布一個、それに機体の車輪一個であった。掠奪された飛行服は見つからなかった。

　手さげかばんには、持主の姓名が記してあった。『岩本大尉』とあった。財布にも、姓名が記してあった。それは『園田中尉』であった。手さげかばんを調べて見ると、名簿が出てきた。それには『陸軍特別攻撃隊万朶隊員名簿』としてあった。その文字を読んだ時、津田少尉は、全身がひきしまるような、厳粛な思いにかられた。名簿のなかを開くと、第一行に『隊長、陸軍大尉、岩本益臣』としてあった。そのあとに万朶隊全員の氏名、階級、本籍、留守宅を記してあった。

　やがて、死体は一個所に安置した。それぞれの下着を調べると、岩本大尉、園田中尉、安藤中尉、川島中尉であることがわかった。重傷者は中川少尉であった。

　中川少尉をトラックに乗せて、近くにある海軍設営隊の医務室に収容した。このころになって、中川少尉は、うわ言をいいつづけていた。軍医は診察の結果を伝えた。

『相当な衝撃をうけているから、生死の見込みは半々だ』

と、いうことであった。

　津田少尉らの救助隊は、第二ニコラス基地に帰った。日没近くになって、ようやく、四航軍の処理班が訪ねてきた。処理班の指揮官は、四航軍の功績課の大尉で、兵数名をつれていた。

大尉は、津田少尉に、救助、連絡をしてくれたことに、手厚く礼をのべた。そして、現場の状況をたずね、今からでも急行したいといった。しかし、すでに日は暮れかけていたし、現場付近はゲリラの危険もあった。処理班は、その夜は海軍基地に宿泊した。

それにしても、四航軍の処置は、自軍の、しかも早朝の事故なのに、あまりにも手ぬるかった。

その夜、津田少尉は、処理班長に語った。

「岩本機は、なんのために、あの危険な時刻に、単機でマニラにこようとしたのですか」

大尉は、その事情は知らないというだけであった。津田少尉は、

「しかし、岩本機は、こちらが空襲されていることは知らなかったと思います。何しろ、このニコラスでも、敵がきても、警報もはいらなかったのです。岩本機も、何も知らないで飛びだしたのでしょう。岩本機の飛行姿勢は普通でした。グラマンの攻撃をうけて、はじめて気がついた時には、高度が低かったので、急旋回して不時着姿勢をとらざるを得なかったと判断されるのです」

津田少尉は、フィリピンの航空情報の無力なことに、怒りを感じながら、さらに、現場でうけた疑問を語った。

「あの九九双軽は、だれが操縦していたのでしょう。われわれが行った時には、搭乗者

は機体の外に倒れていました。これは、だれかの手で運びだされたのです。胴体着陸の衝撃で飛びだしたものなら、もっと離れているでしょうし、全員が飛びだすことはないでしょう。胴体着陸後に火を発した時に、逃げだすことは当然考えられます。しかし、四人の被弾の状況から見ると、機上で死んでいたか、すくなくとも、発火後に自分の力で外に出ることはできないほどの重傷だった、と思うのです。しかし、死体に焼けこげたあとは、あまり見られませんでした。これは、だれかが運びだしたことになります。つまりは、あの付近にいたフィリピン人がやったのだと思います。これが服をはぎとり、品物を奪ったのでしょう。そのあとで、まだうろうろしているところへ、われわれがかけつけたので、あわてて茂みに品物をかくして逃げた、ということになりそうです」

大尉は、うなずいて聞いていた。

「あの操縦者はだれでしょうか。自分は大変、感心したのです。九九双軽の操縦桿は一本の棒ですから、ほかの者が手を貸すわけに行きません。あの飛行機は胴体着陸をやってのけましたが、接地する直前に、無事でいたのは、中川少尉だけです。しかし中川少尉は、通信ですから、操縦はできないでしょう。そうすると、あの胴体着陸をやったのは死んだ四人のうちのだれかです。自分らが到着したのは、一時間後ですが、あの貫通銃創の傷から判断すると、死のまぎわに胴体着陸をやって、飛行機がとまるかとまらないうちに、死んだのではないでしょうか。それにしては、みごとな胴体着陸です。その跡を、あした、よく見てください」

リパ飛行場を出発する時の操縦者は、園田中尉であった。途中、交代するほどの時間はなかったから、恐らく園田中尉が、意識を失い、呼吸のたえようとするときに、この胴体着陸をしたのだろう。

リパに残った万朶隊員が、岩本隊長機の撃墜されたことを知ったのは、その日の午後九時すぎであった。

田中曹長は、大きな声で怒りをぶちまけた。

「四航軍の司令部は、低能ばかりだから、こんなことになるんだ。これじゃ、全くのむだ死じゃないか」

田中曹長は、興奮して、涙を流して叫びつづけた。

「隊長殿がいなくなって、おれたちはどうしたらいいんだ。操縦の将校がひとりもいなくなったんだ。万朶隊はどうなるんだ」

ほかの下士官たちも誘われて涙を流した。やがて、田中曹長は村崎少尉にすがりつくようにして、

「こうなったら、やります。われわれがやります。隊長殿の分も、園田中尉殿の分も。そして、きっと仇をとります。安藤中尉殿、川島中尉殿」

と、また激しくむせび泣いた。

それから、隊員たちは祭壇を作って、その前で通夜をした。この日の空襲では、岩本大尉ら四人のほかに、藤原雇員が戦死し、リパ飛行場の勤務隊員が十数名、命を失った。

また、万朶隊の下士官二名が負傷し、特攻機二機が破壊された。救助隊によって医務室に運ばれた中川中尉は、意識不明のままであった。

　万朶隊の残された隊員たちは、岩本大尉の戦死に対し、痛惜の思いにかられて、幾たびもくり返しては、四航軍の〝呼寄せ〟命令をののしった。隊員たちは、岩本大尉に無謀な飛行をさせたのは、四航軍の命令だと固く信じて疑わなかった。

　この朝の岩本大尉の飛行には、不可解な問題が幾つか残された。まず、明らかに危険が予想される状況のなかを、どうして飛行機で飛んだのか、ということである。これについて四航軍の編成担当参謀の美濃部《みのべ》浩次《こうじ》少佐は、後年、長く記憶していることを、次のように私（著者）に語った。

「松前高級参謀と佐藤作戦参謀は、事故がおこった時に『なんで飛行機なんかで』とか『ひとがあれだけ自動車でこいと指示しておいたのに』といって、がっかりした様子で、すごい形相《ぎょうそう》をしていました。岩本大尉には、そのことをよく注意したといっています。

　岩本大尉をマニラに呼んだのは、冨永軍司令官がネグロス島から帰ってくるのに合わせたのです。軍司令官が実際にマニラに帰ったのは七日でしたが、そのころには帰るという予定はわかっていたので、あらかじめ、岩本大尉を先に呼んだということなんです。そして連絡とか、打合せをやっていれば、軍司令官も帰ってくる。帰ってきたところで、岩本大尉らとあって、宴会をやる。

　ですから、五日に呼んだというのは、あれは余裕もあるし、必ず自動車でこいといったんです。飛行機ではあぶないと。しかし万朶隊は訓練や何かしているし、飛行機だと十五分ぐらいですし、自動車だと、リパから二時間以上かかってしまいましょう。飛行機を使ったのは、ちょっと便宜主義だったと思うんですが。第一、軍司令官は帰っていないし、そんなに急ぐことはないんです。マニラには航空寮があって、宿泊の準備もしておいたのです。五日の晩の会食の用意もしました。人数は、万朶隊の空勤将校全員でした。

これから見ても、五日の夕方までにマニラにくればいいので、一晩ゆっくりすれば、六日か七日には軍司令官とあって、リパに帰ればよろしいということだったんです。時間からいって、夕方の会食にまに合えばいいんですからねえ。自動車だから、昼に出てこいという指示だったたと思うんです。飛行機なら、夕方になって、空襲がなくなってから出てきてもいいし、当然そうすべきでしょう。

それにしても、空勤将校全部をいっぺんにやられたんですから、痛かったんです。あれで万朶隊はガタガタになってしまいました」

航空寮というのは、占領接収したマニラ・ホテルで、四航軍が航空関係の将校のための宿泊に使っていた。そこに岩本大尉以下五名の宿泊の用意があった。この五名を四航軍が呼んだことについて、寺田元参謀長は、次のように私（著者）に説明した。

「軍司令官が特攻隊と宴会をやりたかった。それと、岩本大尉らがマニラを見ておらんだろうから、見せてやろうという気持ぐらいで、どうしてもマニラに呼ばなければならんという用件はなかった」

このほかの用件といえば、岩本大尉が独断でなおした体当り機を、検討するということがあった。それにしても、飛行機をわざわざ見なければならないというほどのことはない。

それでは、岩本大尉は、なんのためにマニラに飛行機で行くことになったのか。

岩本大尉機が出発したあと、四航軍から問合せの電報がきた。万朶隊の下士官たちは、その内容に《状況によりては、地上、自動車にてこられたし》の字句があったと信じている。しかし、確実にそうであったか、どうか、その証拠はない。

これについて、推察できることがある。四航軍の幕僚が岩本大尉に、最初から、自動車でくるように指示したのは、事実のようである。当時の空襲の激しい状況から考えれば、四航軍の幕僚の常識的な判断として、当然そうであったといえる。その指示があったのに、自動車を飛行機にしたのは、当の岩本大尉ではなかったか。

その理由は、リパ―マニラ間の距離にある。それを地図の上で測っても、約九十キロメートルもある。自動車で走ると、三時間近くかかる。その上、リパからは長い山道をくだって行き、途中、バイ湖の付近の村落は、ゲリラ集団がはびこっている。乗用車に乗っている者は、外から見えないように姿勢を低くし、からだを隠して行くほど、危険な状況であった。

岩本大尉は、三時間の自動車の運行よりも、飛行機のほうを選んだのではなかろうか。

それが操縦者の心理というものであるようだ。

もう一つの事情がある。マニラ周辺には毎朝、空襲があった。しかし、十一月はじめの四日間は空襲がなかった。このために岩本大尉は飛べると考えたのであろうか。

岩本大尉が飛行機で行くことにきめると、当然、飛行予定を四航軍に連絡したろう。その連絡があったので、五日の四航軍の督促電報に《地上、自動車にてこられたし》の字句が使われることになったのではなかろうか。

その真相を知る者は、村崎少尉ひとりのようである。村崎少尉が四航軍から命令を受領し、それを岩本大尉に伝え、そして、飛行機の準備をした。だが村崎少尉から、真相を聞くことはできなかった。

村崎少尉はルソン島の敗戦で、北部の山中で死んだ。昭和二十年七月一日である。熊本県出身、大正五年七月二十日生れ。少尉候補者第二十四期生として、下士官から将校になり、昭和二十年二月二十八日付けで中尉に進級した。軍隊経験は十分であった。この人の口が開かない限り、岩本大尉機がマニラに飛んだ謎の解明はできないようだ。

ただ一つ、いえることがある。岩本大尉らをマニラに呼んだのは、寺田参謀長のいうように、冨永軍司令官が宴会をすることが主な目的であった。冨永軍司令官は特攻隊に対しては、熱誠あふれるという態度で会見し、さらには必ず宴席を設けて、壮行を激励した。その温情ぶりには、多くの特攻隊員は感銘をうけていた。しかし、これは冨永中将が陸軍次官や人事局長の要職にいた間に身につけた、宴会政治による人心をとらえる手段でもあった。

岩本大尉は、その前に、冨永軍司令官に着任の申告のために、バコロド基地まで飛んだ。これは、富嶽隊の西尾少佐と同様であったが、冨永軍司令官が特攻隊員と早くあいたいという要望のためであった。だが、内地からきたばかりの者を、いかに操縦の熟練者でも、ルソン島からネグロス島に呼ぶことには、むりが多く、危険である。それをかえりみなかったのは、冨永軍司令官が航空の常識を知らないためである。

また、岩本大尉にしても、西尾少佐にしても、この場合、冨永軍司令官に申告に行く必要はなかった。それは、冨永軍司令官がバコロド基地の戦闘司令所に出ている間、マニラの四航軍司令部をあずかっている寺田参謀長が軍司令官に代って、申告をうけていたし、当面の行動について指示を与えている。申告とは、あいさつにすぎないのだ。

だから、冨永軍司令官としては、その報告をうければ、それでよいので、あとは第一線の作戦指揮に専念しなければならなかった。それなのに、特攻隊と聞くや、自分のほうが興奮し、感激し、見さかいもなくなって両隊長に遠路の危険をおかしてまで、申告に呼びよせた。

その次に、岩本大尉らをマニラに呼んだのも、バコロド基地の申告と共通するものがある。岩本大尉らを料亭広松に招いて、芸者を見せ、酒を飲ませて喜ばせてやろうというのが、冨永軍司令官の意図であった。冨永軍司令官はマニラに帰る予定を寺田参謀長に伝えた時、岩本大尉らの招宴の準備を命じたと見られる。

四航軍の司令部では、その準備をし、五日に「自動車でくるように」岩本大尉に伝えた。岩本大尉が自動車に乗らなかったのは、前に記した理由のほかに、もう一つ、考えられることがある。岩本大尉は特攻隊長を命ぜられてから、胸中には憤激と不満がわだかまっていた。さらに、冨永軍司令官の非常識に腹をたてていた。そこへ、単に宴会、慰安のために、三時間の自動車行進を要求された。これは、明日にも敵艦に肉薄しなければならない任務をもった操縦者であり、隊長である岩本大尉には、納得できないことであった。

岩本大尉は鉾田出発の時に、飛行場規程をやぶって逆旋回して、反抗の意志を明らかにした。それと同じように、四航軍の指示を無視して、自分の乗用機を使うことにしたのではなかったか。

このように岩本大尉の胸中にあるものを推察すると、その前夜に辞世の一首を、改めて記していることに、何かの意図があったのではなかろうか。それは、冨永軍司令官のような航空に無知な指揮官のために、むなしく殺されることを予見していたともいえよう。

大君のみことかしこみ賤が身は
なりゆくままにまかせこそすれ

富嶽隊第一撃

昭和十九年十一月六日
マルコット・浜松・リパ・東京

一

空襲警報がでると、富嶽隊の隊員たちは近くの林のなかにもぐりこんだ。防空壕に行かないようになったのは、五日の空襲で、防空壕がくずれて、丸山軍曹が生埋めになったからである。元気者の丸山軍曹は、すぐに自分ではいだしてきたが、しばらくは動けないで、青い顔をして、うずくまっていた。

飛行場の周辺の林のなかは、バナナが多く、草が深くしげっていた。湿気が多く、むし暑かった。梨子田曹長と森山准尉は、上半身裸になって腰をおろして、

「将棋でもやるか」

と、いった時、高射砲の音がひびいた。二発、三発。

突然、近くの高い木の上で、異様な叫び声がおこった。けたたましい鳴声だ。つづい

て、すばやく幹をかけ上る、大きな動物の姿が目をかすめた。大とかげだった。

「気持のわるい奴がいるね」

梨子田曹長は、その場を離れて歩きだして、大きな木の根方にはいって行くと、急に、ガサガサと音がした。〈蛇か〉梨子田曹長は、思わず立ちすくんだ。〈むやみに踏みこむのは、あぶない〉梨子田曹長は、わきの木にのぼった。枝につかまって、のぞいて見ると、草むらのなかに動いているものがいた。一匹ではなかった。よく見ると、四、五匹の仔犬がかたまって、たわむれ合っていた。親はいなかった。

梨子田曹長は、そのなかの黒い仔犬を抱いて、宿舎に帰った。たのしい気持になっていた。

「どこで拾ってきた。ちょっと貸してみ」

楽天家の荘司曹長が、まっさきによってきて、仔犬をとりあげた。

「名前はなんていうんだ」

「名前はねえわね。今、そこの林のなかで見つけたばかりだに」

「かわいいでしょう、こいつ」

荘司曹長が両手でさしだしたのを、島村准尉は、ちらっと見ただけで、口を開こうとしなかった。荘司曹長は、気にとめないで、梨子田曹長に、

「クロはどうだ。フィリピン生れらしくていい」

と、笑った。梨子田曹長は、だまりこんでいる島村准尉のそばで騒いでいるのが、気

の毒になってきた。島村准尉は、日がたつにつれて、ますます、口をきかなくなっていた。梨子田曹長とも、ほとんど話をしないようになった。梨子田曹長は仔犬を抱いて、その場を離れた。

　この日も一日中、空襲がつづいた。ほとんど二時間おきに、アメリカ機の編隊が、ルソン島のどこかの飛行場に来襲した。飛行機はいずれも航空母艦から発進した艦載機であった。これは、大規模な機動部隊が、ルソン島の沖に接近していることであった。富嶽隊の隊員たちは、ひそひそと、ささやき合った。

「いよいよ、出撃かな」

　夕方になって、機関係の森山准尉が、飛行機の点検を終って、宿舎に帰ると、隊員はひとりもいなかった。当番兵に教えられて、協同飛行場大隊本部に行くと、隊員がひとかたまりになっていた。みんな、緊張した顔をしていた。

　飛大本部は、ニッパ椰子の屋根の、そまつな、小さな建物だった。入口はあけはなしてあった。森山准尉がなかを見ると、西尾少佐の顔が一番先に目についた。西尾少佐は目をとじて、うつむいていた。何か、異様な感じだった。その隣には、整備隊長の進藤大尉が立っていた。もうひとりは、羽石飛行場大隊長だった。

　三人の正面には、参謀懸章をつけた少佐が立っていた。森山准尉は、その顔に見覚えがあった。森山准尉が歩兵第三十連隊にいた時の重原慶司《しげはらけいじ》中隊長であった。それが今、第四航空軍の後方参謀となって、命令を下達しているのだった。重原参謀は四航軍のクラーク連絡所に配置されていた。

進藤大尉と羽石飛大長は、直立不動の姿勢で、顔をまっすぐに重原参謀に向けていた。それなのに、西尾少佐が顔を伏せて目をとじているのは、命令に耳を傾けている姿とは思われなかった。顔には、歯がみをしているような、深刻なかげがみなぎっていた。目をとじて、眉をよせているのは、悲痛なものをこらえている表情であった。

森山准尉は、ルソン島にきてから、西尾少佐が隊員にいったことを思い浮べた。

「六七重爆という優秀な飛行機と、これだけの腕のいい者を、どうして体当りだけに使うのか。浜松重爆隊の腕を、思う存分にふるわせて、いよいよ最後の時に体当りをさせたらいいではないか。それなのに、なぜ、優秀な六七の機材をはずし、爆弾を落せないように改装したのか。その上、機関銃は全部はずし、銃座はつぶして、おおいかくしてしまった。これでは、棺おけ飛行機だ。棺おけに乗せたら、いやでも応でも、体当りするだろう、と考えた奴がいるのだ。これでは、おれたちは、死にさえすればいいようなものではないか。死ぬぐらいのことなら、西尾はいつでも死んでやる。支那事変のはじめに、蘭州へ長距離爆撃をやって以来、なんども死にそこなった西尾だ」

西尾少佐は悲憤して語ったあとで、

「なんとかして、爆弾を投下できるように、なおせばいいのだ」

と、はっきりいった。また、阿部技術少佐にも改修を要望したらしかった。しかしその前に、出撃命令をうけることになった。西尾少佐のうつむいた顔には、こうした苦悩があらわれていた。

重原参謀が、西尾少佐に伝えた命令は、次のような内容であった。

『ルソン島東方、マニラを基点として、三百五十キロの海面に、敵の有力なる機動部隊が行動中なり。富嶽特攻隊は、これに必殺攻撃を敢行すべし』

この命令には、どこにも〝体当り攻撃〟の文字は使われていなかった。これは、陸海軍の特別攻撃隊の命令に、最初から最後まで変らなかったことである。〝体当り攻撃〟と明確な表現をしないで〝必殺攻撃〟と、あいまいな文字を使ったのは、簡明を第一とする軍の命令にふさわしくない。しかし、ことさらにそうしたのは、それだけの必要があったのだ。何よりも重要なのは、命令では、体当り攻撃をせよ、といっていないことにするためであった。

軍の命令は、すべて、天皇陛下のご意思である。命令に体当り攻撃の文字を使えば、天皇陛下が、それを命ぜられたことになる。命令にその文字を使わなかったのは、どこまでも、体当り攻撃は天皇陛下のご意思ではなかったことにするためである。

これは、体当り攻撃部隊の編成を計画した大本営の当事者自身が、体当り攻撃は非道の方法であって、天皇陛下が命令されてはならないことだと自覚していたからである。あくまで、天皇陛下の神聖をおかすのを、恐れなければならなかった。

もう一つには、体当り攻撃は命令ではなくて、各自の自発意思にもとづいた行動にしておきたかった。そうすれば、特攻隊員は、国難のために一命を捨ててかえりみない義烈の士とすることができる。また、それは、壮烈な愛国美談となって、今や崩れかけてきた国民の戦意を、刺激し、たかめることができる。特攻隊については、このように計算されていたようである。

そして、このことはまた、体当り攻撃を計画した者や、航空軍、飛行師団の指揮官、幕僚などが、責任のいいのがれをする口実ともなり得るのだ。

隊員たちが見まもるうちに、重原参謀の命令の下達は終った。西尾少佐は、最後まで、顔を伏せ、目をとじたままであった。整備隊長の進藤大尉が、外に出てきて、富嶽隊の将校の全員だけを呼びいれた。

将校たちは室内にはいると、一団となって、声をひそめて話し合っていた。もう暗くなっていて、顔も表情もわからなかったが、いかにも密議という感じであった。

准尉以下は、表で待っていた。互いに話はしないで、むやみにたばこをふかしたりしていた。梨子田曹長は灯のあるところをさがして、日記を書きはじめた。

《本六日、私たちの防空壕も死の危険にみまわれた。運よく生き残り、いよいよ明日出動の命令をうく。弟たちの仇を討って母を喜ばせたい。私は一番の兄だ。軍人の本分をつくせ。陸軍特別攻撃隊の名を生かせ。死して生かせ。二十八年間、生きてきたのは、今日あるためだ。誰も泣かないで、私の立派な働きを喜んでくれるでしょう》

まもなく進藤大尉が出てきて、准尉、下士官を整列させた。

「今から、明日の出撃の搭乗区分を発表する」

准尉、下士官たちは緊張した。名前を呼ばれれば、明日、体当り攻撃に参加することになるのだ。富嶽隊の六七重爆は、五機しかなかったから、全員が出撃するのではないことはわかっていた。梨子田曹長は、すでに観念していた。

〈可動機が何機あろうと、隊長機が出る限りは、自分も乗ることになるだろう〉

西尾少佐は、梨子田曹長の腕を信頼して、いつも同乗させていたから、死の突入にも、つれて行くに違いなかった。進藤大尉は搭乗区分を発表した。それによれば、——

第一編隊　一番機、西尾少佐（操縦）柴田少尉（航法）米津少尉（無線）
二番機、山本中尉（操縦）浦田軍曹（機関）
第二編隊　三番機、石川中尉（操縦）本谷曹長（無線）
四番機、曾我中尉（操縦）前原中尉（機関）
五番機、国重准尉（操縦）島村准尉（機関）

氏名が発表された瞬間から、その人々は、全身を固くした気配だった。機関係が同乗するかどうかは大きな問題になっていたが、結局、三名がえらばれた。そのなかに加えられた浦田軍曹は、前からこのことを不安に感じていて、梨子田曹長のそばによってきて、

「分隊長殿、機関は乗ることになりそうですか。進藤大尉殿は何かいいませんか」

と、たずねては、一刻も早く情報を知りたがっていた。それが今、最初の出撃に、山本中尉機に同乗することになった。浦田軍曹が胸中の動揺をかくしきれないでいるのを、

梨子田曹長は見るにしのびない思いだった。

しかも、梨子田曹長自身は、隊長機に必ず同乗することになる、と覚悟をしていたのがはずされていた。梨子田曹長の代りに、航法の柴田少尉が乗ることになった。航法の専任者を乗せたのは、確実に目標に到達させるためであった。柴田少尉は東京都大田区の出身であった。

無線の米津少尉の任務は、無電連絡をとり、体当りの時には突入信号を発信する。それまでには、操縦の補助をしたり、爆弾の安全針をぬくこともするだろう。米津少尉は静岡県磐田郡掛塚町（当時）の出身であった。

結局、隊長機には、機関係は同乗しなくても、よいことになった。恐らく西尾少佐は、あとあとのために、整備技術の優秀な梨子田曹長を残すことも考えたようだ。

残るときまっても、梨子田曹長はおちつかない気持だった。梨子田曹長のあずかっている二〇七号機は、第二編隊に使われることになった。その、搭乗者の氏名を聞いた時、不安なものを感じた。

操縦者は曾我邦夫中尉であった。陸軍士官学校五十五期の青年将校であった。かねがね、自分の家は、曾我兄弟の子孫の系統であるといって、それを誇りにしていた。鎌倉時代の昔、曾我兄弟は富士の裾野の狩場に乱入して、父の復仇をとげた。そのような一念をもって、アメリカの機動部隊に突入することを、曾我中尉は心にも誓い、口にも公言していた。曾我兄弟のように、死力をつくして後に、死ぬことを本望としていた。

しかし、同乗する機関の前原中尉は違っていた。ルソン島にきてから、戦意をにぶらせたばかりでなく、自制心まで失いかけていた。

前原中尉は、はじめから、機関係は同乗しないものと考えていた。しかし、ルソン島にきて、前原中尉の希望はたたれてしまった。前原中尉の胸中には〈われわれは、だまされた〉というわだかまりがあった。

それからの前原中尉は、隊員と行動をともにしなくなった。飛行場にも出てこなくなった。宿舎をあけては、近くの海軍の慰安所に泊りこんでいた。慰安所には、日本の内地からきた女と、朝鮮からつれてこられた女たちがいた。このほかに、フィリピンの女もいた。

梨子田曹長は、前原中尉が乗ることに危険を感じた。また、覚悟をしていた自分がおろされたことも不服に思えた。それで、進藤大尉にきいてみた。

「どうして、自分を乗せてくれないのですか」

「梨子田だけでないぞ。森山、岩佐（准尉）も乗せないのは妻帯者だからさ。女房のあるのは、あとにまわすことにした」

それならば、島村准尉を乗せるのは、どうしたことかと、梨子田曹長は不審に思った。

この日の梨子田うた子の日記。

《きょうはなんだか、がっかりしてしまって、朝おそくまで、床にはいっていた。

昨夜は、ひと晩じゅう、いろいろなことが思いだされて眠れなかった。

マニラのクラーク飛行場！
君いますマニラの空よ》

二

岩本機の撃墜現場では、四航軍の処理班が、岩本大尉以下の遺体を埋葬した。遺体からは小指を切取って、遺骨とした。リパ飛行場からかけつけた村崎少尉らも協力した。そのあと村崎少尉は、海軍設営隊に残って、重傷の中川少尉につきそっていた。医務室に収容された時には、中川少尉は非常に興奮していて、うわ言をいいつづけた。一夜明けてからは、もう意識もなく、わずかに呼吸をつづけるだけとなっていた。まもなく、中川少尉の生きる力はつきた。

鉾田で特別攻撃隊が編成された時、命令をうけた通信の下士官が、体当り攻撃と知って、忌避しようとした。中川少尉は、それを知りながら、その下士官の代りとなることを、自分で申しでた。中川少尉は少尉候補者の出身で、苦労して、兵からたたきあげた人であった。いかにも、あっさりと、特攻隊に行く気持になったのも、将校になった責任感と、国難におもむく大事を考えたからであろう。

中川少尉は、軍隊で苦労したが、快活な人柄で、部下にもしたしまれていた。リパにきてから、岩本大尉以下、暗い気持に沈みがちであったが、中川少尉だけは、生来の快活さを失わなかった。

夕方になって、村崎少尉はリパにもどってきた。リパ高原の上にひろがっていた積乱雲は、日没ごろから急速に崩れて、真黒な夕立空に変った。いなずまが高原の斜面にとどくほど低く走り、しきりに光った。やがて大粒の雨が降りだし、たちまちのうちに飛行場は豪雨に包まれた。

その雨のなかで、十数名の遺体が、薪《まき》をつみかさねた上におかれた。きのうの空襲で死んだ人々である。一番はしには、万朶隊の整備員、藤原雇員の遺体があった。どの遺体にも、雨をさけるように、雨外套がかけてあった。

万朶隊の下士官たちが、その前に整列した。整備の藤本曹長、操縦の田中曹長、佐々木伍長、奥原伍長、無線の生田曹長などで、訣別と遺骨の収容のためにきていた。

飛行場大隊の兵の叫ぶ声が、激しい雨音のなかで、きれぎれにひびいた。点火の用意を告げたようであった。藤本曹長がガソリンの罐《かん》のふたをあけていた。

突然、激しく火が燃えあがった。ガソリンの炎である。強い雨のしぶきのなかに、黒い遺体の列が、明るく浮びあがった。藤本曹長は、藤原雇員の遺体にガソリンを投げかけた。それが、隣の火をひいた。炎の流れが走りだし、藤本曹長の足もとにとどいた。そこに、ガソリンの罐があった。大きな爆発がおこり、火炎が一面にひろがった。その近くにいた者は、飛んで逃げた。社本軍曹は火炎をあびて、顔や手にやけどをした。

燃えあがる火炎のなかで、雨は無数の赤い線となって降りそそぎ、十数名の遺体から蒸気のように白い煙が渦まきはじめた。佐々木伍長は、それを見た時、〈これが、死というものだ〉と感じた。同時に、岩本大尉以下五名の将校の死も、はじめて現実のものに思われてきた。

〈自分も、やがては炎に包まれるのだろうか。それとも、海のなかに消えてしまうのだろうか〉

雨は服をとおして、皮膚の上をつめたく流れた。佐々木伍長は、雨のつめたさと、現実の冷酷さに、身ぶるいに似たものを感じた。〈自分をかわいがってくれた隊長殿は、もういないのだ〉と思うと、昨夜、通夜をしている時に考えていたことが、また激しく心のなかに燃えあがった。

〈隊長殿の仇をうつまでは、おれは死なないぞ〉

雨は一時間ばかり激しく降り注ぎ、たちまちぬぐいとったように晴れた夜空に変った。熱帯の夕立であった。

田中曹長らは、宿舎に帰った。すぐに、五人の将校と、ひとりの雇員のための祭壇をしつらえた。祭壇の中央には、サンパギータの白い花を飾った。そのさわやかなにおいが、部屋のなかに立ちこめた。

戦死者の写真がなかったので、それぞれの遺品を供えた。祭壇の正面にあたるところには、岩本大尉の歌を書いた紙をかかげた。

大君のみことかしこみ賤が身は
なりゆくままにまかせこそすれ

隊員たちが改めて、この歌をよんでみると、岩本大尉の悲運の嘆きと、痛憤の情が胸にしみるようであった。

安藤中尉の遺骨の前には、半ば開かれた本がおかれてあった。服部之総《はっとりしそう》の著書『明治維新史』であった。開いてあるページは、安藤中尉が、そこまで読みかけた所であった。

隊員は祭壇の前に集ったが、人数のすくないのが、はっきりと感じられた。負傷した浜崎曹長、石渡軍曹は、繃帯に包まれて、横たわっていた。誰の胸にも去来する思いは〈下士官だけの万朶隊が、これから先、どうなるか〉ということであった。

このころ、鉾田からは、連日多くの将兵がフィリピンに出発していた。そのなかに、長幹男《ちょうみきお》、津田昌男《つだまさお》、玉田進《たまだすすむ》の三少尉がいた。陸軍士官学校五十七期の若い将校で、鉾田で乙種学生として、練習機から実用機に移る教育を受けていた。このうち、玉田少尉は飛行第二百八戦隊に、長少尉、津田少尉は四航軍に配属を命ぜられた。

この三少尉には、普通の出発と違うことが、いくつかあった。まず、鉾田から、まっすぐに出発しないで、浜松に行き、そこで飛行機を受取ることになっていた。また、浜松に行くまでに、三日間の特別休暇を与えられた。

三人の少尉はまだ経験が浅かったから、特別休暇にどのような意味があるのかに気がつかなかった。三人は喜んで、それぞれの故郷の家に帰った。

そして十一月六日、浜松の教導飛行師団に行った。三人は、第四輸送隊長という少佐にあって、搭乗機の手配をうけた。

三人が飛行場に出てみると、九九双軽が三機、準備してあった。近よってよく見ると、機首に長い鋼管が突きだしていた。一本であったが、長さは三メートル近くもあった。

鉾田では、岩本隊が出発した時から、体当り機のことが知れわたっていた。長少尉たちも聞いていたから、すぐに、それが起爆管だと気がついた。

「これは特攻機じゃないか」

津田少尉は心のなかにつめたいものを感じながらいった。

「おれたちは特攻隊なのか」

玉田少尉も顔色を変えていった。

「そんなはずはないぞ。特攻隊は、みんな内地で編成して行くじゃないか。現地へ行って編成なんてことはないよ。おれたちは、現地に配属されているんだから、違うと思うな」

長少尉はだまっていたが、何かを知っているようにも見えた。

気短かで、怒りっぽいところのある津田少尉は、じっとしていられなくなって、第四輸送隊長にききに行った。

「あの飛行機は特攻機のようですが、われわれは特攻隊ですか」

輸送隊長は、はっきりと否定した。

「いや、輸送するだけだ」

三少尉は安心して、浜松を出発した。三少尉は各一機を操縦し、学徒出身の整備の見習士官を二名ずつ同乗させて行った。


この日、岩本和子のもとに、手紙がとどいた。岩本大尉が内地を離れる前夜、福岡市の高島屋旅館で書いたものであった。

《和子殿　　　　　　　　　　　　　　益臣
出戦にあたりては、身に余る壮行の夕を辱《かたじけな》くし、感謝ひとしおなりき。一七〇〇福岡飛行場着、今夜はここに一泊する。一六四〇、故郷の空（福岡県築上郡岩屋村）を通過、感無量。それにつけても、東京の御父母様は勿論、九州の父母様にも、何の孝行もできず、誠に申訳なく思っています。ふたり分の孝養をつくされたく、切にお願いします。
明日は上海に向け出発の予定です。くれぐれも御身体御大切のほど祈ります。御父母様、下宿のおば様、近所の皆様によろしくお伝えください。十月二十二日夜》
この手紙を和子はいくたびも読みかえし、そのたびに涙を流した。和子のこの日の日記に。

《十一月六日
福岡よりのおたよりを、鉾田から回送してきました。封筒をあけないうちに、あなたのなつかしい字を見ただけで、涙が出てしかたがありませんでした。
いつもとちがい、なつかしくてなりません。どんなに幸福なふたりの生活だったでしょう。あなたも、きっと、そう考えてくださることでしょう。
あなたのことで、頭も胸もいっぱいです。昨年のきょうは、母といっしょに、新宿から上野まで、お見送りをしましたのね》
和子は、まだ結婚しなかった日のことを、思いだして記した。和子には、岩本大尉は、今もなお、生きている実在の人であった。

昭和十九年十一月七日
マルコット・マニラ東方海上・シライ

一

富嶽隊の機関係は、飛行場に出て、出撃する重爆特攻機のエンジンの調整をした。

夕方、重原参謀が出撃の命令を伝えたあと、富嶽隊の全員は第三十戦闘飛行集団本部に行った。そこで、集団の幹部将校といっしょに、壮行の乾杯をした。西尾隊長以下、第一次の攻撃隊にえらばれた隊員は、さすがに緊張していた。あとに残ることになった

ていた。

森山准尉、多賀部准尉らは、涙ぐんでいた。〈これが最後の別れだ〉という気持になった。

攻撃隊員は、会食が終ると宿舎に引きあげて準備をし、出発まで休養をすることになった。残留する隊員は、飛行場に出て整備に協力した。

五機の特攻機は、掩体からだして、誘導路にならべてあった。明るい星空の下に、五機の機首に、そろって三メートルの起爆管が突きだしているのが、異様に見えた。

梨子田曹長は二〇七号機の操縦席にいた。頭の上のところに室内燈がついていた。それと、計器盤の光で、操縦席の所だけが明るかった。梨子田曹長は計器、スイッチ、機械の操作の一切が円滑かどうかを、念いりに点検した。機能運転の点検は、いつもより長い時間をかけた。高出力運転、点火開閉器の切換えの点検、微速運転、加速点検、ブーストコントロールの点検、そして、プロペラの回転速度を変換する可変ピッチレバーの機能の点検。

どこも異常がなかった。エンジンは快調だった。梨子田曹長は点検を終ると、〈これで、この飛行機とも、お別れだ〉と思った。自分の預った飛行機として、責任と愛情を傾けてきただけに、愛着に似たものが感じられた。きょうの出撃命令が出るまでは、この飛行機と生死をともにする覚悟をきめていた。それだけに、飛行機の整備に力をつくしたのは、自分の死を飾る気持でもあった。

それが、搭乗区分の発表で自分が乗らないとわかると、気持が混乱してきた。助かったとか、よかったという気持はなかった。残されたことが残念に思えてならなかった。自分でも、ふしぎに思うほどであった。こうしたところに、戦場心理ともいうべきものがあった。

梨子田曹長は、操縦席を離れがたい気持だった。そのまま、しばらく、座席に腰をおろしていた。出撃の下命があった時からのことが、思い返された。なかでも、あざやかに目に残っているのは、うつむいて、歯をかみしめていた西尾隊長の悲痛な顔であった。

梨子田曹長は、もう一つ、はっきりと頭にきざみついたことがあった。乾杯が終って引きあげる時であった。航法の柴田少尉が、誰かに語っている言葉が耳にはいった。

「おれたち士官学校を出た者は、連隊長になれるのだ。こんなところで死ななくてもいいのに」

それは、明らかに、数時間後に迫った死の出撃に対する不満と痛憤を訴えたものであった。梨子田曹長は、〈士官学校出でも、五十七期はそんなものか〉と思ったりした。柴田少尉はこの七月に少尉に任官したばかりで、満二十歳になるかならないかの青年であった。

攻撃隊の出発する午前三時に、まもなかった。梨子田曹長は飛行機の外におりた。空を仰ぐと、下弦の月が浮びあがっていた。二〇・九の月齢であった。

梨子田曹長は、飛行機のならんでいる後側を歩いて行くと、人の姿が目についた。尾翼に、からだをもたせるようにしていた。梨子田曹長は、気になって、声をかけた。

「どうしたいね」

返事はなかった。立ちどまると、むせびあげる声がした。月の光が、そこに、米津少尉のうしろ姿を照らしだしていた。いつもは元気なことをいっている米津少尉だったが、今、体当り攻撃に出発するまぎわになって、泣いていたのだ。梨子田曹長は、慰めようもなくて、だまって歩き去った。

指揮所の前には、壮行のための席ができていた。テーブルをならべて、白い布をかけてあった。日本酒のはいった二合びんと、するめなどのさかなが、ところどころに置いてあった。酒はとくに、恩賜の酒ということであった。

椰子油の灯は、黒い煙をあげ、強いにおいをただよわせていた。

攻撃隊員と残留隊員とは、別れてテーブルについた。寺田参謀長が訓示をのべた。

「この二、三日、さかんに空襲をくり返した敵の機動部隊は、今なお東方海面に行動をつづけている。富嶽隊の最初の出撃には、絶好の獲物である。日ごろ練磨した技術をつくして、大戦果をあげることを、全日本国民が期待していると信ずる」

寺田参謀長は、コップをとりあげた。

「本日の攻撃は、わが陸軍航空部隊の最初の特別攻撃隊の出撃である。光栄ある富嶽特攻隊の成功を祈る」

富嶽隊の全員は乾杯した。見送りにきていた飛行場大隊や第三十戦闘集団の将校たちも、ともに乾杯した。

梨子田曹長は、攻撃隊員の顔をひとりひとり見た。もう、あうことのできない人たちの顔である。島村准尉の顔がうつむいているのを見ていると、前の日に島村准尉のいった言葉が思いだされてきた。

「西尾少佐になぐられて、気を失ったりして、恐ろしい思いをした。その人と、いっしょに死ぬことになるなんて、妙なめぐり合せだ」

島村准尉は、シンガポール空輸の時に、重爆をこわして、西尾少佐になぐられて気絶した。西尾少佐は、あとで、

「飛行機が大事と思っていたので、手荒くなぐったが、わるく思わないでくれ」

と、あやまったが、島村准尉には忘れることができないことであった。

西尾少佐は、攻撃隊員を整列させた。

「富嶽特攻隊長西尾少佐以下十一名、ただ今より出発します」

西尾少佐は申告を終ると、隊員に、

「各機搭乗」

と、命じて、別れの敬礼をして走りだした。攻撃隊員は、それにつづいて、おのおの搭乗機に向って走って行った。

すでに、五機の出撃機は、一斉に始動をはじめ、発動機のひびきは飛行場の深夜の闇をゆるがしていた。六七重爆は単排気にしてあるので、排気炎は見えなかった。

搭乗員は、それぞれの座席について、手早く準備をしているのが、室内燈のわずかな

光に浮んで、外から見えた。残留隊員や、飛行場の勤務兵は、機体をとりまくようにして集り、口々に名を呼び激励の言葉を叫んだ。攻撃隊員のなかには、天蓋をあけて上半身をだして、答えている者もあった。激しい感激と興奮がわきあがっていた。

西尾隊長機が動きだした。それにつづいて山本機、石川機が誘導路の上を滑走して行った。

見送りの人々は、飛行機とともに歩きだし、さらに声を高くして叫び、旗や布をふった。

梨子田曹長は、自分の飛行機が動きだすのを待っていた。石川機は遠ざかって行ったが、二〇七号機は、まだ動かなかった。プロペラの音だけが、ますます高く大きくひびいていた。それが見送りの人々の気持に、不安なものをかき立てた。しばらくして、操縦の曾我中尉が座席から立ち上がって、五番機に先発するように合図をした。

国重准尉と島村准尉の乗った六七重爆が動きだし、早い速度で、その前を通過して行った。梨子田曹長は、操縦席にいるふたりの名を呼んだ。室内燈の光で、わずかに風防ガラスのあたりが明るかったが、ふたりの飛行帽らしいものが、黒い影のように見えただけであった。

国重機は遠ざかったが、四番機は、まだ動かなかった。梨子田曹長は不安になった。四番機は、何か事故がおこったに違いなかった。まもなく、四番機の二基のプロペラがとまった。やがて、室内燈が消えて、曾我中尉と前原中尉がおりてきた。梨子田曹長が

かけよると、

「ピッチレバーが動かないぞ」

と、前原中尉がいった。

梨子田曹長には、思いがけないことであった。プロペラの回転数を変換するレバーが故障していては、出発することができない。しかし可変ピッチレバーは、つい先ほど、梨子田曹長が自分で点検し、円滑に働くことを確かめておいたばかりである。

ありえないことだと思ったが、前原中尉にいわれればやむを得なかった。もしその通りなら、機関係としては、この上のない恥である。梨子田曹長の気持は激しく動揺した。

滑走路の端で、発動機の音が高くなった。西尾隊長機が出発するらしかった。二〇七号機のまわりにいた人々は、出発できないのを知り、それぞれに滑走路の方に走った。

暗い地面の上を、激しい物音が走り去った。青白い炎が光りつつ流れた。西尾機が離陸したのだ。しかし、その翼燈が見えなかったのは、わざと消してあるためであった。

翼燈だけでなく、滑走路の標識燈もつけてなかった。これは目の前のアラヤット山に立てこもるアメリカ軍のゲリラ隊に通報され、不意の襲撃をうけることのないようにするためであった。こうして、夜間設備をしないで出発するのは、富嶽隊の操縦者の腕のよさを示すことでもあった。

山本機、石川機、国重機がつづいて離陸した。爆音が夜空の闇に消えると、梨子田曹長は、再び自分の飛行機の前にもどった。事故の原因を確かめずにはいられない気持になっていた。

梨子田曹長は、二〇七号機のなかにはいって、室内燈をつけて、点検をはじめた。梨子田曹長には、信じられない事故であった。きのうの夕方、出撃命令が出てから、自分の飛行機は、絶対に事故のないようにして、体当り攻撃の目的をとげさせてやりたいと思った。それだけに念には念をいれて点検をした。そのあとも、飛行機につきそう気持で、そのそばで、待機していた。

しかし、今、梨子田曹長が改めて点検すると、前原中尉のいった故障が、実際におこっているのがわかった。プロペラの回転速度が変らないのだ。おかしいと思って、だんだん調べて行くと、事故の原因が見つかった。接続の線が焼き切れていた。これは梨子田曹長が点検した時には、異常がなかったのは確かだった。曾我中尉、前原中尉が搭乗してからおこった事故である。

線が切れた原因は、すぐにわかった。プロペラの回転速度を高くあげすぎたためであった。いかにも乱暴な操作であった。しかし、それが不注意の結果であるとは思われなかった。

梨子田曹長は、前原中尉の行動を思い浮べた。この数日、飛行場にも姿を見せず、将校たちからも離れていた。出撃がきまったあとで、前原中尉はいった。

「機関係が同乗しても、爆弾の安全針をはずすだけしか仕事がないじゃないか」

前原中尉は、明らかに不服だった。というよりも、やはり、死にたくはなかったのだ。

梨子田曹長は〈前原中尉は出発する意志がなかった〉と思うと、プロペラの回転速度をあげすぎたことと関連があると考えられた。しかし、前原中尉の気持がどうあろうと、梨子田曹長は、やりきれない思いにかられた。自分が大事にしてきたものを、傷つけられたという気持であった。

梨子田曹長は〈自分も参加できなかったし、自分の飛行機も行けなくなった〉と思いながら、機体から外におりた。誘導路に残っているのは、二〇七号機がただ一機だけであった。

攻撃隊は、すでにルソン島の東端に達し、いよいよアメリカ機動部隊の行動する太平洋上に出ようとする時刻であった。下弦の月は金色の輝きをましていた。飛行場の、川砂まじりの土は白々と光り、人影もなく、しずまりかえっていた。梨子田曹長はおきざりにされたような孤独感に襲われた。目から涙が流れおち、急に声をあげて泣いた。自分でもわからない衝動のようなものがあった。

二

夜が明けるころ、富嶽隊の攻撃隊は、アメリカの機動部隊の上空に到達する予定であった。

頭上の天空に朝の白い光がひろがって行ったが、眼下には黒い雲と深い闇が沈んでいた。ルソン島の東端を離れたころから、雲量が次第に多くなった。操縦席の風防ガラスに、水滴が糸をひいて流れた。それがみるみる激しくなってきた。高度三千メートル。西尾隊は、ふぞろいな右梯形の編隊で飛んでいた。進路は東南東百十度の方向であった。

夜が明けはなれると、太平洋の海と空は、険悪な表情を見せていた。進路の前方には、暗い雨雲が、いくえにも層を作って、かさなりあっていた。上層の雲は巨大な河のように流れている。中層の雲は、激しくさかまきながら形を変えている。下層の雲はたれさがり、海上に霧のようにひろがっている。

午前五時。すでに目標に接近した時刻である。飛行機は雨のなかを突進していた。機体の動揺が激しかった。雨雲のなかを突きぬけた時、編隊はばらばらになっていた。後続の二機は雲の間に見えがくれしていたが、一機は全く姿をかくしてしまった。

西尾少佐は雲のすきまをさがしながら、高度をさげて行った。視界は、ますます悪くなった。空と海のはては、灰色の壁となって取りかこんでいた。西尾少佐の長い飛行経験のなかでも、数少ない難航であった。それでも無言で、直進をつづけた。

午前五時十分。航法の柴田少尉は、地図を示し、目標点に達していることを告げた。しかし海面には艦隊らしい形はなかった。雨と霧の下にうすれながら白波がわき立ち、荒れ狂っているだけであった。

西尾少佐は無線電話で僚機に「帰還」を命じ、操縦桿をかたむけて、機体を旋回させた。そして、左右の空を見まわしたが、僚機はどこにも見えなかった。

マルコット飛行場の協同飛行場大隊の無線室には、多くの将兵がつめかけていた。映画のカメラを持った報道班員や、腕章をまいた新聞記者などもいた。すでに、攻撃予定の時刻になっていた。人々は緊張して待っていた。機動部隊をとらえれば、突入の無電がはいるはずであった。

富嶽隊員は一団となって腰をおろしていた。出撃したからには、成功させたいというのが、共通した気持のようであった。そのなかで、出発できなかった曾我中尉は、さえない顔色をして、だまりこんでいた。前原中尉は、はじめから姿を見せなかった。梨子田曹長は気象図を見ていた。攻撃隊の進路にあたる海上には、雨の記号がかいてあった。

重原参謀は、しきりに時計を気にしていた。そのたびに、

「まだかな、見つからないのかな」

などとつぶやいた。室内は息苦しい空気になっていた。それをつき破るように、通信兵の叫ぶ声が聞えた。

「石川中尉機、目標発見」

室内は一時にざわめき立った。

「やったぞ」

「成功だ」

しかし、すぐに静かになって、次の受信を待った。再び通信兵の声が聞えた。

「石川中尉機、突入」

室内に、爆発したように歓声があがった。思い思いに叫びあうなかで、重原参謀が声を大きくしていった。

「西尾機はどうした。西尾機がなにもいってこないのは、おかしいな」

出撃した四機のうち、無線機を乗せているのは、西尾隊長機と石川中尉機だけであった。『突入』の無線を発したのは、石川機の本谷曹長に違いなかった。無線の規約では、飛行機が体当りに突入を開始する時に『突入』の記号である〈トツー〉音を発信することになっていた。飛行機が目標に向って降下している間、無線係は〈ツー〉音を押しつづける。飛行機が体当りすれば、同時に発信もとまるのである。体当りの目的が達せられなくても、搭乗員と飛行機の生命の終ったことを、基地に知らせることには変りなかった。

石川機の『突入』記号がとだえた時、集った人々は感激して「万歳」を叫んだ。だが、そのあとも西尾機からはなんの発信もなかった。後続の僚機が『目標を発見』し『突入』を伝えてきたのに、その先頭にあるはずの隊長機の連絡がたえているのだ。西尾機には、何かの不運な事態がおこったのではないか、と推察された。

人々は感動と不安のために、だまりこんで、西尾機の無線を待った。ながい時間がたったが、ついに無線ははいらなかった。西尾機の行動がわからなければ、まして、無線を持たない山本中尉機と国重准尉機の消息がわかるはずはなかった。

しかし、石川機が突入したとすれば、西尾編隊は機動部隊を発見し、その上空に到達したものと判断された。それからあとのことは、同行した司令部偵察機の報告を待つよりほかはなかった。

重原参謀も席を立ち、集った人々は、思い思いに去って行った。富嶽隊員も宿舎に引きあげた。森山准尉は、同じ機関係の岩佐准尉、無線の多賀部准尉といっしょに部屋にはいった。部屋には五つの寝台がならんでいた。三人はめいめいの寝台に腰をおろした。残りの寝台は、国重准尉と島村准尉のものであった。それがあいていることが、なまなましく目にうつった。きのうまでは、五人の准尉がこの一つの部屋に寝起きしていたのである。岩佐准尉が、

「国重はどうしたかな」

と、目をとじて、たばこをすいながらいった。

「あいつのことだから、やったろうな」

と、多賀部准尉がいった。ノモンハンの空中戦（一九三九年）以来、歴戦の国重准尉であった。誰もが、その技術を信頼していた。

「惜しいことをした」

多賀部准尉は、そっと涙をぬぐった。

曹長室に帰った梨子田曹長は、すぐに寝台にはいった。ひどく疲れていた。昨夜から異常なできごとがつづいたために、神経が高ぶっていた。それでも、眠りこんだらしかった。梨子田曹長は〈夢のなかで空襲にあっている〉と思っていた。高射砲を撃つ音が

した。それにおどろいて宿舎の外に飛びだすと、飛行機の爆音が聞えてきた。あわてて逃げようとしたところで、目がさめた。爆音は、耳なれた六七重爆だった。梨子田曹長は、思わず叫んだ。

「誰かが帰ってきたぞ」

飛行場に近づいてきたその爆音は、富嶽隊の特攻機に違いなかった。高射砲がひびいたのは、実際の空襲警報だった。いつ、アメリカ機が侵入してくるか、わからない。帰ってきた六七重爆が、空襲にぶつかるかも知れない。隊員たちは外に飛びだし、飛行場に走った。早くも夜は明けていた。

まもなく、六七重爆が上空に姿を見せた。やはり富嶽隊の特攻機だった。梨子田曹長は誘導路の近くに立っていたが、気が気でなかった。今、空襲されたら、飛行機もやられるし、飛行場に出ている者は逃げ場がなかった。

特攻機の方でも、危険なことに気がついたらしく、着陸を急いだ。滑走路におりると、そのまま分散地区に走りこんだ。西尾隊長機であった。そのあとを追うようにして、もう一機の富嶽隊機が逆方向に着陸して、姿をかくした。正常な方向をとる時間を惜しんでの、緊急の着陸ぶりだった。

梨子田曹長は、ほかの隊員といっしょに西尾機にかけつけた。西尾少佐が、先にひとりで飛行機からおりてきた。進藤大尉が、まっ先に走りよって敬礼した。

「ご苦労さまでした」

西尾少佐は飛行帽をぬいで、汗をふいた。梨子田曹長らは、機体にかけあがって、青竹をかぶせはじめた。空襲から守るための偽装だった。西尾少佐は重い表情で、

「脚が出なくて、あぶなく胴着《どうちゃく》（胴体着陸）をやるところだった。誰か帰ってきたか」

「今、一機おりました。石川機は突入しました」

「そりゃおかしいぞ。無線がはいったのか」

「はい、確かに突入記号を受信しました」

「しかし、おれは無線電話で〝引き返せ〟と命じたのだぞ。視界がわるくて、何も見えなかった。おれに見えないのが、石川に見えるはずがない」

西尾少佐は、石川中尉の目のわるいことと、操縦技術のまずいことから、そう判断した。

「本当に突入記号をだしたのなら、そりゃあ、まずいぞ。あわてたことをしたんじゃないか」

そこへ飛行場の勤務隊の兵がかけつけてきて、報告した。

「国重准尉機が帰還しました」

進藤大尉は不安になっていた。

「石川と山本はどうしたかな」

編隊爆音が近づいてきた。まぎれもないアメリカ空軍の来襲であった。毎朝の定時の空襲がはじまったのだ。編隊爆音は、マルコット飛行場をそれて行った。いずれ近くの、

クラーク飛行場群のどこかを爆撃するに違いなかった。

「石川も山本も、敵の戦闘機に見つからなければいいが」

進藤大尉は心配して、空を見ていた。アメリカ機が爆撃したらしく、強い爆発のひびきが伝わってきた。

それから、まもなく、静かになった空に爆音がひびいてきた。

「六七だ」

梨子田曹長は、隊長機の上で、偽装の青竹をかぶせながら見ると、六七重爆が一機、飛行場の外側を旋回していた。進藤大尉は大声で命じた。

「布板《ふはん》をだせ、合図しろ」

勤務隊の兵は、日の丸の旗を持ちだして、大きく振って見せた。飛行場の上空を旋回しているのは、まぎれもなく、富嶽隊の特攻機であった。西尾機の近くにいた者は、手を振った。声がとどくはずのないのを知りながら、叫ぶ者もいた。

「早く着陸しろ。敵がきているぞ」

特攻機は旋回をつづけながら、深く翼を内側に傾けた。操縦者が飛行場をのぞきこんでいる姿勢であった。それは、着陸にはいるためよりも、何かをさがしているように見えた。

「着陸布板はどうした。早くしろ」

進藤大尉がどなった。今しがたの空襲警報で、飛行場の飛行機はかくし、機材や道具もしまいこんだので、布板もすぐにまにあわなかった。

その間に、上空の特攻機は、翼を水平になおした。そして、機首を東南に向けて、上昇して行った。速度もあげていた。それは明らかに、着陸をしない意思を示していた。

「どうしたんだ。着陸しないでどこへ行くつもりだ」

進藤大尉は、すこしうろたえていた。西尾機に同乗した柴田少尉が、

「地上の状況がおかしいので、ほかの飛行場へ行ったかな。おれたちも上から見ていると、変だったので、すぐに空襲とわかった」

「あの飛行機も、脚が出ないんじゃないだろうかな」

通信の米津少尉がいった。顔の色には、まだ血の気がなかった。西尾機が脚の故障で、胴体着陸を決意した時の心の緊張がそのまま残っていたのだ。

特攻機は、たちまちのうちに見えなくなった。米津少尉が、

「帰ってきても、脚がでないこともあるんだ。事故をおこすのはご免だ。こんなことがあるから、やっぱり、機関係は乗せていかなきゃいけないよ」

と、わざと聞えるようにいった。その言葉に、梨子田曹長は妙に引っかかるものを感じた。

午後になっても、山本中尉機は帰ってこなかった。石川中尉機は、突入の無線を発していたから、体当りをしたか、撃墜されたものと思われた。そうとすれば、マルコットの上空まで帰ってきながら、飛び去って行ったのは、山本中尉機だということになった。

だが山本中尉機についても、なんの連絡もなかった。

　夜になって四航軍司令部から、意外な情報が送られてきた。石川中尉と本谷曹長が生きているということであった。場所はクラークの北方、リンガエン飛行場であった。石川中尉と本谷曹長は、着陸の時に負傷して、病院に収容されているというのだ。

　その飛行場は、ルソン島の西海岸の、リンガエン湾近いところにあった。石川機は突入の無線を発してから、引返したものとみられた。あの荒天の、不鮮明な視界のなかで、石川中尉は何かを機動部隊だと見誤ったのだ。本谷曹長に無電の発信を命じ、機体を降下させ、突入の姿勢をとった。その途中で気がついて、中止したと推察された。

　また、マルコット飛行場に帰ろうとして、ルソン島を横断して、西海岸まで行ってしまったのは、石川中尉の操縦のまずさのためとしか考えられなかった。

　山本中尉機の行動については、さまざまな推測がおこなわれた。山本機が飛行場の上空を旋回し、飛び去って行くのを、終始見ていた進藤大尉は、

「着陸信号の布板をださせようとしたが、まにあわなかった。布板をだせたら、山本機は着陸できたんだ」

　と、しきりに残念がった。根木中尉は、山本中尉の一期先輩で、人柄をよく知っていたので、

「山本は腹のすわった、おちついた男だから、はやまるようなことはありません。荒天飛行で編隊がばらばらになって、山本は単機で飛んでいたのです。結局、目標が発見で

きなくて、ここまで帰ってきたのです。山本は、自分だけが目標を発見できなくて、遅れをとったのではないかと心配していたのでしょう。もし、僚機が引返したのなら、先におりたのが見えるはずだと思って、旋回してさがしたのでしょう」

「そうだな。確かに、のぞきこんでいる姿勢だった」

「ところが、隊長機は偽装してしまったし、国重機は分散地区に飛び込んで、上からは見えない。着陸信号は出ていないので、僚機は帰ってきていないと判断したのです。山本は、き一本なやつだから、自分だけがやりそこなったと思うと、こうしちゃいられないと考えたのでしょう。というより、はじめから、その決心だったと思います。東方海面で目標が見つからない時は、レイテに行く決心だったのです。一度出撃したら、なんとしても、敵を見つからない時は、レイテに行く決心だったのです。一度出撃したら、なんとしても、敵を見つけて体当りする覚悟だったのです。レイテに行けば、必ず艦船がいると思ったのです。山本はレイテに行ったのです」

「そうだな。あの飛んで行った方向は、まっすぐレイテに向っていたわけだ」

進藤大尉は、改めて地図を見た。根木中尉は、感動の色を浮べながら、

「山本は意思の強いやつで、浜松を出る時から、必ず敵艦とさし違えて死ぬ決心だといっていましたから、きっとやったと思います」

故障のために出発できなかった曾我中尉は、

「レイテに行って、うまくやってくれればいいが。それにしても、こんなことになるのは、全機に無線を持たせないからだ。山本は、無線さえあれば、飛行場とも連絡がとれ

たし、レイテに行っても、最後を伝えることができるのだ。特攻機だから無線はいらない、などと考えたやつは、航空を全く知らんのだ」

と、悲憤した。当時、無線機材も不足していたので、体当り機につけて一台でも消耗するのを惜しんでいた。防御に必要な機関銃、機関砲もはずしてあった。富嶽隊機は、副操縦席の座席までもはずしてあった。それを使う搭乗員が乗らないから、という考えであったろうが、実際にははずしたために作業がやりにくくなっていた。隊員は口に出して冷笑した。

「座席を一つつけておいたからって、いくらの損にもなるまいに」

しかし、座席と違って、無線機は飛行機の耳と目に等しかった。搭乗員の安全を守ると同時に、体当りの最後の瞬間を伝えるただ一つの機関でもあった。それをはずしたことから、山本中尉機のような悲劇も生れた。

山本中尉機については、その後、何もわからなかった。

『米国海軍作戦年誌』を見ても、十一月七日には、レイテ湾の艦船の損害は出ていない。

このようにして、富嶽隊の第一撃であり、日本陸軍航空部隊の最初の特攻攻撃は終った。山本中尉と同乗者の浦田軍曹は戦死とされたが、その日付けは、十一月七日となっていない。戦死公報では、このふたりは、十二月十六日マニラ南方で戦死したと発表されている。しかし、その日の大本営の発表では、陸軍の特攻隊、旭光隊が出撃したとしてあるが、富嶽隊については何もふれていない。

山本中尉と浦田軍曹は、純粋な愛国の熱情をもって、国難に投じたといえよう。基地まで一度引返してきながら、みずから進んで、別の目標を求めて飛び去ったのである。それなのに、その戦死の発表は、このように事実と違って、あいまいなものになっている。

山本達夫中尉は高知県安芸郡土居村の出身、大正九年十月二十六日生れ、二十四歳。浦田六郎軍曹は大阪市都島区亀甲町二の六四の出身、大正八年十月二十六日の生れ、二十五歳であった。同じ日に戦死したこのふたりの青年は、誕生の月日も同じであった。

この日、夕刻。冨永軍司令官はネグロス島の軍戦闘司令所から、マニラに帰った。これについて第四航空軍の『航空作戦記録』には次のように記してある。

《軍司令官は十月二十三日、バコロド軍戦闘司令部に前進以来、同地にありて軍の作戦を指導し、かつ親しく各部隊の状況を査察し、ために第一線各部隊将兵の意気とみにあがれり。しかれども南方総軍との連携、海軍および第十四方面軍との緊密なる協同、及び機動部隊戦闘、船団掩護など、第二飛行師団担任以外の軍の作戦指導等の見地よりすれば、甚しき不都合あり。在マニラ軍参謀長（寺田中将）の意見具申を却下せる軍司令官も、南方総軍の強き要望により、十一月七日、マニラに帰還せり》

この四航軍の公式記録でも、軍司令官がネグロス島にいると、まずいことが多かったといっている。軍の記録では、司令官や上級将校の非行や不名誉を隠し、《意気とみにあがれり》といった美化や、ごま化しが多い。そのなかで、この記録のような非難をするのは、よくよくのことといえる。四航軍の作戦記録が、たとえ遠回しでも、これだけ軍司令官のことを書いたのは、冨永軍司令官に対する幕僚の不信と憤激があったためと見ることができる。

冨永軍司令官自身としては、シライに出たことは、第一線の実情に合った指揮をし、士気を高め、戦果をあげるためとして、得意であった。しかし冨永軍司令官の目は、レイテ方面と戦闘している第二飛行師団にばかりむいて、ほかに第四、第七の両飛行師団の作戦のあることを忘れてしまった。

ことに、アメリカ空軍に圧倒されてからは、通信、連絡が困難となり、マニラとシライの間の電報が二日もかかるようになった。これでは、軍司令官がシライにいては、四航軍全般の作戦指揮はできなかった。寺田参謀長は、再三にわたって、冨永軍司令官にマニラに帰ることをすすめた。それでも、冨永軍司令官は承知しないで、各部隊長を旗本のように引きつれ、戦国武将さながらの陣頭指揮をつづけた。

冨永軍司令官の奇行と悪評は、総軍にも聞え、問題となった。ついに南方軍総参謀長の飯村《いいむら》穣《みのる》中将が冨永軍司令官に手紙を送って、マニラ帰還をすすめた。表面は礼をつくした手紙であったが、内実は、そんなことで作戦ができるかという強硬なものであった。総軍にしかられて、やむなく冨永軍司令官はマニラに帰ることにしたが、これを、みずから《マニラへの後退》と称した。この字句は、冨永軍司令官の本心をよく現わしていた。冨永軍司令官は陣頭指揮を正しいとして、歩兵の指揮官の心構えを、ついに改めることがなかった。

冨永軍司令官は出発の日の朝になっても、各部隊を集めて、得意の訓示をすることを怠らなかった。この時の訓示の内容は、次の四つの項目であった。

《必勝の信念を堅持すること。

総力をあげて戦力発揮の一点に集中すること。

バコロド基地をわが航空部隊の死場所と銘肝すること。

油断を戒めること》

訓示の勇ましい内容とはうらはらに、冨永軍司令官の顔はやつれ、両眼はおちつきがなかった。冨永軍司令官は不眠症にかかり、奇怪な言動が多くなっていた。はじめは性格のための異常であったのが、今では病気のために正常さを失っていた。冨永軍司令官は半月たらずの最前線の生活に耐えられなかった。

冨永軍司令官が出発したあと、第二飛行師団長木下中将は、部下の各部隊長を集め、軍司令官の訓示を伝え、一層の努力を要望した。しかし、各部隊の報告で、師団の出動可能機は、約三十機にすぎないことがわかった。

レイテ方面を担当している飛行師団は、木下中将の師団だけである。第四飛行師団は飛行機をもたず、地上の整備だけを担当していた。第二飛行師団の残存可動機が三十機ということは、これが、四航軍のレイテ作戦の全力でもある。これでは、第二飛行師団も作戦のしようがなかった。師団の士気は沈んだ。

冨永軍司令官の陣頭指揮もむなしく、四航軍は、総攻撃開始以来二週間にして、敗残の部隊となってしまった。

昭和十九年十一月八日
マルコット・カローカン・東京

富嶽隊は、飛行場に出て訓練飛行をしていた。ピストには、第四飛行師団の猿渡参謀長などがきて見ていた。報道班員である新聞社の記者もいた。いずれも、西尾少佐の訓練の激しさにおどろいた。ことに、きのう出撃して、目標を発見できずに引返したばかりである。それなのに、きょうは、実際と同じ条件で、体当り攻撃の訓練を実施しているのである。

各機は出撃の時と同じく、八百キロ爆弾を二本搭載していた。一本は爆弾倉にいれ、一本は胴体内に縛りつけた。これだけの装備をして、急降下をくり返した。目標はピストであった。大きな六七重爆が機体を急角度に傾けて、突っこんできて、ピストのすぐ近くで機体を引きおこすと、すさまじい勢いで風をあおりたてた。猿渡参謀長がおどろいて、叫んだ。

「あぶない。ピストを目標にするのを、やめさせろ」

それから富嶽隊は、飛行場の外の方に目標を変えたが、まもなく、

「爆弾が畑のなかにおちました」

と、報告がはいった。爆弾は安全装置がしてあったので、爆発はしなかった。急降下で突っこんで、機体を引きおこす時に、爆弾が飛びだしたということであった。

ピストにいた根木中尉が、進藤大尉に、

「爆弾がはずれたのは、装着がわるかったというよりは、今やっているのが、六七の限界だと思うのです。最大限の角度とスピードで突っこむ。爆弾の搭載量は限度を越えている。今が、飛行機がこわれる一歩手前ですよ」

「大変な訓練をやっているんだな」

「しかし、これも、六七の性能がいいから、やれるんですね。根木も、六七に爆弾を二本つんで、六百五十キロで突っこんだ時は、しまったと思いました。すごい力で落ちて行くのを、全身でふんばったら、さあっと引上げられたんです。これはえらい性能だと、あの時は感心しました」


演習を終って、国重准尉が誘導路を歩いて行くと、同じ飛行服の准士官が声をかけた。

「国重じゃないか。西原だ。大田原（栃木県）でいっしょだった」

「やあ、西原」

国重准尉は両手をひろげて、西原五郎准尉の肩に抱きついた。ふたりは昭和十二年の

春、熊谷陸軍飛行学校大田原分校の操縦学生として、隣同士のベッドにいた。その後、ふたりはノモンハンでソ連の空軍と戦った。その時、西原曹長は敵地に着陸して、戦隊長松村黄次郎大佐が瀕死になっているのを助けて帰って、勇名をあげた。

「国重、ここで何をしているんだ」

「うん、でかい奴にぶつかりにきたんだ」

「ぶつかるって、体当りか」

「そうだよ。貴様は、なんでここへきたのだ」

「おれは明野の飛行学校にいる。二百戦隊に予備機を空輪にきた。キの八四〈四式戦闘機〉をもってきた。それよりも、貴様、どうして特攻隊になったのだ」

西原准尉は明野を出発する時、はなばなしく書き立てられた神風特別攻撃隊の記事を感激して読んだばかりだった。

「おれは浜松で教官をしていた。六七をもらってこいというので、各務ガ原にとりに行くと、機首から長いツノのつきでた、ばけ物さ。浜松に持って帰ると、校長室に呼ばれて、特攻隊員を命ぜられた、それからが大変さ。出発の準備といっても、防諜の足どめがでていて、家へ帰れたのは、ほんの一時間ばかりだった。女房は生れたばかりの子供をかかえていた。特攻隊になったとはいえないから、飛行機の空輪で一週間ばかり台湾へ行ってくるといって、着がえを持って飛び出した。浜松を出発して、新田原から、おやじにあてて〈浜松の家へ整理に行け〉と電報を打ってきた。今ごろは、おやじと女房が、わけもわからずに家をたたんでいるだろう」

　国重准尉は、さびしげに笑った。それを見ると、西原准尉は涙がこみあげてきた。国重准尉は、話をつづけた。

「どうせ、こんな情勢になったからには、生き残ることはできない。とくに重爆の操縦者はそうだ。いずれ落されるなら、ひと思いにでっかい空母か戦艦にぶつかって、轟沈してやる」

　国重准尉の言葉には、なんのてらいも感じられなかった。国重准尉は先に立って、西原准尉を特攻機のところへつれて行った。機体には『軍事機密』と書いてあった。

　国重准尉は胴体の昇降口に立って、西原准尉になかをのぞかせた。熱気のこもった胴体のなかに、大きな黒い爆弾がしばりつけてあった。西原准尉は意外に思った。

「なんだ、爆弾を胴体につむのか」

「もう一本は、爆弾倉にいれてある。海軍の八百キロ弾を二本つむのだ。これでぶつかりゃ、どんなにでっかい空母でも一コロだ」

　と、国重准尉は、あっさりといって笑った。西原准尉は我にもなく気持のおちつきを失って、

「何人乗るのだ」

「機関の下士官が一名、同乗することになっているが、行く時はおろして行くつもりだ。こんなことは、ひとりでいいよ」

西原准尉の出発の時刻になっていたので、国重准尉は手を握ると、

「同期生のよしみだ、あとをたのむ」

と、静かにいった。妻によろしく伝えてくれ、という気持であった。そして、そのままの位置で、西原機を見送っていた。


きのうの出撃で、マルコットまで帰ってきて、着陸もしないで引返した山本中尉機の行動は、富嶽隊員に強い感銘を残した。梨子田曹長は、そのことを日記に書き記した。

《きのう山本中尉殿の飛行機はたしかにここまで帰ってきたのです。そして、攻撃に出て行ったのです。たった一機で。男が死ぬといって出たら、どんなことがあっても死ぬのです。

二機帰らず、みんな、さびしい。あすは晴れか、真っ赤な夕焼。日が暮れると寒い風が吹いた。内地は今は寒いことでしょう。うた子も、泣いているかしら。

山ゆりのにおう松川村も、もうさらば。清く生きた私の心。いよいよ晴れの死場所だ》

浜松の梨子田うた子の日記は、きのう、きょうと、空白がつづいている。それは、悲しみに青ざめた、うた子の心を、そのままあらわしているようであった。

万朶隊はリパからカローカン飛行場に移された。

岩本大尉以下五名の将校の戦死は、万朶隊そのものを有名無力なものにしてしまった。残された下士官操縦者で、健在なのは、田中曹長、久保軍曹、近藤伍長、奥原伍長、佐々木伍長の五名であった。社本軍曹、石渡軍曹は、五日の空襲で負傷してしまった。途中で不時着した鵜沢軍曹は、まだこない。

万朶隊のただひとりの将校となった村崎少尉は、隊長代理として指揮をとった。しかし、整備班長であるから、空中の指揮指導をすることはできなかった。

万朶隊はこのままでは作戦行動もできないので、第四飛行師団の指揮を受けることになった。この師団はマニラ市にいたので、その指揮、連絡に便宜なカローカン飛行場に移された。カローカン市は、マニラ市の北側に隣接しており、クラーク飛行場群に行く途中にあった。

万朶隊の五機が、カローカンの飛行場に着陸した時には、空は燃えるような、はなやかな夕焼であった。佐々木伍長は、長さ千二百メートル、幅三十メートルの滑走路の端で、飛行機をおりた時、近くに異様なものがならんでいるのに気がついた。石の彫刻のようであった。

佐々木伍長は、その方に歩いて行った。ふしぎなものの正体を確かめたかった。赤い夕焼の光にそまり、点々とむらがっているものが、次第に形を明らかにしてきた。翼をひろげた天使の、等身大の彫像。美しく磨かれた台石。無数の十字架。そこはカトリック教徒の墓地であった。飛行場の外側には墓地がつづいているのだ。佐々木伍長は、何か、暗い運命といったものを感じた。万朶隊が、石の十字架のならぶ飛行場に移されたのは、死に近づいたように思えたからだ。

東京中野の岩本和子は、この日、岩本大尉の手紙を受取った。岩本大尉が十月二十九日に、リパ飛行場で書いた手紙である。内容は、万朶隊と命名されたことを知らせたものであった。

和子は、この日の日記に次のように記した。

《十一月八日。鉾田より廻送のお便りを頂く。

万朶隊の花と咲き薫る、美しく雄々しい部隊の名。その部隊長はあなた。どうぞ、見事にお手柄あそばしてくださいませ。

和子は、あなたの妻であることを喜び、軍人の妻である喜びに、うれしくて泣いてしまいました。

祖父母様、兄上様、岩本は立派なお手柄をなさる日本の軍人です。うれしいでしょうと、仏様にお知らせしながらも泣きました。きょうほど、うれしい日はございません。

万朶隊に栄光あれ、祈るはこのことばかりでした。

辻様は事故で入院のよし鉾田から知らせてきました。お気の毒なこと。いくら待っても、なんのお便りもないはずです。それならば、もうすぐにも、鉾田に帰りましょう。

きょうの気持を歌によみました。

咲き薫る万朶の花ときそいたつ
もののふの君我はその妻》

しかし和子は、この時、岩本大尉が〝手柄〟をたてることもなく、バイ湖畔に撃墜され、万朶隊は悲愁のなかにあるのを、知るよしもなかった。

昭和十九年十一月九日
マルコット・マニラ・東京・浜松

きのうの夕方は、壮麗な夕焼に、赤々と染った大空であったが、けさになると、雨が強く降っていた。

雨の音に目をさました梨子田曹長が、一番先に思いついたのは、きょうは空襲がないぞ、ということであった。激しい空襲は、それほど、心のなかに恐しさをきざみつけていた。雨の日は、飛行場に行かなくてもいいし、八時半までは誰も起しにこないことになっていた。それに気がつくと、自分のからだが、自分のものになった思いがしてきた。梨子田曹長は眠ろうとして、目をつぶった。雨の音が一層激しくなったように聞えた。だが、すぐに我にかえって〈自分が死ぬのは、いつだろうか〉と思うと、目をとじてはいられなくなった。

〈この雨がやめば、また敵が出てきて空襲になる。その時かも知れない〉とも思った。

急に、天井を見つめていた目から涙があふれだして、両の耳の下に流れおちた。梨子田曹長は、この時のやるせない悲しさを、日記のなかに、次のように書いている。

《陸軍特別攻撃隊としてきた男なのに、どうしてこんなにさびしい気持がおきるのかしら。昭和十九年十一月九日、雨降れば降るほど、さびしさのますクラークの兵站《へいたん》（注＝兵站は宿舎）。

まだ朝は暗いが、ほかの人に知れないように、そっと外に出た。名も知らぬ黄色の花の咲く下で、軍人勅諭を開き、声にだして読む。しばらくして、立派な軍人として死んで行くように心に誓い、ようやくにして、このさびしさを忘れる。

遥かに、母や、うた子の御健在を祈る》

午後になって、富嶽隊の全員は、マニラ市の四航軍司令部に行った。冨永軍司令官に特に招かれたためであった。冨永軍司令官は、特攻隊に関心を集中していた。この敗勢を立てなおし、四航軍の名誉を輝かせるのは、特攻隊のほかにないと思いこんでいた。

西尾少佐以下、富嶽隊員は軍司令官室に通され、冨永軍司令官の前に整列した。すでに四名が欠けていた。西尾少佐は第一回の出撃の状況を報告した。山本中尉と浦田軍曹が、マルコットに帰ってきてから、さらにレイテに飛び去ったと聞くと、冨永軍司令官は悲痛の情をあらわして、

「えらいものだ。惜しいことをした」

と、くり返していった。その目には、涙さえ浮んでいた。冨永軍司令官は、板垣副官

に紙と筆の用意をさせた。

「いうまでもなく、今や危急存亡の秋である。諸子は神となり、神州の護持を果されるのである。諸子は愛国の至情に燃えているとしても、御家族のお心は察するに余りある。しかし、あとのことは心配なく、安んじて神となっていただきたい。このように思う冨永の心を、歌にしてさしあげる」

と、和紙に歌一首を達筆に記した。

御国《おんくに》の柱たらんと生れ来て
君らの姿今ぞ輝く
第四航空軍司令官　冨永恭次

冨永軍司令官は、まだ墨のかわききらない紙を両手に持って、富嶽隊員の前に進み出た。

「歌は腰折れであるが、冨永のまことの気持をあらわしたつもりである」

冨永軍司令官は姿勢を改めて、ふしをつけて歌をよんだ。よみ終ると、その紙を西尾少佐の方に向けなおして、手渡した。

「どうか、しっかりとお願いします」

西尾少佐、米津少尉、梨子田曹長らにとっては、冨永軍司令官にあうのは、これが二度目であった。危険をおかして、ネグロス島に夜間飛行をして、軍司令官に申告に呼ばれたのは、十日前のことである。その時の冨永軍司令官は、暗い椰子油の光のなかであったが、小さな全身に気力が感じられた。

だが、今の冨永軍司令官の顔は、疲労のためにくもり、精気を失っていた。目はけわしく、おちつきのない動きを見せた。冨永軍司令官は自分の訓示の言葉に酔い、歌をよんで興奮した時に、ようやく得意の表情をとりもどした。

わずか十日の間に、冨永軍司令官が激しい変り方を見せたのは、ネグロス島で体験した戦況のために違いなかった。台湾沖航空戦の大戦果に、追いうちをかけるのが、レイテ決戦であると、大本営からもいわれ、冨永軍司令官自身も、勝利は我にありと信じていた。しかし現実は、全く逆であった。追いつめられ、たたきつぶされているのは、日本軍であった。冨永軍司令官が興奮し、大声をあげ、叱りつけ、励ましても、敗勢を変えることはできなかった。冨永軍司令官は、自信を失うと同時に、自分自身を制する力を失いかけていた。

この時になって、ただ一つ、冨永軍司令官に残された希望があった。それが、日ごろ主張してやまない突撃精神であり、そのあらわれである特攻隊であった。しかも、特攻隊こそは、冨永軍司令官の手中に残された、重要な戦力であるのだ。冨永軍司令官は自作の歌を朗誦した時に、自信と希望をとりもどしたようであった。

梨子田曹長は胸をはずませるほど、感激していた。〈軍司令官閣下が、自分のような下士官にまで、こんなに手厚くしてくれる〉そう思うと、体当りに出撃するのも、勇躍して行けるような気がしてきた。

そのあと、冨永軍司令官は、富嶽隊員を会食に招いた。場所は、マニラ市内の料亭広松であった。冨永軍司令官は上機嫌であった。

この日、第十四方面軍の武藤参謀長は、総軍に行った。武藤参謀長は、レイテ島の戦況に見きわめをつけていた。兵力の投入をこれ以上つづけるのは、日本軍の損害を大きくするばかりだと見ていた。

武藤参謀長としては、山下軍司令官の胸中を察して、見るに忍びない思いをしていた。大本営がルソン島決戦をきりかえて、レイテ決戦を命じた時、山下大将は激しく反対した。そして今、その通りの惨敗となった。

だが、総軍も大本営も、レイテを諦めてはいなかった。軍部と政府の合同による最高戦争指導会議でも、方針を変えないでいる。そして、レイテ防戦は戦争の勝敗を決する天王山だということを、さかんに宣伝していた。確かに、フィリピンを失えば、日本の作戦構想は、早急に崩壊する。

きのう十一月八日、総理大臣小磯大将は内閣記者団と会見した時も、次のような天王山説を発表した。これは総理大臣の公式の声明と見るべきものであった。

《御稜威《みいつ》のもと、神霊の加護により、忠勇なる皇軍将兵の奮闘によって、誠に見事な大勝を博しきったことは、同慶の至りにたえぬ。（中略）思うに比島周辺における戦闘の勝敗は天王山とも目すべき、いわば彼我戦局の将来を左右すべき重大なる作戦、といわねばならぬ（後略）》

しかし現実には、レイテの戦勢はすでに決し、アメリカの空軍と機動部隊は、ルソン島の空を制圧している。武藤参謀長は、大本営の目は何を見ているのか、と痛憤した。

武藤参謀長は飯村総参謀長にあって、レイテ作戦中止を勧告したが、飯村総参謀長は大本営命令であることを盾にとって受付けなかった。そのいきさつを、武藤参謀長の部下の、航空参謀栗原賀久《くりはらはるひさ》少佐は、次のように記している。

《武藤参謀長は、なんとかして総軍を説得しようと、執拗にくいさがった。

「大本営のいう神機到来は、もうないのです。それは海軍や航空にいうことで、現地守備隊には、始めから神機などないのです。それに第一、レイテ決戦も結構だが、それは補給が成功していての話です。今からでもいい。むだな作戦は中止すべきです」

武藤参謀長の声はふるえてきた。興奮のために、その言葉も感情的にさえなってきたようである。飯村中将は、

「陸軍としては、待ちかまえていた米軍が上陸してきたのだから、神機到来などという言葉はともかく、死力をつくしてこれを撃滅せにゃいかん。今まではみな玉砕だったたし、ことにサイパンでは、すっかり面目をなくしている。レイテを天王山にしたのは、是が非でもという企図で、大本営にも辛いところがあると思う」

なんという頑迷さだ。武藤中将の顔色は、すこし蒼みがかってきた。

「総軍は一体なんのためにあるのですか。現地軍と大本営の間を調節して戦果をあげるのが任務でしょう。玉砕つづきに、大本営は理性を失っているのです。ここで敏捷な転換指導ができないなんて、明らかに動脈硬化症にかかっているのです」

武藤参謀長は、飯村総参謀長を説得しようとして、言葉をつづけた。

「大本営は、何かにとりつかれているようなものです。そのために、いかに多くの兵隊たちの生命がむだに失われてしまったか、わかりません。いや、これからだって、むだに殺さねばならんのです。毎日、目の前にそれを見ている総軍が、まず第一に動脈硬化症にかかっているとしか思えない」

めったに怒気をあらわしたことのない武藤中将も、鉄壁のように無感動な飯村中将の頑迷さに、かみつくようにいいきると、憤然として席を蹴って立った。

走りだした自動車のなかで、山下大将の胸中を思い、また、明日から依然として兵隊を死にださねばならぬことを思うと、ふと一抹の無常感にとらわれ、眼頭に浮ぶ涙を、なんども指先で押しぬぐった。

その夕方、委細の様子を山下大将に報告すると、なんども、丁寧にうなずきながら、

「何ごとも運命だよ。それより貴官には気の毒であった。おれに見こまれたばかりに、とんだ苦労をかけるなあ」

と、しんみりいった。ふだんなら軽く聞き流せるこの言葉が、この時は妙にさびしく

胸にしみいった》

こうして、総軍はレイテ決戦の方針を変えようとしなかった。このために、レイテの日本軍の敗戦の惨状は、いよいよ悲惨を加えることになった。各部隊の通信連絡はとだえ、糧食の補給はなかった。部隊は四分五裂となり、兵は飢えて、餓死寸前のやせ衰えたからだで、あてもなくさまよって行った。

そして第四航空軍と、海軍航空部隊の残存の飛行機は底をつき、補給機は間に合わず、いよいよ窮迫してきた。

東京中野にいた岩本和子は、鉾田に帰れることになって、その支度をしていた。その日のことを、次のように日記に記した。

《十一月九日。晴。

あなたは部隊長として、本当に御多忙でございましょう。さぞ御苦労も多いことと思います。御無理あそばしませんように御気をつけくださいませ。

あなたを苦しめていた皮膚の御病気は、どうなりましたかしら。御案じ申しおります。

あすは、鉾田の、あのなつかしい家に帰ります。手まわりの物などかたづけています と、あなたにあいに行くような気がしてきて、胸がどきどきしました。父も心配して、いっしょに行ってくださるとのこと。本当にありがたく思います》

岩本大尉は出発する時に、生きて再び帰らないことを告げていった。聡明で、意志の強い和子は、それをよく心のなかにとめていた。

しかし、新婚の十カ月をすごした鉾田の家と、夫のおもかげをきり離して考えることはできなかった。和子は、鉾田に帰れば、そこに夫がいる、あるいは、夫もそこにもどってくると思えてならなかった。


浜松の梨子田うた子の日記は、この日も、空白のまま、無言の悲しみをたたえていた。

昭和十九年十一月十日
マニラ・鉾田・リパ

梨子田曹長は、空襲の警報を聞いたように思って、飛び起きた。神経が敏感になっていた。窓をあけると、目の下に港があって、汽船が動いていた。すぐに、今聞いたのが、警報でなくて、船の汽笛であり、そこがマニラ湾であることがわかった。

昨夜は料亭で乱酔し、航空寮に泊ったことが思い出されてきた。ものめずらしく見まわすと、異様なものが目にうつった。傾いている船体。塔のように突き立っている船首。うつぶせの背中のような船底。そして、柱がならんでいるようなマスト。マニラ湾の海面には、沈没した船体が、くず鉄おき場のように散在していた。港の桟橋や建物は、大きな穴があき、破壊され、粉砕されていた。

梨子田曹長は飛行場が連日の空襲をうけて、飛行機の墓場とも化した惨状を見ていたが、マニラ湾でも大規模な爆撃による破壊のおこなわれたことを、はじめて知った。

梨子田曹長は、暗い気持になった。日本軍は手痛くたたきつけられ、命とたのむ海上輸送の動脈をたたれて、危篤の状態にあるのだ。

朝食が終ると、広間に集合を命ぜられた。冨永軍司令官が、わざわざ来訪したのであった。突然のことであった。将軍は機嫌のよい態度で、富嶽隊員の前に立った。

「昨夜は、諸子と膝をまじえて飲み、かつ語ることができ、まことに楽しかった。冨永にとっては、感激のほかはなかった。けさ起きると、すぐ諸子のことが気にかかり、もう一度あいたいと思って、やってきた。これからも、たびたび諸子にあいたいと思っている。また、いうまでもなく、出撃の時には、見送りに行く。どうか諸子は、心を安んじて、君国のために偉勲をたてていただきたい。冨永はこれを心からお願いする」

冨永軍司令官は、この激励をするために、早朝から、司令部の仕事をかえりみないで、出てきた。昨夜、富嶽隊員が遠方のマルコットに帰るのをやめたのは、途中、ゲリラの襲撃する危険があったからである。しかし、それ以上に、冨永軍司令官の特別の配慮があった。冨永軍司令官の熱意は、ひたすら、特攻隊だけにそそがれていた。

梨子田曹長は素朴な性質だから、再び感激していた。軍司令官閣下が、わざわざ航空寮まで出むいてきて、別れを惜しみ、激励してくれたのである。この人の命令ならば、よし、やるぞ、という気持になっていた。

そのあと、富嶽隊員は、マルコット飛行場に帰った。

岩本和子は東京の中野から、茨城県鉾田町御城の家に帰った。父の三介は心配して、いっしょにきてくれた。

鉾田駅におりると、すぐに成田屋のイツに電話をして知らせた。長い旅をしてきて、ようやくわが家にたどりついた思いであった。

家の入口はしまっていた。家を貸しておいた辻大尉は、飛行機事故で負傷して入院していた。辻大尉が、なんの連絡もしてこないので、不審に思い、女ごころに恨んでもいた。しかし、今、家の前に立つと、そうしたことは、すべて忘れていた。

鍵は隣の家にあずけてあった。玄関をあけてはいると、自分の家のにおいがこもっていた。和子は、

「あなた」

と、大きな声で呼んでみたい気持にかられた。

雨戸をあけると、せまい庭の赤いサルビヤが目にしみた。あの日に咲いていた花である。

和子は八畳の座敷にはいった。天皇陛下の写真は、そのまま飾ってあった。和子はその前に姿勢を正してすわった。そして、いつも夫のする通りに、手をついて礼をした。

〝夫に代りまして〟という心と〝ただ今、帰りました〟という気持であった。

和子は居間に行ってみた。たんすの上には、和子のおいた通りに、夫の写真が飾って

あった。前べりを、はでに高くした軍帽の下に、人なつこい目がほほえみかけていた。

和子は、この写真のことで、辻大尉と争ったことがあった。和子が東京に行く時に、辻大尉は、この写真を手にとって、

「これも、持っておいでなさい」

と、いった。それが、ひどく和子の気にさわった。辻大尉は気をきかせていったのかも知れなかったが、和子は、この写真に、ほかの人の手をふれられたくなかった。まして、この家から動かそうとするのは、夫をないがしろにすることに思えた。和子は、その時、顔色を変えて、夫の写真を、もとの所にもどした。和子の気持も、感じやすくなっていた。

和子は、改まって、写真を見つめ、手をかけてみた。夫のからだにふれるような気がした。

「あなた」

と、小さく呼びかけてみた。急に、はりつめていた胸のなかがなごやかになり、暖かいものがわきあがってきた。今こそ、夫の家に帰ってきた、という安心した気持になった。

和子は、たんすのなかをあけてみた。前のままであった。ふと気がついて、そこから錦の袋にはいった懐剣をとりだして、夫の写真の前においてみた。

結婚の時に父が持たせてくれた、家に伝わる懐剣であった。父は和子に、それとはい

わなかったが、軍人の妻の覚悟を教えたに違いなかった。

　和子は、それを写真の前においた時〈いつも、あなたといっしょです。生きる時も、死ぬ時も〉という心を示すつもりであった。

　和子は火をおこし、茶の支度をした。父も火鉢の前にきて、すわった。

「わしも当分、ここにいるか。北浦が近いので、釣りができるからな。これからは、フナ、ワカサギの時期だから、おかずぐらい釣れるかも知れん」

　釣りの好きな三介であった。しかし本心は、和子ひとりをここにおくのは気がかりなので、釣りにかこつけていたようであった。

「そうなさいませ。もう久しく釣りをなさらないでしょう」

　和子も久しぶりで、心が軽くなっていた。

「東京にいては、釣りどころではないからな」

　ふたりが茶を飲んでいると、玄関のあく音がした。手荒くあけた音であった。

「奥さん、お帰りになったかね」

「あ、成田屋の」

　和子は、すぐに立って行った。〈あの親切な人が、もう、きてくれた〉と思って、玄関の三畳に出ると、成田屋のイツが、顔色を変えて叫んだ。

「奥さん、岩本さんが」

　ただならぬ声であった。和子は、不吉なものを直感した。それで、ことさらに気持を

ひきしめて、

「岩本がどうかしましたの」

と、敷居ぎわに膝をつくと、イツはしがみつくようにして、声をあげて泣きだした。

「おばさん、どうしたの」

和子は、イツの力強い肩を抱いた。五十をすぎているイツは、少女のように、むせび泣いた。奥から、父の三介もでてきて、声をかけた。イツは、すすり泣きながら、

「奥さん、岩本さんが戦死なすったって、今、学校から電話が」

和子は、自分の前から、何もかも消え去り、自分の肉体が、急速に沈んで行くように感じた。遠くで、父の声とイツの声が聞えていたが、なんのことかわからなかった。自分のことを呼ばれていると気がつくと、

「すぐ学校へ電話をして」

と、いう声がはっきり聞えてきた。目の前に、イツの顔が、はっきりと見えた。しわの深い顔が、ぬれて、ゆがんでいた。和子は、ようやく立ちあがった。

「大丈夫か。わしもいっしょに行こうか」

父は心配して玄関におりた。

「大丈夫です」

和子は、イツにかかえられるようにして、外に出た。和子の胸は、鼓動が激しくなっていた。

〈そんなことがあるはずはない。和子がこうして、鉾田に帰ってきたのですから。あなたをお待ちするために〉

信じられないことであった。鉾田の古びた家並みは、夫を送った時と同じだった。往来する人のなかには、兵隊の姿も見えた。何もかも、前と変らなかった。夫の死は信じられなかった。歩いているうちに、和子はおちついてきた。

〈どんなことがあっても、和子はしっかりしていなくてはならない。和子は軍人の妻だから〉

成田屋に近づくと、イツは先に走って行って、なかにはいった。店といっても、品物は何もなかった。土間の土が固くかわいていた。その二階が、岩本大尉と和子が、新婚の日をすごしたところである。

和子は電話器の前に立った。旧式の手動の電話器に、手をふれるのが、ためらわれた。〈泣いてはいけない。人に涙を見せてはいけない〉と、心のなかでくり返した。イツが心配そうに、そばにきて立っていた。

師団の交換台が出ると、和子は、したしくしている上島大尉を呼んでもらった。また、胸の鼓動が激しくなった。待っている間の、不安な長い時間。交換手同士の話が聞えた。

「岩本大尉さんの奥さん」

と、いっていた。いつもと違った感じだった。

やがて、上島大尉の声が聞えてきた。和子は、右の手の指で、自分のもものの肉をつかんだ。そうしていれば、どんなことを聞かされても、平静でいられると、とっさに思いついたからであった。

「奥さん、しっかりしてくださいよ。お気の毒なことになりましたが」

電話の向うで、上島大尉がためらっているのが感じられた。和子はいきがつまる思いだった。足の力がぬけて、くずれそうになった。受話器の奥で上島大尉の声が聞えていたが、何をいわれているのかわからなかった。〈泣いてはいけない。自分は軍人の妻だ〉と思いながら、力をこめて、ももの肉をつかんでこらえた。

「十一月五日です」

それだけが、はっきり聞えた。和子は、もう立ってはいられなかった。からだを壁によせかけて、わずかにささえた。夫がその日に死んだことだけは確実となった。和子は、必死になって、ももの肉をつかんでいた。指の力ではたりなくて、爪をたてるようにしていた。上島大尉の声は、受話器から消えていた。イツが和子の肩を抱くようにして、受話器をもどした。和子は自分を励ましながら、

「いろいろ、おせわになりました」

と、頭をさげた。急に涙があふれて、黒く光った板の間に、ぽたぽたと落ちて散った。和子が家に帰ろうとすると、イツは心配して、送ってきた。和子は、〈泣いてはいけない。倒れてはいけない〉と、そればかりを心にくり返していた。

玄関に出迎えた父の顔を見ると、何もいえなくなって、和子は居間にかけこんだ。も

う、それ以上こらえていることはできなかった。和子は、畳の上に泣き伏した。

　イツは、三介に改めて話をしていたが、

「隣組にも、お知らせしておきましょう。あとで、せわになることですから」

と、出て行った。三介は居間にもどって、

「和子、もう泣きなさんな。覚悟はしていたはずじゃないか」

と、和子の肩をなでた。和子は泣きやまなかった。三介は部屋を出て行った。泣きたいだけ、泣かせておこうという気持であった。

　和子は、しばらくして、起きあがって、夫の写真の前に行った。つい今しがた〝和子はこの家に帰りました〟と報告をしたばかりの写真である。夫の顔を見ると、また胸がいっぱいになってきた。けさ、東京の中野を出るときには、夢にも思わないことであった。この家に和子が帰れば、じきにあとから夫も帰ってくるようにさえ思われてならなかった。その人が、もういなくなってしまったとは、どうしても信じることができなかった。

　和子は、しばらくは、ぼんやりとして、写真を見ていた。

　玄関があいて、誰かたずねてきた。和子は我にかえって、涙をふいて出ていった。隣組の主婦の鈴木のぶ子だった。

「今、成田屋のおばさんに聞いて、びっくりしたんですよ。つい、この間、お見送りをしましたのにねえ」

と、いっている間に、涙を浮べていた。和子は、もう泣かなかった。それからの受答えの間、懸命にこらえて微笑をさえ見せていた。そのようにして、軍人の妻の態度をくずすまいとしていた。鈴木のぶ子が帰ると、和子は、また夫の写真の前に立った。急に力がぬける思いだった。

〈何もかも終ってしまった〉

夫が、この家に帰ってこないとしたら、何をしていいのか、わからなくなった。もう、何もすることはなかった。〈夫のところへ行けるなら〉和子の心に、あざやかに思い浮んだものがあった。あの、懐剣のことであった。和子は、何かにひかれるようにして、たんすの前に行った。

和子は、夫の写真の前を見た。つい今しがた、そこに懐剣をおいたはずであった。それなのに、見あたらなかった。〈たしかにおいたのに〉と、改めて、そのあたりを見まわした。どこにもなかった。記憶違いかと思って、たんすのなかも調べたが、なかった。

和子は父にたずねようとして、ふと感じた。〈父がかくしてしまったのだ〉和子は、急に目がさめた思いだった。懐剣を与えて、妻の心がまえを教えた父が、それをかくしてしまった。父の目にも、それほど和子が深い悲しみに沈んで見えた。和子は温い父の手を感じた。

〈自分は、もう死ぬことができない〉

和子は、両手で顔をおおって泣いた。

この日の和子の日記に。

《あれほど喜んで鉾田に帰ったのに、その日のうちに、こんな悲しいことになろうとは。あんなに心をこめて祈ったのに。

上島大尉殿に電話で聞くあいだ、泣くまいとして、わが身に爪をたてていたのが、あざとなって、今も痛い。上島大尉殿は、ただ戦死という知らせだけで何もわかっていないという。

むなしかった私の願い。どうして、もう少し働いてくださらなかったのかしら。欲はいわない。もう半期働いてくださいましたら、あなたもお心残りはなかったろうに。

空でかしら、地上でかしら、あなたの御最期の模様が知りたい。あなたなら、きっと勇しく戦って、見事な御最期と思います。でも、何もわからないのが悲しい。

父も、よい子だった、かわいい子だった、といっては泣いています。

御出陣の夜、男泣きに泣かれたお気持や、親孝行をたのむとのおたよりを思えば、死ぬに死ねない気持です。私が今死ねば、この上のない親不孝になりましょう。すぐにも、おそばに参りたいと思うのですが。

和子は今、悲しいけれど、本当に幸福だったと思っています。あなたに感謝の気持でいっぱいです。本当にありがとうございました。

でも、あなたのお写真を見ていると、苦しくなってきます。あなたは、もう、和子と呼んでくださらない。

君がため何か惜しまんもののふの
誠ひとすじに征きて帰らず

悲しまじ泣かじと思いつ嘆かるる
君の最期を知るよしもなく》

この日、冨永軍司令官は、富嶽隊と別れて帰ると、今度は万朶隊を軍司令部に呼寄せた。万朶隊員は、隊長代理の村崎少尉以下、操縦の田中曹長、石渡軍曹、久保軍曹、近藤伍長、奥原伍長、佐々木伍長、通信の生田曹長、花田伍長の九名が出頭した。石渡軍曹は、五日の空襲で負傷して、頭に大きな包帯をしていた。隊員たちは、はじめて、冨永軍司令官の顔を見た。冨永軍司令官は機嫌よく迎え、富嶽隊の時と同じように、感激した面持《おももち》で訓示をした。

「陛下の忠勇無比なる諸子、神州日本の正義、神国日本の精気、発して万朶の桜となる。その名もゆかしき万朶の諸子である。諸子は今まさに陛下のために身命をなげうたんとする。一身は鴻毛よりも軽く、敵艦船必殺の使命は富嶽よりも重い。諸子は先般、敬愛する上官を失ったが、たわむことなく、上官の分まで任務達成に努力されよ。その成功を、冨永は心から祈る」

それから冨永軍司令官は、態度をやわらげて言葉をつづけた。

「とくに注意しておきたいのは、早まって犬死をしてくれるな、ということである。目標が見つかるまでは、なんどでも引返してさしつかえない。また、それまでは、からだを大事にしてもらいたい」

佐々木伍長は、この時の訓示に、とくに心をひかれた。軍司令官が〝なんど引返してもさしつかえない〟といった時には、自分の心を見すかされたように思った。

「諸子の尊い生命と引換えにするものは、戦艦もしくは航空母艦である。そのほかのものに目をくれてはいけない」

冨永軍司令官は語気を強めていった。話の内容が、大本営の特攻計画と違っていることを知らないわけではなかった。大本営の計画では、海軍機は航空母艦と戦艦を攻撃し、陸軍機は輸送船に体当りするように分けてあった。そのことを寺田参謀長は、軍司令官に説明しておいた。しかし、その時、寺田参謀長自身も、大本営の計画に矛盾を感じていた。兵員を満載した輸送船を、上陸直前に攻撃するのは至当の策である。しかし、海軍の小型機に空母、戦艦を攻撃させて、陸軍の大型機、それも体当りのために改装した重爆軽爆を、輸送船に指向するのは適当でない。重爆、軽爆の特攻機を作ったのは、空母、戦艦を目標としていたのではないか。

しかし、冨永軍司令官は、はじめから富嶽隊と万朶隊の目標は、空母、戦艦ときめていた。むしろ使用機はなんであっても、特攻をやるからには、空母、戦艦を沈めることだと、きめてかかっていた。

「最後に、いっておきたいことがある」

冨永軍司令官は結びの言葉として、すでに幾たびかくり返したことを述べた。それは冨永軍司令官の得意の言葉のようであった。

「それは、諸子だけを体当りさせて死なせるのではないということである。諸子のあとからは、第四航空軍の飛行機が全部続く。そして、最後の一機には、この冨永が乗って体当りをする決心である。安んじて大任をはたしていただきたい」

佐々木伍長は、この言葉を忘れなかった。これほど温情と勇気のある軍司令官ならば、自分の決死の計画もわかってもらえると思った。

冨永軍司令官は、激励の訓示が終ると、隊員のひとりひとりと握手をした。将軍が下士官に対する待遇としては、これ以上の手厚さはないと思われることであった。下士官たちは感激していた。佐々木伍長も、冨永軍司令官を信頼しないではいられなかった。

やがて冨永軍司令官は、テーブルの上に用意した正絹の白布に向って筆をとった。そそしてまず〈万朶神兵のために〉と書いた。達筆な文字であった。そのあとに自作の漢詩らしいものを書きつけた。書き終ると、声をはりあげて朗読した。

神国の精気、万朶の桜
将兵の姿、今、燦然と輝く
一身を軽くして、大任重し

死を怖《おそ》れず、徒《いたず》らに死を求むるを怖る

冨永軍司令官は、この詩のなかでも〈死ぬことが目的ではない〉と教えていた。漢詩としては、韻も守られず、形をなしていない独善の字句に、下士官たちは、何か、もっともらしいものを感じた。

万朶隊員は、この詩を書いた白絹をもらって、カローカン飛行場に帰った。富嶽隊のように、料亭広松の宴席に招かれることはなかった。この片手おちの待遇は、万朶隊の岩本大尉以下の空勤将校がいなかったためのようであった。

冨永軍司令官が万朶隊員に訓示をしている時、同じ軍司令部に申告にきた三人の少尉がいた。鉾田からきた津田、長、玉田の三少尉であった。

申告を終ると、三少尉とも、すぐにリパ飛行場に行くことを命ぜられた。リパには、軽爆の七十五戦隊がいた。津田、長の二少尉は、この戦隊に勤務することを命ぜられた。また玉田少尉は、同じリパにいる二百八戦隊に勤務することになった。この戦隊は、台湾の高砂族《たかさごぞく》の斬込隊を乗せて敵の飛行場に強行着陸する訓練をしていた。

津田少尉は納得がいかなかった。自分たちの任務は、飛行機をフィリピンに空輸するだけだと信じていたからである。それにしても不審なのは、空輸の任務だというのに、第四航空軍に配属される形式になっていたことである。これでは、すぐ、帰れないかも知れなかった。

長少尉と津田少尉は、リパ飛行場につくと、すぐに七十五戦隊の本部に行った。そこには、鉾田でいっしょだった金谷少尉がいて、顔を見るなり、いった。

「貴様か、あんな飛行機をもってきたのは。えらいことをしてくれたな」

津田少尉は、金谷少尉が何を怒っているかがわからず、あっけにとられていた。金谷少尉は、あたりを見回して、声をひそめ、

「どうして、七十五戦隊にもってくることになったか、知らないか」

部屋には数名の下士官がいたが、将棋をしたり、いねむりをしていた。何か、前線の戦隊本部らしい緊張感はなかった。

「そんなこと、わかるか。鉾田では、空輸しろという命令をもらっただけだ。それがマニラにきたら、七十五戦隊に勤務せよ、ときた。全く、グラリよ」

「そうすると、すこし変だな。うちの戦隊は、内地へ帰ることになっているんだ」

津田少尉は、おどろいた。

「いつ、帰るんだ」

「いや、まだ命令はでていない。しかし、戦隊じゃ、その準備をしているんだ。何せ、飛行機はなくなる、操縦者は、みんなマラリアで熱をだしているんだ。戦隊長ががんばっているが、夜間攻撃に二機だすのが、ようやくなんだ」

「苦戦しているんだな」

「フィリピンにくる前に、セレベス島でさんざんたたかれて、ジャワへ休養整備に行く

ことになっていた。いざ出発という日に、レイテへ敵がきたから、フィリピンに行け、ときた。こっちへきて戦隊がつぶされて、いよいよ機種改編のため内地帰還ということになったら、待ったがかかった。下士官連中は腹を立てて仕事をせんのだ」

「みんな、外地の勤務が長いからな」

「長いどころか。昭和十三年に戦隊が北支（華北）で編成されたが、それ以来一度も内地に帰っていない。軍医は六年、主計は四年も内地に帰っていない者がいる。今度が戦隊としては、はじめての内地帰還だ。みんな、うきうきしている、という時に、よりによって特攻機など持ってきて、貴様、みんなに恨まれるぞ」

　金谷少尉は苦渋の色を見せた。津田少尉は、

「妙なことになったな。四航軍は、どういうつもりかな」

「多分、おれたちは内地に帰るから、そのあとで、貴様に、あの飛行機に乗って行け、ということになるよ」

「おい、いい加減なことをいうな。一体、内地帰還は、本当なんだろうな」

「東京から命令は、もうきているということだ。ところが、四航軍は、七十五戦隊に帰られたらこまるから、もうすこしがんばってくれ、と引きとめているんだ。四航軍の寺田参謀長が、うちの戦隊長にたのみこんできたから、仕方なしにのびているんだ」

　こうした内部の事情は、兵隊の早耳で、いつのまにか漏れてひろがるものである。津田少尉は、金谷少尉の話が、すべて事実であると思った。そうすると、自分が特攻機に

乗るようになるのも、ありそうなことに思われた。

だが、現実は、もっとさし迫っていた。津田、長の両少尉が、第七十五戦隊に勤務を命ぜられた時、戦隊のほうにも、ふたりの身柄について別の命令が伝えられていた。それは、ふたりを特攻要員とし、待機させよ、というのであった。ふたりが、四航軍配属の命令を受けて、内地を出発する時に、このことがきまっていた。

万朶隊出撃

昭和十九年十一月十一日
カローカン・マルコット・マニフ・浜松・鉾田

カローカン飛行場の滑走路の近くに、天幕がはってあった。そのなかに、村崎少尉と田中曹長らの万朶隊員がいた。報道班員も出入していた。

万朶隊は急降下の訓練をしていた。指揮をしていた田中曹長は、なん度もやりなおしを命じていた。岩本大尉の訓練と、そのままであった。

カローカンの飛行場は炎熱のために乾ききっていた。九九双軽が急降下して引きあげると、赤い土ぼこりが激しく舞いあがった。

飛行機が着陸して滑走してくると、土ぼこりは煙幕のようにひろがった。田中曹長は鋭い目で、滑走している万朶隊機を見ていた。そのあとで、近藤伍長が報告にくると、

「防塵網《ぼうじんもう》はどうした」

と、きいた。防塵網は、発動機の下の方の、空気の取入れ口につけてある金網である。近藤伍長機に防塵網がついていないのを、田中曹長は気がついていた。防塵網をつけな

いと事故のもとになる。近藤伍長は、

「気がつきませんでした」

と、顔色を変えずに答えた。

「気がつかなかっただと。操縦者がそんなことでどうするか」

田中曹長は近藤伍長をにらみつけていたが、

「防塵網がはずれていたら、どういうことになると思っているんだ」

「はい。申しわけありません」

「申しわけありませんで、すむか」

田中曹長は大きく手をふるって、近藤伍長をなぐりつけ、よろめくところをつきとばした。近藤伍長は土の上に倒れたが、すぐに起き上がった。

「こんなことで出撃できなかったら、万朶隊は将校がいないから、だらしがないといわれるにきまっている。そうなれば、万朶隊全体の恥だ」

田中曹長は激しく怒りたち、近藤伍長をなぐりつづけた。いつもはおとなしい、女性的なところのある田中曹長には、めずらしい制裁であった。佐々木伍長はその異常なことから、ふと気がついた。防塵網は、とったり、はずしたりするものでない。装着してなかったということは、脱落したのでなくて、誰かがはずしたのだ。それをした者は、防塵網がなければ、発動機に故障がおこることを知っている。そうとすると、近藤伍長近藤伍長がおかしいことになってきた。

いつもの近藤伍長なら、防塵網のないのに気づかないはずはなかった。近藤伍長は、佐々木伍長と同じ仙台の航空機乗員養成所にいて、一期先輩の十期生だった。ふたりとも、仙台で助教をしてから、鉾田にもいっしょに転属になった。それから同じ双軽班で訓練をうけた。

はじめは一期先輩の近藤伍長に対して、佐々木伍長はつきあいにくい気持でいた。しかし年齢は同じであったし、鉾田にきてからは、枕をならべて寝ていることなどから、おれ、お前のしたしい仲になった。

近藤伍長は仙台でも、また鉾田にきてからも、仲間からはずれて、ひとりでいるようなところがあった。その原因は、近藤伍長が朝鮮で生れたというためであった。当時の日本人はそれほど朝鮮人、中国人を不当に軽侮し、日本民族のみを優秀として思い上がっていた。

万朶隊には、ほかに朝鮮民族の出身者がいた。通信手の花田伍長であった。花田伍長は万朶隊最年少者で、無口でおとなしかった。佐々木伍長は、このふたりがどこの出身であるかには、少しもこだわらなかった。

しかし、きょうの場合は、近藤伍長機が防塵網をつけていなかったのが、単なる事故でなくて、故意にはずしたと思われた。それは発動機に故障をおこさせるためであり、それにより特攻出撃を避けようとしたのだ。田中曹長が異常に激しく制裁したのも、それに気がついたためらしかった。まじめな近藤伍長には、今までにないことであった。

訓練の終ったあと、田中曹長は自分の飛行機の翼の下にはいって、新聞記者と話をしていた。話は、鉾田を出発した日のことであった。

「鉾田を離陸して、自分たちの編隊は、まっすぐ東京に出て、それから岐阜に向いました。帝都の上空に近づくと、快晴で、雲一つない秋空でした。遥かに宮城のお堀と森が見えてきました。その先に、真白な雪におおわれた富士が光っているのです。その時、自分は、これが日本だ、これを自分たちで守るのだ、と思いました。左手に操縦桿を握りなおして、宮城に敬礼をしました。すると、急に涙があふれてきました。感激でした。目の前がかすんで、気がつくと飛行機が二百メートル近くも横に流れていました。編隊は一時、ばらばらに離れてしまいました」

田中曹長は、その時の感激を、熱意をこめて語った。そこへ整備兵が走ってきて、報告した。

「偵察機の報告がはいりました。ルソン島東南方三百キロの海上に、敵有力機動部隊北進中。終り」

「うわあ、でっかいのがきたぞ」

田中曹長は歴戦の下士官の敏捷さで、翼の下から飛び出して、ピストのほうに走って行った。その間にも、万朶隊員を見かけると、

「おーい、行くぞ、行くぞ」

と、叫んでいた。田中曹長は、命令のくる前に、すでに出撃するものときめていた。

十一日、午後一時半をすぎたころであった。

機動部隊発見の情報は、マルコット飛行場の富嶽隊にも伝えられた。梨子田曹長の日記には、この時の情報の内容を、《敵は空母十隻、戦艦十九隻、輸送船三十七隻》と記してある。まさしく、大艦隊の出現であった。

富嶽隊では、すぐに緊急待機命令が発せられた。同時に、攻撃隊の搭乗区分が発表された。

編隊長機　西尾少佐（操縦）柴田少尉（航法）米津少尉（通信）荘司曹長（機関）
二番機　国重准尉（操縦）島村准尉（機関）
三番機　伊東曹長（操縦）梨子田曹長（機関）
第二編隊長機　曾我中尉（操縦）前原中尉（機関）本谷曹長（通信）
二番機　幸保曹長（操縦）須永軍曹（機関）

梨子田曹長は搭乗区分のなかに、自分の名前があるのがわかると、急に胸の鼓動が高まってきた。

第一回の出撃で、山本中尉、石川中尉など四名が未帰還となった。残った富嶽隊員は二十二名となった。未帰還者の代りに伊東曹長と梨子田曹長、幸保曹長と須永軍曹が選ばれた。技術と経験を持つ者の順序とすれば、当然と思われた。

このほかに、将校の操縦者には、根木中尉がはずされていた。第一回、第二回、ともにはずされたのは、西尾隊長の戦死後の指揮官にあてるためであった。

第二回の攻撃隊の編成のなかに、ちょっとした変化があった。それは西尾隊長機に、機関係の荘司楠一曹長が加えられたことである。

西尾隊長機には、はじめは機関係は乗らないことになっていた。航法の柴田少尉と、通信の米津少尉が同乗しているから、操縦操作の手つだいをすることができる。爆弾の安全針もぬける。だから機関係を乗せる必要はない、とされていた。

第一回の攻撃の時、西尾機は目標を発見できないで帰ってきた。そのあとで、米津少尉がいった。

「こんなことがあるから、機関係も乗せなければいかんのだ」

米津少尉は、特攻機も帰ってくることがあるのだから、それに備えようというつもりであった。これは、空中勤務者としての、当然の考え方である。だが、機関係の下士官たちは、そのように、すなおに受けとらなかった。それというのも、第一回の出撃の前から、米津少尉の感情のたかぶった言動が、とくに目につくようになっていたからだ。

荘司曹長は、

「あんまり考えこんで、神経衰弱になったんやないか」

と、さからわないでいた。しかし、第二回の攻撃隊に自分の名があるのを見ると、いつもの冗談ぐせで、

「米津少尉の道づれみたいなもんや」

と、いったが、とげのある調子だった。

機関係が乗るのか、乗らないのかという疑問は、はじめから富嶽隊員の間にわだかまり、感情をこじらせることにもなった。浜松を出発して新田原についた時、森山准尉が真先にこれに気がついて、梨子田曹長に話した。また、富嶽隊の最初の出撃の時に、前原中尉は故意にピッチレバーを不調にさせて、出発しなかった。さらには、米津少尉のように、機関係の同乗を強要する者もいた。

もともと六七重爆は、操縦者一名だけで操作して飛ぶことができる。それならば、体当りの死の飛行には、不要の人員を乗せないのが当然といえる。このため、機関係たちは〈死の飛行には同乗しないですむ〉と考えた。ところがフィリピンにくると、西尾少佐が搭乗区分のなかに機関係を加えたので、前原中尉のように、反抗を表にあらわすことにもなった。そうでないまでも、割切れない不満が、それぞれの胸中にくすぶっていた。

これに対し、万朶隊のほうは、はじめから同乗者は通信手だけとしていたし、いっしょにきた整備員の数もすくなかった。ところが富嶽隊のほうは、地上整備員のほかに、機上機関係がいた。こうした違いは、おもに両隊の機種にあったようだ。九九双軽は、昭和十五年に中国の戦場を飛んで以来、各戦線で使われているので、どこの整備隊でも整備ができた。しかし六七重爆は実用化されたばかりで、扱える整備員がすくなかった。フィリピンに六七重爆がきたのは、富嶽隊が最初であった。このため、富嶽隊には、多くの熟練した機上機関係を加えることになった。

このように見てくると、浜松の師団で富嶽隊員の人選をし、下命した時に、機上機関係をどのように使う考えであったかが問題になってくる。師団の幹部は富嶽隊機が単独で操縦、操作できることは、当然知っているはずである。その上で、特攻要員さしだしの内示によって、二十六名の人選をした。編成に当った浜松の第一教導飛行隊長、大西豊吉中佐などは、その間の事情をよく承知していたと思われる。

大西中佐は梨子田曹長に特攻要員を申し渡す時、伏せていた顔をあげると、目に涙があふれていた。この涙は、梨子田曹長ら機上機関係を同乗、突入させると考えていたためであったろう。

また、西尾少佐も体当り攻撃に、機上機関係をおろして行くことはいっていないし、さらに当然のように搭乗区分に加えていた。西尾少佐も、特攻隊に加えられた機上機関係は、いっしょに出撃すべきだと考えていたといえよう。

こうした問題について、四航軍ではどう考えていたのだろうか。四航軍は、富嶽隊とか万朶隊の別なく、特攻隊はすべて志願によって編成されたと考えていた。それは、そのように大本営から内示されていたからである。大本営の特攻隊に対する考えは、大本営作戦課長服部卓四郎大佐が次のように書いている。（『大東亜戦争全史』第八篇第四章）

《大本営もまた研究を重ねた結果、捷号作戦において戦勢を挽回するためには、不本意ながら、この特攻戦法の価値を重視しなければならなかった。そうして、特攻を志す勇士を特別に処遇するため、特攻を志願する将兵を以て正式に軍隊を編成しようと企図した。しかるにこれに対し、中央部の一部においては「絶対に死を避けることが出来ない方法というより、むしろ死ということを任務遂行の不可欠の手段とするような方法で敵を攻撃する軍隊を正式に編成するのは統帥の道に反する。この攻撃方法によるべきかどうかは、任に当る各勇士に委せらるべきである」との見解が強く表明された。大本営は、この見解に同意し、特攻を志す義烈の士は、これを個人として作戦軍に配属し、作戦軍はこれらの戦士を以て臨時に特攻隊を編成し、これにふさわしい特別の名称を付した》

この文中にある《統帥の道に反する》とは、いいかえれば、特攻隊を命令によって編成すると、天皇が特攻隊を編成、体当りを命じたことになる。そうあってはならないので《特攻を志す義烈の士》を集める形をとることにした。

このような主旨が第一線部隊に伝えられていたから、四航軍でも、特攻隊員はすべて志願だと考えていた。あるいは、それを建前として受取っていた。猿渡参謀長が西尾少佐に、「西尾は『と』号なんてばかなことを、どうして志願したのだ」

といったのも、そのためであった。

機上機関係についても、四航軍は大本営の指示した建前をそのまま受取って《特攻を志す義烈の士》にまかせて、その実情を検討しなかった。このように浜松の師団でも、四航軍でも、機上機関係の同乗について、考慮していなかった。そのために機上機関係は、余計に苦悩しながら、体当り攻撃に出て行った。ピッチレバーを故障させた前原中尉なども、そのための犠牲者であった。

大本営は《特攻を志す義烈の士》などという美名を建前にしたが、実際におこなわれたことは、そうでなかった。しかも、そのごま化しと、あいまいさのために、多くの矛盾と悲劇が生じた。機上機関係を殺さなくてもよいのを殺したのは、その一例である。

なお、機上機関係について、防衛庁戦史室著『比島捷号陸軍航空作戦』(昭和四十六年刊行)には、次のように記している。

《西尾少佐以下の操縦者は、大西教導飛行隊長が候補者にそれぞれ面接して、志願を確かめた要員であったが、整備、機上機関要員の大部は十月二十四日飛行隊長から、特別任務要員として南方派遣を命ぜられた。全員が四式重爆撃機の経験豊富なものであった》

この記述にも疑問がある。もしそれが微妙な字句の使い方をしているならば、その意味は《操縦者は志願したのだから体当りをすべきであり、整備、機上機関係は命令されたのであり、同乗しなくてもよかった》となるようだ。そして、このように解釈すべきだとしたら、防衛庁戦史の文章は、まことに複雑、難解であるといわなくてはならない。

それにしても、この記述のように、西尾少佐以下は、果して志願をしたのだろうか。この記述の資料は、大西元飛行隊長が提供したという。あの浜松の壮行式の時、多数の参列者の前で、豪勇の西尾少佐が声をあげて、むせび泣いたのは、なんのためであったろうか。

カローカン飛行場の万朶隊も、緊急待機についた。攻撃隊として出撃する隊員は、あらかじめきまっていた。

万朶隊の搭乗区分は、はじめは、岩本大尉が生きている間にきまったものがあった。四名の将校と八名の下士官の操縦者を組合せて、編隊を作る計画であった。空勤将校の全員が戦死してから、田中曹長が新しく搭乗区分を立案した。それは階級と経歴に従うものであった。出撃の順序は次のようであった。

田中逸夫曹長、社本忍軍曹、鵜沢邦夫軍曹、石渡俊行軍曹、久保昌昭軍曹、近藤行雄伍長、奥原英彦伍長、佐々木友次伍長。

このうち社本軍曹は、六日の夜の火葬の時にやけどをして入院している。鵜沢軍曹はリンガエンに不時着、これも入院したままである。石渡軍曹は五日の空襲で負傷し、まだ回復していない。

この三名の事故者を序列から除くと、攻撃隊要員は五名となる。出撃の機数は、四機ということに予定されていた。そうなれば最下位の佐々木伍長は残されることになる。

緊急待機命令をうけると、佐々木伍長はまた、心に思い返すことがあった。それは、むなしく死んでいった岩本大尉のために、その無念を晴らしたいということであった。そしてまた、訓練の時など〝佐々木を見ならえ〟とまでいってくれた岩本大尉の信頼にこたえたかった。

さらにはまた、岩本大尉が教え、期待していたことを実行したかった。佐々木伍長には、それを実行する自信があった。佐々木伍長の負けん気の性格と、若い熱情とは、胸中に激しく渦まいた。このような時、いつも思い出されるのは、父の藤吉の教えた言葉である。

〈人間は容易なことで死ぬものではない〉

父は満州で、子はフィリピンで、親子二代が特別攻撃隊員となったのだ。父が死ななかったように、自分も生還するだろう、と佐々木伍長は信じていた。

佐々木伍長はピストに行って、田中曹長にあった。

「佐々木伍長、お願いがあります」

田中曹長はやせた黒い顔をふりむけた。

「今度の出撃には、佐々木を出してください。今の搭乗区分だと、佐々木は最下位ですから、出られません」

田中曹長はおちくぼんでいる目を鋭く光らせて、

「貴様、本気か」

「本気です」

「どぎゃんするつもりか」

佐々木伍長は返事に困った。隊長殿の仇を討ちたい、といいたかったが、気がさしたので、

「みんなといっしょに行きたいのです」

「よし、わかった、つれていってやるぞ」

田中曹長はたばこに火をつけたが、気ぜわしくおちつかない動作だった。

夜になって、四航軍から第四飛行師団と万朶隊に、明朝出撃の命令が伝えられた。

『レイテ湾の敵艦船に必殺攻撃を実施すべし』というものであった。

すぐに、攻撃隊員のために、送別の宴が催された。場所はカローカン飛行場に近い、日本料理屋であった。外側は洋館であったが、室内は日本座敷になっていた。

出撃する隊員は、床の間の前の上座にすわらせられた。操縦の田中曹長、久保軍曹、奥原伍長、それに佐々木伍長だった。このほかに田中曹長機に同乗する通信手の生田留夫曹長がいた。

隊員と向いあった下座には、第四飛行師団参謀長猿渡大佐をはじめ、飛行場勤務隊の将校、戦闘飛行隊の将校などがならんだ。

この夜の情景について、当時の新聞が勇壮な作り話の記事を書いたのは、すでに記した通りである。

ともあれ、万朶隊の下士官たちは、その時はドンチャンさわぎをして夜を徹し、出撃の時刻を迎えたのであった。

武藤参謀長にレイテ中止を勧告された総軍の飯村総参謀長は、寺内元帥の意向をただした。元帥は即座に答えた。

「引続きレイテをやるのは、きまっとる」

最初からレイテ決戦を主張した寺内元帥は、この惨敗の時期になっても、まだ考えを変えない頑迷さであった。元帥は神機到来を信じていた。

十一日。山下大将と武藤参謀長は呼ばれて、総軍司令部に行った。寺内元帥はふたりを前にして、簡単にいった。

「レイテ決戦はやる」

山下大将は簡単に答えた。

「承知しました。全力をつくしてやります」

これだけいって、山下大将と武藤参謀長は敬礼して帰った。この簡単なやりとりで、レイテ島の敗戦の日本軍将兵の過酷な運命がきまった。だが、この席にいた飯村総参謀長は〈この下命は、ものの一分とかからなかった。総司令官の威力というものは、たいしたものだ〉と感心した。

飯村総参謀長の役目は、総司令官に正しい方向を与え、大局の指揮を誤らせないように補佐することである。ところが飯村総参謀長は終始、追随するだけであった。これでは一軍の総参謀長の見識とはいえない。することは、中尉大尉級の専属副官にひとしいと酷評する者もいた。

寺内元帥の総軍司令部は、山下大将にレイテ続行を命じたあと、仏領インドシナのサイゴンに移ることになった。

同じ十一日、レイテ島に急派された増援部隊、第二十六師団がレイテ島のオルモック湾に到着した。だが揚陸する前に、アメリカ軍の飛行機三百機の集中攻撃をうけた。アメリカ軍は、日本の輸送船団の行動を詳細に監視し察知していた。輸送船六隻のうち五隻は撃沈された。そのため、歩兵は重火器の全部を、工兵は器材の全部を失ってしまった。食糧弾薬などの大部分も海没した。

第三十五軍の友近参謀長は、この時の状況を、悲憤しながら手記に書いている。

《人員の一部のみ泳ぎつきたる有様、これを目前に見たる吾人の口惜しさ。轟沈の水柱、天に冲するもの幾本。逃げまどうわが大型駆逐艦が、むらがりくる敵機の急降下爆撃をうけ、炎上後、沈み行くさま、今なお眼前に彷彿たり。彼我航空勢力全く逆転せるを、

「まだよかろう、よかろう」

と過信せる結果はかくの如し》

この日、梨子田うた子は、浜松市高林町の家で、次のように日記に記した。

《長いこと留守せし高林にかえる。

君おらずとも何かなつかしく、うた子の帰るのを待っていて下さるような気がしてならない。有るもの一つ一つが、すべてあなたの手にふれたものだけに、さびしいなかにも、またふたりでいるように思われる。写真を前に夕食をともにす。さかえさんよりや

さしき手紙下さり、つい涙が出てしまった。
夕食後、あなたの写真を前に、赤ちゃんの支度におそくまで夜なべす。いっしょに起きていてくれるように思われ、今夜は少しもさみしくない。おなかの赤ちゃんがしきりに動く。親子三人の感を身におぼゆ》
鉾田の岩本和子の日記。
《あなたがどうしてもお亡くなりになったとは思えません。今もまだ大空をかけめぐっておいでになるように思われます。おそばに行けない身を、悲しく思うばかりです》
そのあとに、次の一首を書きつけてあった。

今はただみあと慕いて行かましを
行くえも知れぬ青き大空

一

昭和十九年十一月十二日
マルコット・カローカン・レイテ湾・浜松・鉾田

陸軍特別攻撃隊の万朶隊と富嶽隊は、ともにこの暁に出撃することになっていた。攻撃目標は、万朶隊はレイテ湾の敵艦船、富嶽隊はルソン島東方海面の敵機動部隊であった。

富嶽隊に出撃命令が出たのは十二日の午前二時であった。隊員は緊急待機で、飛行服のまま仮眠していた。しかし飛行場大隊の〝葬式自動車〟が大きな音をたててきたのを、隊員たちは知っていた。〈いよいよ死ぬ時がきた〉と梨子田曹長は思った。立ち上がると、膝の力がぬけているようで、たよりなかった。

西尾少佐が命令を伝え、攻撃要領を説明したが、簡単に終った。出発は五時だった。

梨子田曹長は身のまわりを整理し、せわをしてきた仔犬のクロを、丸山軍曹にたのんだ。もう、ほかにすることはなかった。梨子田曹長は、このような時には、日記を書くことにしていた。何よりも気がまぎれることであった。梨子田曹長はふとい万年筆で書いた。

《いよいよ五時出動。私も航空軍人の本分をつくす時がきました。梨子田と伊東は三番機です。

うた子、元気で、かあさんたちをお願いします。長い間、苦労をかけました。

今、二時半。月齢二十五の細い下弦の月、西の空に消えんとして、窓の外に半分ほど見えます。みんなは蚊帳の近くで日の丸鉢巻をして、遺品の箱を整理しています。

私はローソクの光で日記を書いています。これが最後の日記です。

ああ、死ぬことができるか。みんな、今晩はいやにおちついていますね。

五時だから、これで眠ろうか》

梨子田曹長はベッドに身を横たえたが、なかなか眠れなかった。

午前三時。

くらやみのなかに沈んだカローカン飛行場に、一個所だけがうす明るく浮上っていた。滑走路の東北の端に設けられた天幕であった。椰子油の灯の赤黒い光に照しだされて、冨永軍司令官と、第四飛行師団の猿渡参謀長が椅子に腰をおろしていた。白布をかけたテーブルの上には、のりまき、紅白の力餅、砂糖豆、たばこなどがならべてあった。中央には一升びんが三本おいてあった。びんには『翼』と銘を記してあった。それに結びつけた白紙には『贈　万朶神兵』と墨で書いてあった。冨永軍司令官の贈物であった。

万朶隊の攻撃隊員と残留隊員は、そのあたりに集ってきた。包帯をした石渡軍曹の頭が白く目についた。石渡軍曹は田中曹長に小さな紙を渡した。岩本大尉の写真だった。田中曹長はうなずいて、内ポケットにしまいこんだ。

佐々木伍長は四番機として出撃することになった。

村崎少尉、藤本軍曹らの整備員は、白布に包んだ小箱を持っていた。遺骨の箱であった。それを攻撃隊員の胸にかけて、布の端を首のうしろで結んだ。

遺骨の箱の前には、小さく氏名が記してあった。田中曹長の持ったのは『岩本大尉之霊』であった。生田曹長のは『中川少尉之霊』、久保軍曹のは『園田中尉之霊』、奥原伍長のは『安藤中尉之霊』、佐々木伍長のは『川島中尉之霊』であった。この五名の将校の遺骨は、マニラの東本願寺に納めたから、箱のなかは、分骨の意味で、霊位を記した紙片がいれてあった。

やがて、冨永軍司令官が激励の訓示をのべた。

「今や陸軍特別攻撃隊、万朶隊の晴れの出撃の時はきた。出発にあたり、もはや改めていうべきことはない。諸子の純忠の精神と、大勇の決心とは、必ず大戦果をあげることを確信して待っている。ただ一言、くりかえして注意しておく。必ず、空母をねらえ。空母が見あたらなければ、戦艦をやれ。それでも格好の獲物がない時は、ためらわずに引返して再挙をはかれ。決して小型艦などに体当りをしてはならない。護衛および戦果確認には、戦闘隊がついて行くから、安心してレイテ湾まで突進してもらいたい」

五名の攻撃隊員は、直立不動の姿勢をとっていた。胸にさげた、遺骨箱を包んだ木綿の白さがあざやかに見えた。天幕の内外は、厳粛な空気がみなぎっていた。

猿渡参謀長は隊員のひとりひとりに、一升びんを傾けて、酒をついだ。

「天佑神助のもと、諸子の成功を祈る」

猿渡参謀長はコップをあげて乾杯して、

「のりまきでも、餅でも十分にたべて、腹ごしらえをしてもらいたい。ごちそうはないが、とくに諸子のために作ったものだ」

と、すすめた。田中曹長は、

「はい」

と、答えたが、手をださなかった。

「みんな、どうだ、遠慮なくやれ」

参謀長は、さらに促した。生田曹長が、

「腹いっぱいですから」

と、いったが、口もとがふるえていた。誰も、物をたべる気持になれなかった。

「もう一杯どうだ」

参謀長が、また一升びんをとりあげた。奥原伍長の手が動いて、テーブルの上のコップを倒した。酒が流れ、コップは下におちて、われる音がした。

「かまわん、かまわん」

参謀長が手をふってとめた。

佐々木伍長は自分でも意外に思うほど、冷静な気持でいた。夜明け前の涼しさを〈内地の秋のようだ〉と感じていた。すこしばかり、身がひきしまるようだった。奥原伍長がコップをおとした時、その手がふるえていたのが見えた。これでは奥原伍長が約束通りに、敵を爆撃して生還することもあぶないような気がした。

奥原伍長の隣にならんでいる久保軍曹も、顔色が変っていた。

田中曹長は、隊員に整列を命じた。

「田中曹長以下五名、出発します」

隊員は敬礼を終えると、向きを変えて走りだした。残留隊員や地上勤務隊員が口々に激励の叫びをあげた。五名の隊員の姿は、すぐに闇のなかに消えた。

まもなく、点々と赤い小さな火が、遠くまで二本の線を作った。地上勤務隊の兵たちが、椰子油の標識燈に火をつけたのだ。二列の赤い点線にくぎられた闇のなかに、幅三十メートル、長さ千二百メートルの滑走路があった。

激しい爆音がひびいていた。掩護戦闘隊の隼《はやぶさ》機（一式戦闘機三型甲）の二十機が始動をしているのだ。

青白い排気ガスの炎をはきながら、大型機が一機、滑走路の端に動いてきた。攻撃隊を戦場に誘導する百式司偵機であった。万朶隊の四機も、始動していた。力強い爆音が夜空を振動させているなかで、叫び声がした。

「しっかりやれ」

「隊長殿の仇をたのむぞ」

佐々木伍長は操縦席にすわると、首にかけた川島中尉の遺骨箱をかたわらにおいた。目の前で、さまざまな計器が深海魚のような、弱い、つめたい光を放っている。ガソリンの量を見ると、タンクいっぱいを示している。〈これだけあれば、レイテ湾からミンダナオ島まで飛べる。しっかりやれ、友次〉と、自分にいってみると、闘志といったものがわきあがってきた。

佐々木伍長は機械や計器類を一通り点検して、スイッチをいれて、フフップ（補助翼）をさげた。これから先は、ただひとりである。九九双軽の飛行に必要な操作を、普通なら定員の四人でするところを、ひとりでしなければならない。爆弾は八百キロ弾をつけている。爆弾搭載の定量の五百五十キロを越え、離陸はかなり困難に違いなかった。佐々木伍長は気持が興奮し、緊張が強まるのを感じた。

夜が明けるには、まだ遠い空の色であった。下弦の月が高くかかっていた。熱帯の月なので、細くても明るく輝いていた。滑走路の前に出ていた百式司偵が、爆音を一層高くあげた。激しい勢いで滑走がはじまった。

次は攻撃隊の離陸である。滑走路の中央に田中曹長機、その右に久保軍曹機、それよりうしろに、同じ配置で奥原伍長機と佐々木伍長機がならんでいた。二機ずつの編隊離陸をするのである。夜間で空中集合が困難なのと、集合時間を短くするためであった。

佐々木伍長は操縦桿を握りしめて、前方をにらんだ。椰子油の標識燈が、点々と暗黒のなかにつづいている。

近くの誘導路のあたりで、爆音が移動し接近してきた。掩護戦闘隊が出てきたのだ。

佐々木伍長は心のなかで叫んだ。

〈いよいよ出発だ。今こそ行くのだ〉

佐々木伍長は、全身が、ふるえるほどの緊張感に襲われた。十七歳の時に、はじめて飛行機に乗ってから、このように激しく緊張したことはなかった。

前方に光の輪が動いた。出発の合図である。田中曹長機と久保軍曹機が、排気ガスの青白い炎を流しながら走りだした。

佐々木伍長は両手を顔の前でふって合図をした。整備員が車輪どめをはずした。

佐々木伍長はブレーキを押えながら、レバーをいれた。ブレーキをゆるめると、機体はまっしぐらに走りだした。赤い点々が、線となって、うしろに流れる。機体が重い。八百キロ爆弾の抵抗が、佐々木伍長の手に、はっきりと伝わってくる。だが、走らせるだけだ。

佐々木伍長は操縦桿を握りしめ、懸命に計器に目を走らせた。——ブースト、プラス二〇〇。速度、四〇、一五〇、一六〇。

機体の車輪が、大地を離れた。地上の椰子油の燈火の赤い線が、急速に暗黒の底に流れ去った。しかし、まだしなければならないことがある。〈フラップをとじろ。脚をあげろ〉ふたり分の仕事をするのだ。機体は浮揚したばかりである。やりそこなったら、失速して墜落する危険な時期だ。佐々木伍長は全身の神経を、操縦桿を握っている右の手に集中する。そして、左の手に持ちかえる。すぐにフラップをあげると、機体は急に軽くなった。今度は全身の力をこめて、脚を引きあげた。飛行服の下に、汗がふきだしていた。

佐々木伍長は長機をさがした。月が、近いところにあった。高度計の針は、二〇〇をさしながらふるえている。一面の星空である。そのなかに、動いている赤い星があるはずだ。それが長機の翼燈だ。その間にも、機体は上昇し、直進をつづける。

まもなく、佐々木伍長の目にひとかたまりの炎の流れが見えた。排気管の炎だ。佐々木伍長は、それを目標にして追って行った。

すでにカローカンは遠く離れた。大地は深い暗黒の下にある。佐々木機の前方と左方には、三機の翼燈と排気ガスの炎が飛んでいる。危険な離陸上昇の時期をすぎて、無事に空中集合も終った。発動機は調子よく回転している。佐々木伍長は、うしろをふりかえってみたが、戦闘機編隊の所在はわからなかった。

高度三千メートル。――午前四時三十分。〈まもなく、夜が明けるだろう〉しかし、戦場の上空に到達するまでには、二時間近くある。室内燈の小さな光をうけた顔が、風防ガラスにうつっている。それだけが、今見ることのできる人間の顔である。佐々木伍長は、風防ガラスの自分の顔に呼びかけた。

「おい友次、しっかりやれよ」

空が明るくなってきた。その光のなかで、佐々木伍長は異常のあることに気がついた。自分の前方と左方を、三機の九九双軽が飛んでいるはずだった。それが、二機しか見えないのだ。

四方の空をさがしたが、見えなかった。

編隊の位置から数えると、いなくなったのは三番機だ。奥原伍長だった。佐々木伍長は不安になり、出発の時の奥原伍長を思い浮べた。あの時、恐怖のために気持がうわずっていたとすれば、何か事故をおこしたかも知れなかった。

佐々木伍長は機の速力をあげて、田中曹長機のうしろについた。

〈奥原伍長機は、発動機が不調になったのかも知れない。それとも編隊を見失ったのだろうか〉

そうした、当然おこり得る理由のほかに、もう一つ、疑問が残っていた。奥原伍長は佐々木伍長と、生還の方法について語り合った時、

「急降下爆撃は、にが手なんだ」

と、自信のないことをいった。結局、奥原伍長はレイテ湾に突進するだけの気力が得られないで、引返したとしか思えなかった。レイテ湾に行くのは、死に近づくことである。それにたえられなかった奥原伍長の気持が、かわいそうに思われた。

空は明るさを増してきた。上空には、黒い機影が点々としていた。掩護戦闘機の編隊である。佐々木伍長らの編隊より、三百メートルほど、高度を高くとっていた。佐々木伍長は興奮して、急にからだのなかが熱くなるのを感じた。奥原伍長がいなくなったことは、この瞬間忘れ去った。

戦闘隊の隼機は編隊を組んで、攻撃隊を中心に右に行き、左に移りして飛んでいた。短い翼がきらきらと光っている。遥か遠く下の方で、太陽が雲をわけてあらわれ、強烈な光の線条をのばしはじめた。

〈この戦闘隊の目の前で、見事八百キロ弾をぶちあててやるのだ〉

佐々木伍長は気持の勇躍するのをおさえることができなかった。佐々木伍長は、前方

の田中曹長機に注目した。編隊飛行中は、操縦者は注意を、隊長機に七、周囲に三と配分していなければならない。翼の下には、白い海岸線が見えていた。それが、なめらかに光っている海と、濃緑の樹林におおいかくされた陸地とを区切っている。大きな島である。佐々木伍長はすぐに、それがサマール島だと気がついた。この島の南の端がレイテ湾である。

高度五千メートル。前方の低い雲の下に、青灰色の海がひろがっている。目ざすレイテ湾が見えてきたのだ。

湾の西方を区切るようにして、高い山のつづいた陸地が見えている。日本軍の地上部隊が、悪戦苦闘しているレイテ島である。

佐々木伍長は操縦席にとりつけた二本の鋼索の取手の一つをつかんだ。岩本大尉が航空分廠に特にたのんで改装したものであった。これで、爆弾を操縦者の意志で、自由に投下することができる。その一本をひけば、爆弾をつるしている電磁器の安全装置を解除するようになっていた。他の一本は、電磁器に働いて、爆弾をおとすのである。佐々木伍長が引張ったのは、安全装置を解除する鋼索であった。これで爆弾は、いつでも投下できる状態になった。

レイテ湾に迫ったことは、危険空域に突入したことである。佐々木伍長がレイテ島を望見したように、アメリカ軍の電波探知器も、日本軍の編隊をとらえていると思わねばならなかった。また、いつ、どこからアメリカ軍の戦闘機が襲いかかるかも知れなかった。佐々木伍長は全身のひきしまるのを感じながら、絶えず警戒の目を動かした。

この時、掩護戦闘機の編隊が形をくずした。隼機はそれぞれに離れて、前後左右に飛んで行った。その翼の下から、黒い丸いものが落ちて行く。ガソリンの搭載量を増加させるためにつけた、落下タンクをおとしたのだ。そのあとで、ぐんぐん上昇して行く隼もあった。戦闘隊は戦闘隊形に移ったのだ。

佐々木伍長は、すばやく時計を見た。五時四十分。上半身をのばして、下をのぞいた。高度千二百メートルから千三百メートルのところに、白い断雲がひろがっている。その間に濃紺の海面が見える。

田中曹長機、久保軍曹機は、間隔をくずさずに突進をつづけている。万朶隊三機の特攻隊は今、レイテ湾の上空に達した。

〈これが敵の頭上だ〉

佐々木伍長の胸中には、非常な緊張と、〈さあ、こい〉といった激しい気力が、わきあがっていた。海面を見ていた佐々木伍長の目に、黒い影がうつった。それが、すぐ断雲の下にかくれた。佐々木伍長はそこから目を離さないでいた。断雲の層が流れ去った。

「いた！」

一隻、二隻、三隻……。単縦陣で進んでいる。白い航跡が見える。レイテ湾の外に向っている。〈戦艦か。いや、すこし小さい。だが軍艦には違いない〉

田中曹長も早くも気づいているらしく、その方向に進路を変えた。佐々木伍長はそのあとを追いながら、なお海面をさがした。

〈空母はいないか〉

ほかに艦船の形は見えなかった。

田中曹長は艦船に対進して、艦首の方向から艦の軸線にはいろうとしている。久保軍曹も、よくそれについている。佐々木伍長は高度が高すぎるのが気になった。現在の高度、五千メートル。鉾田以来、急降下爆撃の訓練の時には、高度は三千メートルであった。それ以上の高度から突っこんだことは、一度か二度しかなかった。高度が高ければ、突入の角度が浅くなる。それでは目標がはずれやすかった。

すでに三機は艦隊の真上に迫ろうとしていた。数秒ののちには、双方から行き違って、攻撃の機会は失われてしまうのだ。

その時、田中曹長機が翼をふって突入の合図をした。田中曹長機が機首をさげて急降下にはいると、久保軍曹機もそれにつづいた。

佐々木伍長が目標を見定めようとして下を見た時には、軍艦は、かなりの目の下にきていた。〈すこし、はいりすぎた〉一瞬、不安が頭をかすめた。しかし、その時には、佐々木伍長は操縦桿を力いっぱい押し倒していた。目標は三番艦だ。全身が引きさかれそうな強い衝撃に包まれた。急降下の恐しい圧力。大きな音をたてて、操縦席のうしろに飛びあがったものがあった。川島中尉の遺骨箱だった。

佐々木伍長は歯をくいしばり、必死になって目を見開いた。頭の上に青い幕がひろがっている。それが海だ。〈目標はどこだ。軍艦はどこだ〉操縦桿を押しているが、軍艦は見えてこない。苦痛と不安と焦心が激しくいり乱れた。〈速度をあげろ〉速度計の針は、五百キロから五百五十キロを越えた。そして、ついに六百キロ。佐々木伍長は全身の血液が頭に充満し、ふきだすように感じた。これ以上、速度をあげたら九九双軽は空中分解しそうだ。だが、目標は見えてこなかった。

急に飛行機のなかが蒸暑くなった。海面が近くなったのだ。熱気のために、風防ガラスがくもって見えなくなった。今にも海中に突入しそうな不安が頭をかすめた。佐々木伍長はほとんど無意識に、天蓋を引きあけた。その時、すぐ目の前に波が動いていた。反射作用のように、操縦桿を引きおこした。全身が投げだされそうな衝撃をうけると、目の前の海面が青空に変っていた。両翼の下から、海面が流れ去り、遠ざかって行った。

佐々木伍長は激しい呼吸をしていた。操縦桿を握っている手がけいれんしている。機首の前方に白い断雲がつづいている。〈あの下にかくれろ〉

高度千二百メートル。佐々木伍長は雲の下にかくれながら、海面をさがしたが、何も見えなかった。艦隊と対進したから、すでに遠く離れたに違いなかった。佐々木伍長は翼をかたむけて、飛び去ってきた方向をふりかえったが、三隻の艦影は見えなかった。

〈田中曹長はどうしたか。久保軍曹は？　戦闘隊は？〉

空のどこにも、何も見えなかった。

〈命中していれば、黒煙があがっているはずだ〉

海面には、それも見えなかった。佐々木伍長は、攻撃が失敗したと感じた。〈田中曹長は攻撃の時機を誤った。数秒おくれてしまった〉と思いながら、翼を水平になおすと、前方に濃緑の山が見えた。レイテ島らしかった。〈レイテ島のタクロバン飛行場の敵の戦闘機が出てくるころだ〉佐々木伍長は、すばやく四方を監視した。

掩護戦闘隊の隼機は、残らずどこかへ行ってしまった。田中曹長と久保軍曹の二機は、急降下して行ったが、海上には、なんの痕跡も見あたらない。アメリカの艦隊が射撃してきた動きはなかったから、撃墜されたとは思えなかった。しかし、この二機の九九双軽は、どこにも見えなかった。

佐々木伍長は、今や戦場の上空で、ただ一機となってしまった。この上は、敵が出てくる前に、一刻も早くここを離脱することだ。それには、八百キロ爆弾をかかえたままでは、危険である。早く爆弾を落しておかねばならなかった。〈船がいないか。何か目標はないか〉

佐々木伍長が海面をさがすと小さな船が見えた。今しがた攻撃した艦隊の三隻ではなかった。どこか別のところに、多分、今までは断雲の下にはいっていたものらしかった。

佐々木伍長は目をこらして、船の形を確かめた。船首が、箱型に切り立ったようになっていた。これは部隊を輸送、上陸させる揚陸船であった。佐々木伍長機がいるのに、気がつかないはずはなかったが、射撃してこなかった。回避運動もしないで直進をつづけていた。

「やるぞ」

佐々木伍長は機体をすべらせて、船の軸線に持って行った。佐々木伍長は操縦桿を左の手に持ちかえた。右の手は、爆撃の鋼索の取手をつかんだ。それを引けば、八百キロ爆弾が落下する。爆弾の信管は、二秒の延期をかけてあった。

佐々木伍長の九九双軽は、揚陸船の軸線にぴったりとはいった。〈今だ！〉佐々木伍長は操縦桿を強く前方に倒した。三メートルの起爆管をつけた機首は深くさがり、機体は吸いこまれるように急降下して行った。五百キロの速度に抵抗して、全身がゆがめられ、血が逆流するようだ。

高度八百メートル。佐々木伍長は夢中で鋼索をひいた。機体がはずみあがるような衝撃があった。すぐに操縦桿を引きおこした。翼の下を、一瞬、船体が流れ去った。佐々木伍長は急上昇しながら、ふりかえった。揚陸船は同じ形で走りつづけている。船体から離れた海面に、大きな白い波紋がわき立っている。

〈しまった。あたらなかった〉

しかし、これで九九双軽は身がるになった。佐々木伍長は、さらに急上昇をつづけた。〈早く逃げろ。下から、撃たれる〉背中に寒いものを感じたが、高射砲弾が追ってくるけはいはなかった。前方の上空に断雲があった。佐々木伍長は、そのなかに飛びこんだ。

〈これで戦闘は終った。あとはミンダナオ島に逃げこむことだ〉

レイテ島の海岸線にそって南に向い、さらに一時間飛べばミンダナオ島に行きつく。

それは前もって、生還する計画で研究しておいた所である。そこならば、レイテ島のアメリカ空軍の基地から遠く離れていて、安全であった。そこを不時着飛行場として教えたのは、岩本大尉であった。

佐々木伍長は、飛行機の高度を五百メートルにさげて飛んだ。それが、アメリカ軍の戦闘機の、追撃の目をくらますのに、適当な高度であった。

二

万朶隊と前後して、富嶽隊はルソン島の東方海面に出撃した。西尾少佐機を長機とした六七重爆の五機の編隊は、きょうこそ体当り攻撃を敢行する決心で飛び立ったが、アメリカ艦隊を発見することができなかった。西尾少佐は攻撃をあきらめて、マルコット飛行場に帰ってきた。全機とも異常はなかった。

梨子田曹長は宿舎に帰ると、すぐに日記を書いた。けさ、出撃の前に書いたページに、その結末を書いておかずにはいられなかった。死を決意して出撃し、目標を発見できずに生還したことは、激しい興奮となって気持をゆさぶっていた。

《生きて帰った。敵艦見えず。台湾東方まで行きました。出発の時は、人がおどろくほど私は元気でした。乾杯の時には、松たけと栗、柿が出ました。岐阜から、爆弾飛行機の補充機を輸送してきた人たちが、たくさん持ってきてくれたのです。

あの時は参謀やみんな来ていたね。私の飛行機は今までにないほどの好調でした》

二〇七号機は快調に飛んだ。梨子田曹長は機関係としての喜びを感じた。同時に、第一回の時の不調は、故意にされたことに違いない、と確信した。こんな気持から、日記の終りに、飛行機が快調であったことを書いたのだった。

十二日の午後になって、万朶隊の戦果の発表があった。第四航空軍を担当している各新聞通信社の記者は、マニラの軍司令部に集った。報道発表を担当していた情報参謀内田将之少佐が、万朶隊の攻撃経過と戦果を説明した。

新聞記者は、それを材料として記事を書いた。当時の新聞に発表された戦果が、誇張され、あるいは全くのうそであっても、その根本は、軍から提供された材料のためであった。

また、現地で書いた記事を内地の新聞社通信社に送るには、軍の検閲をうけて、許可を得なければならなかった。記者は、軍の発表し希望する通りに書かなければ、この検閲の許可を得ることはできなかった。

このような軍の発表する偽りの材料と、新聞記者自身の功名心からこしらえた作り話とが、内地に送られた。こうして、新聞紙上だけの大戦果と悲壮な美談が作り出された。

万朶隊の出撃の記事は、次の日に内地の新聞にはなばなしく掲げられた。内容は、作り話の記事のなかでも、とくに見事なものであった。

《［比島前線基地三杉特派員十二日発］十二日陸軍特別攻撃隊の第一陣、万朶隊が必死

征途にのぼる日、紺青の海に点々たる島々の気色はすがすがしきばかり。万朶隊の機影が堂々の轟音すさまじく、レイテ湾上に現れたのは八時すぎであった。

目ざすレイテ湾は、左手のサマール島の連山と、右手ロピ、マンバン山などの峻険がかさなりあうレイテ半島の間に横たわり、その海面には、輸送船五、六十隻、戦艦あるいは巡洋艦とおぼしき大型艦が十隻内外、駆逐艦数隻が湾内せましとつめかけている。

あの山々には、敵上陸以来、不眠不休の猛攻をつづけているわが精鋭なる将兵ががんばっているのだ。その将兵らに巨弾をあびせかける敵艦船群、思えば、心も張りさける憤怒がおこるのみであったろう。

わが攻撃隊が湾上に近づくや、敵のP38戦闘機は続々と舞いあがり、我を妨害せんとする。八時すぎ、攻撃は開始された。攻撃掩護に任じた菊地大尉の確認したところによれば、田中、生田の両曹長の搭乗せる一番機は好餌いずこと鷹のごとく、あるいは低くあるいは高く、敵艦上空を旋回すること一回、二回、三回。三回目には敵艦めがけて急降下、まさに体当りせんとする瞬間、操縦者の目にはいったのは赤十字の病院船のマークだった。

「非武装船」

田中、生田機はとっさに攻撃をやめて、再び急旋回して上昇し、ようやく別に好餌たる輸送船めがけて第三回目の攻撃を敢行、隼のごとくその真黒の胴体に突入、同時にこれら特別攻撃隊の掩護に任じていた渡辺伍長の操縦する戦闘機も、この輸送船に体当りを敢行したのであった。瞬間、天に冲する水柱、敵船はわが尊き三柱の英霊とともに、水底深く葬り去られたのであった。

その間、機を見ていた佐々木伍長の操縦する四番機は、好餌たる一戦艦を認め、一番機につづいて急降下体当りを敢行すれば、久保軍曹の二番機も遅れはせじとばかりに戦艦に突入、舷側まぢかの海中に突っこんで轟然爆発、粉骨をもって戦艦を轟沈したのであった。その勇壮極まる最後は、掩護に任じた生井《なまい》大尉に親しく認められるところとなった。

この間、壮挙に同行せる三番機は発動機の故障のため、惜しくも途中で引き返し再挙をはかったのである。

ああ尽忠無比とやいわん、七生報国死して皇国を護らんとするわが大和魂は、昔の元寇をはじめ日清日露の戦場においてはもち論、大東亜戦争においても、あらゆる戦場で挺身隊として出現、今なおわが皇国の全将兵この意気にて善戦しつつあるのであるが、この闘魂こそは、まさに国難を打開すべき至高至誠というべきであろう」

万朶隊の攻撃を書いた新聞記事について、のちに佐々木元伍長は、私（著者）に次のように語った。

「病院船はいたかも知れないが、自分は見なかった。田中曹長がそれを攻撃しかけて避けたということもあるだろうが、戦場の上空では、それだけの余裕があるとは考えられない。確実にいえることは、田中機が敵艦隊が対進して、急降下する時機をわずかに遅れたために、爆撃したとしても、または体当りしたとしても、命中はしなかったと思う。目標をはずしたために、やりなおしをしたかも知れないが、見えなかった。自分はつづいて急降下して、すぐに退避したから、見ているだけの余裕もなかった」

この日の別の新聞記事には、もっと勇壮な描写がある。同盟通信の記事である。

《戦果確認者たる菊地大尉、生井大尉、作見中尉の三人は基地に帰還後、ただちに冨永軍司令官に特別攻撃隊の攻撃模様を詳細報告したのち、記者に万朶特別攻撃隊の壮烈無比な攻撃ぶりを、なまなましい実感をもって次のように語った。

「われわれ直掩戦闘隊は、特攻隊の攻撃がうまく行かなかった場合は、われわれ自身が攻撃機になりかわって、敵艦に突っこむことを固く約束して進発した。

目ざすレイテ湾の上空に達した。いる、いる、戦艦六隻を根幹とする敵の大輸送船団が点々と浮んでいた。まもなく攻撃機が猛烈な急降下を開始した。生井機は雲をくぐりぬけて下界を見ると、三隻ずつ二列にならんだ戦艦のむこう側、第二番艦がすでにもの凄い火焔をあげて、のたうちまわっていた。戦艦一隻が早くも屠られたのだ。つづいて他の攻撃機は、敵の旗艦とおぼしき戦艦に突入して行った。その後、長機の攻撃を見守っていた菊地機は、突如出現したP38の攻撃を排除した。やがて中型輸送船を発見、これぞとばかり長機は体当りを敢行した。輸送船は瞬時にして大爆音に猛然つつまれた。菊地機とともに攻撃隊長機を護衛していた渡辺伍長機は攻撃隊一番機のあとを追って輸送船に体当りした。敵輸送船はかくて紅蓮の炎に燃えて轟沈した。

他の一機は敵艦船群を見つけて、爆撃機としては到底おこなえない急角度で猛然急降下したが、残念にも目標をはずれて、敵戦艦の艦尾すれすれに海中に突入した」》

この記事のなかで、まず疑問に思う点は、はじめの直掩戦闘隊が特攻機に代って敵艦に、突込むと約束したことである。この戦闘機は爆弾をつけていないはずである。それが体当りしても、艦船の轟沈（瞬時に沈没させること）はできない。また、渡辺伍長機は撃墜されたというのと、空中衝突したという両説がある。それを体当り突入としてしまった。

次に、敵艦がもの凄い火焔をあげて、のたうちまわったり、紅蓮の炎に燃えて轟沈したりするのも、誇張しすぎている。この前後の時刻に、海軍の特攻機の体当りで、黒煙をあげていた一隻の艦船が、ほかにあることはあった。

しかし、この新聞記事では、万朶隊は壮烈に突入し、大戦果をあげたことになっている。なぜ、このようなうその発表をしたのか。戦闘隊の三人の将校は、本当にこの状況を〝確認〟してきたのだろうか。

考えられることは、海軍に対する陸軍の対抗意識である。神風特別攻撃隊のはなばなしい発表を見て、陸軍側はそれ以上の戦果をあげたかった。このために、万朶隊が大戦果をあげたことにしなければならなかった。

レイテ湾のこの日の戦果については、『米国海軍作戦年誌』に、次のように記している。

《レイテ水域における米国艦艇の損傷。揚陸舟艇修理艦エジャリア、同アキリーズは北緯十一度十一分、東経百二十五度五分の地点において、特攻機により損傷》

これがもっとも確実な戦果といえる。この地点は、アメリカ軍の上陸地パロの沖合で、艦種は佐々木伍長の攻撃した艦型と一致する。

だが、これらの新聞記事を読んだ国民は、すべてが事実だと信じこんだ。そして特攻隊の壮烈な行動に感激し、賞賛の言葉を惜しまなかった。さらにはまた、戦意を固め、増産の意欲をわきたたせ、勝利の希望をあらたにした。報道のうそは、大きな刺激となった。

しかし、その結果、特攻攻撃が実力以上に評価され、過信されることになった。たちまちのうちに、これは万能絶対の威力をもつかのように思いこまれることになった。そして特攻隊が出さえすれば、勝利を得られるかのような、考え違いをおこさせた。こうしたことが、特攻隊の悲劇をさらに大きくさせる原因となった。

この日、浜松の梨子田うた子は、家事のあわただしさに追われながら、生れてくる子のための支度をしていた。

その日記に。

《朝、近所の人たちと前の家へお餞別をもってうかがう。息子さんが北支へ入隊のよしなり。

一日中、曇って小寒い日なりし。朝、さかゑさんにお返事をだす、終日赤ちゃんのおむつ作り。

あなたも共にいてくれたら、どんなに楽しいかと、かえらぬことながら、それればかり思われる。林屋のよねちゃんから、すばらしい菊をいただき、早速、経広《つねひろ》さんとあなたに生けて供える。

この香り、この花の美しさ、遠きマニラの空までとどいてよと願う。

夜、また写真を前にお仕事。遠く、兵隊さんの軍歌演習の声がきこえる》

梨子田うた子の日記は、これを最後にして、空白のまま残された。

鉾田の岩本和子のこの日の日記には、歌一首を記してある。

悲しみは日ごとにうするものならず
ひとりとなればまた涙わく

最初の生還

昭和十九年十一月十三日
カローカン・マルコット・ルソン島東方海面

一

万朶隊の攻撃を、大本営が発表したのは、出撃の翌日、十一月十三日午後二時であった。

《大本営発表
一、我が特別攻撃隊万朶飛行隊は、戦闘機隊掩護のもとに、十一月十二日レイテ湾内の敵艦船を攻撃し、必死必殺の体当りをもって戦艦一隻、輸送船一隻を撃沈せり。本攻撃に参加せる万朶飛行隊員次の如し。
陸軍曹長　田中　逸夫
同　生田　留夫
陸軍軍曹　久保　昌昭

陸軍伍長　佐々木友次

右攻撃において、掩護戦闘機隊員、陸軍伍長渡辺史郎また敵船に体当りを敢行せり。

二、万朶飛行隊長陸軍大尉岩本益臣、同隊員陸軍中尉園田芳巳、同安藤浩、同川島孝、同少尉中川勝巳は攻撃実施数日前、敵機と交戦戦死し、本攻撃に参加する能わず》

この発表のあとには解説記事があり、そのなかには、次のような記述があった。

《攻撃は八時半ごろから開始され、田中曹長、生田曹長搭乗の一番機まず敵輸送船目がけてまっしぐらに体当りを敢行し、これが掩護に任じていた渡辺伍長操縦の戦闘機もまた同船に体当りして、瞬時にして同船を轟沈した。この壮烈なる二機命中の光景は掩護飛行隊菊地大尉が確認して帰った。佐々木伍長操縦の四番機は戦艦に向って矢の如く体当りを敢行して撃沈。久保軍曹の二番機は同戦艦の舷側すれすれの海中に突入、不沈を誇る敵戦艦もわが必死必中の肉弾攻撃の前に余りにも見事に撃沈し去られた。掩護戦闘機の生井大尉ならびに作見中尉がこの戦艦撃沈の戦果を見届けている。三番機は遺憾ながら発動機故障のため途中から引返した。

特筆すべきは、これら特別攻撃隊の各機は、いずれも敵P38群の執拗なる妨害を排除しつつ、決行の瞬間まで良く隊長の訓示を遵守《じゅんしゅ》して、悠々と好目標を選択捕捉して目的を遂げていることである。特に田中、生田両曹長搭乗の一番機は好目標を捕捉するために、嵐と噴射する敵の防空砲火のなかを、三度まで攻撃態勢から復航している。そのうち二回目は、急降下の途中に体当りという瞬間に、目標が病院船であるのを確認して中止し、心にくいまでの落着きののち、第三回目の急降下によって、好餌輸送船に体当りした。敵の病院船攻撃はしばしば繰返され、特に十一月に入ってからも、比島近海においてわが橘丸《たちばなまる》に対する鬼畜的機銃掃射が伝えられる時、悠久に生きる大死の瞬間まで、至高至純あくまでも曇ることなきわが特別攻撃隊員の、この聖なる散華こそ、名にふさわしき万朶の桜といわずして何んであろうか》

東京の大本営陸軍報道部で、この発表がおこなわれてから、二時間とたたない時。ルソン島のカローカン飛行場の上空に、突然、接近してきた一機があった。

「双軽がきたぞ」

「どこの飛行機だ」

地上勤務兵は外に飛び出して着陸の用意をした。かなり低空を飛んできた九九双軽は、飛行場の上周を旋回もしないで、すぐに着陸姿勢にはいった。その時になって、九九双軽の先端に長い鋼管がつきだしているのが見えた。

「特攻機だ」

「万朶隊機が帰ってきた」

そのような叫び声があがると、地上勤務兵たちが、まっさきに走って逃げた。それを見て、新聞記者や撮影班も飛び散るようにして走り去った。彼らは特攻機が着陸する時に、爆発するのを恐れたのである。特攻機は八百キロ弾をつけて行ったから、体当りをしなければ、そのまま持って帰ってきていると思いこんでいた。それが長い起爆管をつきだしているので、ちょっとでもさわれば爆発すると考えたのだ。

九九双軽は重たそうに接地し、まっすぐに滑走路の端に向って走り、手ぎわよく停止した。万朶隊機とわかって、残留した隊員たちが、先を争うようにかけよってきた。そして不安とおどろきの目で見まもっていた。死者が生きかえったような、信じがたいことが目前にあらわれたのを見ているようであった。

九九双軽のプロペラがとまった。やがて座席の天蓋が開いた。なかから操縦者が立ち上がった。

「あっ、佐々木」

「佐々木だ、佐々木が帰ってきた」

とりかこんでいた隊員たちは、口々に叫んだ。整備の村崎少尉や藤本軍曹がかけよってきて、

「貴様、生きていたのか」

と、まだ信じられないように声をかけた。佐々木伍長は変に思いながら、

「ミンダナオ島のカガヤンに不時着して、すぐに連絡の無線をだしたんですが」

「誰もきいておらんぞ。貴様は田中曹長殿といっしょに突入したことになっているぞ」

無線はとどいていなかった。そのために、カローカンでは、佐々木伍長は突入したと信じていた。まわりに集った者は、それぞれに、

「貴様、えらいことをやったな」

「おめでとう、よくやった」

と、賞賛の声をあびせた。

「なんですか」

佐々木伍長があっけにとられていると、

「戦艦一隻やったそうじゃないか」

「戦艦とは、でかいものをやったな」

と、興奮した声が大きく聞えた。佐々木伍長は返事に迷った。〈あの時、急降下爆撃をしたのは、戦艦だったのか。それとも、ほかの誰かがやったのか〉佐々木伍長は、わからないまま機体の外におりると、

「二階級特進だぞ」

「よくやった。よくやった」

と、肩をたたく者もいた。みんなが戦艦撃沈の戦果を信じ、心から喜んでいた。佐々木伍長は、一応の報告をして、

「やったか、どうかわからんよ」

と、正直にいって、宿舎にひきあげた。

操縦の石渡軍曹、近藤伍長らが、すぐに集ってきた。佐々木伍長は、そのなかに奥原伍長の姿を見つけた。

「奥原、貴様も生きていたのか」

奥原伍長は視線をさけるようにして、

「発動機が不調で、途中から帰ってきた」

と、いったが、元気のない態度だった。

それから操縦者たちにきかれるままに、佐々木伍長は、攻撃から離脱して不時着するまでの状況を語った。

「急降下爆撃をして、機体をひきあげるときは、うしろから撃たれるとヒヤヒヤしていたが、ちっとも撃ってこない。そうなると、あとは普段の演習と同じ気持になった。南の方に断雲がある。高度をあげて、その下にはいった。レイテ島が右の方に見えるうちは、いつ敵さんがあがってくるか心配だった。それから全速で逃げた。

幸い、敵さんには遭遇しなかった。しかし、はじめての飛行場に行くのだから、推測航法で地形をよく見て行った。一時間ぐらい飛んで、ようやく戦闘圏外に出た。それから高度五、六百メートルで、カガヤンの町を測定して行ったが、今度は目的の飛行場が見えてこない。あっちこっちまわっていると、ようやく見つかったが、兵隊が出てこない。誰もいないのかと思って、なんども旋回していると、そのうち兵隊が出てきて布板をひろげた。それがなんと、着陸するなの信号なんだ。あれにはグラリしたな。しかし、ほかに飛行場が見つからないから、とにかくおりろと、強硬におりてしまった。接地したら、えらくぬかっているし、爆弾の穴がそこら中にあいている。しまったと思った時には、車輪が半分もうまっていて、あぶなく逆立するところだった」

そんなことを話していると、村崎少尉がはいってきた。

「佐々木、四航軍から電話でな、佐々木が生還したのなら、報告にこいといってきた。あした、軍司令部へ行って、美濃部参謀殿にあってくれ」

軍司令部、という言葉が、そこにいた万朶隊員の胸に重苦しくひびいた。石渡軍曹が、

「四航軍はあわてているんじゃないか。佐々木伍長は体当りせり、なんて大本営へ報告したところへ、本人が帰ってきたんだからな」

「あした、軍司令部へ行くと、しぼられるぞ、佐々木」

通信の浜崎曹長がおどかすようにいった。しかし、佐々木伍長はあまり気にしていなかった。

「自分がねらったのは、確かに揚陸船だったと思うんです。出発の時に、冨永閣下も、輸送船なんかに体当りするな、といわれましたから、実際の通りに報告してきます」

「そうだけれど、佐々木よ、一つだけ、うまくいわんといけんことがあるぞ」

村崎少尉が心配そうにいった。

「なんですか」

「隊長殿がリパの航空分廠にたのんで、爆弾をおとせるように改装したことを、軍司令部は正式に許可してはいないんだ。隊長殿が戦死された日は、そのことで軍司令部に呼ばれていたんだ。それが隊長殿の戦死で、そのままになっていた。そこへ今度は佐々木が帰ってきて、爆弾はおとしてきましたというと、四航軍じゃ、誰の許しを得てそんな

ことをした、というかも知れん」

「それでは、なんといいますか」

「やはり、隊長殿がおやりになったということだな。八百キロ弾を抱えて帰ってきたら、あぶないからな」

石渡軍曹が頭にまいた包帯をなでながら、

「田中曹長殿も爆撃すればよかったんだ。目標は輸送船だったろうからな」

と、いったが、誰もだまっていた。田中、生田両曹長を失って、隊員たちが落胆しているのが感じられた。岩本大尉以下の空勤将校をなくしたあとでは、やはり田中曹長がたのみの柱になっていた。ニューギニア以来の歴戦の田中曹長が戦死してしまえば、つぎは戦場経験のない石渡軍曹が指揮をとることになる。それは、石渡軍曹にとっても、ほかの隊員にとっても心細いことであった。村崎少尉は、隊員の気持を引立てるように、

「しかし、佐々木が帰ってきてよかった。今夜は生還祝いをやろう」

「一杯のむのはいいが、佐々木のめしはあるのか。戦死したことになっているから、員数外でめしはないかも知れん。誰か炊事に連絡してくれ」

浜崎曹長がぬけ目なくいった。

そのなかで、奥原伍長はだまりこんでいた。顔を伏せるようにしていたのは、隊員たちの視線を避けているようでもあった。佐々木伍長は、〈エンジンの不調で帰ったのなら、気にすることはないさ〉と思ったが、前に奥原伍長に感じた不安が、一層、強いも

のになった。

二

マルコット飛行場は、きのう(十二日)につづいて、この日も朝から空襲をうけた。富嶽隊員は朝の食事の途中で飛び出して、防空壕にかくれた。梨子田曹長はうた子のいれてくれたお守りをさわってみながら〈神様は人間をむだに死なせることはしない〉と思ったりした。

この日、クラーク飛行場群はくりかえし空襲をうけ、一日中どこかの飛行場が爆弾をあびていた。空襲は、いつもより激しく、四航軍の残りすくない航空兵力は大きな打撃をうけた。

こうした空襲がつづいたのは、ルソン島の近海に、有力なアメリカの機動部隊が接近していることを示した。

午後三時、富嶽隊に出撃の命令が伝えられた。

『ルソン島東方三百七十キロ、カタンドアーネス島北方の海面に敵機動部隊行動中なり、富嶽隊は必殺攻撃により、これを撃滅すべし。出発は午後五時』

この日、冨永軍司令官はクラークの中飛行場の戦闘指揮所にいた。空襲が遠のいて、富嶽隊の出発の時刻も近づいたので、冨永軍司令官は自動車でマルコットに向った。

自動車は中型の、しゃれた無蓋車で、車体は赤く塗ってあった。黄色の将官旗と、えび茶の最高指揮官旗が前方にひるがえっていた。衛兵所の前を通過する時には、衛兵の敬礼に対し、冨永軍司令官は車上に立ち上り、おちつきはらって答礼した。その姿は、あっぱれな大将軍と見えた。冨永軍司令官の無蓋車のうしろには、トラックがつづいていた。それには報道班員がつめこまれるように乗っていた。口の悪い記者たちは、

「冨永は、あれをやりたいばかりにオープン・カーに乗っているんだな。この熱帯の暑い日なかに、ご苦労さまだ」

「やっぱり、前陸軍次官のご威光を示さんといかんのだ」

「陸軍次官どころか、あれならフィリピンのヒトラーだ」

当時、日本軍が模倣し、尊敬したナチスのヒトラー総統は、常に無蓋車に乗り、車上に立って、右手をさしのばして答礼した。冨永軍司令官は、それを気取っていた。

飛行場の道に自動車がとまっていた。ひとりの将校が立って、車中の人と話をしていた。将校は胸に参謀懸章をさげ、片足を自動車の足かけにのせていた。

そこへ冨永軍司令官の自動車が通りかかった。将官旗に気のついた参謀は、そのままの姿勢で敬礼をした。すると、先頭の自動車がとまって、運転兵がおりてドアをあけた。おり立った冨永軍司令官は、後続のトラックに向って大きく叫んだ。

「報道班の車はさがれ」

参謀は何か異常なことがおこったと気がついて、姿勢を正しくして、冨永軍司令官を見つめていた。

「貴官はどこの部隊か」

「第十四方面軍情報参謀、中原少佐です」

冨永軍司令官は少しの間、にらみつけていたが、

「貴官の敬礼はなんだ」

中原参謀は顔色をかえた。自動車のステップに片足かけたまま敬礼したのがいけなかったと気がついた。その上、相手が悪かった。

「はい、中原が悪くありました」

冨永軍司令官の目は、険しい光を放った。周囲の人も直立不動の姿勢になって、緊張していた。

「比島の軍規がたるんでいるという時に、参謀がそのような不軍規な敬礼をするとは何ごとか。重謹慎十日だ」

報道班の車は離れてとまっていたが、冨永軍司令官の感情に走った声が聞えてきた。中原参謀は、記者仲間の憎まれ者だったので、記者たちは喜んで見ていたが、ひとりがいった。

「それにしても、冨永はどうかしているんじゃないか。自分の参謀ならともかく、よその参謀に重謹慎を命じるんだからな。それほどのことじゃないよ」

新聞記者の常識では、確かに、それほどの重い処分に価することではなかったが、冨永軍司令官にとっては、敬礼や儀礼は重大な関心事であった。何しろ、命課布達式を、

航空総攻撃のさなかに、飛行場でおこなったほどである。

冨永軍司令官の、こうした性癖は、前にも問題をおこしたことがあった。太平洋戦争がはじまって半年後、昭和十七年五月のことであった。当時、陸軍省の人事局長として権威をふるった冨永中将は、第一線視察のため、ジャワに行った。その時、冨永中将は捕虜収容所で、捕虜のオランダ軍の将官数名を、なぐりつけた。理由は、捕虜の分際でありながら、冨永中将に敬礼をしなかったというのだ。

この裏には、もう一つの原因があった。東条首相が、連合軍の捕虜の取扱いについて『働かざるもの食うべからずの鉄則に従って、すべての捕虜に対し、労働の義務を課する。もし怠慢の行為があれば厳重に処罰する』と訓令を発した。

ところが、ジャワを攻略した軍司令官今村均大将は、戦時国際条約の通りに捕虜を待遇していた。太平洋戦争中、今村大将だけは、連合軍の捕虜を虐待しなかったといわれている。

冨永中将は、これが気にさわった。今村軍司令官に対し、相手が大将であるのをかまわず、東条首相の命令に対する違反だと面罵した。これは、東条首相のお気に入りの側近として、虎の威光を笠にきたやり方であった。そのあとで、捕虜収容所に行った冨永中将は、東条首相の訓令の権威と、自分の権力を見せるために、捕虜の将官をなぐりつけた。その理由に、冨永中将は欠礼だといいたてても、それはオランダ将官の知らない日本式礼法を強制しようとしたことであった。

つまりは、冨永中将は、東条首相のご機嫌とりのために、国際条約も無視してかえりみなかった。また、形式的な儀礼に熱中したり、冷静さを失うのは、劣等感が強く、権勢欲も激しい性格のようであった。

西尾少佐は攻撃隊員をピストに集合させた。出撃機数は前日と同じく五機、搭乗区分にも変りはなかった。

西尾少佐は攻撃計画を伝え、訓示をした。また、出発から突入するまでの行動については、翼のふり方のような、こまかい点まで注意をした。西尾少佐は、いつものくせで、飛行帽をとって話をしていた。

梨子田曹長は心のなかで、一つのことをくりかえし考えつづけていた。〈きょうこそ、飛んで行ったら生きては帰れない〉と思い、自分の乗った六七重爆が、緩降下して激突する瞬間を想像してみた。それまでに幾時間もなかった。梨子田曹長は時計の秒針の音が聞えてくるような気がして、〈死刑囚が死刑台にのぼる時の気持だ〉と思うと、顔色が白けて行くのがわかった。

ほかの隊員を見ると、やはり、血の気のない顔をしていた。すぐ斜めの所には、前原中尉がいたが、元気のないように見えた。梨子田曹長は急に不安なものを感じた。前原中尉に対する不信の念は、今になっても消すことができなかった。

西尾少佐が攻撃隊員に注意を与えているのを、四航軍参謀の重原少佐が見ていた。富嶽隊は四航軍の直轄部隊になっていたので、重原参謀がせわをしてきた。きょうの西尾少佐は、第一回の下命の時の、激しい苦悩の表情はなく、むしろ淡々とした様子で、士官学校で教える〝平常心〟になりきっているようであった。

重原参謀は西尾少佐と攻撃計画について話し合った時、

「富嶽隊員が全部突入するのを見送ってから、最後に隊長がやるのがよいのではないか」

と、すすめると、西尾少佐は、

「方法としては、それぞれにやり方がある。自分には自分のやり方があるから、それをやらせてもらいたい」

と、答えた。それは、隊長がまっさきに突入するということであった。その理由がどうであっても、西尾少佐が死ぬことをいそいでいるように、重原参謀は感じた。

その後、富嶽隊の宿舎で雑談をしていた時、西尾少佐がいった。

「富嶽隊員のなかにも、気のすすまない奴がいる。また、隊員の気分が乗っている時に、目標が出てくれればいいが、そうでない時は部下を動かしにくい。精神的な波があるのだ」

この言葉に、特攻隊長の苦悩がにじんでいた。

出発までの間、攻撃隊員は各自の飛行機の下にもぐりこんでごろ寝をしていた。もはや何もすることはなかったが、それよりも、何かをする気になれなかった。

午後四時三十分、ぎらぎらと光る大空には、巨大な積乱雲が発達し、急速にひろがっていた。西尾少佐以下の攻撃隊員十三名は、誘導路の上に整列した。西尾少佐だけが、終始、日の丸鉢巻をつけなかった。第一回の時と同じように、壮行の乾杯をするためのテーブルが用意されていた。その前に立って、冨永軍司令官が激励の言葉をのべた。

「大丈夫ひとたび死を決すれば、ために国を動かす。諸子のひとりの死は、皇国を動かし、世界の歴史を動かすものである。諸子の尊い生命と引換えに、勝利の道の開けることを信じている。それでもなお敵が出てくるならば、第四航空軍の全力をもって、諸子のあとにつづく。この冨永も最後に行く決心である。どうか、あとのことは心配なく、大戦果をあげていただきたい」

冨永軍司令官は同じような激励の辞を、同じように荘重らしく話した。

列立していた地区司令官や飛行場大隊長は、その話の間、おちつかない様子であった。そわそわして空を仰いだり、副官を呼んで連絡に走らせたりしていた。空襲を恐れて警戒していたのである。富嶽隊の六七重爆を五機、誘導路にならべている最も危険な時である。むしろ、軍司令官の訓示などよりは、一刻も早く出発させたかった。それなのに冨永軍司令官は尊大にかまえて、ながながと訓示をつづけているのだ。それは航空作戦の実相を知らない非常識ともいえることであった。

やがて壮行の乾杯がおこなわれ、すぐに西尾少佐は出発を命じた。整備長の進藤大尉がかけよった。

「御成功を祈ります」

西尾少佐はだまって走りだした。進藤大尉はもう一度呼びかけた。

「隊長殿」

西尾少佐は、ふりむかなかった。進藤大尉はそのあとを追いかけながら、叫んだ。

「進藤は最後の一機で出撃します」

涙声であった。

西尾隊長機の搭乗員に追加された荘司曹長は、一番先に機内に乗りこんだ。そして天蓋から顔をのぞかせ、手をふった。日ごろのくったくのない顔になっていた。

梨子田曹長が走って機体に近づくと、数名の整備兵がかけよって叫んだ。

「お願いします」

「空母をやってください」

梨子田曹長はうなずいて機体に乗りこもうとして気がついた。仔犬のクロのことである。この日も丸山軍曹に申し送るつもりでいて、忘れてしまったのだ。あたりを見まわしたが、丸山軍曹が見えないので、整備兵にいった。

「クロをたのむぞ」

「なんですか」

と、整備兵は問いかえした。

「おれの飼っている犬だ」

と、いった時、気持がほぐれて笑い顔になった。そのまま機体にのぼろうとすると、

新川見習士官が、

「曹長殿」

と、呼びかけた。若い学徒兵で、富嶽隊の整備に協力していた。

新川見習士官は純真な光をたたえた目で梨子田曹長を見つめながら、

「どうして、笑って飛行機に乗れますか」

と、いうなり、むせび泣いた。梨子田曹長は気持が乱れて、すぐに言葉が出なかった。

ほとんど夢中で、機体をのぼりながら思った。

〈死刑囚は笑うだろうか〉

三

午後五時。

西尾少佐の操縦する特攻機は、誘導路から滑走路の西端に出た。千五百メートルの滑走路は東西に走っていた。東のはずれにはアラヤット山がもりあがっていた。

滑走路の近くには、将校の一団が整列していた。その数歩前に出て立っている小がらな将官は、冨永軍司令官であった。そのうしろに、重原参謀が立っていた。

梨子田曹長は天蓋をあけて、追いかけてくる整備兵に手をふって答えながら、うしろを見た。曾我中尉と前原中尉の搭乗した第二編隊長機が地上滑走であとにつづき、幸保曹長と須永軍曹の搭乗機が動きだしていた。〈曾我、前原の飛行機も、きょうは異常なく飛べるようだ〉と思いながら見ていると、曾我機に同乗している通信の本谷曹長が天蓋から顔をのぞかせた。

〈本谷、がんばれよ〉梨子田曹長は手をふって見せた。三番機が滑走路に近づいた時、先頭の西尾隊長機が発動機の回転をあげて滑走しはじめた。見送りの兵たちが、一斉に旗や手をふり動かした。

国重准尉と島村准尉の乗った二番機が、つづいて滑走して行った。その時、冨永軍司令官は足早に歩きだし、滑走路のきわに近づいた。

「閣下、危のうございます」

専属副官の板垣中尉が走りよって、引きとめようとした。冨永軍司令官はそれにかまわずに、腰につけていた日本刀を引き抜いた。その時には、西尾隊長機が疾風をまいて、冨永軍司令官の眼前に迫っていた。冨永軍司令官は、日本刀を頭上高くふりまわして叫んだ。

「突撃！　突撃！」

西尾隊長機が走り去ると、冨永軍司令官はその離陸の方向に日本刀を突きだして、連呼した。

「進め！　進め！」

その動作は、歩兵の連隊長が突撃を命じているようで、飛行機の離陸に対しては、いかにもそぐわなかった。しかし冨永軍司令官としては、特攻機の出撃して行く今こそ、日ごろの信条である突撃精神が発露された時である。日本刀をふりまわして「突撃に、進め！」と号令するのに、絶好の機会であると思っていたようであった。しかし、その、ものものしさは、古風で、気ちがいじみた滑稽感があった。

国重准尉の二番機が、つづいて滑走して行くと、冨永軍司令官はなおも日本刀をふりつづけた。見送りの将兵も一層激しく旗や手をふり、口ぐちに叫んでいた。

伊東、梨子田の三番機が離陸した時には、西尾隊長機はアラヤット山の上を、東に向って直進していた。梨子田曹長がフラップをとじ、車輪をあげ終ると、伊東曹長が前を指さして、にがにがしそうにいった。

「隊長機が、また飛ばしているぞ」

隊長機は直進しながら高度をあげている。規定通りに飛行場の上周を旋回して、空中集合をして編隊をくむことをしないのだ。西尾少佐のこの異常な離陸は再三なので、伊東曹長も梨子田曹長もおどろかなかった。

しかし空中集合をしなければ、各機がばらばらになって、危険な飛行をすることになる。それに、クラーク北飛行場からは、第百二戦隊の司偵機が、誘導と戦果確認に飛ぶために、空中集合することになっている。西尾少佐は、それを承知の上であった。

隊長機が直進したので、二番機の国重准尉機は、まっすぐにそのあとを追った。

その間にも、西尾機はぐんぐん高度をあげていた。伊東曹長も梨子田曹長も、その異常な飛行ぶりに、西尾隊長の気持のなかにあるものを、はっきりと感じとっていた。西尾少佐は、もはや、体当りの成功や戦果を考えているとは思えなかった。ただ死ねばよいと思い、消えてなくなれば責任も解除されるという気持が感じられた。梨子田曹長は、それと同じものが、自分の気持のなかにもあるように感じた。

伊東曹長が左を指さしたので見ると、百式司偵が二機、同じ方向に飛びながら、高度をあげていた。司偵機が、うまく集合してきたのだ。司偵の一機を操縦している三宅左祐中尉は、西尾少佐から教育をうけた学生であった。出発の前には、

「教官殿のために、必ず戦果を確認します」

と、決意を見せていた。

西尾隊長機は直進、上昇をつづけ、すでに六千メートルの高度に達していた。伊東曹長も高度をあげていたが、四千メートルから上に出られないでいた。伊東曹長はいろいろ操作していたが、

「どうも調子がおかしいな。こんなことは今までにはなかった」

と、伝声管でいった。それからまた、

「前原中尉がこわしてから、調子が出なくなった」

ともいった。梨子田曹長は、四方を警戒しながら、うしろを見ると、第二編隊の二機が速力をあげて近づいていた。

攻撃隊はルソン島の陸地を離れて、太平洋の上に出た。行く手には、赤く染まった積乱雲が崩れひろがって、スコールの雲に変ろうとしていた。西尾機は、まだ高度をあげ

ていた。積乱雲の上に出て越えるつもりのように見えた。

伊東曹長が高度をとろうとすると、機体は安定をかいて動揺した。梨子田曹長は、自分が綿密に手をかけた二〇七号機であったが、不安なものを感じた。不調のために引返せば、生命は助かるのだが、今のこの場合は、置きざりにされたくない気持だった。

積乱雲に近づいたところで、国重機は速度をおくらせた。後続機を待つつもりだった。すでに、戦場到着までの半分の時間がすぎていた。国重機は僚機をまとめて、編隊をくんで行こうとするらしかった。

伊東、梨子田機が近づくと、国重機の天蓋のなかに白いものが動くのが見えた。島村准尉がハンカチをふっているのだ。国重准尉も顔をこちらに向けていた。それが傾きかけた日の光をうけて、明るく見えた。

梨子田曹長が後方を注意すると、曾我機も幸保機もついていた。しかし、この二機とも、かなり遅れていたし、高度も低かった。〈こんなバラバラでは、敵の戦闘機が出てきたら、たちまちやられてしまう〉と思ったが、編隊をくんでも、特攻機は火砲をはずされているから、無防備なことに変りのないのはわかっていた。ただ、編隊でいる方が気強いし、迷うことがないというだけであった。

このころ、西尾隊長機はマルコット飛行場に無電を送った、ということであった。

『十七時四十七分。全機異常なく前進』

まもなく、第二信を発した。

『十八時二分。全員士気旺盛なり』

太平洋の海面に夕ばえの色は次第にうすれて、薄暮となっていた。目標の位置は間近であった。

伊東曹長は速度をあげて、国重機に近づいた。梨子田曹長が天蓋から見ていると、第二編隊の曾我機と幸保機も、離れていた間隔を、次第につめてきた。

伊東機は、国重機の右斜めに半機長の位置にはいった。国重機の天蓋のなかで、二つの顔がこちらを見ていた。酸素マスクに覆《おお》われた顔であった。島村准尉は、まだ、白いハンカチをふっていた。梨子田曹長はうれしくなって、手をふって答えているうちに、島村准尉のハンカチは、浜松に残した妻の弥絵が身につけていたものだと気がついた。

百式司偵の二機は、いつか一機しか見えなくなってしまった。他の一機は、あるいは、西尾機について、先に出たのかもわからなかった。

海面は、すでに薄暮の色におおわれていた。飛行距離から見れば、アメリカの機動部隊の輪形陣に接触するはずであった。

高度八千メートル。

今、目標を発見したら、攻撃するのに困難なことを、伊東曹長も梨子田曹長も知っていた。この高度から緩降下で突っこむと、十六トンの重装備をもった機体は、四百キロ以上の急速度となり、目標に命中することが困難になる。その降下速度をころすことに、操縦者は懸命の苦心をしなければならない。

国重機は高度をさげはじめた。高高度の不利なことを知っているのだ。伊東曹長が機敏に国重機の動きについて行くと、急に機体に異常が感じられた。右のエンジンが、いきをつきはじめたのだ。梨子田曹長は顔色が変るように感じた。

伊東曹長は操縦桿を押えながら、梨子田曹長の顔を見た。鋭い目だった。右エンジンはボスボスと音をたてていた。点火栓の不良のためだ。ガソリンが完全に燃えないのだ。

梨子田曹長はのびあがるようにして、右のプロペラの回転を見た。手のほどこしようのない危険な故障がおこってきたのだ。梨子田曹長は、悲痛な衝動に襲われた。精根を傾けて整備し、機関係の愛情と誇りをかけた二〇七号機が、戦場の上空にきて発動機が不調になったのだ。

梨子田曹長は、すこしの間、ボスボスという音を聞いていたが、決心をしなければならない時であるのがわかっていた。

「引返した方がいい」

と、いったが、伊東曹長は返事をしなかった。聞えないのか、と心配して見ると、伊東曹長の目から涙が流れていた。梨子田曹長が外に目をうつすと、光のあせた空に豆つぶのような黒点が見えた。

それは上下二段にわかれて、黒い点線を作っていた。アメリカ戦闘機の編隊である。二十機以上と見えた。富嶽隊を目ざしていることは明らかであった。このまま双方が突進すれば、数十秒のうちに衝突することになる。戦闘機群にたかられたら、機体の大きく重い特攻機は、機関砲の好餌となるだけだ。だが、西尾機は、その方向に突進をつづけていた。

富嶽隊にとって、わずかばかりの幸運があった。対進する両者の中間に、高積雲がひろがっていた。それを利用して、戦闘機群の目から逃げることだ。

二〇七号機は国重機についていたが、わずかの間に、両機の間隔がひらいて行った。国重機は早く雲の下にはいろうとして速度をあげた。それと反対に、二〇七号機は発動機の不調のために、速度が出なくなったのだ。

梨子田曹長が伊東曹長の顔を見ると、まだ涙を流していた。梨子田曹長は思い切って、

「引返そう。敵もでてきた」

伊東曹長は泣きながら、

「帰ってもいいか」

と、いったが、苦しそうな声だった。このぎりぎりの場所にきて引返すのは、梨子田曹長にも、同じように苦痛であった。しかし、機関係としての判断に自信があったから、意外なほど冷静でいられた。伊東曹長は、決心した。

「よし、帰るぞ」

二〇七号機は機首をさげた。海面に低くおりて、戦闘機群の目からかくれるつもりだった。伊東曹長は機体を大きく旋回させた。梨子田曹長は敵を警戒しながら、海面を見た時、思わず声をあげた。

「機動部隊だ」

遥か高積雲の下の海面は、夕闇が一層濃くなっていた。そこに白い航跡がいくつも流れていた。それはまっすぐにひかれずに、曲線をえがいていた。日本軍の飛行機の接近したのを知って、回避運動をしているように見えた。

その手前の空間に、二つの機影が動いていた。遥かではあったが、重爆機の形に見えていた。西尾機と、それに追いつこうとする国重機のようだった。その機影は、一瞬のうちに梨子田曹長の目から消えた。二〇七号機は高度をさげながら、機首を西に向けた。その時、北方に向って、離ればなれに飛んで行く二機があった。明らかに六七重爆であった。第二編隊の曾我中尉機と幸保曹長機と思われた。大きく北にまわって、戦闘機群の攻撃をさけようとするらしかった。

二〇七号機の発動機のボスボスといきをつく音は大きくなり、調子が乱れてきた。

〈今は帰ることだ。ぐずぐずしていたら、敵にくわれるか、帰れなくなるだけだ〉梨子田曹長は、心のなかで自分にいいきかせていた。

このころであった。西尾隊長機は、マルコット飛行場に無電を発した。

『敵機動部隊を発見』

二〇七号機は海面に近くおりた。海面の夕闇は、まぎれて逃げるのには絶好であった。

西尾隊長機は、このころ最後の無電を発した。

『われ突入す』

梨子田曹長は警戒のために、後方の灰色の空を見上げた。その時、遥かの空に、ひと筋の赤い火が流れていた。梨子田曹長は、心に強い衝撃をうけた。特攻機が撃墜されたに違いなかった。その火の流れは、真紅の飛行雲と見えた。

四

日が暮れてから、戦果確認に飛んだ百式司偵機の操縦の三宅中尉と、偵察の福永香久夫少尉が、マルコットに報告にきた。出発した二機のうち、一機は故障で早く帰っていたということであった。

司偵は高度九千メートルで飛びながら、ルソン島東方三百七十キロの薄暮の海面に、アメリカ機動部隊の輪形陣の一部を発見した。艦隊は三十ノットぐらいの高速度で回避運動をしながら、カタンドアーネス島のかげにかくれようとしていた。艦形は、ほとんど海面の闇にかくれていた。

艦隊の上空には、一部に雲がひろがっていた。司偵機はその上に出たが、西尾機は下にもぐって行った。そのあとには国重機がつづいていた。それから遥か後方に第二編隊が見えたが、全機はバラバラに離れていた。

アメリカ軍の艦載戦闘機は、まだあがっていないかのように見えたが、突然、前方の雲の下から二十機ほどの小型機の編隊が飛び出してきた。薄明の空に、曳光弾と、艦隊の打上げる高射機関砲弾の赤い炎が、花火のように飛び散った。突然、爆発したように赤い炎が燃えあがり、流れるように落下して行った。西尾隊長機は、目標を発見して体当り突入の直前に、六千メートルの上空で撃墜されてしまった。

下の方には、旋回している六七重爆がいた。二番機の国重准尉機らしかった。それが旋回しているかのように見えたが、すぐに、暗くなった海面の色にまぎれてしまった。

突然、海面に爆発がおこった。特攻機が体当りしたと判断された。偵察の、福永少尉は写真を撮影することはできなかったが、肉眼で確認した。

爆発は艦船の上でおこり、その炎の光に照らされながら、大型機が一機、通りすぎた。六七重爆に違いなかった。まもなく突入するものと思って、司偵機も旋回をつづけた。だが爆発もおこらず、火炎もあがらなかった。

司偵機は戦場をひきあげる時間になったと判断して、機首を西に向けた。操縦の三宅中尉はもう一度、機動部隊の輪形陣の方向をふりかえった。空も海も闇一色にかくれようとしていた。三宅中尉は、教えをうけた西尾少佐の搭乗機の最期を、自分の目で見たあとの強い感銘と興奮にかられていた。そしてまた、艦船上に爆発がおこった時は、体当りを見たという感激に、心をしめつけられた。

司偵機のふたりの将校は、このように報告した。しかし『米国海軍作戦年誌』によれば、この日には、アメリカ艦艇は一隻も損傷をうけていない。それならば、夕闇の迫る海上に爆発がおこり、火炎があがったのは、なんであったろうか。アメリカ側の記録にないとなれば、その爆発は、国重機が撃墜されたためのものと見なければならないだろう。

ともあれ、司偵の報告で、攻撃隊の五機は一応、突入または撃墜されたものと考えられた。富嶽隊員は、それぞれに深い感慨にふけりながら、食堂の方に歩いて行った。いつもより遅い夕食をとるためであった。

整備隊長の進藤大尉と、操縦の根木中尉は、目の前に大きな穴があいたような空虚なものを感じた。しかし、西尾隊長が戦死ときまれば、進藤大尉は隊長代理として、根木中尉は作戦の指揮官として責任をもたなければならない。ふたりは今後のことを相談しながら、食堂の方に行こうとすると、飛行場の星空に、爆音がひびいてきた。

「六七重だ」

根木中尉が叫んだ。

「うちの飛行機かも知れんぞ」

隊員らはピストの方に走った。滑走路では、兵が椰子油の灯をつけて、着陸の目標を作った。飛行場にはいってきたのは、まぎれもない六七重爆であった。金属性の爆音をひびかせながら旋回し、すぐに着陸した。椰子油の灯に照らしだされたのは、富嶽隊の二〇七号機であった。

操縦席で伊東曹長がスイッチをひねって、プロペラの回転をとめた。急に機内が静かになった時、梨子田曹長は胸に激しくこみあげるものを感じた。生きて帰ってきた、という感慨が、複雑で強烈な刺激に変った。梨子田曹長は一度はこらえようとしたが、胸のなかのあふれるような勢いを押えることができなかった。梨子田曹長は頭をかかえ、声をあげて泣いた。

機体の外では、整備兵たちが心配して、声をかけていた。死傷者が出ていると思ったのだ。梨子田曹長は機体の外におりるのが、つらい気持だった。三時間前に〈再び帰ることはできない〉と思いながら、歩み去った飛行場の土の上に、帰ってきたのだ。出発の時には〈死刑囚の気持だ〉と、死ぬことを悲痛に思った。しかし今は、生きて帰ったことが、不名誉、不徳義に思われた。ふたりが機外に出ると、整備兵たちは、おどろいた顔で見ていた。彼らは口々にふたりの名を呼びかけ、無事の生還に喜びをいった。

ふたりがピストに行くと、進藤大尉と根木中尉が外に立って待っていた。伊東曹長が帰還の申告をすると、進藤大尉は、

「おどろいたよ。突入の無線ははいったし、司偵は確認したというから、全機突入したと思っていた」

「機動部隊の近くまで行って、右発動機の調子がわるくなりました。申しわけありません」

梨子田曹長は機関係として、不面目にたえられない思いだった。根木中尉は、

「しかたないさ。しかし、おどろいたぞ」

と、こだわらない様子だった。

富嶽隊員は食堂に集っていた。伊東曹長はなかにはいって行ったが、梨子田曹長は入

口の低い階段をのぼれなかった。生きて帰ったことが、隊員たちに顔むけのならない思いだった。梨子田曹長は三段ばかりの木の階段に腰をおろした。また涙があふれてきた。

「梨子田曹長殿」

丸山軍曹の若い声が聞えた。梨子田曹長は涙の顔をうつむけて、だまっていた。

「食事の用意ができて、みんな待っています。はいりましょう」

丸山軍曹は梨子田曹長の重いからだをかかえおこして、なかへつれて行った。

テーブルの上には料理のほかに酒と、ビールがたくさんならんでいた。菓子もでていた。炊事では特攻隊のための特別の献立を作っていたが、この日は、いつもより料理の数も多かった。攻撃成功の祝いのためであった。

テーブルの一部には、料理がならんでいて、人が着席していないところがあった。梨子田曹長は、あとから誰かくるのだろうぐらいに思って、気にとめないでいた。

隊員同士が酒をつぎ合って、乾杯をしようという時に、進藤大尉はその空席の前に行った。

「隊長殿にも乾杯していただきましょう」

と、いいながら、一升びんを傾けて茶わんについだ。それを見て矢野曹長は、自分の前の菓子を空席においた。

「荘司はあまいものが好きだったからな」

梨子田曹長は、その空席が戦死者の席であり、供養の膳をそなえたことに気がついた。

梨子田曹長は立って、空席の茶わんに酒をついだ。島村准尉に供えるつもりだった。

「地獄から生きかえったのだから、大いにやってくれ」

酒の好きな岩佐准尉が、梨子田曹長にすすめながら、

「しかし、こんなに酒をだしてもらってはすまんの。飛大（飛行場大隊）なんか、酒などはとんでもない話、食いものもろくにないらしい」

多賀部准尉が苦労人らしく、

「いや、飛大のめしにはおどろいたな。かゆのようなものを、一杯もらうだけなんだ。きいてみたら、さつまいもの茎と葉をどろどろに煮て、塩で味をつけたものだ。かわいそうに兵隊はやせて、ひからびている」

「それなのに、おれたちは死んでからもごちそうがくえる」

岩佐准尉が冗談にいったが、誰も笑わなかった。

爆音が聞えてきた。

「六七だ」

「一機だ。誰か帰ってきたのか」

六七重爆の爆音はマルコットの飛行場に近づいたが、そのまま行きすぎて行った。着陸するようではなかった。

「内地から補給機がきたのかも知れない」

岩佐准尉があきらめたようにいって、酒を飲んだ。

食事が終って、そのまま雑談をしている時、トラックが表にきてとまった。

「おい、帰ったぞ」

聞きなれた声がした。飛行服をきたふたりの下士官がはいってきた。幸保曹長と須永軍曹だった。隊員たちはおどろいて立ち上り、ふたりを迎えた。

「よく帰ったな」

「無事か、負傷してないか」

幸保機はマルコット飛行場に帰ってきたが、着陸信号がでていないので、クラーク中飛行場に行って着陸し、そこからトラックで送ってもらったというのだった。幸保曹長は、

「雲の下にはいると、先の方に機動部隊が見えました。第二編隊長機が旋回をはじめたのでそれについて行くと、輪形陣のなかへ突切って出てしまったのです。その時、下の艦から曳光弾が飛んできました。長機はうたれて低空にはいったらしく見えなくなってしまったし、暗くて目標をつかまえることができないので帰ってきました」

と、報告した。根木中尉は、

「それでは、その時に曾我中尉機はやられたかも知れんな。火をふいたのが見えなかったか」

「見えませんでした。その前に一機燃えておちましたが」

「それが隊長殿だ」

「そうでしたか。自分も、そうではないかと思っていました」

幸保曹長は沈痛な顔を伏せた。根木中尉は、

「ご苦労だった。しかし、機動部隊の上まで行ったのに、惜しいことをした」

と、何気なくいった。それを幸保曹長は別の意味に受取ったらしく、

「幸保は、今度出たら帰ってきません」

と、明らかに怒りをふくんだ声でいった。根木中尉は、相手を傷つけるつもりはなかったので、

「いや、われわれの攻撃は、やりなおしはきかんのだから、慎重にやるのがよいのだ」

と、まじめにいったが、幸保曹長は受けつけないで、強くいい放った。

「幸保は、今度出たら、きっと帰ってきません」

幸保曹長は明らかに気が立っていた。戦場の上空まで行って引返してきたことに、自責し苦悩していたのだ。その理由がなんであっても、〝命が惜しくて引返した〟ということだけはいわれたくなかった。そうした気持が、根木中尉の言葉から爆発してしまったのだ。

隊員たちも、とりなしていた時、当番兵が電話のかかってきたことを知らせた。根木中尉が出て行ったが、しばらくしてもどってきて、大声でいった。

「おい、曾我が不時着しているぞ。ラモン湾の海岸におりたそうだ」

ラモン湾は、マニラ東方の太平洋岸にある。そこに曾我中尉機がおりたのは、戦場か

ら引返してきた途中ということである。機体はこわれ、三人は負傷したが、生命にかかわりないということであった。

梨子田曹長は、戦場の上空で引返す時、遥かの低空に見えた曾我中尉機の行動を思い出した。曾我中尉機は旋回しようとしていた。その時には〈敵の目をさけて突込むためか〉と思っていた。しかし、ラモン湾の海岸に不時着しているところから考えると〈あの時、旋回をしてから、まもなく引返してしまった〉と思われるのだ。梨子田曹長は曾我中尉らの気持がわかったように思えた。

根木中尉と進藤大尉が曾我機の処置を相談していると、幸保曹長は酔いのまわった顔でコップの酒をひといきに飲みほして、ひとりごとのようにいった。

「死んでやるぞ。今度こそ死んでやるぞ」

梨子田曹長は、出撃して生還したという異常なできごとの興奮が、容易に消えないままに、日記に書きつけた。

《天気はよいがまた空襲である。神様は人間をむだには死なせぬ。私も胸のお守りが護ってくださるのです。やるぞ、がんばるぞ。朝食も終らぬうちから空襲、一日爆音絶えず。

十七時、命令がくだった。それ征け。戦闘機はつかない。司偵が戦果確認のため二機ついただけ。マニラ富士を真直に海に飛び出し、残念ながら私の右発不調のため引返す。無念。

司偵の話によれば、隊長機はグラマン二十機に攻撃されて、ついに真紅になって海面に撃ち落された。国重機は戦艦、秒時にして轟沈なり。ああ立派な働きをしてくれたぞ。三名で寝台をならべておりましたのに、今晩は私ひとりです。みんな元気なり。きっと仇は討って、護国の鬼となります》

リパ飛行場にいた軽爆の第七十五戦隊は、連日レイテ島付近に出撃していた。しかし一回の出動機数は最高七機、最低一機という少数であった。十月二十六日から十一月十二日までの出動の延べ機数は、五十四機であった。

これが四航軍のもつ、ただ一つの軽爆戦隊の実情であった。同じ軽爆の第三戦隊は、総攻撃の第一日に霧散していた。レイテ決戦と呼号しながらも、四航軍の航空作戦全体も、この数字の示す、さみだれ攻撃に追いこまれていた。

七十五戦隊は、飛行機と操縦者がすくなくなったばかりでなく、残った操縦者の全部がマラリアの発熱に苦しんでいた。土井戦隊長は戦隊を二、三日休養させたいと考え、第二飛行師団にたのむことにした。十三日朝、土井戦隊長はネグロス島シライに飛んで、第二飛行師団参謀長の大賀時雄中佐に実情を訴えた。大賀参謀長のほうでも師団の苦境を説明して、承認しなかった。

「七十五戦隊が今、休養しなければ、みんな倒れてしまうかも知れないというのは、事実だろう。ところが師団の指揮下にある重爆隊、襲撃機隊も戦力がなくなっている。これは満州で訓練していて、実戦の経験がないのを、いきなり連れてきたので、役に立たなかった。また、各飛行団とも当初百機ぐらいあったのが、今では十五機から二十機ぐらいになってしまった。こんなわけで、はじめから南方にいて熱帯に慣れている七十五戦隊をたのみにしている。もう少しだから、攻撃を休まないでほしい。たとえ一機でもよいから、休まずに攻撃を続行してほしい」

土井戦隊は、すでに大本営の命令で内地に帰ることになっていたのを、四航軍参謀長にたのまれて、帰還を一カ月のばしたところである。その上、今度は休養をとることさえも許されない状態になってきた。これでは結局、戦隊を根こそぎ投入しなければならなくなるに違いなかった。第四航空軍の戦闘師団である第二飛行師団は、これほどに戦力を失ってしまったのだ。土井戦隊長は〈日本軍の航空作戦も、ついにここまできたか〉と思うと、悲痛の情にたえなかった。

土井戦隊長も疲れきっていた。宿舎に行って、寝台に横になって考えこんでいた時、電報がとどいた。リパ飛行場の戦隊本部から、重大なことを知らせてきた。

『アメリカ機動部隊のグラマン戦闘機を主とする延べ二百機以上の攻撃により、戦隊の十二機が大破し、残存機一機となる』

前日来、アメリカ機動部隊は、ルソン島から中部フィリピンの日本軍の飛行場を襲った。このため万朶、富嶽両隊が出撃した。しかしアメリカ機動部隊は、激しい攻撃をしかけ、四航軍に大きな損害を与えた。七十五戦隊が十二機を大破されたというのでは、今後は戦闘はできないだろう。七十五戦隊が飛行機を失ったというのは、四航軍の戦力の大部分を失ったことになる。もはや、四航軍は敗残部隊となり、航空作戦という形ある戦闘はできなくなった。

土井戦隊長は、からだをささえる力もぬけて、寝台に倒れ伏し、声をあげて泣いた。

七十五戦隊は、このようにして、残存の飛行機がわずか一機となった。その一機が、津田少尉が運んできた特攻改装機であった。

万朶隊の攻撃に関する大本営発表は、まずラジオ放送で伝えられた。茨城県鉾田町の岩本大尉の留守宅では、和子が放送を聞いていた。万朶隊という言葉が聞えた時には、いきもとまる思いだった。夫の死は覚悟していても、万朶隊の出撃する数日前に戦死していて〝攻撃に参加する能わず〟というのは意外であった。和子は二重に悲しい思いにかられ、涙を流した。

陸軍最初の特攻隊の出撃というので、新聞も放送も大きく報道した。新聞記者がわざわざ鉾田まできて、和子を訪ねた。和子は今は、特攻隊長夫人として、記者の質問に答えなければならなかった。その上、記者たちは特攻隊を神様扱いにし、神の妻として和子を見ようとしていた。これは和子にとっては心苦しいことであった。

それよりも、和子は、ひとりで夫の死を悲しんでいたかった。誰とも話をしたくなかったし、顔を合わせたくもなかった。

和子は新聞記者をさけて、座敷の奥にかくれていた。すると無遠慮な記者は、無断で庭にはいりこんできて、和子をさがしだそうとした。和子は夫の死を悲しんでいることもできなかった。

記者は隣近所をも訪ねて、岩本大尉の印象を聞いた。隣組の平山孝の談話として、次のような記事があった。

《さすがにあれだけの功績を残す人だけに生活態度は全く敬服しました。出勤、帰宅のさいは必ず陛下のお写真を拝し、あるいは宮城を遥拝して任務の報告をされた。日曜もほとんど外出することなく、午後になると軍人勅諭を奉誦されたものだ。全く尽忠魂の権化であった》

これは当時の模範の軍人像として語ったものであった。

和子は、この日、次のような日記を書いた。

《十一月十三日。

ラジオのニュースで万朶隊の発表がありました。あなたは攻撃に参加できなかった。さぞかし御無念でしたでしょう。でも部下のかたたちが、見事にお手柄をしてくださった。あなたは部下の皆様といっしょに、大空を飛んで行かれたことでしょう。

ラジオを聞いて泣いていたところへ、思いがけないものがとどきました。福岡の宿から、あなたが送ってくださった、かわいい眠り人形でした。これが最後の贈物となりました。こんなにも和子を思っていてくださると思うと、涙が出て、母と抱きあって泣きました。

お人形を送ってくださった時、和子を残して行くあなたのお気持がどんなに苦しかったことでしょう。

校長閣下（教導飛行師団長、今西少将）がおいでになる。

「岩本を殺したのは自分だ。恨んでくれ、恨まれても仕方がない」

とのお言葉でした。

和子は軍人の妻、なんで恨むことがありましょう。ましてあなたは、天子様に召されて、立派に散って行かれました。校長の命令で出陣したのでありません。和子もお国のためとこらえて見送ったのです。それなのに、軍人が、軍人の妻に恨んでくれなどとは、なんと情ないことでしょう。

上野さんがきてくださる。あなたのお話ばかり。あなたは、部下の体当りを見とどけてから、最後に行くと申されたとのこと、深く心に残る》

そのあとに、次の歌一首。

つわものの前途見とどけてもろともに
行きたもうべき君なりしかな

（『陸軍特別攻撃隊２』に続く）

単行本（上巻）（下巻）　昭和四十九（一九七四）年十一月、五十年一月刊（文藝春秋）
新装版（上巻）（下巻）　昭和五十八（一九八三）年八月刊（文藝春秋）
文春文庫版（1）（2）（3）　昭和六十一（一九八六）年八月刊

本書は、文春文庫版を底本としています。

本書には、今日の人権意識に照らして、不適切とされる表現が含まれていますが、著者が故人であること、作品の歴史的価値等を鑑み、原則として底本を尊重しました。ご理解賜りますようお願い申し上げます。

高木俊朗（たかぎ・としろう）
1908（明治41）年―1998（平成10）年。東京生れ。1933年早稲田大学政治経済学部卒。松竹蒲田撮影所に入社。42年陸軍航空本部の映画報道班員として、マレーシア、インドネシア、タイ、仏印、ビルマなどに従軍。45年鹿児島県の知覧航空基地に転属。特攻隊員たちの苦悩にふれて、戦記作家として執筆活動をはじめる。54年映画「白き神々の座―日本ヒマラヤ登山隊の記録」（演出）でブルーリボン賞受賞。75年『陸軍特別攻撃隊』で菊池寛賞受賞。主な著書に『インパール』『抗命』『憤死』『全滅』『知覧』『戦死』『狂信』などがある。

文春学藝ライブラリー
歴31

陸軍特別攻撃隊《りくぐんとくべつこうげきたい》1

2018年（平成30年）12月10日　第1刷発行
2020年（令和 2 年） 2 月15日　第2刷発行

著　者　　高　木　俊　朗
発行者　　花　田　朋　子
発行所　株式会社　文　藝　春　秋
〒102-8008　東京都千代田区紀尾井町3-23
電話（03）3265-1211（代表）

定価はカバーに表示してあります。
落丁、乱丁本は小社製作部宛にお送りください。送料小社負担でお取替え致します。

印刷・製本　光邦
Printed in Japan
ISBN978-4-16-813077-9

（　）内は解説者。品切の節はご容赦下さい。

鎌倉時代
龍《りょう》 粛《すすむ》
謀反、密告、暗躍。頼朝も後醍醐天皇も無視できなかった優雅でしたたかな公家たちがいた。その要職「関東申次」の研究を含む11論文。日本中世史研究の金字塔。（本郷和人）
歴-2-11

吉田松陰
玖村敏雄
高杉晋作、久坂玄瑞、伊藤博文らを育てた「松下村塾の熱血教師」の激しすぎる生涯を辿る『吉田松陰全集』編纂者による名著復活。動乱の幕末に散った思想家の実像とは。（小島　毅）
歴-2-12

剣の刃
シャルル・ド・ゴール（小野　繁　訳）
「現代フランスの父」ド・ゴール。厭戦気分、防衛第一主義が蔓延する時代風潮に抗して、政治家や軍人に求められる資質、理想の組織像を果敢に説いた歴史的名著。（福田和也）
歴-2-13

対談　天皇日本史
山崎正和
この国の歴史は天皇の歴史でもある。古代・天智天皇から昭和天皇まで九人の帝と、天皇制の謎について、司馬遼太郎をはじめとする稀代の碩学と語り尽くす。知的好奇心に満ち溢れた対談集！
歴-2-14

特高　二・二六事件秘史
小坂慶助
首相官邸が叛乱軍により占拠！　小坂憲兵は女中部屋に逃げ込んだ岡田啓介首相を脱出させるべく機を狙った――緊迫の回想録。永田鉄山斬殺事件直後の秘話も付す。（佐藤　優）
歴-2-15

日本の運命を変えた七つの決断
猪木正道
加藤友三郎の賢明な決断、近衛文麿の日本の歩みを誤らせた決断。ワシントン体制下の国際協調政策から終戦までを政治学の巨人が問い直す！　（特別寄稿　猪木武德・解説　奈良岡聰智）
歴-2-16

昭和史の軍人たち
秦　郁彦
山本五十六、辻政信、石原莞爾、東条英機に大西瀧治郎……陸海軍二十六人を通じて、昭和史を、そして日本人を考える古典的名著がついに復刊。巻末には「昭和将帥論」を附す。
歴-2-17